长篇小说

杨新城 ★ 著

布局前传

人民日报出版社
北京

图书在版编目（CIP）数据

布局前传 / 杨新城著. -- 北京：人民日报
出版社，2020.9
ISBN 978-7-5115-6545-7

Ⅰ．①布… Ⅱ．①杨… Ⅲ．①长篇小说－中国－当代
Ⅳ．① I247.5

中国版本图书馆CIP数据核字（2020）第174312号

书　　名：	布局前传
	BUJU QIZHUAN
作　　者：	杨新城
出 版 人：	刘华新
责任编辑：	郭晓飞
封面设计：	金　刚
出版发行：	人民日报出版社
社　　址：	北京金台西路2号
邮政编码：	100733
发行热线：	（010）65369527　　65369846　　65369509　　65369510
邮购热线：	（010）65369530　　65363527
编辑热线：	（010）65363486
网　　址：	www.peopledailypress.com
经　　销：	新华书店
印　　刷：	大厂回族自治县彩虹印刷有限公司
开　　本：	710mm×1000mm　　1/16
字　　数：	270千字
印　　张：	18.75
印　　次：	2020年9月第1版　　2020年9月第1次印刷
书　　号：	ISBN 978-7-5115-6545-7
定　　价：	39.80元

目 录

再版前言：追寻光明 /1

楔子 /4

第一章：入局

"现代的干部要想在内平衡，在外站得住脚，能往上提升，必须满足三方面的条件：要有形象，说话办事要让人看出有文化、有知识、有品位；要有政绩，有让人看得见、说得出口、记在心里的成绩；要让上边认可，从心里欣赏你，感到你可用、可提拔。"

一　只要坚持不停地赶路，山重水复也意味着柳暗花明 /7

二　越偏远闭塞的地方思想越活跃，传说越多 /22

三　会议有表扬就要有批评，布置工作宜短不宜长 /32

四　烦恼与痛苦的产生并非都源于事情本身，80%源于无意义的比较 /41

五　掌控最好的手段是胡萝卜加大棒，并且让对方知道随时使用大棒的决心 /52

六　运动场上选冠军，干部分人结果重于方法，尤其是利润大于成本时 /62

七　商人算账从来不是半斤对八两，而是要获取比投入高几十倍的利润 /74

八　惯于把下属叫作"他们"的人是重权在握、高层决策者的常用语 /89

第二章：破局

  他知道，在机关，不管有些上不得台面的人在下边怎么钩心斗角、尔虞我诈，最后决定胜负的战场是在会议桌上，结果在文件上。他努力压住怒火，深呼吸了两下，迅速调整思维、理清思路，举手要求发言。

九 治县先治水，治水先治吏 /103

十 作为最高领导凡事不能先到第一线，以免没了退路 /113

十一 危机时的应变力，即执政者能否胜任岗位的能力 /124

十二 再大的功，也难抵一次大过 /139

十三 在机关，最后决定胜负的战场是在会议桌上，结果在文件上 /146

十四 "地头蛇"可以怠慢，但绝对得罪不得 /157

十五 人生的道路虽然漫长，但要紧的地方就那么几步 /170

十六 政治生态中，一言一行都置于监督之下 /182

十七 财色一旦被利用，会变成毁人于无形的重磅武器 /194

十八 双规是党内审查干部的规矩，按党章违反的是政治、经济、作风 /209

十九 做官的另一个秘诀是隐与藏，尤其是副职 /225

第三章：胜局

  他点着一支烟，努力镇静了一会儿，想着从进门到现在的每一个细节、两个人的表情，像看卫星云图一样慢慢梳理着风云变幻的各种脉络，觉得有了些头绪：一、虽然中央宣传部门规定发地方性的批评内参要求与当地领导先沟通见面，但这篇稿子是针对省里的，见面也轮不着他。让他看一定是另有目的。二、那封信虽然有军区领导的批示，但还没有开始查，一定是等待着什么。

  只要事情还没有发生，就有办法。

二十	再好的宝贝到关键时不一定有用，收则价值连城，不收则一文不值 /236
二十一	危机公关运用之妙，存乎一心 /247
二十二	为官首先要融入当地的传统与文化，而后再潜移默化去影响、提升 /259
二十三	贫穷是一切悲凉的根源，但最可怕的还不是贫穷，而是对贫穷的满足和麻木 /267
二十四	人生无非是金钱权力、饮食男女、生老病死，区别在于道德水准 /271

后　记：感谢生活 /289

编后记：在生活中修行 /292

○ 再版前言：追寻光明

感谢责编慧眼，《位子》前四部几次再版，不断加印，这本《位子前传》即将改版，与前四部统一为《布局》系列，在人民日报出版社出版。

岁月悠悠，2012年退休时，组织部部长找我谈完话，我顺便看了一下自己的履历表：41年的工龄，除了在企业和外出读书那点儿短暂的时光，在机关的工作时间竟达到了30多年，其间工作岗位多有变化，但基本是在官场圈里——曾在市委机关和省政府为吏，也曾在县里为官，中间还跑到新闻单位做了几年头头。不管在什么单位，都万变不离其宗，靠笔杆子混饭吃，就是自己给领导写材料或者是组织一帮人给领导写材料，所以家乡的人提起我来，很少说我是什么官，更多的是说"就是那个给领导写材料的人"。

给领导写材料的特点之一就是发现、记录、延伸、完善领导思想，这就需要紧跟领导的步伐，参加高层次决策的会议，督促检查下面对各项工作的落实情况，发现问题，找出解决的办法，再汇报给领导，进一步部署落实——周而复始，这就是机关工作的程序。所以，自己这一辈子最熟悉的还是官场。我从小就有作家梦，离开工作岗位就是梦的开始。文学是人学，文学创作是知识的积淀，更是对生活的回忆、感悟与思考。在我30多年的官场生涯中，接触了三种类型的领导干

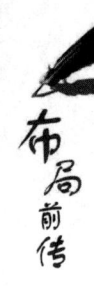

部：一是从战争年代走出来的干部，一腔豪情，冲杀在前，有着农民的朴实，但缺少科学知识和思维的缜密；二是新中国成立后"文革"前毕业的大中专毕业生，有知识，有能力，但心中有"文革"的余悸，缺少开拓精神；三是改革开放时期提拔起来的干部，敢闯敢干，但多了片面追求政绩、哗众取宠的毛病。

从我正面接触的情况看，在上任之初，都有干一番事业的决心和初衷，都有追求光明的情愫，这应该是官场的主流，是光明的一面。当然，也出了一部分蜕化变质的腐败分子，拉山头，搞圈子，争位子，给国家和人民的事业造成了不可估量的损失。我也仔细分析过这些害群之马蜕化变质的过程，还专门看了一本研究人性的书，书中有一个观点说，人都有"两截"之分，上半截是指对社会、对公众能展示能公开的部分，下半截是指只能对自己、对家人、对特殊对象亮相的部分。我认为，对一个人的评价看上半截并不能说明问题，关键是看他下半截是否道德健康、是否能把握得恰到好处。人们往往很愿意把上半截展示给社会，而社会也往往只以人的上半截来给出定论，忽视了隐藏起来的下半截，暴露出了我们考察干部的弊病。还有监督问题。对领导干部的监督可以找到一系列党纪国法的规定，比如人大监督、同级班子监督、上级监察部门监督、群众监督、舆论监督等，似乎每个领导干部都被监督围得水泄不通。但实际情况呢，有效性并不尽如人意。这固然有各种各样的社会原因，最重要的是他们本人忘记了党的宗旨。所以，在党的十八大上习近平总书记提出的"不忘初心、继续前进"一下子抓住了问题的根本，赢得了全党、全军、全国人民的赞誉。因此，我在这个系列小说的写作过程中，塑造了一批不忘初心、追寻光明、为了社会和经济的发展呕心沥血、方得始终的干部，这些形象不是凭空而来，而是在工作中的深切感受。书中也写了几个祸国殃民的腐败分子，从各个侧面分析描绘了他们变质的过程，这也是生活中活生生的例子，不用到处去找，不用生编硬造，我身边就有。

未更名《布局》前，《位子》第一部小说在当当网和实体书店已销售了 8 年，每次外出在机场、车站几乎都能看到它，流传很广，也有了一定的影响，很多分散在全国各地的同学、朋友、老乡和不同时期工作的同行朋友也时常打来电话祝贺、交流和分析。尤其是一些退休的老干部，他们说得最多的是结合学习党的十九大精神，如何培养、管理新时期的各级领导干部，让他们时刻不忘初心，善始善终。所幸的是以习近平同志为核心的党中央正在往深里做、往实里做，人民盼望的干部队伍正在形成并茁壮成长。作为作家，也正在努力书写这个伟大的新时代。

杨新城

2020 年 8 月 23 日星期日于书房

○ 楔子

有意提前上班，心情郁闷的柳枫交还了办公室的钥匙，最后仰望了一眼这座耸入云天的省委办公大楼，在灿烂的朝霞中，两行清泪潸然而下。他把悲愤、冤屈、无奈深深地压在心底，转身上了桑塔纳2000，狠狠地一脚把油门踩到底，出城在高速公路上狂奔起来。随着两侧的树木像被大风刮折一样向后退去，过省、绕市、跨县，将近傍晚的时候，柳枫来到了北京南城的六里桥。进京了，北京那以皇权为中心，体现儒家哲学理念，皇权天子、王公贵族、平民百姓排列有序的建筑展示出的恢宏大气让他镇静下来，还有那密密的灯、稠稠的人，由无数各式各样的车组成的发光的长长的龙迫使他把速度降了下来。顺着西二环跑了一段，前面，天宁寺桥上似乎发生了一起交通事故，他叹了一口气，只得从桥下穿过，顺着宣武门大街一直往东，过了前门楼子左拐，经过百年老店"东来顺"总部直接向北。广场上，华灯璀璨；长安街上，人流如织，车流平缓。又是红灯，他摇开右侧的挡风玻璃，看着雄伟的天安门，望着后面那一大片巍峨耸立、金碧辉煌的皇宫建筑，想着白天从高大宽阔的城门洞里进进出出的游人，又叹了一口气，随口吟出一句"众人皆醉我独醒啊"。

绿灯亮了，他随大流向西再向北开了一段，而后方向盘向右一打，在月坛街一家咖啡厅前停下来。走进大门，一股浓浓的咖啡香味扑面而来。古色古香的装饰，柔和的灯光，轻柔的音乐，绿色的盆景，让他感觉到了一丝温馨，心情也逐渐舒缓下来。

靠在舒适宽大的座位上,他喝了一口正宗巴西咖啡豆研磨出的滚烫咖啡,掏出手机拨通电话,说"萍姐,我不行了",对方说"男人永远不要说自己不行",柳枫咬了咬嘴唇说"女人永远不要说自己没时间",便收了线。他一边品着咖啡,一边用那双海蓝色的眼睛鹰一样看着入口的两扇无框玻璃门。

第一章：入局

◉ 一　　只要坚持不停地赶路，
　　　　山重水复也意味着柳暗花明

门开了，一袭既有厚重感又不事张扬的铁锈红的风衣裹着一位身材高挑的女子走了进来。风衣滑落到服务生手中，瀑布一样的墨玉长发在灯光下闪出绸缎质感的光，随着不经意、习惯地掠动秀发的动作，细腻洁白的脖颈不时露出来。全身经典的黑白色——纯黑的紧身羊绒衫，雪白的长裤，黑白结合处那自然的曲线美让人忍不住想伸出手顺着那鬼斧神工的山腰游滑一番。她坐到柳枫对面，用一双优雅、高贵、富有韵味的眼睛看着他，目光在一层雾中时而哀婉温柔、时而精明而又满含笑意。

看着沮丧的柳枫，杭维萍，这位中央水利委员会的助理巡视员，京城某高官的儿媳，吐气如兰："'我的心，你不要忧悒，把你的命运担起。冬天从这里夺去的，新春会交还给你。有多少事物为你留存，这世界还是多么美丽！凡是你所喜爱的，我的心，你都可以去爱！'我的大才子，还记得这首诗吗？"

"快别提海涅了，现在是人为刀俎，我为鱼肉。还才子呢，我都江郎才尽了，不，是山穷水尽了。"柳枫猛吸了一口杭维萍带来的软中华，恨恨地说，"我服务的那个老头子简直昏了头，和管政法的那位常委争副书记。都是常委，想向上一步本无可厚非，但敏感时期，应该把老毛病改一改啊，他可好，依然走马章台，被人家抓了个现行，闹得沸沸扬扬，把请他娱乐的老板也揭出来了。后来又传他在海港深水码头建设中给工程发包单位打过招呼，大概是那个工程太大，牵涉的人和事太多，谁也不愿去蹚那片满

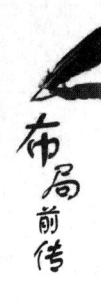

是水雷的深水,只得让他提前退位。城门失火,殃及池鱼,我这个秘书也被流放了。"

"山重水复也意味着柳暗花明啊。"杭维萍收起了笑容,正色说道,"你们省的情况,周末家庭聚餐时老爷子已经说了。让你去哪里?"

"嘉谷县,县委副书记。"

"嘉谷,"杭维萍玩味着这两个字,慢慢说道,"似乎应该是个林茂粮丰、盛产粮棉的地方。当然,这个名字也可能是当地老百姓多年的祈盼,就好像农民盼儿子把前面的姑娘叫引娣、招娣,结果生的还是一堆丫头。"她又说,"我没去过但听说过嘉谷。这几年老头子一直管工业,跑的都是城市与海边,那里属平原地区以农业为主的河海市。"

柳枫继续大口大口地抽烟,整张愁苦的脸被淡淡的烟雾所笼罩。杭维萍的心"咯噔"痛了一下。这张类似西欧人棱角分明的脸上,尤其是那双海蓝色的大眼睛,尽管现在多了一些沧桑,可不经意间,还能看出高山湖水般清澈的透明。就是这双眼睛当年对她那不经意的回眸一瞥,如春天里山谷的风,吹开了姑娘的情怀;如朝霞里清脆的钟,叩开了她20年前少女的心扉。

有位哲学家说,生与死、贫与富、爱与恨是世界的三大主题。尤其是爱,无论是多么荒诞的年代、多么艰苦的岁月、多么寂寞的环境,只要有男有女,爱情,这个古老而又永远新鲜的东西,就像一年四季中的春天一样不可避免地要到来,总是充满了勃勃生机。

在荒凉的山脚下一个简易的篮球场上,红卫战备机械厂下了班的男女青工们读完了《毛主席语录》和"两报一刊"社论后无事可干,就聚集在初冬晚霞夕照的白杨林旁,看铸工车间与机加工车间的篮球比赛。机加工车间连连败北,急得大胡子主任抓耳挠腮。忽然,他向远处喊道:"快,柳枫,上,教训教训这帮子翻砂匠!"只见一个体态匀称、身材颀长的文静男青年跑了过来,两道浓眉微微皱着,眉尖上跳动着自信与傲气,有神的双眸明亮、机敏,海蓝色的睿智光波在星眸上闪烁,鼻梁高而直,整张脸轮廓分明,立体感很强,整个人透射着让人忍不住多看一眼的神韵。柳枫扫了一眼场上,微微抿了抿嘴角,解下身上电工佩带的四大件,麻利地脱掉宽大的蓝工装,露出一身红色球衣。脚穿白色回力球鞋、脖子系着海蓝色围巾的柳枫替下伙伴上场,正赶上对方投篮未中,他动若脱兔,一个起跳抢夺篮板球,运球如风,接连闪过好几个对手,刚过中线就起三步,似乎脚未沾地就跨出了十来米,双手平举投篮,人未落地,球如平沙落雁,"刷",球已进篮。大家都看呆了,"乌拉,好!"和小姐妹们站在一起的杭维萍率先忘情地喊了出来,大家也跟着大呼小叫,但立刻把目光投向了她。大家做梦也没想到,这位从小生长在中央某部驻省研究所大院,满脸书卷气,心高气傲,平时说话不超过音符"4"的娇小姐会在大庭广众之下发出这么强的女高音。杭维萍大喊之后,立刻害羞地躲在女伴中间,但还是从人缝里看到那双海蓝色的眼睛向她看了一眼,立刻如遭电击般蹲到了地上。

她自幼酷爱蓝色,深蓝、浅蓝、淡蓝,只要目光一接触,心里就高兴,心跳就加速。她认为,蓝色表现出的是一种纯净、一种真诚、一种执着。她出生后的第100天早晨,正是暮春四月,遵照乡下来的奶奶的"讲究",母亲抱着她到楼下的小花园里去"走百日"。据说满100天的婴儿见见天光可以消灾辟邪。那天母亲穿了一件天蓝色的旗袍,朝霞很亮也很美,她突然在母亲的臂弯里挣扎着低头去看花园一角刚刚开了的几丛蓝色的蝴蝶花,呵呵地笑得很欢,又用小舌头去舔母亲天蓝色的旗袍。把她抱回屋里,她竟哇哇大哭起来。成年后,听母亲讲当时的情景,她似乎依稀记得那一片蓝色非常温柔、非常富丽。今天这双海蓝色的眼睛似乎是当时的重逢,但更具活力、更具诱惑,使她的心跳得更急。

从那以后,她一直在厂区里暗暗追寻那双海蓝色的眼睛,后来打听到这个叫柳枫的男青年是从一个小城市调来的电工。当时,全国正在热播一部反法西斯的电影,里面有一个打入敌军内部的党卫军军官,

9

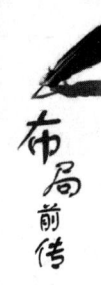

英俊潇洒,有一双海蓝色的眼睛和一个挺拔的鼻梁,柳枫很像他,于是姑娘们都暗地里称柳枫为"德国上校"。那是一个对开展革命理论"天天读"的时代,上班前、下班后都要读半小时的毛主席著作。电工班直属厂生产科,干活分散,赶在哪个车间干活在哪儿读。刚刚抽出的鹅黄色枝条在春风中荡漾,篮球赛过后的一个春天的早晨,柳枫到杭维萍所在的机加工车间附近架线,顺势和他们坐在了车间门口那几棵柳树下。车间主任说自己要去开会,让大家自学。工友们装模作样地看了一会儿,便嘻嘻哈哈、你推我搡地进了车间。杭维萍操作使用的C-30车床电线短路了,找到柳枫时,他还在树下读书。《毛泽东选集》鲜红的封面在阳光的映照下红彤彤的,那双海蓝色的大眼睛不时地望着湛蓝的天空,像在思索什么,青春俊秀的脸上渗出了细密的汗珠,嫩嫩的绒毛依稀可见。杭维萍偷偷笑了,猜他肯定读的不是毛选。这种把杂书包在革命领袖书皮里读的把戏,在有文化的青工中已经不是什么秘密了,她自己就曾用此法读了《红楼梦》《儒林外史》《青春之歌》《静静的顿河》《红与黑》等众多中外名著。

她悄悄地走过去,一把把书夺过来说:"哎,看的什么书啊?"

"你,你……"柳枫惊慌失措,欲往回夺但又不敢,随即站起来垂下双臂,结结巴巴地说,"对不起,我有罪,我有罪。"

杭维萍捂着嘴笑弯了腰,把他拉到一旁,告诉他自己也用这方法读了许多书,是同道中人,让他不必介意,自己更不会去告密,但有两个条件,一是这本书先上缴给她看,二是星期天傍晚到厂后的小杨河河畔交换书看。

第三天黄昏后,春天的山麓旁河水欢唱,小杨河河畔清风流畅,大地洒满了银色的月光,附近村庄庄稼院里的窗口摇曳着点点灯火,两岸的钻天杨在阵阵晚风中发出浪卷沙滩般的响声,与春夜昆虫的鸣叫组成了一曲悠扬的低声部合唱。两个年轻人会合了。杭维萍带来了家藏的自以为很得意的《包法利夫人》《巴黎圣母院》《静静的顿河》以及男孩子爱看的《三国演义》《西游记》《烈火金钢》《敌后武工队》，柳枫只带来了两本书，《传习录》和《太上感应篇》。

"你这人很怪，你的这些书我没见过，也不怎么能看懂。"杭维萍那双水葡萄似的眼睛闪射出真诚求知的光芒，随手把上次缴获的《醉古堂剑扫》拿了出来。

"哦，"柳枫的嘴角不易察觉地向上翘了一下，把那些书利索地整理成排装进电工工具袋里，然后站起来指着一棵梢上挂着月牙的参天大树，用富有磁性的男中音说，"你说的那些书都很好，很动人，我以前都读过。但只是写人在世间的文化形态与生活方式，没有写出他们为什么选择此道，为什么来到世界上要做那些事，用哪种方式去生活。就好像这棵大树一样，人们只看到了它的枝条、绿叶和花果在自然界里四季的表现，没有看到它的根。中国人生存的根，在我们自己的古典哲学里和古人的人生感悟里。"

杭维萍的父母都是高级知识分子，书房里那高到房顶的书橱是她的骄傲。晚上，爸爸在书房里研究微积分，有时也读文学作品；妈妈在卧室里轻弹钢琴，看五线谱；扎着两条小辫的她在两个房间来回蹦跳，做完作业后也挑书看。她是有些自傲但又是诚实、渴求的。此刻的她觉得柳枫不像二十出头的小伙子，倒像刚从古书堆里爬出来的小秀才。尽管刚才从柳枫嘴角上翘的动作里看到他的一丝丝轻蔑，但她还是从绣着"为人民服务"红字的绿色军挎包里掏出了当时饮料中的奢侈品——一小瓶橘子汁递过去。

柳枫润了一下嗓子，继续侃侃而谈。

"比如这本《醉古堂剑扫》，辑录前人成说，寄予作者人生感慨，书中包括醒、情、峭、灵、素、景、韵、奇、绮、豪、法、倩十二卷。每一卷都代表一种态度、一种感受。比如说'醒'，基本上是说在人生旅途上怎么让自己清醒，不要迷惑于外在的繁华富贵、名利，让人可以用一种比较清醒的态度面对人生；'情'的部分，告诉人们怎么在人生中变成有情的生命；'豪'这方面，告诉人们如何在平凡的生活中展现豪气。

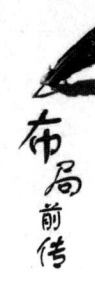

"这本书认为,一个人在人生过程中和四季对应的方式很多,譬如说从宇宙开辟以来有'治世',像尧、舜、禹、汤,他们能治理这个世界。关于'傲世',像许由这些人,不想做官,不要名利,傲对这个社会。另外是'出世',老子骑青牛出函谷关,根本不理世事,隐居起来,跟外界不相往来。再有一种是'垂世',像孔子一样,有所著述,名声流传到后世,对后代有所影响。

"以上我所说的都是这些人面对社会的不同方式。人要选择一种适合自己的方式,让自己生活得更愉快,社会也可以从他们身上得到一些帮助。例如出世和傲世,表面上看对社会没有贡献,但未尝不是在提供一些典范。社会上有出世、傲世的人,能让人们明白许多事情其实并非那么天经地义,也不一定有很大价值。我读书基本上就是这样,常常思索的是书中这些人物为什么这样做,作者为什么这样写他们,那些人到底在追求什么。"

杭维萍茅塞顿开,但她毕竟是个聪明的姑娘,不愿显示出自己太无知,就抓紧追问了一句:"那你呢,准备用哪种方法生活在这个世界上呢?还有我?"

"我们同是天涯沦落人,正常地说,我们现在这个年龄是在大学读书的时候。我想,社会不会总是这样的。至于我嘛,将来,治世与垂世相结合吧。"柳枫望着渐渐消逝的月牙沉思着说。

"那我也这样。"

"不,"柳枫微微皱着眉头,"我出身低微,要和别人一样前进一步,注定要多付出几十倍、上百倍的努力。你和我不一样,何况你还是女人……"

"女人怎么了?时代不同了,男女都一样!"杭维萍一急,上前推了他一把,不自觉地喊出了那个时代最时髦的伟大领袖的语言。

柳枫心里一惊,脚下不稳,半倒在河坡上,赶紧往上爬。杭维萍拉了他一把,柳枫的头轻轻地触到她丰满的胸,因思考发涨的头顿时轻松下来。

再以后，厂里成立毛泽东思想文艺宣传队，他们都被抽调了上来。杭维萍发现：那双投篮准确的手还能画出逼真的宣传画，写出漂亮的艺术字；那个触过她姑娘乳房的脑袋能编写出形象又朗朗上口的对口词、小快板、小剧本；那两片平时总是紧闭的嘴唇张开后能引吭高歌，且音域宽、音质纯，宽广又悠扬，就连小时候受大学音乐讲师妈妈的熏陶而练过发声的她也不得不佩服他的声乐天赋。在一次庆祝毛主席某个最新指示发表的演唱会上，二人合作模仿张振富、耿莲凤的二重唱《祖国一片新面貌》和《毛主席派人来》，震动了全场，引得来观摩的上级领导直拍手，因而被派去一路参加调演，过关夺隘，竟然到了省城，受到了当时省军区政委、省革委会主任的接见并与之握手。命运之神向他们露出了笑脸，红领章一句话，二人同时成为上大学的推荐人选。政审时，杭维萍因父亲仅仅是"反动技术权威"未被查出其他问题，再加上西北的导弹发射基地有一技术项目急需父亲去主持研究攻关而被解除关押，她便顺利地进了北京某大学艺术系。毕业后，她被分配到了国家水利部门的文工团，后来不知通过什么关系又进入清华大学水利工程系读了两年研究生，还到关外的一个市挂职两年副市长，彻底转了行。而柳枫的命运就不同了，当时政工人员翻开他的档案一看，不由皱起了眉头。

柳枫的爷爷是清末华北平原一个小县城的秀才，康有为、梁启超等人的"百日维新"断了他想"打马御街前"的科考仕途梦，只得到财主家从做东席开始。秀才设馆授徒，几年下来也积攒了些散碎银两，就把自家的南房打开，冲街开了一家叫"翰墨香"的文具店，兼收购、售卖书画。北洋军阀混战，来自山东蓬莱的秀才将军吴佩孚不敌啸聚山林起家的奉天督军张作霖，顺着平汉铁道一路南撤。关外张作霖的土匪胡子兵扇打着狗皮帽子扬风参毛，呼啸着打过了保定，占了小县城。天麻黑的时候，"翰墨香"的门被擂得震天响，柳枫的爷爷战战兢兢开了门，见一个胡子兵拎着一个蓝布包说："你这里不是收字画吗，俺在东头杨举人家抢了一卷，看能不能换瓶酒喝。"老秀才拿过来

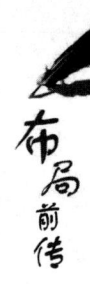

一看,是郑板桥的真迹,不由心中狂喜,满脸堆笑给了对方十块银圆,外带一坛家藏的"刘伶醉"烧酒。眼看那厮欢天喜地走了,老秀才让伙计立刻套车,带着金银细软星夜出城,全家转移到了乡下表姑家。他告诉家人说等胡子兵走了自己再回来,只身悄悄去了趟天津卫。兵患过后,老秀才旱路雇车、水路买舟,一路风尘回到县城,悄悄地扩大了门脸,并在城边的乡下买了上百亩水浇园子地,做起了城乡两栖人,还经常摇头晃脑地吟诵着什么"朝闻翰墨香,戴月荷锄归"。"戴月荷锄归"的上一句原本是"晨兴理荒秽",他这一改,足见其人浪漫、其心闲适。老秀才志得意满,新中国成立后定成分时却被定为小资本家与小地主,双料的反动,这是他始料未及的。

就凭这,柳枫只得眼睁睁地看着杭维萍进了京。临走的时候,她问他将来的打算,柳枫说:"还是那句话,在同样的水平线上,我得比别人付出更多的努力,另外还得看机遇和运气。我不自傲,因为没有家庭背景和政治资本,但也不自卑,我相信一般人有的天赋我也具备,可能还更多一些。萍姐,你放心走吧,我不会放弃希望的。"一番话,说得姑娘为他流出了心头的泪,青春的脸庞上挂上了泪花。一段青涩、甜蜜说不清是爱情还是友谊的交往结束了。柳枫白天还是挂着电工的四大件登高架电线、弯腰拧开关,晚上等同屋的工友睡着了之后就在自制的小铁台灯下读书写作。再以后,1977年恢复了高考,柳枫以一个初中生的学历,凭着天赋、悟性和刻苦的自学,一举考入了北师大哲学系,二人在京城再度相逢。

杭维萍正沉思着,无框玻璃门悄悄地开了,一个竹竿一样瘦,长条脸上细长眼还总是眯着的男人,猫似的走到柳枫身后,向杭维萍摆摆手,迅疾地捂住了他的双眼。柳枫一惊,半截烟掉到了地毯上。他一摸蒙在自己眼睛上那几根细长的手指,恼怒地说道:"李一道,你搞什么鬼?"

中新社记者李一道呵呵笑着,松开手道:"到底是从一品大员的南书房文案,记性就是好;到底是多年的老战友,一摸就知道。"他随手从满是口袋的上衣里甩出一条精装长嘴熊猫,"中南海开会顺的。给你吧,大烟鬼。"

柳枫心里很感激,爱不释手地欣赏着,嘴里却啐道:"你那双爪子还用记,要不是我,早沤成大粪了,那几根细骨头说不定也让野狗嚼碎了。"

"是,是,兄弟没齿不忘啊。还有萍姐,要不是你,处女之身岂不……"李一道又呵呵地坏笑起来。

"去,乌鸦嘴。"杭维萍白皙的脸上飞起一抹红霞,一改少妇的矜持,像小姑娘一样跳起来要捶李一道。

一句戏言将三人又拉回了那个时代。

当年的红卫战备机械厂实际是建在省城边上的一家设备落后的企业,主要生产农用三相异步电动机,因有一个生产半自动步枪零件的车间,所以叫战备机械厂,地方偏僻,人员有从省城招的,也有从各地调来的。这个厂原来在市里。在"以阶级斗争为纲"的年代,有一天,一个去外地开会的造反起家的省革委副主任经过此处时内急,命令司机停车后,在当时还是一片荒滩的野地上撒了一泡长尿,浇灌了一丛碱蓬棵,淹死了几只来往的蚂蚁。他一边抖动一边提溜裤子,看到这里三面环山,一条小河蜿蜒外流,只有一条窄窄的三级小柏油公路通向城里的地形,当过几天兵的他灵感大发,说把那个战备机械厂挪到这里来吧,打起仗来往山里撤方便。"造电机是傻大笨粗的活,咱们工农子弟不能干,把全省的'黑七类'子弟都集中到这里来,也好管理,省得这帮狗崽子,尤其是走资派的小猢狲们动不动就去找他们爹娘的老战友。"因为缺电工,当时在河海市电力部门学徒的柳枫就是在这个副主任一声令下后被劳动部门"按图索骥"搜罗来的。当地的老百姓听拾柴火的说:"副主任一泡尿冲出来一个机械厂,老少爷们有了捡煤核的地儿。"

战备机械厂成立毛泽东思想文艺宣传队时,杭维萍因有一副金嗓子和颇具组织能力,老子又被解除关押,因而担任了队长。李一道那双细长的眼睛从小对什么乐谱一看就懂,那双细长的手对什么乐器一

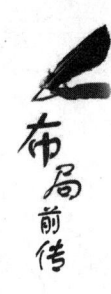

动就会，柳枫因有写作特长也一并被招了进来。三人一个是反动技术权威的女儿，一个是走资派的儿子，一个是小地主的后代，成分上彼此彼此，感情上比较接近，在队里很快成了铁三角。他们当时的位置是队长、乐队指挥、编剧。使铁三角更加牢固的是后来发生的两件事。

第一件事有关杭维萍的清白。当时为了显示对伟大领袖毛主席的忠诚，讲究宣传最新指示不过夜，往往是下午6点中央人民广播电台播出后，宣传队就连夜编词、配曲，第二天演出。有一天毛主席他老人家说了一句"工业支援农业"的话，柳枫在嘈杂的食堂里听着大喇叭的广播，边等着买饭边琢磨出了一个机械工人下乡支援农民兄弟抗旱的小歌剧。当天晚饭后，他和李一道、杭维萍简单地碰了一下头，三人便来到了他们的创作室——柳枫所在的电工班的配电室。

配电室在厂区的最北头，孤零零的，紧挨着被附近农民来厂里捡煤核扒得满是豁口的围墙，周边是长满红荆、碱蓬棵、荒草的野地和锅炉房倒出的煤灰。在自制的铁台灯下，柳枫写词，李一道拿着一把小提琴配曲，杭维萍哼唱。三星正南的时候，杭维萍内急出去小解。柳枫把词写完，看着李一道还拨拉着那把小提琴哼哼唧唧，头有些发涨，便走了出去。他望着满天星斗，吸了一口清凉的空气，拿出烟来正要点燃，忽然听到不远处传来女人的惊叫和哼哧哼哧的打斗声，眯眼一瞧，见两个黑影夹着一个白白的东西正往远处拖，顿感不妙，拿出三步上篮的功夫嗖嗖跑了过去，一脚踢倒了前面的黑影，后背也同时挨了一棍子。他向前一扑，倒在了蠕动着的白影旁边的地上，手摸到了一个湿润带柔软绒毛的地方。他像触电一样，她战栗。

原来，出来小解的杭维萍看到外面黑乎乎的，不敢去远处的厕所，就想在一个煤堆旁解决。她刚褪下裤子，就被翻过围墙豁口来偷煤的附近村庄的两个小混混发现了。看到城市姑娘白嫩的胴体，再想想自家炕上老婆黑黄粗糙的皮肤，两个家伙欲火中烧，互相使了一下眼色，拎着偷煤的小耙子扑了过去，一个捂嘴抱头，一个往下拽裤子，合力抬腿扛脚，把杭维萍往几丛红荆后面拖。

小混混跑了，杭维萍傻了，半天才哭出声。柳枫"嘘"了一声，指了指电工房的灯光，聪明的姑娘立即明白了，柳枫又指了指她还光着的下体，背过身。

二人一前一后回到创作室，李一道还在哼哼唧唧呢。这件事两人一直心照不宣地保密了许多年，直到都结婚有了孩子，在一次聚会上柳枫因喝醉了酒讲出来，惊得李一道惋惜地拍着屁股直转圈跺脚，大骂自己愚蠢、痴呆，当年生不逢时，错过了最佳时机，一副悔青了肠子、痛不欲生的模样，这件事也成了戏谑柳、杭二人的话把儿。

第二件事关于李一道。李一道当时是冲床工，干活吊儿郎当，自从进了宣传队并且有几个节目被调演后，一心想着当音乐家，整天琢磨作曲找主旋律。那年夏天，上夜班的柳枫到冲压车间检查线路。几十台四五米高的冲床在明亮水银灯的照耀下你上我下，煞是热闹。李一道站在冲床边上，五个细长的手指在冲床头升上去的平台上敲敲打打，另一只手跟着打拍子，明显又在找旋律，而100多吨的冲头马上就要下来，顷刻间就要机损手亡。柳枫一个箭步上前，推开了李一道，同时敏捷地把一块木板垫在了平台上。"砰！"木板屑沫四散，李一道抖手惊愕。事后，李一道要请柳枫吃饭，柳枫说不用，说我救了你的手，你把手上手艺传给我一些就可以了。"什么，手艺？你小子真是个土鳖，那叫艺术！要有境界、有乐感，是用心、用感情弹拨出来的，甚至是用整个生命的灵动，那是用灵魂的飞舞、跳跃、融合与升华感悟出来的艺术！"李一道细长的眼睛里射出雪亮的光惊叫着，但还是毫无保留地教给了柳枫。于是，柳枫学会了弦乐。除了写词、唱歌，他还加入了乐队。他不像李一道那样拉弦时随着节拍摇头晃脑，而是坐如钟、站如松，琴体横平竖直，马尾弓抖起来如行云流水，全靠腕力。

"别闹了，柳枫被发配到嘉谷县了，你知道那个地方吗？你是记者，跑的地方多。"杭维萍幽幽地说，把大家从沉思中拉了回来。

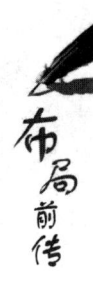

"知道,"李一道略微想了想,细长的眼睛睁开了,射出两道要杀人的寒光,"去年搞农村产业结构调整调查,我跟农业部的一个头头去过,住了几天。那里的文化氛围是典型的农耕文化,地理特征是有一条河,叫土龙河,常年干枯。据说皇帝老儿还在那里治过水呢。农业上五谷杂粮长得不错,没工业,空气很纯净。最有意思的是那里的人名。有一次开座谈会,县委书记在那里说空话、套话,我实在无聊,研究了半天参加会议的人员名单,发现嘉谷人的名字来自三方面,一是常用的农具,二是常见的动物,三是历次政治运动的时髦词。比如常木犁、刘辘轳、张碾盘、周石磨、王三牛、郑二狗、张合作、李跃进、赵四清、崔文革、赵为党,等等。最有意思的是他们的县委办公室主任,叫什么方囊,大概是他老子在三年困难时期闯关东,扒错了火车去了新疆,不知哪个维吾尔老汉可怜他,带回了一口袋烤馕,正赶上他娘生下他没奶水,他爹把馕泡了一碗糊糊给他吃了吧。哈哈。"

"别嘻嘻哈哈了。"杭维萍正色道,"你看柳枫去那儿怎样?"

"按他们省目前的情况,只能是既来之则安之,但如果萍姐你求求……"

"求老头子,绝不可能。"杭维萍目光凌厉地看着李一道,瞥了一下柳枫眼神里的期盼,坚决地摇了摇头说,"我们家老爷子和他们省的封疆大吏没有历史渊源,也不是一条线上的,说话未必管用。再者,不是一个派别他也不会去说。"

"哦,"李一道只得顺着她说,"我们当代的大学生前几年不是被称为天之骄子吗,"看到柳枫嘴角又微微上翘,连忙改口,"不,是你们这样的大学生。你是恢复高考上的大学,我和萍姐是推荐的工农兵学员。你现在也是香饽饽嘛。前几天我们社内参发了你们那个省一个地区选拔干部的经验,叫《运动场上选冠军——从基层建设的主战场上找千里马》,反响不错,中央一个管干部的大佬还批示了。他写的那几行字很快就会成为那些基层马屁精的金科玉律,尤其是会成为你们省一个阶段选拔干部的主旋律。你老兄下去当一副七品,找个角度干出点儿事来,到时我再叫上一帮老记哥们忽悠忽悠,说不定就柳暗花明了。我看是'塞翁失马,焉知非福'啊。"

杭维萍赞许地点头，柳枫的心情也轻松了许多。看着大家来了兴致，李一道潇洒地吹了一声口哨，叫来了服务生，喊着上德国黑啤，嚷嚷着要用萍姐的钱买今宵一醉。杭维萍制止了他，跟他们每人碰了一杯后深情地对柳枫说："姐这次实在无法帮你，理解我吧，在高官家里做儿媳也并不比官场上轻松，也是如履薄冰。像我们家老爷子这些人，虽然做了那么大的官，进城那么多年，但骨子里还是农民。不说这个了，社会毕竟是进步了，下去后好自为之吧。我在他家耳濡目染，也悟出了一点儿规律，现代的干部要想在内平衡，在外站得住脚，能往上提升，必须满足三方面的条件：要有形象，说话办事要让人看出有文化、有知识、有品位；要有政绩，有让人看得见、说得出口、记在心里的成绩；要让上边认可，从心里欣赏你，感到你可用、可提拔。"

"第三条是最难的。"柳枫机敏地做出了反应。

"萍姐说得有道理，但不深刻，"李一道说，"我看升迁有七种类型：一是干出来的，或闯荡疆场用命拼出来的，或殚精竭虑用血汗泡出来的；二是考出来的，十年寒窗，挑灯夜读，博览群书，书本搭就青云路；三是熬出来的，卧薪尝胆，藏敛锋芒，俯首帖耳，亦步亦趋，最终多年媳妇熬成婆；四是吹出来的，官出数字，数字出官，政绩变成了敲门砖；五是跑出来的，或巴结谄媚跑个官位，或攀龙附凤谋个门子，或花钱行贿买顶乌纱；六是沾光沾出来的，一人做高官，皇亲国戚、姨姑甥舅跟着鸡犬升天；七是玩出来的，善于揣摩领导，照着软肋下家伙，顺着领导的爱好玩成了精，把玩麻将请自摸、洗浴送按摩等这类把戏玩得明面上不显山不露水暗地里又风生水起，玩出个官来。当然，后几种是长久不了的。"

李一道说得手舞足蹈，杭维萍沉默不语。柳枫有些惊愕地看着他，想不到当年浪荡野性的业余作曲人混了几年也悟出了自己心中常想但还不太明确的道道，一丝悲哀悄然而至，不禁皱紧了眉头思索起来。

"我看老兄就把这七种各取精华，结合用之，不愁骏马得骑、高官得做、美女入怀。"李一道刚哈哈说完，手机就响起了《西班牙斗牛士》的旋律。他跑到一旁接完电话回到座位说："二位，失陪了啊。中南海有一大佬突然

视察了国家气象局,气象局的人汇报说今年因全球气候变暖故北方多雨,大佬发指示说要各地做好防涝准备。我得赶紧回去发稿子。"

"我有些头疼。"柳枫掐着脑袋说。

"呵呵,"刚要飘然而去的李一道又坏笑起来,"萍姐,快,安泰又要寻找大地了。"竹竿一晃没了踪影。

这又是他们三人之间的一个秘密。柳枫有偏头疼的毛病,尤其是读书和思考过度后更甚。

杭柳在战备机械厂后换书的第一个夏夜,闷热、潮湿。三人在电工房里挥汗如雨地编写节目,柳枫的头疼病犯了,吃了三片止痛药也不管事。第二天又要演出,还有一段词没编完,他只得脑袋顶着配电盘的铁箱子,手里拿着笔在纸上画,两眼冒着泪。李一道在一旁急得直跺脚,杭维萍慢慢地走过去给他揉,最后把他的头抱在了胸前。也奇怪,柳枫的脑袋一触到姑娘的乳房,就如同海绵吸走了病灶,奇迹般地不疼了,而且神清气爽,灵感如电石雷火迸发,文如泉涌,不仅顺利地写完了最后一段词,而且诗兴大发,以杭维萍白天代替电焊工上高炉装避雷针为题写道:

焊枪,喷出一片彩霞;

焊花,溅落满天星光。

飒爽英姿女焊工,日夜战斗在高炉上;

胸有北斗朝阳,看世界五洲红旗扬。

……

诗歌发表在当时全国发行的《革命工人报》上,正赶上五一国际劳动节,许多工厂的黑板报都转载了。省工业和交通系统一个有点墨水的头头到企业慰问发现后,让秘书打听了一下,拿过报纸玩味了一番,说:"有形象,有立意,有意境,有高度。"听秘书汇报了柳枫的出身后他又说:"关键不是作者写得好,而是我们工人阶级做得好。"之后在一次大会上表扬了杭维萍,为杭维萍后来被推荐上大学增加了一个理由。

在他们合作编写节目的日子，只要柳枫一头疼，杭维萍就略带羞涩地走上前，先是狠狠地盯李一道一眼，然后大大方方地把柳枫的脑袋抱在胸前轻轻按摩，被李一道戏称为"西方神话里的安泰没有力量了，需要到大地母亲那里补充能量"。

咖啡厅静悄悄的，只有轻柔的西方田园音乐在空气中似有似无地环绕着。杭维萍将柳枫的头抱在胸前轻轻地揉着，发现这熟悉的头发不如当年那么浓密了，头顶、鬓角开始变稀，有的地方竟然出现了白发。她长长地叹了一口气，轻柔地拔除了两根白发，两颗泪珠在她美丽的大眼睛里滚动了好几圈，但始终没有掉下来。柳枫的头依偎在杭维萍的乳房上，感到早年熟悉的这对温柔的山丘虽然不如以前那么挺拔富有弹性了，但更加暄软圆润，是那么的富有温情。

无框玻璃门开了一下，早春二月一丝料峭的寒风吹了进来，让人不禁打了一个寒噤。杭维萍在他耳边轻声道："我们该走了。"柳枫神清气爽地站起来，帮她穿上风衣，出门后晃着手里的车钥匙说："萍姐，我送你。"杭维萍摇了摇头。这时，一团巨大的阴影逼过来，大坦克一般的美国悍马吉普无声地滑到了跟前，一个穿查尔斯王子最喜爱的双排扣同款西装的留平头的北方车轴汉子敏捷地跳下来，拉开后面的车门，用手护着车顶框，弯腰恭敬地说："杭总，请。"杭维萍对柳枫淡淡地介绍："这是刘先生，你们以后可能会见面的。"丰满而又富有弹性的腰肢一扭上了车。大坦克低吼了一声，风驰而去，柳枫怔怔地望了半天。

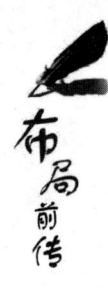

○二　越偏远闭塞的地方思想越活跃，
　　　传说越多

在华北南部平原的腹地，有一条河床常年裸露着，从东到西，一字横卧，胸膛宽阔。南堤到北堤，相隔十余里，阡陌连绵。春天，一河湿润柔软的细沙地上芳草萋萋。夏天，河滩上野草疯长，偶尔有一棵只有少许叶子还没有抽出枝条的小树在草丛中挺拔而出。秋天，河滩里的草旺旺的，庄稼绿绿的，结满籽的部位鼓鼓的。庄稼人嘻哈一片，血气精旺的还拿出年轻时的功夫，连续翻几个跟斗或倒立行走一段。冬天，猫冬的老汉们穿着大棉袄，腰里扎根布带或草绳，成群结队坐在斑驳陆离的北墙根下，晒着暖暖的日头，远远看着河滩上被霜雪浸染的花白衰草和在寒风吹动下光秃秃耷拉着的小树。

此时正是春天，嘉谷县委副书记柳枫正在县委办公室主任方囊的陪同下走在土龙河大堤上。柳枫记不清是哪位作家说过，一个没有去过的地方，就像没有打开的一本书，里面不知会藏着什么秘密。所以，从前天到任后，他一直在注意观察、思考着在这里碰到的每一个人、每一件事。前天，参加完县里四套班子宣布的任命会议，在例行的欢迎午宴结束后，送走了省委办公厅的干部处长与河海市委的组织部副部长，柳枫就去拜访了县委书记于茂盛。茂盛的头上并不茂盛，典型的地方支援中央，四周的长发尽管都在发胶的引导下向上扳着，但还是露出了半个光秃秃的脑壳。

柳枫进他办公室的时候，已是下午4点多了，于书记正歪坐在宽大的沙发上读书,看到柳枫,热情地沏茶、倒水、递烟。但在点烟的时候,于茂盛书记的动作明显慢下来了,一直等到柳枫掏出了打火机给他点着,让柳枫明显地感到了正副职的区别和一把手的威严。

"好啊,你来了,我们热情欢迎。30多岁,正宗名牌大学生,又在领导机关工作过,给我们县委增添了新生力量啊。后生可畏,后生可畏啊。哈哈哈。"

"于书记,我没在基层工作过,您多指教。您看我的分工……"柳枫想尽快进入工作,尽快忘掉省城的烦恼。

"分工嘛,"于茂盛慢慢吞吞地说,"你来之前我和其他常委议了一下,就按你的特长。县委这边你分管办公室、宣传部,政府那边的事和两个副县长共同管县直工业、对外开放和文教卫生吧。你看怎样?"柳枫知道,最后那句是客气话,实际上是不能改变了,便客气了几句想离开。哪知于茂盛书记一把拉住了他,问起了省委领导、各部门以及河海市的头头脑脑在省城的人脉关系、个人爱好、家庭子女,而且非要柳枫详细讲讲某副省长与一位女歌星的风流韵事,弄得柳枫很不耐烦,随便敷衍着,而且立刻想起了一句古诗:"可怜夜半虚前席,不问苍生问鬼神。"告别的时候看了一眼于茂盛读得津津有味的书,案头都是什么《登极权术》《帝王的谋略》等,他很想告诉这位书记,写教人如何升官的人可能一辈子也没做过官,教人赚钱的人可能一辈子都是穷光蛋,整天讲如何做学问的人可能是最没学问的,但终因头次见面没说,只说自己想下去熟悉熟悉情况,接触一下嘉谷的人文地理文化,于茂盛当即指示让县委办公室主任方囊陪同。

高高的白杨树,长长的千里堤,再加上初春的阳光,河坡上嫩嫩的草芽发出的淡淡清香,让柳枫此前的不快一扫而光,并有些心旷神怡。他看了一眼在旁边迈着正宗官步的方囊,沿着光洁平整的土路跑了几步,一个起跳,摘下了离地两米多高一棵杨树枝上的两片嫩芽。

"好啊,助跑有力,起跳迅速,爆发力强,标准的三步上篮。"方囊赞叹。

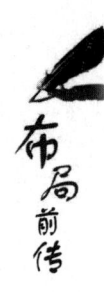

  这个方囊,绝对不是李一道戏谑的什么吃新疆烤馕长大的。柳枫曾经从远近两个距离观察过他。在一帮北方县乡干部里,此人绝对没什么特色,但如果近距离坐在一起开会,那双眼睛就显得不平常了。方囊那双眼睛不是面相说的那种大而圆或细而长的清秀上品,但上下眼皮弧度完美,瞳孔里的虹彩位于中央,并且清晰稳定,然而,那双眼睛又是闪烁的:闪烁反映内在的生命力,并富有远大理想;在闪烁的同时,又是稳定的。稳定表现在方囊看人时,这种稳定是受到充分管制的,是凝视的,而且只看对方上衣第二和第三个扣子之间,像是要开枪击毙前找准心脏的位置。那种凝视是锐利的、权威的,是令人不寒而栗的。

  "方主任,说说这条河吧。"柳枫厌倦了听他介绍全县土地、人口、产量、人均收入等数字,想从这里找到一些遐想的空间。

  方囊仍然不紧不慢地告诉他,这条土龙河发源于西边的太行山,从这里流过直通东海,父辈那时还常年有水,宽阔的河面上也是帆影桨声、渔舟唱晚。当然,也给这块土地带来了灾难。每逢汛期,两岸百姓都要上堤防汛抗洪,稍有不慎或钱粮出了问题,这条"土龙"就要出来肆虐,淹没周围十八县的上百万亩百姓赖以生存的庄稼。所以,从前来这里做县官的人都是治县先治河。从顺治年间到民国,有五任县太爷因决口发洪水被摘去顶戴花翎,砍掉了脑袋。到自己在县城上中学的时候,也是半槽子水哗哗地流着,装着柴油机的铁壳子船突突地冒着黑烟拉着一队队驳船来回奔忙着。不过近年来不行了,已经有20多年没见过水了,即使有,也是上游的化工企业排下来的污水。

  "那为什么还修这样好的堤呢?"柳枫看着河堤外显得很低矮的民房问。

  "哦,我们现在的位置在北大堤上,再往北是油田,还有两座大城市,保卫那里的安全是战略和政治任务。每逢防汛,北堤的第一责任人是县委的一把手,南堤就差点儿。"方囊答非所问,又像是提示着什么。

  "看,水,一大片水,还有山!"转过一个弯,柳枫惊奇地叫了起来。这里确实是个奇迹。在多年干枯的河床上,在通向北堤的两个支水坝中间,有一个水潭,周围芦苇丛生,水是碧绿的,似乎深不见底,在芦苇阴影遮不到的地方，还有鱼儿在悠然地游。在水潭的正北，顺着大堤的北坡，赫然出现了一座小山，全是青色的石头，石头的夹缝里长着几棵小树和不知名的野草，面积也就三四百平方米，高度也就十来层楼高，要是在山区，只能算是个小山包子，但在这千里大平原，已经是傲然挺立、雄视四野了。不仅有山，山上还有几间类似庙的尖顶起脊的破房子。柳枫看见一位穿一身土灰色衣服的老人拎着已多年不见的木水桶沿着通向山顶的台阶颤颤巍巍地往水塘方向走。

方囊告诉他，这片水，老河工们说是海眼，是通着东海的；当地老百姓说是龙潭，里面住着一条蛟龙，经常在阴云密布的夜里从天上吸水。不管哪种传说，这里确实多年没干过。有一年大旱，附近几个村庄的民兵集中了几十台抽水机抽了三天三夜，水愣是没见少。第四天拂晓时潭里响起了隆隆声，几股水柱冲天而起，哗地又落下来，把周围抽水的40多个小伙子全砸在了地上。小伙子们喊爹叫娘争先恐后地逃回了自己的村庄，在炕上趴了半个月。从此，谁也不敢来了。

"那这山呢？"柳枫几乎被他讲的传说迷住了，急忙问道。

方囊的眼睛又开始闪烁了，闪烁过后是凝视，但不是凝视柳枫的胸膛，而是看着那位打水的老人，随后讲了个故事。

这座山有多少年，谁也说不清。有的说是一个天上的神仙从这里路过时想下来歇歇脚，哪知按下云头一看，地上正发大水，平地汪洋，连个干坷垃也找不着，就顺脚端下了天上一块石头，在此小憩并抽了一袋烟。也有的说，清朝雍正年间朝廷派大臣治河，拉来的石头多了，碰巧那年没发水，就堆在了这儿。还有的说，离此地百里是明朝在皇帝面前很吃香的一个大太监的故乡。他发迹后在家乡修宅院、建花园，从南方征用了几十条船走京杭大运河转土龙河往家乡运石头。上天震怒，是夜，雷雨交加，船在风浪中全翻在了河里。后来，河水改道才把石头堆露了出来。不管怎么说，这里多年前就有了这座山。当然，在建材奇缺的平原上，也有人打过这堆石头的主意。曾经有人来挖过

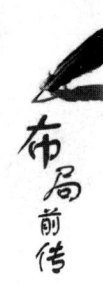

石头,但不是被大锤砸了手,就是放炮崩死了人。老人们说,这石头是神仙、皇帝、贵人用的东西,凡夫俗子强占是要犯天条遭报应的,以后也就没人敢动它了。

有山就有庙。据说,新中国成立前这里的庙叫送子娘娘庙,供奉着一位慈眉善目的老太太。庙里住着几个尼姑,每日洒扫厅堂,收收香火钱,清修度日,倒也安宁,没发生过地道里钻出和尚,禅房里与野汉子交合的事,在方圆几十里名声甚佳。来求子的小媳妇、老婆婆虔诚有加,烧香磕头奉上供钱后就能得到老住持给的一包药,大包套着两个小包,用一黄一绿的纸包着,黄的女的吃,绿的男的吃。还挺灵验,一年之内大部分都能怀上孕。"文革"来了,红卫兵横扫一切牛鬼蛇神,"破四旧"首先上了山,先砸坏了娘娘的泥胎像,后把尼姑赶出了门。上山的红卫兵中有一个是回乡探亲的南方医科大学的学生,在这次革命行动中被师弟师妹们拽上了山。他把搜出的草药拿回大学实验室做了化验,发现里面有淫羊藿等催情药成分。宣布后炸了窝。尼姑们不仅传播迷信,还加之破坏计划生育的罪恶,于是,都被造反派揪回县城大会小会批斗。后来随着运动的深入,揪出了一大串走资派。总斗尼姑一是厌烦二是显得档次低,红卫兵都忙着去斗书记、县长或白坐火车、白吃饭到外地串联游山逛景去了。红卫兵司令部就勒令这五个尼姑在新改名的"反修路"上扫街,并由一个原来在早市上卖鱼的叫张五代的汉子看管。

在张五代那一股姓张的家谱里,并没有"五"字辈,"五代"是别称,说他们家历代当河工,到他这儿已是第五代了,祖上原籍哪里他也弄不清。他祖爷爷是康熙年间跟着一个治河的官员坐着插着黄龙旗的官船从遥远的上游巡河过来的,据说水性极好,能在水下憋气两个时辰,是扛着沙袋堵浪窝的好手。官员离不了他,就在官船尾上给他搭了一个席棚,一天供他两斤小米外带两块老咸菜,让他自己做饭,以便随时招用。康熙八年,嘉谷土龙河发大水,他被官员带到这里。但因前期大旱,鼠害严重,大堤上老鼠钻的洞太多太大,张河工能耐再大也堵不住了，终于酿成了大祸——水漫北大堤，威胁京城，震动了天子。一天，从京城方向驶来一条挂有"奉旨出巡"杏黄旗的大船，靠在山边后，一吏部侍郎坐定娘娘泥胎前，两边站满了刀枪雪亮、盔甲鲜明的侍卫，一声"威武"过后，对跪在泥地上的治河官宣读了皇帝龙颜大怒下的圣旨，当场摘掉其顶戴花翎，随后将其带回京打入了天牢。张河工没了去处，只能在此落脚。他在岸边结一草庐，每日里打鱼为生。鉴于他往日的名声，汛期里本地县衙雇他为专堵浪窝的河工，待遇也比较优厚，几年下来他也积攒了些钱粮。张河工春天脱光了膀子挑河泥脱坯，秋天砍了几棵次生柳，临河堤盖起了三间土房。有好事的老婆婆给他说了一个当地女子为妻，算是成了家。据女子的嫂子说，张河工因常年在水里泡着，那个东西特小，不仅每每不能让她妹子尽兴，还难以怀孕。所以，张河工一辈子只生了一个儿子，以后还是代代单传，一直到了张五代这一辈。上代品种不行，张五代这颗新苗更差，生得水蛇细腰，脊背上和肚子上还长满了胎记。五代在传宗接代上更不争气，28岁上娶了媳妇，夜夜耕耘，中午加班，但直到40多岁也没见到一男半女。于是，人们给他起了一个外号叫"无代"，意思是说从此无后代，绝户了。街上挺着大乳房奶着孩子的女人看见张无代的媳妇就指指点点地议论："你看那娘们走路两腿夹得紧紧的，又黄又瘦，像旱地里一棵长不大、结不了子的老玉米，哪像受过男人精血补养过的，她男人一定是三把揉不起来的软面条。"传得多了、久了，连县里的官们也相信了，所以，觉得让张无代去看管小尼姑是非常恰当的。

　　无代家传不会种地，挣的是治河的钱，吃的是水里的营生。土龙河几十年没水，但老天爷饿不死瞎眼雀，虽然河断了流，但庙前还有一方不干的水潭。无代凭着水里的功夫，在此抓鱼，平时也从外地弄些鱼苗放在里面养着，又在河滩上开了几亩地，和堤外的老百姓一样，春种玉米，夏收小麦，秋收杂粮，还在潭边扎起了一圈篱笆，圈起了一个小菜园，种些时蔬瓜果。无代用抓来的鱼换油盐酱醋，吃着用力

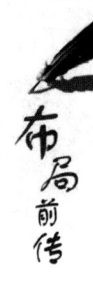

气换来的粮菜,日子倒也过得惬意。只是每到夏夜提几桶潭水,浇完自己的小菜园,洗净了身子,点着熏蚊子的艾蒿,坐在一个干枯的柳树墩子上,无代望着满天的星斗和地上的绿草就会发呆,想着当年祖辈那一河的滔天大水。县临时革命委员会通知他去看管尼姑,说是政治任务,不去就要游街、批斗、戴高帽子,他害怕了,只得恋恋不舍地离开了这潭赖以生存的清水,去了"反修路"。

给尼姑住的是原来县曲艺团的一个小院。曲艺团因宣传"封资修"早被解散了,这是一个靠近南河堤紧挨县城的精致民居,是慈禧太后掌权时本县县太爷给公子修的带花园的书房,环境清幽,风景优美,推窗能看见堤上的翠柳与河上的白帆。一排正房共四间,前出一步廊,三间通着,一间独立,中间用多年的老松木板壁隔着。通着的大间是公子的书房,小间是卧室,还有两间厢房是做饭和伺候公子的下人们住的,院里还有几棵老树和几个被红卫兵推得七仰八翻的石桌石凳。

张无代来到这里,自然是三大通间住尼姑,单独那一间归他。那时的县城是土街,尘土飞扬,尼姑们扫一天街蓬头垢面。庙堂清修的人素爱干净,收工后第一件事就是洗洗涮涮。造反派忙着抓县里的当权派,十天半月也不来一回,看管小尼姑的任务完全交给了这个世代贫农的张无代。无代白天除了和她们上街转悠转悠外,回来就坐在自己屋里发呆,想自己老婆和自己门前的那潭水、自己的小菜园。尼姑们可不管他想什么,每天扔掉扫帚就到伙房烧一大锅水,抬到屋里脱光了就洗。女人,尤其是年轻的女人,不管受了多大屈辱,多累,只要洗干净了心里就高兴。张无代被她们的声音弄得心里痒痒的,忍不住贴着板壁听,谁知道脑袋一碰板壁,有几块朽木竟然松动了。他忍住狂喜,小心翼翼地扒开了一个小洞。

大约过了半个月的样子,有一个在皈依佛门前结过婚,却因丈夫意外亡故受不了婆婆虐待而出家的年纪较大的尼姑最先发现了那个洞眼,以后便总找理由贴在板壁前偷看无代。后来秘密暴露,成了大家的福利,每逢无代洗澡,便轮流观看。尼姑们开始有些害羞,免不了脸红心跳，再后来就蠢蠢欲动起来。

板壁不隔音，睡不着的张无代听到了动静。第二天洗澡的时候他故意慢了半拍，等那边的尼姑洗完了光着身子晾头发的时候自己才脱光，还故意把脸盆弄得叽里咣当地乱响，告诉那边自己开始了。

这天暮色四合的时候，年纪较大的尼姑忍不住进了张无代的房。再以后，这事就在一个男人和几个女人之间公开了。众尼姑轮流战无代，男人的精力有限，开始还行，慢慢力气就不济了，往往使某个尼姑不能尽兴，于是有的尼姑就把红卫兵砸庙时残存的送子药偷偷地放进无代的茶碗里，以求自己欢愉。

县太爷公子的书院紧靠河堤，墙高林密，大门一关，严严实实，自成天地。春去夏来，张无代与众尼姑渐渐没了忌讳。他把石桌石凳摆得整整齐齐，用现成的自来水浇灌在院子一角开辟的一小块菜地，还栽了几棵美人蕉和几丛牵牛花。菜绿花红，小院里满是生机。玉兔东升的夜晚，几个人关紧了大门，洗涮过后，就坐在石凳上享受月光天体浴，兴趣来了就在石桌上戏耍玩闹一回。张无代觉得小日子过得有滋有味，逐渐忘记了自家那个病秧子妻。花开花落，在金黄与翠绿衔接的日子，人们发现，扫街的这几个尼姑不像以前那样灰头土脸了，年轻的还在脖子上系了花围巾，两眼也活泛了，开始拄着扫帚顾影流盼了，倒是整天坐在阴凉里系看管她们的张无代更加萎靡了。秋风把第一片绿叶吹黄的时候，有两个尼姑的腰身粗了起来。尼姑怀孕了，这下引起了公愤。人们骂小尼姑淫荡，骂张无代色情，更骂县里那帮子造反派缺德带冒烟。老人们找到原来在街上经常打架斗殴，后来接父亲班在县中学敲钟巡夜，现在为县革委会文教系统负责人的高钩子，骂他让尼姑扫街、让张无代看管是浑蛋，说尼姑有孩子是伤风败俗，并威胁他说，他那病了的爹死了以后没人抬。高钩子害怕了，一边大骂张无代，想着这根正苗红的贫农也不可靠，白白让他享了艳福，一边依从老人们的主意，找了人说合，把几个尼姑远嫁给离城较远的农村的几个老光棍。高钩子回头把张无代叫来骂道："让你代表无产阶

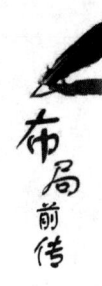

级去对她们实行专政,你倒当起皇帝,有了三宫六院了!"左右开弓,狠狠地扇了他几巴掌,让他滚蛋。无代的老婆听说此事后决然回了娘家,一番哭诉。娘家的几个亲兄弟义愤填膺,挽衣袖,攥拳头,带上铁锹、镐头,拉着小板车,找到张无代将他痛打了一顿,还顺手拆了他的三间小土房。

睡了尼姑,坏了名声,挨了两顿臭揍,跑了老婆又没了房子的张无代无处安身,只得回到龙潭旁,住到破庙里。有一天他正坐在大堤上发呆,读过半本《卦经》在河滩上放羊的老汉张三木对他说:"你的前世是条花斑水蛇,今世与尼姑私通是犯了天条。你命中该有一劫,今后要拜佛赎罪。"张无代看看落魄的自己,深信不疑,发誓要重塑庙里的娘娘金身,并且早晚三叩首,初一、十五上鲜鱼供。从此他还真勤快起来,摸了鱼先给娘娘看,砍了青草晒干后编成帘子到集市上卖,挖了野菜腌成咸菜送到城里的小饭馆换成零钱存起来,省吃俭用攒钱,计划秘密请人塑像。时间长了,他还真实现了自己的理想,只可惜除了他自己外,没人来给这位慈眉善目的老太太磕头。

方囊讲得活灵活现,柳枫也听得很入神,刚要说些什么,手机响了,是政府那边和他对口的副县长张二牛说下午要开文化会,布置二月二龙抬头庙会演出的事。于是各自招来了自己的车,回县城了。

这天夜里,被他们念叨的张无代做了一个梦。

他把早春的大鲤鱼做好放在了娘娘面前的供桌上,磕了三个头后长跪不起,嘟嘟囔囔地忏悔着自身的罪恶,以至睡着了。梦中娘娘走下了莲花座,轻轻对他说:"放羊老汉说的是对的,你命中犯桃花霉运,这一劫快过去了。看在你给我重塑金身虔诚行好的分上,告诉你一个秘密。今年这里要发大水,土龙河的一雄一雌两条龙要见面。这里的潭是雌潭,上游30里有一个雄潭要显形。地点是以北堤的一丛老红荆为坐标,往正南走400步,那里有乾隆爷下江南走到这里时当地的一个州官乘着夜色送上的一箱珠宝。

当时皇上和苏州带来的一个绣女正在欢愉，谁也不敢去打扰。龙船上给皇上守夜的太监要独吞宝物，侍卫不干，两边打架争抢，珠宝便掉落水下。人间的宝贝天上都知道，都是要派猛兽看守的。龙到水里去会合，那时虾兵蟹将也被带走。趁没有看守的时候，你赶紧去，不要管堵浪窝的事，凭你的水性一定能捞上来。你拿到了往南走3000里，过好日子去吧。记住，不能看见女人用的脏物件。"

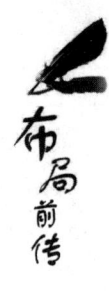

○三　会议有表扬就要有批评，
　　布置工作宜短不宜长

　　二月二，龙抬头，这个节也算在春闲的日子里。这一天，北方别的农村也就是全家吃顿好的，晚上耍个龙灯热闹一会儿，但嘉谷县靠近土龙河，对龙的图腾崇拜意识更强一些，再加上这几年发展经济，提倡"文化搭台，经济唱戏"，所以，这里每年二月二的庙会办得很隆重，按于书记的话说是要办成展示县域民族文化的大会、商贸交流的大会、招商引资的大会、改革开放的大会。

　　书记有指示，而且调子很高，当然要专门开会布置。张二牛副县长主抓农业，因为文化这块在县里不重要。在他看来，文人们多是半瓶子醋，平日里酸文假醋地装斯文，到了个人利益上，尤其是分房子、评职称、评奖什么的，都急赤白脸，什么难听的话都说得出来，什么阴损的手段都使得出来，特难缠。而文化又要花钱，谁也不愿管，于是分工的时候文化这块硬塞给了敢打敢冲、碰见难事从不皱眉头而是攥拳头、说话满不在乎的他。他对别人说，他管文化是庄稼人没事搂草打兔子，后面带着几只细毛羊，碰见嫩草就让它们吃点儿，没有了就凑合着啃柴火棒，不愿吃就滚蛋。

　　张二牛的"粗"和开短会是出了名的。10年前他在东里屯当乡党委书记，那时县里评先进的主要条件是征收提留，谁缴公粮早就扛红旗，就受表扬。夏收季节，麦子一上场，张二牛就让乡秘书通知12个村的支部书记赶中午11点半过来。人到齐之后，让大家在乡伙房的大案板四周坐一圈，在每人面前放一个大海碗、8两老白干,大盘子里装着烧鸡。案板中间两箩筐小葱,一大盆黄酱,没筷子。他大大咧咧地蹲在板凳上宣布:"开会,吃葱。"大家在他的带领下,大绺子小葱蘸着滴滴答答的黄酱吃得满眼冒生泪,他又说:"吃鸡。"每人掰下一条鸡腿大嚼,吃得满口流汁、流香。最后,他端起大海碗,众人站起来举碗一碰,他大喝一声:"干!"率先一仰脖咕嘟几口,把海碗往案板上啪地一摔,擦着嘴上的酒星子说:"明天下午6点以前都把公粮给我交上来,谁完不成操他娘。散会!"第二天太阳没落山,新麦子就堆满了粮站,他抹着嘴笑呵呵,红旗稳稳当当拿到了手。

　　此刻,五大三粗的他正给一帮文人和各乡的宣传文化委员开会,先是介绍了柳枫,然后把县文化局局长集中了一帮秀才写的讲话稿往旁一扔,亮开大嗓门讲了起来:"哎,又要过二月二了,这是咱县里的大节。咱们的老大,也就是于书记,有重要指示。电视台上整天嚷嚷,我也不说了,大家都知道,反正是要热闹起来,又用着你们这帮酸秀才、臭文人了。从今天开始,都给我精神起来,别像睡了一冬天女人的你下面的那个……"他看到下面有女同志,其中一个还是本村当家的侄媳妇,才强忍着没把脏话说出来,"总之,不能蔫了吧唧的。早晨多用凉水冲冲头,把你们的心眼活泛起来。对了,按你们的话叫灵感。县直单位的,无论是局里的,还是文化馆的,或是剧团的,别再斗鸡眼,互相掐,谁也瞧不起谁了。我给你们批点儿钱,文化局的请个客,都归拢在一块儿,好好合计合计,把咱们的戏台彩门搭成周围三县蝎子屃屃——独一份,叫他们看了瞪牛眼,不是,大眼瞪小眼;把咱们的词、咱们的曲编得唱得像娘娘庙前石头缝里的青头蝈蝈叫得那样——独一声;把咱们的龙灯扎得舞得威风八面天上飞,显摆显摆咱嘉谷的能耐。你们乡里这帮小王八蛋也别光乐,也都不小了,有的都娶了媳妇了,你们也是文化人,最次也是咱们市里中专毕业的,回去也别闲着,把村里的鼓啊锣啊的敲起来,把咱的老鼓点想想,把那些年轻时爱玩这一手的老梆子给我牵出来,别让他们总蹲在炕头上守着自己看了一辈子的老倭瓜似的老太婆抽旱烟,出来活动活动手脚,说不定老太婆还能给个笑脸看。不过,那脸也没什么看头。对了,把你们现在玩的'蹦擦擦'

33

也掺和进去，老敲这方圆百里都知道的鼓点，听得耳朵都出茧子了。还有你们这伙搞雕刻的，也别整天人五人六地觉得自己是艺术家，扯淡，老子当年也会刻李三娘推磨。你们也把你们的猪脑袋换成猴的，开动开动，别总画什么王小卧鱼、四喜发财什么的，也弄点新的，把咱们的大楼啊，老百姓办的乡村旅馆啊，咱们土龙河里四季的景啊，还有现在光膀子露腚的红歌星也画上去。总的来说，就是土的洋的一起上，办成东北的大杂烩菜，让人们越吃越有味，把咱们的庙会弄得红红火火。5天以后咱在这儿再开会，谁办不好我叫他站到台上来，大伙打他的屁股。完了。下面请柳枫书记讲话。"

柳枫听着张二牛亦庄亦谐、骂声连篇的讲话，感到此人绝非是粗，而是粗中有细，精明，义气过人，唯一的缺点大概是直，说话脏字连篇，低俗。

等众人的大笑声落下来之后，他摊开笔记本，清了清嗓子道："刚才张县长的讲话我完全赞成，立意高，理念新，举措实，尤其是将如何让我们的民间文化焕发出时代气息阐述得很深刻，也指出了明确的目标。于书记对办好我们县二月二龙抬头的民间节日有重要指示，我通过认真学习，感到节日文化要做到四个结合：节日活动与时代精神相结合，节日活动与经贸活动相结合，节日活动与旅游活动相结合，节日活动与平时开发民族文化资源相结合。通过这个节日，我们要按照于书记、张县长的要求，开发、继承、创新我们县的民间文化。民间民俗文化是经过历史的积淀保存下来的对人们的生产生活和精神需求有益的非物质文化成果。比如我们过春节扭秧歌、二月二舞龙等展示欢乐的节目，对人的健康、亲朋间的感情联络与沟通、活跃文化娱乐生活都有益，当然，对拉动我们的经济发展更是有很大的促进作用。

"民间民俗文化一般说来是旧的东西，但是随着社会的进步，经济的发展，人们文化素质的提高、思想观念的转变，民间民俗文化也应该不断创新。俗随时变，与时俱进，既是民俗文化的发展规律，也是推进民俗文化繁荣的动力。所以，刚才张县长指出的要有新鼓点、新创意，就是说既要弘扬优秀的民族民俗文化也要发展新民俗文化，除旧布新，与时代同步。

'致君尧舜上,再使风俗淳'的先哲之言发人深思,只有民风淳、民风正、民俗新、民心齐,才能民情振奋、众志成城,提高我们县的整体形象。

"文化上的新与旧是相对而言的,其中既有时空性标志也有内涵的演进。旧是新的源泉和摇篮,新是旧的升华和与时俱进,只有保护好、研究好旧的,才能推陈出新、根脉相连。民间文化的创新是随着时代的发展而变化的,任何创新都是时代政治经济的反映,因此,倡导创新,首先是研究传统的文化内涵,运用当代群众喜闻乐见的形式,使其发扬光大。通俗地讲,一个地方人的活法就是文化,时间长了,就形成了一种约定俗成的传统,表现出了深深的认同感与深厚的具备特色的文化底蕴。我们文化工作者的任务就是把这种底蕴挖掘出来,恰如其分地表现出来。比如刚才张县长说把咱们的彩棚搭得独具特色,这就需要大家开动脑筋,怎么能表现出我们嘉谷的文化底蕴,让人一看就是到了嘉谷而不是别的地方。建筑是无声的艺术、凝固的音乐,更是一种长期文化熏陶的结果。比如,北京的大气,上海的洋气,广州的火爆,南京的伤感,武汉的平民化,有许多是通过独特的建筑风格和设计艺术让人们感受出来的……"

柳枫似乎找到了感觉,滔滔不绝,使台下这帮基本没在大学正规听过课的文化专干觉得既新鲜又深刻。其中一个鹅蛋脸、皮肤特白的长发女子一边沙沙地记着一边忙里偷闲地不时看着柳枫,一池春水般温柔的丹凤眼充满着仰慕。张二牛也想着这几年外出走南闯北到过许多大城市的感受,抽着烟频频点头。

柳枫的讲话戛然而止,站起来向大家鞠躬说:"早春天气变化无常,大家要穿好衣服,预防感冒。谢谢大家。"

第一次听这样张扬一种观点、传递一种学术思想式的讲话,第一次受到领导这样的礼遇,来开会的人都有些愣神。这时,大厅里传来"啪,啪,啪,啪,啪"有节奏的掌声,不知何时进来坐在最后一排的方囊站了起来,满面笑容地鼓着掌边往前走边说:"好,好,观点明确,论证严密,佐证生动,真是'听君一席谈,胜读十年书'啊。"他呵呵地笑着,坐在了柳枫的旁边。张二牛站起来说:"听听,人家才是真正的细毛羊,不,知识分子,

35

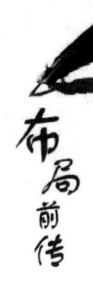

不像你们这些半吊子货。去,都给我好好学习去。散会。"

人群散去之后,方囊拉住张二牛要他请客,张二牛说:"去你个蛋吧,敲竹杠也不看个时辰,老子晚上还一个电话会呢,传达中央的一个领导视察气象台的讲话,说及早准备防汛。真是扯淡玩,还是大春天呢。他们也不看看,咱们这条河几十年不见一个水星了,渴得旱蚂蟥都不配对了。得,吃人饭,服人管,不叫党生气。对了,你小子也是多半个细毛羊,你俩去吃吧。文化馆对过那家小肥羊还不错,你们去涮一××下吧,准他娘的舒服,回去老婆还高兴。记我账上。"张二牛豪气地挥了挥手,扬长而去。"一点儿散碎银子,还不至于。谢谢大县长。"方囊冲着他的背影笑着回道。

张二牛说得真不错。二人要了一斤15年的陈年绍兴花雕,围着热气腾腾的火锅,在乍暖还寒的早春二月傍晚吃得浑身是汗,酒劲微醺,胃暖体热,通体舒泰。方囊也没花钱,不知是哪个局的局长悄悄地把账结了,让服务员通知了一声。

街上的路灯已经亮了。二人在人行道上看着小县城喧嚣的傍晚,方囊的眼睛又开始闪烁了,闪烁过后是凝视,问柳枫:"柳书记是不是有个笔名叫'寒涛'?""何以见得?"柳枫笑而不答,反问道。"3年前我在省报上读过此人的一篇文章,是讲民俗文化的继承、创新与发展的,观点与你今天的讲话相同,语言风格也差不多,只是没有城市文化与建筑部分。"柳枫承认了,说那是自己在省文化厅工作时,听了中国的民俗文化大师的讲座后有感而发信笔写的,而且拿了全国的大奖。

"佩服之至。"方囊由衷地说,并说自己的老婆带着孩子回娘家了,回去也是冷屋子凉炕,提议到对过文化馆开办的文化茶座坐一坐。

所谓文化茶座,实际上是县文化馆为弥补经费不足打开的临街的一排南房,外墙面贴着花花绿绿的瓷砖和马赛克,艳俗至极,里面倒有些文化味:几把藤椅散落在用土龙河大堤上连根大柳树树墩粗糙雕刻成的茶桌周围,茶桌上放着景德镇的细瓷茶具;四壁上挂着几幅本地名人和书画爱好者的作品,说不上上乘,倒也不是十分难看,也有名家的赝品和复制品;中间一个花梨木大条案上放有文房四宝,旁边的工艺架上挂着二胡、京胡、月琴、小提琴等中西乐器，供茶客们品茗之后雅兴大发时或挥毫泼墨或琴瑟和鸣，也有人伴着演奏引吭高歌。看着比较典雅的布置，闻着龙井的清香，伴着此刻窗外的月光，柳枫感到清爽了许多。

　　看到书记进来，立刻有人上前求字。柳枫深知政坛上人走茶凉、人下字亡的道理，再加上自己小时候顽皮好动，没像爷爷那样黎明即起、冬练三九夏练三伏地临摹大书法家的帖子，自己的字只是结构不错，花哨而已，笔道里没有真功夫，于是坚决不肯写。柳枫看着围在跟前的巴结期待眼神，回头寻找方囊，希望他给解围，谁知他却端着一杯茶，饶有兴致地欣赏着南宋时期的一组拓片，似乎对这边的事没有感觉到，柳枫只得说："我实在不会写毛笔字，就给大家献上一支小提琴曲吧。"

　　老板步伐如行云流水，把小提琴用鸡毛掸子迅捷地掸了一遍，恭恭敬敬地递给了柳枫。柳枫拿过来一摸就感到质量不错，是真正用天火也就是雷电烧焦的泡桐木做的。他略为调试了一下琴弦，琴尾上肩，下颌抵住，马尾弓一抖，拉起了《梁祝》。琴声悠扬、柔和，但穿透力也很强，不像是从指间演奏出来的，也不像是从琴弦里流淌出来的，而是像从他的头顶冒出来的。曲罢，柳枫向大家拱手说"献丑"，便坐下来品茶，方囊不知何时又钻过来了，带头鼓掌，赞叹道："真是余音绕梁，三日不绝啊。柳书记真乃一大雅之人啊。"众人也搜肠刮肚地找好词吹捧。柳枫有些飘飘然，刚要客气两句招呼大家喝茶，忽然传来了一阵箫声，那箫声如泣如诉，在月夜里悠长飘忽，传得很远，让他不禁侧耳细听。见状，方囊向老板递了个眼色，老板悄悄地把后面的墙推开了。

　　文化馆南房的北墙是木板壁，为了古朴，请剧团的道具和美工画成了磨砖对缝、白灰勾勒的假墙，底下安了滑轮，一推即开。后面院子的正中央有一个椭圆形的水池，里面闪烁着几点星光；池边的几棵老树已绽出新绿，还有两丛盆栽三角梅在怒放，发出淡淡的清香。北屋是一栋青砖瓦舍，竹帘低垂，没有开灯，在若明若暗烛光的摇曳中，箫声阵阵，呜咽倾诉。

　　柳枫循着箫声走进院子，听得如醉如痴，半天才回过神来，对跟随的众人笑着说："刚才方主任说我雅可是言过其实啊，小提琴是西方的乐器，论

37

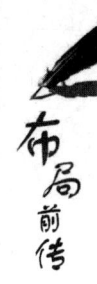

雅是谈不上的，这箫才是真正的雅乐啊。中国五千年文化源远流长，赞美箫的诗文浩如烟海，像《射雕英雄传》里的'桃花影落飞神剑，碧海潮生按玉箫'，是黄药师在腥风血雨中的一点儿优雅与诗意；'二十四桥明月夜，玉人何处教吹箫'是杜牧的千古名句，咏的也是箫。就是在天下月色最美丽的扬州也少不了箫声。在银色月光下，低婉的箫声幽幽升腾在江南水波上，如轻烟，如薄雾，传递着一缕淡淡的哀愁，不知给扬州增添了多少魅力。

"不知你们注意到没有，箫是竖着吹的，吹箫者要时刻低着头，这种谦恭的姿态注定了箫声的朴素含蓄、毫不张扬。箫，是低吟浅唱，是自说自话。'洞箫声断月明中，惟忧月落酒杯空。'在夜晚的深处，箫声越发显得孤独无助。

"当然，箫也能歌唱美好，也能壮怀激烈。'人吹彩箫去，天借绿云迎'是萧史与弄玉的爱情与幸福；'箫声咽，秦娥梦断秦楼月'，那低回的箫声里，有太多的离愁别绪、哀婉情思。箫声，是沉吟千年的一阕婉约词。"

在对箫声的赞美里，在众人的吹捧中，再加上绍兴花雕酒绵长的后劲，柳枫越说越激动："有一次，我在南京看到了徐悲鸿为蒋碧薇画的《箫声》图，画中的吹箫女子手持长箫，神情娴静，如水的明眸凝视前方，眼神里却有挥之不去的忧伤。凝神观看一会儿，恍惚间似有箫声溢出，一咏三叹，萦绕不绝。"

他的高论刚完，北屋的箫声也止了。他意犹未尽地对着月华的幽辉大声说："在这个万物萌动的季节里，为什么要吹幽怨的《妆台秋思》，何不来一曲生机勃勃的《春光吟》？"

"韵致，出来吧，知音在此啊。"方囊笑呵呵地说。

竹帘轻挑，一个长发过肩穿红色棉旗袍拿黑色洞箫的女子款款走来。看她轻移莲步，婀娜在满地春色中，似有意赏花，眉宇间却结着哀愁一点，无意流连，步履间却暗藏着彷徨无限。正是这一点哀愁，几步彷徨，造就了一种典雅的姿态。虽然浑身每一个毛孔都透着朴素，却携带着一种乡间花草的芳香，临水有一种流动的美，凭风也会生出一种摇曳飘举的姿态。

柳枫看得有些入神,暗暗惊叹,想不到在这小小的县城里还有如此典雅的女人。方囊介绍说她叫韵致,是文化馆的群众文艺活动辅导员,也是自己在河海师专的师妹,转而又向韵致介绍柳枫,韵致说不用了,说今天下午听了柳书记的讲话,就像在大学里听了一堂高水平的讲座,很受启发与感动,尤其是听到柳书记方才对箫声的诠释,更觉得受益匪浅。

韵致说这番话的时候,哀愁消失了,白嫩的脸上一抹红晕,粉黛含春中夹着三分敬慕。

"今日难得啊,"茶社老板喊着,"来,咱们请韵致老师唱支歌吧。她可是咱们土龙河畔的百灵鸟啊。柳书记主弦,咱们伴奏。"说着,把乐器递给了几个文化专干,对韵致说:"你拿手的《天涯歌女》怎么样?"韵致看着柳枫,含笑点了点头。

乐曲一响,韵致整个眉眼、身段立刻活了,往前走了半步,腰轻弯,一个万福,亮开了嗓子:"天涯(呀)海角,觅呀觅知音,小妹妹唱歌郎奏琴,郎呀咱们俩是一条心,哎呀哎哟,郎呀咱们俩是一条心。"声音甜美、圆润,真如周璇再生。柳枫一边拉琴一边从心里赞叹。他拉的是小提琴,韵致离他很近,樱桃小口吐气自然,身边一股暗香似有似无地袭来。

第二段过门之后,韵致的声音变得凄美起来:"家山(呀)北望,泪呀泪沾襟,小妹妹想郎直到今,郎呀患难之交恩爱深,哎呀哎哟,郎呀患难之交恩爱深。人生(呀)谁不惜呀惜青春,小妹妹似线郎似针,郎呀穿在一起不离分,哎呀哎哟,郎呀穿在一起不离分。"

韵致边唱边看着比自己高出一头的柳枫,那浓密的黑发,那轮廓分明的阳刚之气的脸,那双海蓝色的眼睛,那娴熟的弓法,那体态匀称的身躯……两眼不禁迷离起来,似乎一江春水在全身流动。她有意无意地向前靠了靠,特意让点在动脉位置上的兰蔻香水袭遍了柳枫的全身。等最后一句唱完,她看柳枫的目光就变成火辣辣的了。

这一切都被什么文艺活动都不会只能当观众的方囊看在眼里。他的眼睛疾速地闪烁了几下,赶紧拉着柳枫回机关了,背后似乎感觉到了韵致那一双哀愁的眼睛里透过来的怨恨。

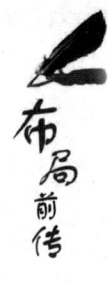

柳枫倒是极为尽兴。嘉谷县委是过去的县衙改的，一大片平房，柳枫住最后一排，两明一暗，办公室带卧室。他今天的心情特别好，觉得这个小县城很亲切。他迅捷地处理完桌上的几份文件，哼着小曲洗过热水澡便安然入睡了，连手机上发过来的短信也没听见。

就在当天晚上，方囊向于茂盛汇报了柳枫的讲话内容和一天的活动，不知为什么没说他在文化茶座拉琴唱歌的事。于茂盛摸着自己的秃脑壳说："这人不愧是省委机关的大秘书、大笔杆，确实有两把刷子，可用，也需要进一步观察。可惜啊，在官场不怕办错了事就怕跟错了人啊。"

〇四 烦恼与痛苦的产生并非都源于事情本身，80%源于无意义的比较

柳枫睡着了，韵致可失眠了。一位哲人讲，有的人在一起生活了一辈子都是陌生的，有的人一见面就觉得注定应该在一起，现在韵致就是这种感觉。为什么？她独自躺在床上，看着小院里北方少见的桂花树，一弯上弦月斜斜地挂在树枝的一角，如少女的耳环，仿佛树一动便叮当作响。月光融融地洒向人间，若有若无的风声，若即若离的花香，若明若暗的树影，牵动着她的情思，她一遍一遍地问自己为什么。

为了他的官位？不，她立刻骂自己。自己努力营造一种恬淡的生活，虽然对婚姻的不满足导致内心的蠢蠢欲动，但对官场中人自己还是不屑一顾的。频繁的文艺演出，接触的官场人不少，有些比柳枫的级别还高，可表面上道貌岸然，实际上是色中饿鬼，有人没人的时候对她没少挑逗，都被她拒绝了。她讨厌粗鲁直白的言行，调情是情调，骚扰不是。

为了他的艺术？不。说实在的，他的琴艺和她的母校河海师专艺术系的老师比，顶多算业余靠上。他的音乐理论也谈不上专业，只是把各方面的知识融合嫁接得好，显得很高深，使人听了舒服。他对箫的那番理论，她在别的地方也听过。"扑哧"，想到这里韵致笑出了声，心里说，这个聪明的家伙。

为了他的容貌？不是，他顶多是阳刚之气，绝不是现代女孩崇拜的虬髯客和铁面硬汉。

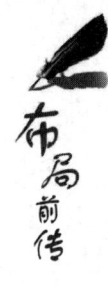

　　为了爱情？一见钟情？她又笑了，自己又不是十几岁的小姑娘，是过了三十往四十走的人了。

　　"爱一个人没有理由"，她想起了一句歌词，说服了自己。管他呢，喜欢就是喜欢。她抄起座机，给在县委办秘书科工作的女同学打电话，说受一个朋友所托，要柳枫的手机号码。之后，她给柳枫发了一条短信，便躺回老式铜床上想着酸楚的往事。

　　韵致出身于梨园世家，父母是河海市京剧团挂牌的武生和青衣，郎才女貌的神仙眷侣。她出生时就瘦弱，长到六七岁时还像只温驯的小猫，弯眉顺眼的叫人爱怜。"文革"来了，平时有本事、有名气又清高的武生与青衣理所当然地被当作"牛鬼蛇神"横扫，厄运降临到这个幸福得让人嫉妒的三口之家。

　　一个秋日艳阳高照的中午，被关进牛棚的武生趁值班的两个造反派不在，翻出窗户，越过小墙头，到京剧团的后院牛棚看望单独关押的青衣。小屋的门紧闭着，里面传来吭哧吭哧像是捣地的声音，间或还有女人压抑的哭声。武生心知大事不好，拼尽全力撞开门，见爱妻赤身裸体，四肢呈"大"字被绑在长条木椅上，嘴里塞着一团破毛巾，一个造反派正在肆意蹂躏她，旁边还有两个人淫笑看着。他全身的热血涌上头顶，冲过去把糟蹋妻子的家伙打了个嘴啃泥，随后两人厮打起来，刚才那两个淫笑的人把"文攻武卫"狼牙棒同时举起来，一个打在了武生的头上，一个打在了他胳膊上，武生当场晕倒。一个阴损的家伙还握着武生没有知觉的手蘸着他流出的血在废报纸上写下了"打倒文革，反对法西斯"几个字。

　　等夫妻二人醒来，造反派已无踪影，大门洞开。二人抱头痛哭，互相搀扶着回到了家。看着当年大红大紫的剧照，想着今日受此奇耻大辱，觉得实在无脸活在世上。二人清洗干净，穿上演戏的行头服毒自尽了。

　　金乌西坠，残阳如血，放学回来的小韵致在好心邻居的陪伴下趴在父母身上哭得撕心裂肺。那几个造反派又来了，还带着一队河海师专的红卫兵，亮出武生写的"打倒文革，反对法西斯"的报纸，宣布他们是畏罪自杀，要开批斗会，杀气腾腾地摆开战场。台子很快搭好，高音喇叭架起，标语也糊满了墙，看热闹的人群里有胆小的远远地躲开了。

这时，穿过京剧团家属院中间爬满青藤的篱笆小径，一个打着遮阳伞穿黑色旗袍的老太太在黄昏的余晖中走进了人们的视野，后边跟着一个推独轮车的庄稼汉子。

在那个年代，那个季节，那样的政治氛围，有人竟然敢穿代表"封资修"的旗袍，还打遮阳伞，人们像看到一个怪物，怔住了。

老太太似乎什么也没有察觉到。悬起的遮阳伞、合身的旗袍衬托出她依旧苗条的身段，还有那双耀眼的不时被篱笆墙旁的丛草所掩映的白色高跟鞋招来了惊异的目光。她走过的身后，看客一字排开，眼珠随着她的移动而转移。老人像是在接受检阅，全场鸦雀无声。

遮阳伞继续向前移动，径直到了造反派头头面前，一片阴影下传出一个冷酷的声音："我要给他们送葬。"

"你，你是干什么的？"造反派头头愣住了，似乎听到的是从另一个世界里发出的声音。

"准是个地主婆，要不就是资本家的姨太太。斗她！"旁边的红卫兵喊道。

黑色的遮阳伞停住了，老太太缓缓转过身，脸上写满了愤慨，从纯羊皮的精致手提袋里掏出了两个嵌着黑白相片的红色硬皮本，上面赫然印着《中国人民解放军烈士证》《中华人民共和国烈士遗属证》，还有中共中央军委主席毛泽东、解放军总司令朱德的亲笔签名。

"你，你是他们什么人？"造反派头头像小鬼见到了阎王，立刻慌了，指了指武生两口子的尸身。

"他们是我的孩子。"

"这不可能。"旁边的红卫兵说。

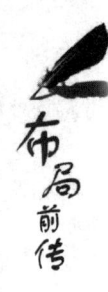

"你们这帮小王八犊子知道什么，老子打国民党、美国佬的时候，你还在你娘腿肚子里转筋呢！"随着一声粗野的叫骂响起，一辆军用吉普车开进院，一身半旧将校呢、胸前挂满了勋章、腿有些瘸、拿着山榆木拐棍的老军人下车站到了老太太身旁。老军人后面跟着两个扎武装带、腰挎手枪的威武的解放军战士。

全河海市没有人不认识他王大枪的：保卫延安特等功臣，解放军一级战斗英雄。当年为了让党中央、毛主席安全撤出延安，他带领一个连在延河边一个黄土坎上打阻击。子弹打光了，他和胡宗南的部队拼刺刀。刺刀弯了，枪托摔成了两截，他把从附近将军庙里拿来的一杆大铁枪舞得风雨不透。神龙摆尾，灵蛇出洞，挑刺劈扎，枪枪见血，弄死了九个敌人，自己也弄得满身是血。河海市上至白发苍苍的老人，下至穿开裆裤的小孩，都听过他的英雄事迹报告。尤其在"文革"期间，伟大领袖说全国人民学习解放军，他不仅是军队干修所的老大，更是河海市的一尊神，连市里的头头都敬让他三分。

解放军的半大祖宗出面了，造反派们害怕了。那个头头赶忙递过烟："老英雄，给您。""去你妈的，"王大枪一掌打掉了他手里的烟，用拐杖点着他的脑门说，"老英雄是你叫的吗？没资格！你们这些狗东西，逼死了人还不让人家收尸，我们过去打仗还掩埋敌人的尸体呢。要按以前，我非拿机关枪把你们这帮混账王八蛋突了。还不快给老子滚！"说着，拐杖扬起，"嗖"，结结实实地打在了造反派头头的腰上，打得他趔趄了几步，赶忙带着虾兵蟹将跑了。

王大枪扔掉拐杖，两腿一并，向老太太行了一个标准的军礼，然后单腿跪下，抱拳说道："老嫂子，我王大枪全家的命都是你给的。是男人、是汉子要讲忠、讲义，知恩必报。"然后站起来说："你安心给他们办后事吧，我也该走了。唉，这个世道乱得不是那么回事了。"说着掉了几滴老泪，摇晃着花白的头发上了吉普车。

老太太没说话，指挥着那个庄稼汉子把武生两口子的尸身搬上了平板车，盖上一块白布，拉起小韵致打着遮阳伞跟在拉车的汉子后面出了城。

　　说起来这个老太太是青衣的姨妈，也就是韵致的姨姥姥，祖籍是嘉谷县，不过她爷爷那一辈就到天津悬壶济世了。到她出生的时候，她家的"百草堂"已经遍布天津卫的海河两岸，再加上爷爷、父亲医术精湛，性格敦厚，家中颇为富裕，她得以顺利读完女子师范，准备去南京金陵女子大学深造。当时抗战胜利，国民党军坐着美国的军舰顺海路在塘沽港登陆进了天津。许多军官学美国兵开着新式的美国吉普车玩潇洒，在大街上抢女人。一天，她上街给患者送药，被一个在西点军校受过训的上校团长一把拉到了车上，抢到军营强迫做了小老婆，让卫兵日夜看守不让她回家。后来，林彪挥师进关，派刘亚楼打天津。拂晓，解放军万炮齐鸣，因"百草堂"紧靠金刚桥附近的一个大碉堡，一颗大口径的榴弹打中了"百草堂"的二层小楼，全家无一幸免。破城时，上校叫马弁把她绑在担架上，带领部下拼力突围，顺着土龙河一路西撤到嘉谷。在城西码头，这伙败寇遇见在此经营多年绸缎布料的南方商人。为躲避时局下的杀富济贫，商人带着家小与金银细软正仓皇逃命登船。团长手下一拥上前，乱枪齐射，商人全家毙命。攻城时，土枪土炮的县大队不敌步兵炮和汤普森冲锋枪，扛着三八大盖，拖着汉阳造步枪出西门进了土龙河畔的柳林子。上校在这里做起了土皇上，征用了被打死的商人精致的小院安顿家属。没过10天，县大队搬来了刚在清风店打了胜仗的杨成武的正规军，上校一看不妙，连夜缒城逃脱，连这个抢来的小老婆也没带，独自进北平乘飞机去了南京，据说跟着老长官陈诚到台湾去了。

　　解放军兵不血刃进城，举行了盛大的入城式。被马弁看了几天没出门的女师范毕业生也站到街旁看热闹。也许是她独有的大城市风情，也许是别的，队列中一个挎驳壳枪的连长看了她好几眼，她也觉得这个穿土黄色军装的小伙子很面熟。

　　四周又闹起了国民党和原来逃走的恶霸地主组成的"还乡团"，主力部队有新任务要撤走，只留下了一个连，挎驳壳枪的连长成了城防

司令。月明星稀的晚上，新任司令带着他的一排长风风火火地走遍四城，查完哨后，敲开了小院的大门。

其实，那天上午二人眼神对光之后，晚上记忆的闸门就同时打开了。连长叫赵柏木，是当年开药店的女师范生的父亲从家乡带出来的捣药小伙计。那时她正上小学，放学回家后觉得那些小碾子、小磨好玩得很，常去帮忙。二人年龄差不了两三岁，行医的人也是靠三个手指头摸脉的手艺吃饭，也没有豪门大户的穷规矩，也不讲究什么小姐、伙计的界限。开始赵柏木有些拘谨，后来也就熟了。他教她捣药，讲家乡土龙河的风景和发生的逸闻趣事；她教他认字，学学校的课文。她戏谑地叫他"木头"，他亲切地称她为"鬼丫"。有一天，她放学回来，药房里没有了熟悉的有节奏的捣药声，也没有了木头哥。爷爷说，上午派柏木到杨柳青一个装裱年画的穷苦人家送药，那里正过八路，他被卷走了。

当赵柏木连长进门之后，准确地说是她从街上回来之后，聪明的女师范生就打定了主意。她已经看到了国民党大势已去，看到了共产党坐天下的必然，知道了自己家的不幸，也知道了现在住的这所精致的小院是逃亡上校下属在码头打死的南方绸缎商的私宅。当赵连长喊出"鬼丫"时，她表现出少女时代的天真活泼，用水葱似的手抓住了粗糙的手，娇羞地喊了一声"木头哥"，把两个大兵让到闺房，端上了明前龙井茶。柏木连长向她介绍了自己的一排长王铁枪。

三人坐定，鬼丫泪水涟涟地说了家庭变故，说一家人被炮弹炸飞了，自己放学回来无家可归，只好到故乡投奔在县城的老姑，不想到城外走亲的老姑被遇到的一伙国民党乱兵糟蹋了，遂在土龙河大堤的一棵歪脖柳树上上了吊，自己只得流落在此避难，靠变卖老姑的家产度日。说得两个军人长吁短叹，捶胸顿足发誓要消灭蒋匪军，为老姑报仇雪恨。

看着比以前更加俊俏的鬼丫妹，柏木连长也说了自己当年如何从杨柳青参加了八路军，如何到太行山和延安受训，如何杀了几个鬼子，端了几座炮楼，和国民党军打了几场恶仗的故事。看到鬼丫崇拜的神情，他随手把一排长派出去重新查哨了。王铁枪一走，鬼丫妹让木头哥先歇一会儿，到桂花树旁边的小厨房里忙乎了一阵，端出了四个精致的小菜，开了一瓶土八路的军官少见的贵州茅台酒。酒香四溢，二人对桌而坐。一个浅斟低饮，含情脉脉；一个豪饮牛喝，两眼通红。不一会儿柏木连长就醉眼蒙眬了。当鬼丫的手借碰杯时先用手心碰他的手指头，再用小葱似的手指挠他的手心时，连长一把把她抱到了雕花床上，二人滚到了一起。第三天二人就结了婚，精致的小院成了司令部。

有一天老百姓来报，说"还乡团"袭击东里屯，赵连长遂带一排去剿。太阳快落山时出发，深夜才回来。身材瘦小的赵连长背着五大三粗的大铁枪排长进屋时，一个满头大汗，一个腿裆里流了许多血。王铁枪疼得咬着牙直哆嗦。赵连长把鬼丫支走，大喊卫生员，不久屋里传出骂声："你白吃小米干饭了，连这都治不了！"接着就听卫生员委屈地说："我们只有急救包，没有特效止血消炎药，他这个地方又不好固定。按西医大医院的做法，就是动手术拉掉。""什么，拉掉？放你娘的屁！他还没娶媳妇呢，你知道不知道！让王排长断子绝孙啊！你浑蛋！"连长大吼起来。

鬼丫立即明白怎么回事了。中医世家的闺女，不管从业不从业，总要学会几种济世救人的绝法，随身带几包救人于水火的好药，这是规矩。她到西厢房拿了一个轻巧的樟木匣子，进屋推开卫生员说："起来，我给看看。""不不。"王铁枪疼得挂着生泪的脸通红，急忙摆手拽裤子。"什么不，都什么时候了！"鬼丫柳眉倒竖，"我是你嫂子。俗话说，老嫂比母。快解开。"她命令赵柏木和卫生员。

"只有这样了。"赵柏木嘟囔着，褪下了铁枪的裤子。哎哟，鬼丫疼得心里直哆嗦，只见一颗子弹擦着腿边穿过了命根的底部，一道深深的血槽往外渗着鲜红的血珠子。她小心翼翼地拿出一把小刀，在火上烤了烤，飞快地刮去了他那茁壮的黑林丛毛，又撒上了一包黑药面。

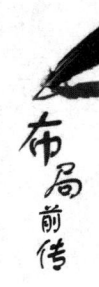

赵柏木的一支烟刚抽了半截的工夫,铁枪的血神奇地不流了。鬼丫又撒上了一层白药面,铁枪觉得疼劲儿小多了。最后,鬼丫又把一包褐色药面和成泥全糊在伤口上,包扎好了说:"行了,你就住在这里吧。每天换一次药,7天准好。"高兴得赵柏木当着众人抱起老婆亲了好几口。

7天后,王铁枪下了床,把鬼丫请到堂屋的太师椅上,恭恭敬敬地磕了三个响头,抱拳道:"你是我的救命恩人,更是我们王家以后我子孙的救命恩人。嫂子在上,我王铁枪今日对天发誓,大丈夫生在天地间,忠义当先,有恩必报。"一旁抽烟的赵柏木哈哈笑:"是这个理,你那玩意儿要没了,还拿什么娶媳妇?没媳妇用什么生孩子?没孩子当然就没有子孙了。""你们男人就是没正经。"鬼丫脸一红,长发一甩,跑到厨房烫酒做饭去了。连长与排长相视哈哈大笑。

在城里安定下来了,鬼丫到小学做了教员。抗美援朝开始后,赵柏木的连队迅速归建,全军跨过了鸭绿江。两年后,受伤拐着腿的王铁枪捧着一个骨灰盒跪在嫂子面前哭诉道,自己和老连长在新义州城南山岭里雪夜潜伏,一排大口径炮弹飞来,部队伤亡过半,老连长被炸得血肉横飞,自己腿上中了一块弹片。

当年的女师范毕业生默默地接过骨灰盒,鞠躬默哀,上供烧香3天。在县民政局和老部队派来的人的陪同下,她和铁枪共同把柏木的骨灰安放在了国家规定的华北烈士陵园,而后仍然在县城教书。她的身份变成了烈士遗属,多次政治运动都未受到冲击,精致的小院还是那么花木葱茏。这中间,她联系上了在省城的姨表姐,也知道了在市京剧团唱青衣的外甥女一家。有一次,青衣一家邀请她到河海看戏,她意外地碰见已进了荣军干休所的王铁枪。二人唏嘘了一番,也就有了联系。由于她喜欢静,铁枪腿脚不便,所以二人来往并不多。

"文革"来临,听到外甥女两口子被斗、被关的消息,老太太就悄悄地到了河海,住进了邻近的小旅馆。外甥女夫妇暴死,她怕自己去收尸压不住场,就通知了王铁枪,这才有了上面的一幕。

老人爱静又怕静,小韵致的到来使老太太喜不自禁,悉心抚养,白天送她上学,晚上教她琴棋书画、女红绣花裁剪衣服。一到星期天,一老一小,一个穿着素色旗袍,一个穿着鲜艳的花旗袍或裙子,两把伞,一黑一红,穿过古老的小巷,到大堤上对着平缓的河水眺望,成了嘉谷县的一景。四邻八舍都说这老烈属心眼厚道,说这孩子有福。

当年,县城落后,社会化服务根本谈不上,两个女人过日子毕竟不方便,正好在县城边上种菜的老太太的远房侄子每天来城里卖菜,老太太就让他中午在家里吃饭。有时侄子也住下来,挑水劈柴、买煤盘炉子等活也就顺手干了。后来远房侄子老菜农的儿子来城里上中学,也就理所当然地住在了这个小院里,一来省点儿住宿费,二来也帮着干些活。说起老菜农儿子的名字,还是老太太给改的呢。那是他第一次跟着父亲到这种着当地罕见的桂花树,栽满海棠、菊花、夹竹桃的小院,拘谨得很。老太太问他叫什么名字,老菜农说叫菜车,老太太笑着说:"太土了,就知道你那一车菜。"老菜农分辩说:"我的菜车可是我一家人的宝贝呢,管着一家人的吃喝用度。将来他能天天有我这么一车菜卖就不错了,庄户人家的孩子能有多大盼头。"老太太说:"我给改个名字吧,也不大改,叫车才吧,意思是,咱不像他们才高八斗、学富五车,有一车才就行了。"从此,菜农的儿子就变成了车才。

小韵致的生活是幸福的,顺利地读完了小学、中学,后来考上了河海师专艺术系,和方囊算是一个专业的。她毕业时正赶上姨姥姥病重,同时自己也不愿留在父母受过凌辱的地方,就回到嘉谷到文化馆当了一名负责群众文化的干事。

那个车才还真是只有一车才。他初中毕业后觉得考重点高中没把握,就上了县里的职教中心,也算是中专,毕业后被分配到了粮食局直属仓库,虽然有时也出去押车运粮,但回来仍然住在老太太家。韵致在河海读书的时候,老菜农已经很老了,十来里路来城里一趟得歇三歇,主要靠车才照顾老太太。老太太身体不好,各种器官老化,一天不如一天。弥留之际,她吃力地坐起来对韵致说:"我要走了,求你

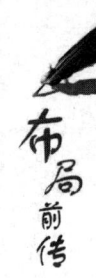

一件事。"韵致哭得泪人一样,连连点头说:"姥姥你说什么我都听。"姨姥姥说:"闺女,人生下来为什么只哭不笑啊,就知道是来受罪的。女人受的罪更大。你找婆家一不要找商人,他们重财轻别离;二不要找官人,在他们眼里政治高于一切,个人的前途比谁都大;三不要找文人,他们水性杨花,花花肠子太多,对所有的女人都说我爱你,其实一个都不爱,爱的只是新奇和刺激。你要找一个忠厚老实的人。"说着就不说话了,默默地看着窗外熬药的车才。韵致马上明白了老人的意思,答应嫁给车才。说来也怪,看见韵致答应下来,姨姥姥竟然喝下了半碗莲子粥,精神了好几天,看着他们办完了喜事,才带着满意的笑容去了另一个世界。

　　从此,五大三粗、老实巴交、憨厚笨拙的管粮员和表面上人淡如菊实则内心风情万种的女子成了两口子。结婚后,他对她敬重,她对他感恩,虽然共同语言不多,但也相敬如宾。车才总是怕累坏她,除了什么活也不让她干外,连干那事都小心翼翼地,逗得她直想笑,当然也有不尽兴的意思在里边。一个星期天的夜里,韵致问他,世界上什么东西最能驮,他一会儿说牛,一会儿说骆驼,一会儿又说马,韵致就把他拉倒在自己身上,凑到他耳边悄悄地说:"是女人。多重的男人,女人也驮得动。"车才赶忙说:"不对不对,你没看我每次都用胳膊支着劲呢。你这么瘦弱,压坏了可不是闹着玩的。现在看病贵,医院的大夫黑得很,上次我娘来看病,腰疼就花了三百多。老百姓都说社会上有三条蛇,黑蛇是公检法,眼镜蛇是大学教授,白蛇是大夫。"韵致看他把两口子的闺房趣事扯到了他娘身上,立时没了兴致,也不听他讲的顺口溜了,把他往下一推,翻身睡觉了。

　　这样过了几年,两人始终没孩子,到医院一检查,问题出在车才身上。车才家贫,小时候经常冬天下河摸鱼补贴家用,下身冻出了毛病,是死精子。韵致安慰了他一番,就这么一直不凉不热地过了几年。后来粮食系统搞开放,在南方建立了销售点,车才老实又精通业务,便经常被派到南方驻站,一年也回不来几次。韵致过得倒也清净,有时晚上干脆不回家,住在办公室里和大家热闹或摆弄乐器解闷。

直到雄鸡报晓,韵致才枕着过去实际的梦和未来不可知的梦迷迷糊糊睡着了。

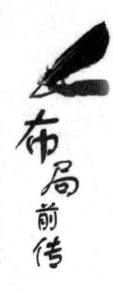

○五　掌控最好的手段是胡萝卜加大棒，并且让对方知道随时使用大棒的决心

县里的工作多、乱、杂，县委、县政府的事分不开，虽然表面上分工明确，但来了中心任务，还是一窝蜂似的一齐上。按县委书记于茂盛的话说是"下去一把抓，回来再分家"，其实是下去一把抓，回来也分不了家。事情一大堆，先拣要紧的来。这不，管计划生育的欧阳副书记的汇报让于茂盛的脸又阴了天：市里评比，嘉谷倒数第三。更要命的是这两天省检查团就要来检查计划生育，而且检查的方法很特别，检查团先到市，每天检查一个县，在三人的监督下拆三个保密信封：早晨出驻地时拆一个，知道去哪个县；到了县界再拆一个，决定去哪个乡；到了乡界拆最后一个，直接去哪个村。方法很绝，让人防不胜防。

50多岁的于茂盛最近心里很烦，他在这个县待了4年多了，虽然政绩乏善可陈，但也没出什么事，比资格，在全市也算老的了，年底市委要换届，自己努力一下可以当个不管重要事的常委。前几天他通过关系联系上了省里的一个常委，那个一脸马克思主义、毛泽东思想的领导在办公室里说，按他的情况是可以争取的，但还需要运作，这一段时间别出什么事。运作他懂，那事最好办。关键是稳定，稳定就有希望。

听了欧阳副书记絮絮叨叨的汇报，他立刻警觉起来：计划生育是一票否决。他马上召开县委、县政府联席会布置说："还是老办法，县级干部两个人包一个乡，先把育龄妇女的结扎和计划外怀孕拿下来。怎么对付检查，要欧阳讲。我跟大家说清楚,谁对不起我,可别怪我不客气。"说完,板着脸坐在了一旁,会议出现了少有的严肃气氛。

欧阳是老师范毕业生,当年毕业时为解决夫妻两地分居从外县调来中学教书。1983年机构改革提拔知识分子,嘉谷因这样的人少,就把他提成了副县长,后来又因为他是外县人,就又让他当了管组织的副书记。计划生育是农村老大难,当然也就分给了对下面有威慑力的管干部的领导。

此公原则性强,工作认真,最大的缺点就是讲话啰唆,把会议室当成课堂,把干部当成学生,布置工作像讲数学公式,一小步一小步往前推。下边的干部说:"千不怕,万不怕,就怕欧阳书记来讲话。参加欧阳书记开的会要'上午开会带午饭,下午开会带手电'。"

欧阳推了推宽边的高度近视眼镜,开始讲了:"同志们,刚才于书记做了重要指示,我们要深刻理解、坚决执行。我说说怎么对待上面检查的事,方法大家都知道了。我看第一步是要派人到市里的宾馆去看着,找一个能看见车队出来的地方,看他们的车往哪儿走。对了,还要把车号记住,赶紧告诉咱们的人。第二步还是要派人,在咱们县的边上布置上人,看他们的车往哪里去。要是车来了,设伏的人就赶紧告诉在乡镇路口的人,看进哪个村。第三步到了村里以后,安排育龄妇女和他们座谈的时候,最好找一个有里外间的房,隔山墙有中间窗户的也行,有门帘的也行,里面藏咱们的干部,听他们说什么,上哪户去检查,赶紧去做准备。还有送礼的问题、吃饭的问题,都不要乱来。当然,送是要送的,也要吃好、喝好,但是他们好几个组,要到好几个村,在好几个地方吃,要是不一样了就会有意见,有意见了评分的时候就受影响,咱们县的成绩就下来了。同志们哪,计划生育可是一票否决啊,会使我们全体干部以至许多方面受到不可估量的损失啊。下面呢,我再说四个注意事项……"

等他讲完,真的十二点半了。

柳枫又和张二牛分到了一组,到西历乡。张二牛外号人称"嘎子牛",牛本来是善良、勤劳、温驯的,但带上"嘎"字,这头牛就不这么简单了。

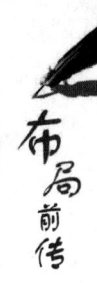

二牛的嘎在牛庄一带是出了名的。他小时候嘴馋，有一次偷了奶奶鸡窝里的两个鸡蛋换糖吃，正赶上收鸡蛋的老头是奶奶娘家村的人，结果不但没换成糖，还被告了状，挨了父亲几扁担，他怀恨在心。到了冬天，老头又来了。张二牛说奶奶病了，家里的鸡夏天闹鸡瘟死了，要给奶奶买几个鸡蛋。老头满心欢喜。他说一定要挑好的，老头满口说行。他又说："我没带篮子，我挑你先给我拿着。"一会儿老头的双手就放满了十多个大鸡蛋。二牛假装摸了摸兜，说回家拿钱去，为防止换成小的，临走还把老头盛鸡蛋的筐挪了十来丈远。他走后一去不回头。寒冬腊月，滴水成冰，老头双手捧着鸡蛋，放放不下，挪步怕摔了，十个手指冻得僵硬，而二牛悄悄地躲在一个破墙头下，露出半个小脑袋乐得直吸溜鼻涕。

嘎二牛初中毕业没考上高中，辍学回家务农。半大小子先在地里看青，也就是看着即将成熟的庄稼，防止偷盗。别人看青是围着地边转，他却躲在青纱帐里烧粮食吃。他把高粱秆打通，顺着地老鼠拱暄的土伸到他人管的地块里。他这里烧火吃新粮，别人那里冒虚烟。二牛吃饱了就躺在垄沟里睡觉。偷青的人看地边没人，进去想占点儿便宜，还真让他逮住了几个，因此成了保护集体财产的模范，随即当了民兵连长、生产队长、大队长，后来一直到乡长、书记，快50岁才当上了副县长。按他自己的话说，一辈子光当正的了，老了老了提拔了个副的。他从小体格壮，干活不惜力，推车、挑担、出河工带头摔汗珠子，平时总爱听老人们讲能人志士的故事，看书也看些嘎七嘎八的东西，心眼长了不少，语言层次却始终提不高。有一次，一个抗战时期在此打过游击的老将军故地重游，非要找当年伏击鬼子的那条沟和掩护自己躲过了92式步兵炮弹的一棵老榆树。事情过去了好几十年，"大跃进"，学大寨，原来的地块早已折腾得没了原貌，可老将军很犟，在地里转起来没个完，急得陪同的省、市、县领导无可奈何。乡长张二牛凑上前问老人："是不是冲着老官道的那条碱土沟？"老将军说是。"是不是那棵像狗××似的三道弯的老榆树？""是是，是像狗××。"老人找到了当年和老百姓一起说土话的感觉，兴奋起来。"我知道。"张二牛说着，领着他来到了一条破沟前。老人狐疑地看着说："那老官道呢？"二牛说："前几年公社化时响应毛主席的号召修成机耕路了。""那树呢？"二牛指着一个长着一蓬条子的树墩子说："就是它，中了炮弹后知道自己完成了任务，盼您不来心里难受，活了几年就死了。它的根可能知道您要来了，前年发出了新芽，迎接您呢。"老将军问："你怎么知道的？"张二牛不慌不忙地说："听附近一个村的80岁老太太说的，她经常来这儿拾柴火，念叨着说这棵树的根不会死，别看原来长得不成器，可是棵将军树呢，等贵人快来的时候就要出新枝条了。""那快领我去看老人家。"老将军激动地说。"唉，"二牛两手一摊，表情十分难受地叹道，"今年春天来这里坐了一会儿，回去后就死了。"老将军唏嘘了一番，满意而归。一众领导都赞赏地看着张二牛，有的还伸出了大拇指。当时的县长擂了他一拳说："你小子真能胡诌。"不久，他被提拔为乡书记。

　　张二牛私下里经常跟人说，世上的事都是人干的，有什么难的。"挺简单的事让上边又是提高认识又是加强领导，一二三四五地说糊涂了，你就说干什么不就完了？净瞎显摆，显得自己飞机上挂暖瓶，水平多高似的。"

　　此时，张二牛和柳枫带着计生局、妇联会、工商、公安等一帮子局长坐着面包车沿土龙河南堤往西历乡跑。他看到坐在后排的妇联主任一脸的旧社会，知道她是为工商局当市场管理科长的丈夫和西关卖包子的小寡妇的事闹心，哈哈一乐说："你也甭哭丧着脸，也不能怨一头。我跟你说，男人的需要就上下两件事，上边饿了有饭吃、有酒喝，下边硬了有那个做。你当这个管老娘们的破官，走村串户地管人家婆婆儿媳妇之间的那点儿破事，整天不回家。他回来上边没得喝，下边没得戳，不找小寡妇才怪。"妇联主任也不示弱："那你呢，也整天忙，你老婆也去找野男人，你也戴绿帽子当王八。""操，那点儿事我趁她撅着屁股擀面条的工夫就办了。还用她找，我还不够用，想找你哩。""你找，给你个老母猪，累死你个老王八。""我看你那肚子就不小。"一车人笑得捶腿拍胸，妇联主任也笑出了眼泪，冲着他的裆就是一拳。

　　到了乡里，书记、乡长说："是不是先吃饭，晚上再组织民警和民兵围村？"二牛县长说："现在连卖烧鸡的都有手机，围个蛋吧。你们河道里那

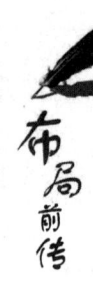

个快散架的只能卖橡子的木器厂还有几间平房吧,还能住人吗?"他们说能。张二牛带着众人越过大堤踏着青草往里走,边走边跟柳枫说:"你别看这堤显得挺高,薄着哩,真来水搁不住冲。"到了那个小厂子跟前,二牛说:"就是它了,反正那些怀着小崽子的娘们跑得差不多了,你们把她们的家里人找来办学习班,叫怀了崽的、没上环的来换。""抓她婆婆?"一个乡专职抓计划生育的副书记问。"小三子,放你娘的屁!抓丈母娘、小姨子、小舅子,知道吗?谁跟谁连着筋还不明白。"柳枫说:"可不是抓啊,是来学习文件提高认识,伙食一定要搞好。""对,对,是办学习班,谁也不准说抓。"张二牛抽着烟连连点头。

这法还真灵,没两天,西历乡的计划外怀孕的妇女差不多都做了手术,年轻的媳妇也戴上了环。完事后张二牛对柳枫说:"咱们做是做,可农村里光一个闺女晚上浇地真不行啊,人们还得想法生小子。你看着,再过几年,非有打光棍的不可。凡事得讲个理啊。得,咱是磨道里的磨,听驴的,别叫上面生气。"

第三天开会研究如何对付上级检查,计生局局长照本宣科地念欧阳书记啰里啰唆的讲话,二牛副县长烦了,说:"柳枫书记,你是大秀才,能不能给精简精简,叫大家一下能记住?"柳枫拿过一张纸,用漂亮的仿宋体唰唰写了几行,张副县长乐得两眼眯成了一条线,亲热地拍着柳枫的肩膀说真有你的,随即把计生局局长赶下台说:"听我的,都背柳书记的这几句词,谁背过了谁走。检查团来前要'把路口,记车号,有情况,快报告',检查团来时要'车拐弯,领好路,上哪户,想清楚',检查团入户时要'村干部,藏里屋,有漏洞,快弥补'。接待检查团要'中华烟,茅台酒,送礼品,要归口'。"

张二牛先念了一遍,又领着参会的包村的乡干部和村干部念。他说一句,底下说一句,直到大家都背熟了,二牛副县长宣布散会。

方法对,路路顺,上面的计划生育检查团还真到了西历乡,检查结果一路飘红,其他地方也不错。欧阳书记负责的乡因他讲话太啰唆,乡干部记不清出了点儿小问题,但不影响大局,嘉谷的计划生育工作在全市进入了前三名。在总结会上,于茂盛书记很兴奋,用了很长的篇幅表扬了柳枫与张二牛。在表扬他俩的时候,于茂盛想,文武之道,有张有弛,刚柔相济。会议有表扬就要有批评,可是批评谁呢?他看着台上的欧阳,想起了自己到美国考察时刚到洛杉矶机场,就受到了在那里做生意的欧阳的小舅子的热情接待,不仅吃了鲍鱼龙虾,还到拉斯维加斯享受了异国女郎的风情,并且用对方给的1万美元的筹码赌了一回,过了一把赌博瘾,并小有斩获,批评不得。看看台下,批评跟着欧阳抓点的计生局的女副局长吧,可她曾经和自己有过鱼水之欢,后来自己厌烦了,人家也没纠缠,也批评不得。再看看台下欧阳包的那个乡的书记,觉得也不行,春节时人家往家里送了一个厚厚的信封。批评那个乡的乡长吧,也不行,一来计划生育历来书记是第一责任人,二来他还和自己的小舅子沾点儿亲戚。

唉,于茂盛心里叹了一口气,自己真是该离开这个地方了,还是都增加压力吧。他看了一眼扬扬得意的张二牛和面带喜悦的柳枫说:"计划生育我们初战告捷,柳枫副书记和张二牛副县长两位同志立了首功,大家要以两位同志为榜样,再接再厉,各项工作上新台阶。"话锋一转,"开放兴县是我们的战略方针,是富民强县的重要举措;招商引资是我们县发展经济的关键。市里虽然还没有评比检查,可我看了统计报表,我们还是落后的。柳枫书记要重点抓一下,尤其是咱们县的支柱项目四海粮油公司的面粉深加工今年要取得突破性的进展。"接着他又点了几项,给各位常委、副县长都派了活,打着哈哈离开了。

"于老大又要鞭打快牛了,咱们俩还得合作一把啊,粮油项目在我分管的这一块里。"张二牛边走边说,柳枫正在考虑着召开一个招商引资调度会,没有理他。张二牛又冲着管工业的石三柱副县长喊了起来:"你小子怎么像老婆跟人跑了似的低着脑袋和老二算账?你管的那个乡检查团又没去,于老大又没批你。"

"人无远虑,必有近忧啊。"石副县长摘下高度近视眼镜,一脸的率真,"下一次就要轮上了。咱们年初定的目标不是要在南片建一个变电站吗,资

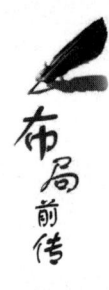

金有缺口啊。我跟省电力厅联系好了，省里说支援一部分，可电力局就是不去跑。我和于书记又没有特殊关系，到时还不挨板子啊？"

"什么，他们不去跑，这还了得！不知道谁是爹谁是儿了吗？"张二牛愤愤地说。

"你老兄又不管工业，电力系统的人、财、物都在市里，我也没有调控手段啊。"

"对，"柳枫说，"掌控下属最好的手段就是胡萝卜加大棒。嘉谷穷，胡萝卜不多，电力局富，也用不着。最差的方法是手里没有大棒却要对方服从于你，最好的方法是手里不仅有大棒而且让对方知道你随时准备使用大棒的决心，给他们时刻造成威慑。他们的党组织关系不是在地方吗？"

石副县长点了点头，嘟囔着说："你别看我是学工科的，可你说的这些理论我也知道。但我只是个一般副县长，连常委都不是，如何去管？"

"行了，别讲理论了，我有法了。"张二牛拉着他俩来到柳枫的办公室，拿出几张白纸，把笔递到石副县长的左手说，"写，就用这只手写。"

石副县长左手拿着笔特别扭，一脸茫然地问："写什么？左手写得多难看。"

"你小子整天批文件，你那两笔全县谁不认识？就用左手写电力局招待费超支、私分奖金、局长贪污、搞女人什么的。现在有点儿权力的干部没有没事的，更甭说这种看见的管不了、管着的看不见的市直单位。把全体乡科级以上的干部全算上，要说拉出来排成队挨个全处理准有冤枉的，可隔一个处理一个准有漏网的。"

石副县长似乎明白了什么，别别扭扭地写了几行，字像螃蟹爬。柳枫含笑看着他们。"行了，该你了。于老大前天不是又明确你分管纪检吗。"张二牛把刚形成的告状信推了过去。柳枫拿起签字笔在右上角唰唰批了一行漂亮的行草——"纪检委会同检察院联合查处。"三人对视哈哈大笑。

真灵。纪检委和检察院两边接到柳枫的批示，办案人员乐开了花，警笛鸣叫着把两辆办案专用的画着蓝白道的车停在了电力局的大楼前。封账，要干部花名册，宣布科长以上干部近期不准外出、其他人员外出要请假，找领导班子谈话等措施有条不紊几乎同时进行，然后占据了一间豪华接待室，屋里的东西全部腾空，靠一头放了三张高大的办公桌和高背皮转椅，头顶上的大吊灯换成一排射灯，直照前方。桌子上是柔和的小黄台灯，桌子前面布置成足有40平方米的大空场，一只500度的大灯泡高悬，下面是一张孤零零的低矮小木椅，供被调查者使用。就这布置、这气势、这氛围，足以使任何一个被叫去问话的人感到办案人员是那样的威武高大，那样的神秘莫测，自己是那样的渺小猥琐，那样的孤立无援，那样的心虚气短，只能像待宰的羔羊，只有抖动和哀鸣的份。

随后，带队的纪检委常委和反贪局局长率领众人喝着电力局勤务人员殷勤献上的明前龙井茶，抽着中华烟，一个个黑脸包公似的办起了案子，并且只找下面的人谈话，就是不理局长。胖胖的电力局局长在办公室里擦着冷汗团团转，不知自己得罪了何方神圣。他平时觉得自己的一亩三分地是市属单位，嘉谷又是穷县，电力资源紧张，被人求的时候多，就没把县里这帮人放在眼里，只是逢年过节按惯例弄点儿礼品看看县委的一把手。现在找谁呢？找于茂盛？听说他去省城看病人去了，远水不解近渴。找柳枫？据说是柳枫书记批的一封告状信，且这位书记刚来不到半年，自己还未谋面。想了半天，只有找主管县长石三柱。但打办公室电话没人接，打手机关机，问秘书，秘书说石县长正在研究招商引资的事。胖局长一拍脑门，如醍醐灌顶，连骂了自己好几声糊涂蛋，急忙叫了车到县政府。石副县长正稳稳地坐在办公桌前喝着茶看大参考，局长连忙作揖拱手说好话，要求疏通，并表示已经做好了去省电力厅的一切准备，费用、礼品一概由电力局出，就是喝吐了血也要把南片电站的资金争取到位。石三柱憋着乐，装模作样地给柳枫打了电话，说毕竟发展是硬道理，是不是先把案子放一放，先让电力局去争取项目。柳枫回话的时候，他故意按下了电话机的免提，只听那边柳枫说："可以，但要保留追究的权力。请你转告这位局长，在嘉谷这片土地上，没有特殊公民，更没有特殊单位，都要服从县委、县政府的大局，这就是讲政治。政治是什么，不同的时代有不同的解释：孙中山认为，政治是办好民众的事；毛泽东说，政治就是阶级斗争；邓小平同志说，政治就是发展生产力。而我们嘉谷最重要的问题是工业基础薄弱，总量小，结构不合理，现在迫切地需要招商引资，以工强县。电力是工农业发展的先行官，更应先行，更应发挥自身优势，为全县做出表率，而不是……"高屋建瓴的表述、柔中带刚的态度、清脆悦耳的普通话使石三柱顿生敬佩，对胖局长产生了极大的威慑力。胖局长千恩万谢地走了。

这边，柳枫一声令下，办案组立即撤回，胖局长挨个拜佛，挽留大家到"四海大酒楼"吃了12头的鲍鱼外带木瓜炖鱼翅，还答应给纪检委常委的小姨子换工种，给反贪局报销修车费，这才把这帮人送出了门，随后拉着大批土特产品，带着银联卡，跟着石三柱到省城。连跑带送，白天喝酒打通关，夜晚搓麻装傻喂牌点炮，洗脚按摩全报销地折腾了三四天，800万资金到了嘉谷。

通过这番博弈，县委、县政府大获全胜。柳枫自己主管的招商引资有了进展，感到在这穷乡僻壤做一副七品还真不错。政府收服了"电老虎"，石副县长连哼了好几天小曲。一天散了县委、县政府联席会后，石三柱非拉着柳枫和张二牛说到自己管辖的原来棉纺厂的"学大庆"宾馆现改为"红袖招"的饭店去吃一顿，出门碰见了方囊，四人就要了一个雅间，上了最烈的老白干。柳枫与石三柱不善饮，方囊不愿喝，弄得张二牛很丧气。草草吃完饭后，天还早，二牛找了一个房间打扑克，打传统的升级。柳枫和张二牛对家，另外两人一拨。嘉谷玩这个有一个规矩，输者不仅要拿钱，还要被对家在自己名字的下方对应画上动物，猪、狗、猫都行。柳枫在省城就是桥牌协会的成员，打这个是小儿科。张二牛贼，偷牌、换牌是拿手戏。三局下来，对方不仅输了三百，还被张二牛在纸上画了六个活灵活现的小乌龟，有的瞪着小眼，有的伸着长脖子，有的跷着两条腿，还有的四脚朝天。石副县长是工科毕业的大学生，画图是强项，技痒难耐，只是没有机会画张二牛。结束的时候，张二牛乐呵呵地说："这可是玩呢，不是真的，回家可别别扭啊。"几人哈哈大笑。

只有胖局长暗地里连骂自己倒霉透顶，一连好几天上班虎着个脸，好像每人都欠着他几百吊钱，吓得电力局的职工上班都不敢高声说话，见了他低眉顺眼地躲着走，背地里嘟囔说这家伙不知吃错了哪服药，发的哪门子神经。

○六 运动场上选冠军，于部分人结果重于方法，尤其是利润大于成本时

没事翻干部花名册是领导干部的一大爱好，也是习惯，尤其是刚来的领导。柳枫也不例外。此刻，他的目光接连跳过了周步犁、牛木耪、付向党，停留在了四海粮油公司总经理刘华仑上。华仑，华丽，华美，美轮美奂，名字不俗，给他起这个名字的人一定是有些文化功底的人。柳枫来到嘉谷有一个愿望，就是想在工作之余挖掘一下本地的文化底蕴，最大的苦恼是一直找不到合适的访问交流对象。他曾经和县文化局局长谈过本地文化的起源、变革、继承与发展，但对方说，自己的任务就是一年搞几次活动，别的没想过，还给柳枫提了一大堆要钱的事，令他兴味索然。

上次在县委常委和副县长参加的招商引资调度会上，柳枫从文化角度深刻剖析了嘉谷开放兴县进展缓慢的原因，他说："本县位于华北平原腹地，交通落后，形成了特有的'农耕文化'，与北方的'游牧文化'和最近东部地区兴起的'蓝色海洋文化'大相径庭。我们这里的人多少年来对贫穷有着超常的忍受与满足，过着一种围城里的固定模式的生活，安土重迁，自我封闭，住着三间外砖挂面的土房，种着几亩责任田，守着自己的小菜园，日出而作，日入而息，自给自足，不敢发财，不愿外出，总认为南方人精、城市人猾……"

"对，是他娘的这样，"张二牛服气地说，"早晨就着老咸菜疙瘩喝一碗菜粥，啃两馒头，大袄一披，趿拉着鞋，摸摸兜里不多的几块钱，顺手扯一根扫帚苗，剔着牙在街上瞎转悠，碰上麻将桌就一二四毛地玩两圈，碰不上就脱下一只鞋垫在屁股底下胡扯淡，上自国家大事，下至村里的鸡零狗碎，一侃就是半天。就这样，还开放，开放个蛋吧。"

柳枫点了点头，继续说："关键是地域的封闭。西方人崇拜太阳，东方人热爱河流，认为河流哺育了万物。过去人们逐水草而居，一方面是为了生活方便获取生产生活资料，另一方面是为了加强和外界的联系。因为那时的交通主要是靠水运。"

方囊幽幽地说："可我们这里也有河啊。"他显然是在诱导什么。

"对，但关键是我们这条河断流好几十年了，和以前的农耕文化形成了断续再接。河流没了，而国家又没在此投资公路建设，连一条省道都没有。往东南，离我们这里不足100公里是隋炀帝时修的大运河，一直没有断流，所以那里的人比较开放。从小老人就跟子孙们说，从这里往南是人间天堂的苏杭，往北是繁华的京城。所以，那里的人历史上就是在外做生意的多，招商引资的人脉也多。而我们这里呢，往东，是比我们更穷的叫花子遍地的八十八村，往西是过去强人出没的大山，所以加深了人们的封闭意识。土龙河，过去是人们生活的希望，现在是老百姓解放思想的桎梏。河里有的只是发水时从西边大山里推过来的一堆堆的流沙，散漫地堆在那里，傻乎乎地任凭风吹雨打。"

"那按你说，我们这里的人就是土龙河的流沙，散漫而又呆傻了？"方囊的眼睛闪烁了几下。

周围的本地干部露出了愤慨之色，柳枫没有察觉，可张二牛看到了，说："你少在这煽风点火。柳书记的意思是说都要走出去，别当窝里蹲。"

于茂盛最不愿看到开会时争论，赶紧打圆场说："柳枫同志到底是大知识分子，分析得很透彻，但也不太全面，我也说句文化话，'理论是灰色的，生活之树常青'。咱们下边主要是干实事、看效果。四海粮油公司的项目要抓紧。"

书记又一次下了令，二人只得筹划去北京跑粮食部与国家计委。

在县委办秘书科给四海粮油公司下通知的间隙，张二牛问："你啥时候

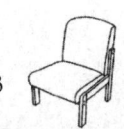

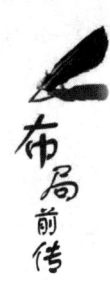

和方囊结上了梁子？"柳枫一脸茫然地摇了摇头。"我看肯定有，你好好想想吧。"张二牛说，"这家伙阴损着呢。不过，这小子也是苦出身，爬上来不容易。他上来的过程县里有个顺口溜：'王书记家里哭老娘，和苏书记认同行，说李书记像太阳，与于大头拉老乡。'"

"愿闻其详。"柳枫兴趣盎然。

"其实也就是那点儿蛋事。"张二牛说，"他师专毕业后分配到东里屯教书，那时掌权的县委书记姓王，老家是西边土龙河上游嘉禾县的。方囊他姥姥也是那个县的，好像还在书记邻村。方囊不知道怎么扁担钩子挂犁铧，小肠连蛋的勾咕上了。王书记的丈母娘就他老婆这一个闺女，一直跟着他们过，他老婆又生了两个闺女。家里男人短缺，他短不了去干点儿杂活。那年王书记的丈母娘死了，咱这里的规矩是必须至亲男人陪灵打幡。王书记是县里的老大，干这活自然不合适，可他又是个怕老婆的受气布袋，方囊知道后，进门三拜九叩，喊着姥娘哭得昏天黑地。这样一来，野外孙就变成了家造的，穿着大孝袍子打幡摔盆送到坟茔，就这样被调到了县文化馆。王书记走了，苏书记来了，他和你一样，也是个细毛羊，原来是河海日报社的总编辑。方囊在文化馆那两年写了几篇小散文，还加入了什么作家协会。他赶紧拉来了作协的一个作家，跟苏书记套上了近乎，被调到了县委宣传部。姓苏的走了，又来了一个姓李的书记。方囊在报道组，经常跟着头头下乡。那时，市里的书记提了一个口号，叫什么'常进农家院，常干农家活，常吃农家饭，常听农家言，常解农家难'。有一次，李书记到西里屯割麦子，方囊写了一篇通讯登在了市报上，里面有这么几句：'朝霞映红了半边天，看着金黄色的麦田，太阳笑了，蓝天笑了，大地笑了，李书记也笑了。'真他娘的恶心。后面还说，李书记走的时候让司机慢慢开，怕压了老百姓的秋苗。这更是扯淡，车开得越慢庄稼碾得越坏。就凭这，他被调到县委办当了副主任。"

"后来呢？"柳枫越听越有兴致。

"后来不是于大头来了吗，他也是嘉禾县的。方囊不知从哪里找来了一本破家谱，说他们家原来也是嘉禾的，民国初年发大水才迁过来的。老乡见老乡，见面互相帮。这小子也确实心眼多，人也机灵。于大头想的，就是他写的；他办的，也是于大头盼的。我说的是私事啊。没两年这小子就被提了主任，还成了常委。听说他这阵子正忙着改出生地档案呢，大概又要往前拱一步吧。反正，这小子够他娘下作的。别说，还真有人吃他这一套，那些在下边真杀实砍的倒不如他。"

柳枫想，往前拱不可能是书记或县长，很有可能是组织部部长或管干部的副书记。因为中央干部条例规定，这两个职务必须是外县人。但他没说，只说了一句："卑鄙是卑鄙者的通行证，高尚是高尚者的墓志铭。"

张二牛也许是没听懂，也许是听懂了半截，说："对，好人不长寿，乌龟王八活千年。"

正说着，"嘭嘭嘭"，外面轻轻有礼貌的敲门声让柳枫一阵愉悦，他来嘉谷半年，最不能忍受的是这里的干部找他一不预约二不敲门，推门而入，张嘴就说，也不管你正干什么。他原来想改变一下，后来观察到别的领导对此司空见惯，也就不说什么了。

来人是四海粮油公司的总经理刘华仑和财务副总魏大埝。刘华仑一身藏青色皮尔卡丹西服，棕色老人头皮鞋，花色金利来领带，刚刚留起来的长发显然是抹了头油，明光铮亮，全身透着利索、精明。

柳枫看着他赞许地笑了，觉得他有些面熟，但一时又想不起来在哪儿见过。再看魏大埝，柳枫不由得皱起了眉头：头发乱蓬蓬，一件看不出颜色的夹克衫松松垮垮，里面是脏兮兮的秋衣，也没扎进裤子里面，而是比外罩长出了一截，戴着老式眼镜，怎么看怎么像农村油坊里的管账先生。

柳枫说："现在中央部委处长以上的干部大部分是近几年毕业的硕士、博士，和他们打交道要实现三个对接，首先是衣着和卫生生活习惯的对接，其次是语言的对接，最后是知识层次的对接。后两条我们暂时做不到，但起码第一条要有。"

"是这个理，"张二牛说，"按咱们嘉谷的老土话就是'不行'。你大埝穿得跟要饭的似的，非让人家给赶出来不可。今天晚上叫你老婆去买身西服。你别老装穷，钱又不是娘们，不下崽。明天都给我精精神神地跟柳书记进

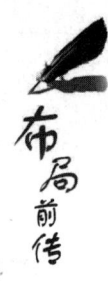

京。"

　　三人约定了第二天出发的时间,张二牛热情地邀请柳枫今晚去他家吃饺子,说是老伴特意采的土龙河滩特有的野生辣菜做馅,让他尝尝鲜,并说这种辣菜娇贵得很,出地皮两天内很嫩,日子一过就柴了。柳枫笑道:"嫂子不会是有什么事找我吧,或者是嫌你不顶事了吧。"来了这两个月,他也跟着地方干部学了几句粗话。听了这话,张二牛的脸竟意外地红了起来,显出了憨厚的一面。

　　6月的北京,繁花似锦。雄伟的天安门,雄伟的广场,庄严的人民大会堂,让每一个身在官场的人肃然起敬。中央各部委大门口英姿勃勃的武警战士,挂着特殊牌号进进出出的汽车,令每个权倾一方的地方官员都感到孤立、弱小、无援。他们先到了粮食部,一位处长告诉他们,他们要的6000万元无息贷款部里已经上报,最终的批准权在国家建设项目综合协调委员会。刘华仑赶紧从车的后备厢里拿出礼品,那位处长看了一下,笑着说:"你们这礼品是好东西,但是不是损了点儿。"柳枫一看,也不由得乐了。礼品是当地一个养殖场生产的真空包装的中华鳖,盒子很漂亮,但每个盒子上都被魏大埝写上了周处长、夏主任、董司长等做标记。张二牛在旁边说:"处长别误会啊,我们乡下人实在,怕弄错了。你不知道我们那位养殖场的厂长更实在。有一天我去他那儿,他专门挑了一个大个的给我炖汤喝酒,还敲着鳖盖说:'你来了是这个,市长来了是这个,省长来了也是这个。'"张二牛的诙谐机灵解除了尴尬,处长哈哈大笑,嘱咐他们赶紧把条子撕下来。他收下礼品后,拿出笔在便签纸上写了个电话号码,递给柳枫说:"你们去找一下项目委农产品加工司的付司长。"处长特别交代说,虽然姓付却是正司长,千万不要喊姓,只称呼司长就行了。

　　国家建设项目综合协调委员会在三里河,离上次柳枫与杭维萍、李一道喝咖啡的地方不远。柳枫来时和他们联系过,不巧的是,一个去了欧洲考察水利建设,一个手机总不在服务区,不知李一道这个浪荡记者钻到哪里去了。过去进京,柳枫都是跟领导住省里的办事处,和谁联系、见谁都是那个看人下菜碟的省驻京办主任安排或首长约定,自己只要准备好材料拎好包就可以了，而这次自己是来跑项目的主官。他一边看着各地来跑项目的市长、县长坐在马路牙子上哇啦哇啦地打着电话，一边在树荫下踱着步子想主意。

大门不让进，刘华仑打了半天电话。又等了好一会儿，一个气宇轩昂的中年人才走了出来，自我介绍说姓付。柳枫赶紧把名片递了过去，他眯起眼睛看了看说："哦，从七品。"刘华仑用带点儿土味的普通话说了项目问题，付司长说："粮食部是报过来一批。我们项目处的办公室堆了半屋子这样的项目建议书，不好找啊。"张二牛赶紧说项目的事不急："司长是不是赏光晚上到钓鱼台酒店一起吃顿饭，离你们这最近的红色凯旋门也行啊。"谁知这位司长的脸冷下来，没好气地说："吃饭？你们基层来的人就知道吃！谁有空陪你们吃饭，陪你们一顿给多少钱啊？"魏大埝又拿出了礼品，司长看了一眼说："海里的都吃不完，谁还吃家养的？得，你们大老远的来了也不容易，给我这传达室的老乡吧。"最后好说歹说，司长大人才答应回去让人找找项目建议，便扬长而去。

"真他娘的到了北京嫌官小。"张二牛气得直骂娘，把烟蒂狠狠地甩在了马路上，但很快被一个戴红箍的老太太罚了十块钱。

柳枫也蔫了，呆呆地站在国家建设项目综合协调委的大门口看着那大大的国徽，心里百感交集。他来前虽然做好了心理准备，但还是有点儿受不了。记得上个月县里一家私营球墨铸铁厂的老板找到他，说扩大生产规模，从日本引资，对方要求企业再出一部分，也就200万人民币，成了就是合资企业，享受国家税收的减免政策。柳枫觉得这是好事，就带着那个老板去了资金最充足的农业银行，谁知道那个行长表面上接待周到、礼数周全，但就是不松口。回到机关，正碰上于茂盛。于书记看他一副黯然神伤的样子，问清了后摸着大脑袋的后半部分把方囊叫来说："明天是周末。你通知农行的韩行长，明天中午我、柳枫书记、你，还有一中的校长、防疫站的站长到他家去吃饭。"第二天中午，三辆车一进那个家属院，立刻轰动了，县委的正副书记还有常委一块儿到家里来，这是多大的脸面啊。大家都围过来看，行长两口子也早已迎到了楼下。席间他才知道，行长的老婆在防

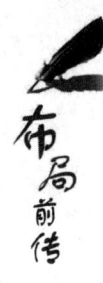

疫站当会计，唯一的宝贝闺女在一中上学。还没等吃完饭，行长就叫来了信贷科长，把那笔贷款拨付了下去。那次让他对这个大脑袋的县委书记简直佩服得五体投地，可现在是在北京，不用说把人家请到家里吃饭，就是请人家到大饭店都不去，咋办呢？

突然，一辆乳白色的捷达轿车"吱"一声停在了身边，驾车人下来后在他肩膀上拍了一下说："你老兄在这里端详、算计什么？是不是想炸我们的大楼啊。"

柳枫回头一看，是大学时对门寝室的江西小个子，问："怎么，你在这儿上班？"

"对啊，在办公厅秘书处。"小个子随即说自己毕业后沾老丈人的光，进了计委，在秘书处管会议记录。

柳枫知道他字写得好，又精通电脑，进个好部门这不奇怪。但毕业10年，自己跟着省领导才提了个副处，他也不至于比自己大吧？就问："你都成有车一族了，提什么官了？"他知道，国家部委司局级干部是没有专车的。

小个子说："我呀，还是大头兵一个。这车哪是我的，是我们省驻京办的，我只是长期借用而已，也叫资源互换吧。"

"就凭你一个小小的抄录，何德何能让省里给你配一辆专车用？"柳枫不解地问。

"这你就不懂了吧。"小个子乐呵呵地说，"春天就听说你到县里去了，在穷乡僻壤待傻了吧？现在是信息时代，知道吗？信息就是资源啊。我做记录，参加主任办公会，国家的投资方向、投资政策、对各种产业的支持力度、投资项目全在会议上决定。中央机关发文环节众多，从决策到你们见到文件，最起码也得两三个月。我只要早告诉他们一声，就等于让他们早知道了怎么向国家写报告要钱，怎么和中央的投资政策吻合。就凭这，他们就得给我配一辆车。你知道吗，有的省还专门给部委的司局长家里配保姆呢。这些保姆都是有文化的，来前又专门进行过家政训练，工资由省里出。她们的任务就是专门收集领导们在家里说的单位上的事，窥测中央的投资方向与项目，传回去给下面报计划做参考。老兄，要钱可是一门学问啊。反正中央就这么多钱，给你也对，给他也不犯错误。谁写的报告对路，谁来得早、投入得早，就给谁啊。"

小个子又把柳枫拉到一旁，问他来办什么事，而后悄悄指点了一番，令他茅塞顿开。柳枫赶紧让刘华仑拿了几个中华鳖，小个子乐呵呵地说："这东西行，老丈人准高兴，今晚我也能看到老婆的笑脸了。找他第二任妻子的女儿找对了。这娘俩，整天在一起嘀咕老丈人的事。"

柳枫顿时有了主意。中午为等司长在马路边就着矿泉水吃的两个面包早就没了影，看着把钓鱼台国宾馆的亭台楼阁映照得一片辉煌的夕阳，他把大家叫到一起说去吃饭，有心去上次与杭维萍、李一道相聚的咖啡厅，但想到土龙河子孙的胃不能享用西餐，即便去了也是物是人非，徒增伤感，就按张二牛的建议，到对过的马兰拉面馆吃一大碗热气腾腾的牛肉面。等餐的时候，柳枫还开玩笑地对张二牛说："这回可是要吃你的肉了。"二牛说："只要能把项目跑下来，别说吃我的肉，嚼我的骨头也行啊。"看着柳枫的轻松劲儿，聪明的刘华仑说："柳书记，下一步怎么办，听您的。"柳枫说："我、张县长坐你的车回宾馆，你和老魏在这儿盯着。那个司长下班后，你们打一出租车跟着他，看他去哪里，家在哪儿住。"

分手后，刘华仑赶紧定了一辆出租车，蹲在国家建设项目综合协调委的大门口。下午6点多钟，付司长夹着一个鼓囊囊的皮包出来，钻进了一辆白色桑塔纳出租车，径直朝东城去了。刘华仑让出租车启动咬住。下班高峰，到处堵车，那辆白色出租车走走停停，终于穿过东二环，进了朝阳区，到了一个比较破旧的居民区里。大门无人值守，各色人等自由地出出进进，一看就是出租屋居多。桑塔纳停在一栋楼前，付司长示意司机稍等，匆匆上了楼，不一会儿就下来了，不仅皮包瘪了许多，还带下了一个显然不是妻子的年轻女人。出租车掉头去了北二环边上的一个韩国料理城。

二人吃完饭又乘车回到了女人的住处楼下，要上楼时女人的手机响了，她接完电话向司长歉意地笑了笑，四处张望一下赶紧亲了他一口，司长悻悻地独自上了出租奔了劲松小区。

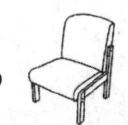

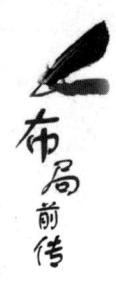

在越秀大饭店柳枫的房间里,刘华仑详细汇报了跟踪的全过程。柳枫说:"好,今晚养精蓄锐,明天傍晚继续。"又问道:"你带了多少钱?"

"现金8万,卡上有20多万。"

"不够,能不能再筹点儿?"

"可以。我们和京城的富豪房地产公司合伙在东四环搞了一个地产项目,房子卖得不太好,但也卖了一部分。那里存了一些钱,明天我去取。"

"怪不得叫你上高档面粉加工项目你说没钱,原来都投到这里来了。你小子真是个精怪。"张二牛叫道。

"上、上,你们当官的就知道发指示上这上那,要产值,要利税,你们是给我钱还是给我物啊。"刘华仑不客气地顶了回去,张二牛没了词。

柳枫沉思着说:"现在北京人都讲究风水,北面是上风上水,东面是紫气东来,怎么会不好卖呢?是不是没有策划好卖点?明天上午我去看看。"

到了晚上11点,柳枫才打通李一道的电话,开口问道:"你钻到哪里去了?"李说:"正在密云大山里的一个温泉宾馆呢。"柳枫问:"和谁?"李说:"和刚上任的妇女报的一个副总编。"柳枫说:"怎么,泡到一块儿去了?"那边大喊冤枉,说:"这娘们长得不错,稿子也写得漂亮,就是脾气倔得很,谁也瞧不起,在单位的人事关系特糟,这次能当上老总还是我求了杭维萍的公公帮的忙。"柳枫心里一阵狂喜,用不容置疑的口气说道:"那好,我这里有一个大学毕业生,学文秘的,你让那个老总要了。"李一道听他报了一个大学的名字,说:"你不是开玩笑吧,那种破大学毕业的也能进中央媒体?你是不是把国家级的新闻单位当成你们县的电视台了啊?"柳枫说:"少废话,要不然……""好好,我去说、去办还不行吗,不过你得给点儿劳务费。""多少?""正常两万,我给你减半吧。""好,这两天给你送去,不过人得本周就得上班。"柳枫有些气愤地放下电话,但一想到自己即将实施的计划也就释然了。

第二天早饭后,柳枫告诉张二牛说嫂子托付的事已办好。张二牛激动得直搓手:"好好,你嫂子没看错,她说一看你就是个面善心好能耐大的人。别说一万,就是三万咱也给人家。你嫂子娘家就这么一个侄子,花钱在北京上了学,还搞了一个北京的小对象。对方说,能留在北京就成,走了就吹。这个没出息的浑小子在家闹死闹活,你嫂子让我睡了好几天沙发,非逼着我找门子。上次有人给我介绍了一个人,说是什么首都记者俱乐部的,牛逼吹得大了,说和各报的总编是哥们,中南海也经常去溜达,和中央首长的秘书隔三岔五地聚会喝咖啡。他先让我到大三元请吃饭花了八千多,又领了一帮男男女女打什么高尔夫,又让老子出了一万多,最后还要走了两万,让我回去等信。我一打电话他就说正在运作,后来连电话都他娘的变成空号了。"看着刘华仑他们过来了,柳枫制止了他。

驱车到了东四环边上,一大片有些发黄的麦田簇拥着几栋新楼,小区配套设施已见雏形,几个建筑工人正在栽花种草、砌甬路、垒花坛。售楼处前冷冷清清,上面挂着一个条幅,"这里,是你理想中的家园"。柳枫见了摇了摇头说:"这广告词太没个性了。"随后随刘华仑上电梯到了楼顶。

极目远眺,柳枫指着麦田东边一条泛着水花的大渠和一片小树苗问:"那是什么?"

刘华仑说:"是往京城输水的渠道,据说将来南水北调也走那儿,两侧是城市森林带。"

柳枫轻轻击掌,神采飞扬地说:"有了。"随即问道:"和你合作的老板是哪里人?"

"东北长白山的。"

"怪不得呢,地域狭隘意识啊,不知道在他那里司空见惯的东西在京城是宝贝啊。这里的地理位置很好,周围的环境也是卖点,关键是出在广告词上。我大学毕业等工作分配的时候,到学校旁边著名的日本电通广告公司的策划部打工,听一资深策划人讲过,广告策划中有五句箴言要牢记:'我是谁,对谁说,说几次,说什么,怎样说。'这五句综合起来先规定了一则广告的外在形式,然后才是内容。关键是怎样说。"

"说得对。"一个满脸络腮胡子的东北大汉也上了楼顶,"我开发这块地时找一个大师算过,他说是旺地,一定旺销、旺发,可一直没旺起来。我又去找他,他说麦子黄梢的时候一定能遇到贵人。这几天我一直在这儿等

着呢,贵人一定是你。"

柳枫胸有成竹地说:"我就当一次贵人,送你两句广告词——绿海田园中的宫殿,我把森林河流送给你。"

众人不语,慢慢品味着。络腮胡子首先拍响了大腿叫道:"好,是这个理!北京住过皇帝老儿,人人羡慕当天子,现代人又崇尚自然。这词绝了。来呀,"他吩咐手下,"明天把这两句词给我挂遍北京城的主要街道。不要怕花钱,先给城管的几个头头每人塞一个数堵住他们的嘴。"回头对柳枫说:"有了利润给你提成3%。"柳枫说:"那就不必了,你把我们刘总需要的钱给他就是了。"东北大汉发誓说没问题。

当天傍晚,刘华仑他们又故技重施,跟随付司长到了那女人的住处。等到屋里的灯亮了、熄了、又亮了,司长像贼似的溜下楼,一溜小跑到马路上打的,兔子似的跑回家,刘华仑他们才回来。

听过汇报,柳枫大喜过望,吩咐刘华仑他们用一上午的时间把事情办妥。刘华仑他们依言而行。

第二天,一切妥当之后,刘华仑和魏大埝迎着夕阳来到国家建设项目综合协调委的大门口,截住了下班的付司长,把一个西三环附近一处80平方米住宅的房产证和一辆捷达轿车提货单塞给他,上车扬长而去。

"这行吗?"在宾馆的雅间酒桌上,张二牛说,"百余万哪,那家伙要是吞了不给咱办事怎么办?""暗箱操作有暗箱操作的游戏规则,办事要花钱,办不了要退钱。"柳枫冷静地说,"今天咱们借刘总的酒买他一醉,今晚都把这事忘掉。不过,刘总不能醉,你的手机要24小时开机。"

一宿无话。第二天上午不到10点,刘华仑屁颠屁颠地来报告:"成了,成了!司长打来电话说,6000万无息贷款明天下拨,还款期限是10年,还可以延长到15年。痛快,痛快。别说是10年,就是5年、8年,到时也没人管了啊。真是小钱换大钱,越换越有钱,天天过大年。"柳枫严厉地制止了他的得意忘形,严肃地说:"切勿投机取巧,人间正道为上。另外,此事到此为止,任何人回去不得乱讲。"

柳枫成功了，这笔引资数额占到了全年任务的80%，使他在嘉谷县声誉鹊起。但他忘不了刘华仑在京城表现的沉稳、机灵劲以及花钱的大手笔，于是对刘华仑的名字、对这位精明的企业家、对他的家世和给他起名字的老爹都产生了极大的兴趣。

今天翻看刘华仑的档案，上面寥寥几行：本县中学初中毕业，在公社当过临时工、社办厂厂长。改革开放后，扯旗到县城办起了贸易货栈，后贸易货栈又改为四海粮油公司，完成了从买卖到加工的转变，年产值竟达到了亿元以上，成了县里的利税大户，也成了小县城的人物。"凡是存在的都是合理的，但合理的过程各有不同。"柳枫念叨着大学哲学老师的话，心想今天是星期天，省城的妻子明丽也没来电话，他也没兴趣回去。据说，四海公司的刘总每个休息日都要回老家。于是他睡到日上三竿，起来后梳洗完毕，喝了一杯牛奶后精神饱满，决定亲自驾车去乡下访访刘华仑的出生地。

○七　商人算账从来不是半斤对八两，
　　　而是要获取比投入高几十倍的利润

7月的乡村风景，如诗如画。大堤上，堤内柳树，堤上白杨，都高举着一片片绿云。满地是绿色的庄稼，路边是绿色的野草，这个季节的黄土地满眼都是稠得化不开的绿色，仿佛空气也是绿的，吸一口将五脏六腑涤荡得干干净净，神清气爽。

柳枫驾驶着县委配置的和他眼睛颜色一样的海蓝色普通桑塔纳在绿色的海洋中奔驰，轻巧地越上土龙河南大堤，顺着护堤林带的绿荫跑了一段，下坡就到了刘家埝。车在村口停下后，柳枫向几个在树荫下乘凉的老汉打听刘华仑的家，奇怪的是说了半天他们只摇头，后来又说是四海粮油公司的总经理，几个老汉笑了起来，说："你说的是他啊，什么华仑，不就是双铧犁吗？"柳枫愣了，怎么这么有学问的名字又变成农具了呢？老汉告诉他说，这小子出生的时候，正是毛主席到杭州农具研究所视察双轮双铧犁研制成功的那天，他老爹为了表示对伟大领袖的热爱，就给儿子起了"铧轮"这个名字。后来人家发了，不知在外边受了哪个高人的指点，把名字改了，不过没改音，只是字变了。老乡亲爱揭底。柳枫虽然出生在县城，但他知道，在华北平原大大小小的村庄中都有那么几个前知五百年的老明白。他索性拿出一盒烟拆开，人手一支，和他们攀谈起来，打听起刘的家世。但柳枫越听越有些失望，正想打道回府，老汉说："名字虽然不实，可他们家可是值得看一看啊，就在俺们村原来生产队的联合打麦场上，是我们这里的王爷府哩，好大的一片啊，小汽车停得海了去了。好多当官的都来这里吃喝，凭你这个车还不一定进得了中门呢。"

老汉的话激起了柳枫的兴趣，他把方向盘一转到了村南。还真是不用问路，在一片清秀的白杨林旁边，真的有一片大宅子，卧龙起脊，飞檐斗拱，一律青砖建造，磨砖对缝。拐上一条水泥路，一座坐北朝南的大门楼赫然而立，完全是按照北京天安门的格式，上有缩小的有观赏价值的城楼，下面三扇门，中间的宽大，紧闭，两旁的小门开着。门楼两侧各有6棵高大的梧桐树，树荫下几个闲汉正坐在宽大的板凳上聊天。

看到柳枫的汽车，几个人不约而同地站起来，问哪儿来的，和刘总有约定没有。柳枫没理他们，熄火锁车，点燃一支烟，悠然自得地散着步，有滋有味地打量起这座酷似王府的建筑来：三进院，一进比一进高，门楼两侧是起脊瓦房，不远处一个垛口像是烽火台。三排正房的起脊上扣的是黄色或绿色的琉璃瓦，在阳光下发出七彩的光。看过了房子，他又转身向南瞧，一圈垂杨绿柳环绕着一个人工湖，波光粼粼。柳枫读书很杂，是懂得一点儿风水的，水为招财进宝，再联系到刚来时看到的宅子后面栽满了小松树的几座废弃的砖窑，这里在平原上也算是依山傍水占尽好风水的好建筑了。也许是柳枫安闲的态度、不凡的气度使人感到蹊跷，感到来者不一般，其中一个人悄悄地走了进去。

突然，中门洞开，不知藏在哪里的扬声器奏出了迎宾曲，平时在城里总是名牌西服领带、皮鞋锃亮的刘华仑穿着一身用当地笨花做材料、土织布机纺就的花条裤褂，脚蹬礼服呢圆口布鞋迎了出来，抱拳施礼道："不知柳书记驾到，有失远迎，得罪，得罪。""恐怕你早看见了吧。"柳枫指了指门楼上隐蔽的电子眼，不客气地说。"书记神目如电，我这是雕虫小技。请，请。"刘华仑继续作揖。

穿过用整块石头砌成的"招财进宝"的照壁，进了第一重院。六间正房全部前出一步廊，木质结构，雕梁画栋，画的显然是出自农村画匠之手涂抹得非常生硬的诸如"桃园三结义""三顾茅庐""岳飞枪挑小梁王"等连环画上和走村串户说书人讲给农民的故事。院子里并没有北京王爷府里的

75

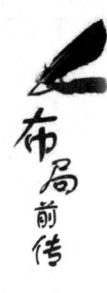

金鱼缸、石榴树、小巴狗、胖丫头,而是种满了豆角、茄子、黄瓜。推开朱红色的风门,迎面是仿明清的家具,八仙桌、条几、太师椅、春凳,但靠近窗户的地方还放了一圈真皮沙发,显得不伦不类。整个布置富中透着俗、贵中透着土。

柳枫无声地笑了,趁刘华仑沏茶倒水时,回忆起了村头老汉说的刘的家世。

刘华仑的老父亲说起来也是当年嘉谷县城南的富家子。刘家在土龙河上有私家码头、30多条木船,靠倒卖南方绸缎、茶叶和临近渤海边上的私盐日进斗金,财源茂盛。一日,老东家经不住一个船老大的蛊惑,跟着船去了一趟杭州,在西子湖畔的"怡红院"不仅享尽了南方娇娃的温柔,还学会了抽大烟。不到三五年,家境没落。到老东家临咽气时,码头、船队连房子都归了城里放高利贷的钱庄老板。身为少东家的刘华仑的父亲一贫如洗,不得已来到刘家埝一个老地主家做账房先生。他为人伶俐,不仅把账目弄得清清爽爽,闲时还把院里的花草伺候得茁壮茂盛,更绝的是他的长相与老地主非常相像,只是年龄有差距罢了。那时土匪横行,冬天的一个早晨,下了一夜的大雪达到了覆盖大地的目的后终于停了下来。天放晴,刘华仑的父亲正在指挥长工们在大门口扫雪,从西街口跑来三匹马,骑马人虽然穿着当地农民的粗布棉袄,戴着毡帽,但一看领子里露出的羊羔毛和脸上的凶气就知道不是善茬。其中一人勒住鼻子喷着两股热气的马,用马鞭指着老地主的宅子说:"好大一片水。"另一个骑马人说:"有水就有鱼,鱼长八字胡。"刘华仑的父亲长期生活在码头,懂得一些江湖黑话,知道他们不是第一次来踩点侦察,因为连主人的特征都清楚了,接口道:"新水,鱼是小鱼,值不当的下网。"几个人也没说话,哈哈笑了几声,打马疾驰而去。

账房先生赶紧回屋告诉主人,说可能要来土匪,老地主立即慌了神。最后还是原来在草台班子唱过戏的小老婆给拿了主意,说老东家的命得要，家财也要护，让账房先生在嘴巴上粘上八字胡，当主人的替身和大老婆守院，自己和老东家到城里暂避一时。

吃人饭，归人管。账房先生临危受命，脑瓜一转，想出了鬼主意。他送走老东家，粘上八字胡，穿上主人的长袍马褂、狐腿皮袍，叫家丁买了几挂鞭炮放在洋油桶里，又让城里的一家裁缝铺做了几身官府团防局团丁的衣服，让大家在四边角楼里日夜把守，自己当天就搬进了老地主和妻妾们住的正房，和大老婆只隔一个门帘。说是大老婆，也比老地主小十多岁，只是被冷落已久。当晚无事，年轻力壮的账房先生睡在东家暖暖的绸缎被窝里，想着老东家和那细皮嫩肉的小戏子翻云覆雨的情景，下边总不老实。他起来照照镜子，看看自己的八字胡，披上皮袍一挑门帘进了大老婆的屋，上炕直奔主题。大老婆起初抗拒，但搁不住他那双打算盘的手在她身上关键部位的游走，也就半推半就地应承下来，而后烈火干柴烧了一遍又一遍。后来账房先生索性把这个女人抱到了她久违的老地主的炕上。

一连三天，白天是红红的太阳，晚上是明光光的月亮地，刘家埝最大财主的家平安无事。到了第四天下午，阴云密布。是夜，月黑风高，一队土匪进了村，来到大门楼前喊道："叫主人出来答话！"账房先生松开抓着女人乳房的手，穿上老地主的衣服，粘上八字胡，在假扮成团丁、手里拿着快枪的家丁的护卫下上了大门楼。土匪喊话说："别害怕，我们图财不害命，拿一千银圆马上走人。"账房先生让一个家丁高举马灯，笑着说："你们也不看看我身边是什么人！今晚县里孙团总在我家喝酒没走，还带来了机关枪。"随口向下面喊："弟兄们，放几梭子给他们听听，可别往外打啊，免得伤了朋友，往地窖里射吧。"下面的家丁按事先的吩咐，在洋油桶里点燃了鞭炮，声音清脆，还真像捷克造的枪声。土匪们看着拿快枪穿制式衣服的团丁，听着连发的枪声，还真蒙住了，想要撤。账房先生看出了名堂，叫人扔下几袋白面、半片猪和几匹布说："大雪天的弟兄们也不容易，回去过个年吧。"

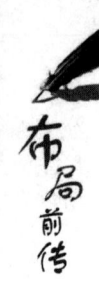

　　土匪走了，账房先生借口大雪封路，也不派人到城里报信，自自在在地当了半个多月的庄园主。但世上没有不透风的墙。老地主大年三十回来后，晚上就对这对狗男女动了家法。大老婆被赶出正房，锁在了后院的偏厦里。对账房先生另有处理，一来觉得家丑不可外扬，二来看他护家有功，便发配他到祖坟上看林子，终日与孤魂野鬼狐獾为伴。即便如此，账房先生也始终忘不了那几日当大院主人的日子，那几天的感觉给他留下了刻骨铭心的回忆。沧海桑田，世事变迁，那所大宅院历经兵祸天灾，早已不复存在。儿子发财后，他依照心中的记忆和刘华仑见的世面，父子合作建造了这所不伦不类的"豪宅"。

　　"传统、血缘、遗传基因的力量是巨大的。"柳枫心里叹道。喝着刘华仑泡的上好的台湾高山乌龙，看着切开的冰镇西瓜和他那一身打扮，柳枫问："刘总何以如此啊？"

　　刘华仑的脸上竟然露出了羞涩，显示出了庄稼人的憨厚。他有些扭捏地呵呵笑着说："真人面前不说假话。柳枫书记你是见过大世面的人，也有大学问，我平时最怕、最尊敬的就是你这样的人。在你们面前，就像报纸上说的，我穷得真是只有钱了。但是没办法啊，我是农民出身，小时候的生活记忆我一辈子都忘不了，我总觉得我在外面是演戏，回来后才是我自己。你知道吗，我小时候最大的爱好是偷瓜摸枣，你刚才在大门口看到的那几个人都是我以前的伙伴。有一年，我们村南高屯的郭老有种了三亩蜜甜瓜、一亩黑脆西瓜。那老家伙看得特紧，白天黑夜蹲在地里，连饭都让老婆送。七月十五那天晌午，他老伴给他送来了饺子，他刚要端起来吃，我们在他的西瓜地里下了手，他扔下碗追了过来。我让伙伴们抱着瓜躲进了旁边的高粱地，我自己绕过一片玉米地，进了看瓜棚端走了饺子，最后还把他那只不怕摔的大铜碗拿到外乡的废品收购站里卖了八毛钱。"

　　"后来呢？"从小受到严格家教的柳枫听得有了兴趣。

　　"后来郭老有骂了三天街。"刘华仑接着说，"刚实行生产责任制时，人们都忙着分地去了，生产队安在大田里的水车水泵坏了，我就把它们好卸的零件都卖给了收购站，用这钱做起了小买卖。那时我明白了一个道理，下死力做庄稼的不如倒卖产品的，不管什么，只要倒过来卖出去就能赚钱，就像我们上次去北京一样，买了房倒出去，就能来大钱。"

柳枫用手势严厉地制止了他，笑着说："你真是贼心不断啊。"

"是哩。"刘华仑用典型的嘉谷土话回应着，"这不，昨天晚上回来我又纠集伙伴们到郭老有儿子的地里去偷了一回瓜，你来之前我们刚在一起吹牛交流经验呢。不是买不起，而是觉得过瘾，觉得这瓜吃着才有味道。"

说着话，一个厨娘模样的人进来说饭菜准备好了。一扇红色的屏风打开后，香气扑鼻，炖土鸡、干炸野鲫鱼、煮毛豆、烤玉米、炒野菜，满满一桌子。刘华仑拿出一个黑色的陶罐说："这是家父用自家的高粱自家的烧锅酿的酒，味正清醇。"几人坐定。柳枫自知村里农民和自己层次差得太远，没必要端架子。和他们每人碰了一杯，大家又回敬了一圈，他就感到不胜酒力了，又看到刘华仑的几个伙伴吃东西时总是把嘴巴张得大大的，直到牙床骨咔咔作响才罢休的样子心里有些别扭，就让华仑找地休息一会儿。

"现成，现成。"刘华仑随手拉开了自己身后的一扇屏风，里面又是一间精致的小房，老式雕花湘妃竹榻上被褥全新。柳枫笑道："高家庄的地道就是高啊。"刘华仑说："不，不，是老父设计的，说新中国成立前防土匪都这样，现在就叫醒酒房吧。"

柳枫倒在榻上的时候，手机传来信息提示声，他打开一看，和前些日子来的那条信息一样，也是诗。"紫袖红弦明月中，自弹自感暗低容。弦凝指咽声停处，别有深情一万重。"他依稀记得这是唐朝白居易的诗，描写了月下弹筝少女的美好，和她心事重重对美好的爱情有着无限追求的形象。可这是谁发的呢？看号码是本地的。自己虽然才来半年多，但作为副书记，电话号码肯定也不是什么秘密了。在酒精的作用下，他回发了一首："泪湿罗巾梦不成，夜深前殿按歌声。红颜未老恩先断，斜倚薰笼坐到明。"也是白乐天的。一阵困意袭来，他迷迷糊糊睡着了。

一觉醒来，看到旁边的竹子茶几上不知何时放了一个保温杯，里面是新沏的明前龙井，喝一口胃里特别舒服，听听外边，刘华仑还在和他的伙伴们吹牛,大概都喝了不少,说话毫无遮拦。只听一个人说:"双铧犁,你刚才说你就是每天挣钱、送钱。你挣了是你的,为什么要送给他们呢?"刘华仑说:"这你就不懂了啊,我的钱是怎么来的?首先感谢邓大人。开放了,我可以做买卖了。用经济学家的话说是淘到第一桶金,这是一。二你就更不知道了。咱们国家在几十年的计划经济体制下积累了多少财富?数不清啊,但都叫人管着,可他们不能拿回家去啊,必须有人给他们变现,办这事的人就是我。我用很少的钱把国家的货买过来,再转卖一下,大把的票子就到手了。我给他们很少的一部分,我赚得多,他们落得少,你说是谁赚了呢?做买卖这玩意儿,开始是人找钱,后来是钱找钱,最后是钱找人了,达到这个境界你可就要发了。"另一个人说:"你小子挣这么多钱还得让人家管着啊?"刘华仑呵呵地笑着说:"明面上是他们管着我,实际上是我用钱管着他们。你就说修刘公桥的事吧,上级催得紧,涉及他们的政绩,可钱又拨不下来,唯有我能垫资。你们没见那帮子县长为这事找我时的那个孙子劲,能把你乐死。在县宾馆最好的满江红餐厅里,那么大的场合,那么高标准的宴席,几个家伙轮流给我敬酒,抬我的轿子,说我是他们的衣食父母,是改革开放的栋梁,是造福一方的典范,又要给我荣誉、奖金什么的。说实在的,我的荣誉这几年在办公室里都挂不开了,至于奖金,还不是他们出个文件,我自己发给自己,无非是让税务局拿走一部分个人调节税而已,我才不上那个当呢。后来他们说可以向县委建议,叫我当县人大副主任,成为县级干部,我装作喝多了没答应他们。到了晚上那个秃头书记请我喝茶,说我只要肯为刘公桥垫资,可以给我一个县委、县政府经济顾问当,级别和他一样,享受正处待遇。我说我哪敢和书记平起平坐啊,心里盘算着让他把第二农机厂那块地给我,按荒地价格我开发。"问话的人说:"那个破厂子黄了好几年了,野兔都做了窝,你要它有什么用啊?"刘华仑说:"这你就不懂了吧,你知道联合国大厦的故事吗?第二次世界大战后要在美国建联合国总部,美国的一个大富豪叫洛克菲勒,他在纽约买了一块地捐赠给了联合国,后来又把周围的地全买了下来。联合国大厦一建起来,上万人上班,得吃、得喝、得住啊,地皮马上涨了价，他一下子赚了1亿多美元啊。我要通过要二机厂的地，演出一个联合国的现代版。我听省交通厅的哥们讲，咱们这里马上要修一条省道，从二厂那儿过，要占一半的地。我抓紧把房子盖起来，赔偿时就能赚一笔，剩下的我再搞成门面商店，也租也卖，你说能赚多少？2000万没问题吧。"众人欢呼起来，连忙说"喝酒，喝酒"，祝贺声一片，气氛更加热烈。

里面的柳枫却感到脊背发凉，想起了明朝一个大臣给皇帝上的奏折说"富甲天下者可以傲王侯、慢公卿"，便走出来向他们辞行。车到半路时，他发现后座上多了一个海蓝色的提包，打开一看是新版的人民币3万元整，还有两条软包中华烟。他知道，自己这辆普桑是许多钥匙可以打开的，就掉头回去，喊出了刘华仑，说："你的东西忘在车上了。对，烟我没收了啊。"随即把包还给了他。刘接过后，向他深深地鞠了一躬，弄得那些看门的闲汉不明所以，心想，他们村的堂堂刘总何时这样卑微过，这个开着不起眼轿车的家伙是什么人？不过谁也没敢问，在他们眼里，刘华仑是神。

拒绝了贿赂的柳枫像病人吐出了胸中的一口浓痰，呼出了一腔浊气，觉得特别舒畅，车子跑起来特别轻快。他关了空调，打开车窗，让自然的风轻拂全身。看着生机勃勃的原野，他哼起了最喜爱的歌曲："美丽的草原我的家，水清草美我爱它。草原就像绿色的海，毡包就像白莲花。牧民描绘幸福景，春光万里美如画。啊啊哈嗬咿……"一句蒙古长调还没从丹田里奔涌出来，手机又传来了信息提示音。他停车打开一看，只一句"青青河边柳"，便回了一句"阿那依依情"。对方又马上发了过来："岂是绣绒残吐，卷起半帘香雾，纤手自拈来，空使鹃啼燕妒。且住，且住！莫使春光别去。"柳枫一看，心情大为兴奋，竟是《红楼梦》里湘云的《如梦令》咏柳词。想不到在这几乎是文化沙漠的嘉谷遇到了高手，好胜心大炽，他索性回了一首宝琴的《西江月》，也是咏柳："汉苑零星有限，隋堤点缀无穷。三春事业付东风，明月梅花一梦。几处落红庭院，谁家香雪帘栊？江南江北一般同，偏是离人恨重！"发完没多久，对方又发来了薛宝钗的《临江

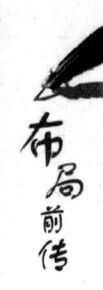

仙》:"白玉堂前春解舞,东风卷得均匀。蜂团蝶阵乱纷纷。几曾随逝水,岂必委芳尘。万缕千丝终不改,任他随聚随分。韶华休笑本无根,好风凭借力,送我上青云。"

对方显然是打字高手,柳枫一边欣赏,一边把车开上了土龙河南大堤。夕阳下高高的白杨树洒下长长的影子,显得更加挺拔,岸边的垂柳在微风中轻轻摇曳,前面传来动人的小调:"夏季到来柳丝长,大姑娘漂泊到长江。"

一身素雅小花的连衣裙,一头在落日下被映成淡红色的长发,一双乳白色的皮凉鞋,一个画架。一个年轻的女子面对着西坠的金乌,看着满河的景色在写生,正好占了道路的一半。凭柳枫的车技,完全可以从旁绕过,但他不愿惊扰艺术,便悄悄刹了车,慢慢走了过去。

黄昏的大堤上,来往的车辆少了许多,只是田野里偶尔传来农人低声吆喝呼唤牲口的声音,好像是对它一天辛苦的抚慰。堤下的村庄里有的人家冒出了袅袅炊烟,一切都变得那么柔和,那树,那草,那花,都变得舒展委婉起来。柳枫想,这堤内外的美景,再加上美丽女子,就是一幅绝妙的水彩风景画啊!他拿出李一道送的进口数码相机,悄悄地走到画画人的侧面,拍下了这幅画面。

快门的"咔嚓"声使她回过了头,说道:"是柳书记啊,是我挡了你的御马道,对不起啊。怎么,不怕我这丑八怪憋了你镜头啊。""是韵致啊,"柳枫笑得一脸灿烂,幽默地说,"我想拍一张落日下原野上的天使,或者叫黄昏中河堤上作画的少女,想去摄影赛上拿大奖呢。""呵呵,"韵致用拿着画笔的手捂着嘴轻轻地笑出了声,"还天使、少女呢,30多岁的老妇人了,'草木也知愁,韶华竟白头'啊。"

听她说出了黛玉《唐多令·柳絮》下半阕中的两句,柳枫立即明白了她就是发信息的人,因而说道:"身段像,刚才的表情也像,只是眼睛里失却了许多纯真,有太多的沧桑感。""'粉堕百花洲,香残燕子楼',沧桑谁没有啊。"看着他的目光,韵致有些伤感地答道。

看着朦胧的夜色,柳枫说:"大画家,该回家了。怎么,我带你回去?""好啊。"韵致如小鹿一样弯腰抬腿,迅捷地收拾画具,往车上放。

柳枫看了一眼作品,上面画的是几棵垂柳下一汪碧水,天上一弯残月,一只小船上一个少女在船头吹箫,一个男子在船尾划桨。那桨是悬在半空的,是停顿的,男子是被箫声迷住了忘了职责的痴呆模样,远处是一望无际的河滩与原野。男子的眼睛是海蓝色的。柳枫心里动了一下,假装糊涂地打趣道:"韵致女士的画是哪种风格啊,是印象派,还是魔幻现实主义啊。""是最最前锋、前卫的写真现实派。"韵致回答完,狠狠地剜了他一眼,轻撩裙摆坐在了副驾驶座上。柳枫说:"你——"聪明的韵致立即明白了,下车坐到了后排,并把贴了膜的挡风玻璃摇了上去。

事实证明柳枫对韵致的暗示是对的,没走多远,方囊的车就从后面赶了上来。大概是忙着什么事吧,他从车窗里对着柳枫摆了摆手,就急急地超过去了。

韵致住的小院就在县委后街的一条小巷里。柳枫在巷口停车,韵致邀请他到家里去坐坐,并说请他吃当地的特产,红豆粥和秫面饼卷小鱼,最后加重语气说:"您放心,我们俩不会有什么事求您的。"

柳枫回去换上了硬领白衬衫、海蓝色的华伦天奴的西裤、棕色的皮鞋,吹了吹头发,更显得英姿挺拔。他踏着朦胧的月色,来到了小巷那座精致的小院门前。

门不推自开,桂花树下的石桌上四盘精致的小菜已经摆好,两只高脚玻璃杯里各倒满了半盏血红的葡萄酒。韵致显然也是刚梳洗完毕,一袭华美的纱质红色连衣裙恰到好处地衬出她那细嫩的皮肤。

"他呢?"柳枫问道。

"怎么,堂堂大书记不敢与小女子喝杯酒吗?他不在。"韵致狡黠地将了他一军,请他坐下。

"'葡萄美酒夜光杯,欲饮琵琶马上催'啊。"

"今天是星期天,他们都去灯红酒绿了,没人催你。来,孤单的人,干一杯,感谢你的御马带我回。"二人一饮而尽。

韵致迅速坐好,双腿并拢,往下拉了拉裙摆,一手托着环绕在胸前的长

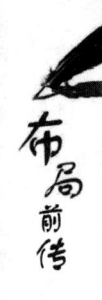

发,歪着脑袋问:"你说建筑是凝固的音乐,那音乐又是什么呢?"

看着她的姿态,看着她月光下光洁的额头,柳枫说:"音乐是感情的倾诉,是灵魂的跳跃,是心灵的沟通与共鸣。"

"想不到你这哲学系的毕业生,比我的音乐老师讲得还透彻,当浮一大白。"韵致欢快地笑着,但那笑是表情上的,并没有高声,连那说话的声音都是柔柔的、富有磁性的,如同山间松林中月光下潺潺流动的小溪,你虽然还没有见到它,还没有接触它,但已经甜进了心里。宋美龄的母校美国韦尔斯利学院一本教材中有一句话说,女人说话的声调不要超过七个音符中的"4",否则就有河东狮吼的味道了。

几杯带着美好氛围的红酒顺畅地喝下去,韵致的脸上出现了胭脂红,柳枫也因为中午喝了不少白酒还没过劲又连续作战而浑身发热。

韵致及时端上了温在电饭煲里的秫面饼卷小鱼,这是土龙河一带的特产。面来自河滩上生长的一种高3米以上俗名叫"风散码"的白高粱,这种高粱产量低,生长周期长,磨出来的面特白,和水混合后特筋道。当年土龙河里小鱼小虾乱蹦,沿河的农民用在河滩、土埝上随便撒种就疯长的高粱磨成面,在烙煎饼的平底鏊子上摊成薄薄的饼,再用大锅把小鱼小虾放上醋熬到骨头酥了,然后裹上面一炸,加上大葱和面酱卷成卷,给外出做苦力的人带上。不管到了哪儿,只要稍微一加热,咬一口外面有劲内里香喷喷,吃后顶事耐饥。后来这种半方便食品传到了大河两头,成了嘉谷的特产,当地人就在码头和官道旁开了小饭馆,往往有拉纤的纤夫、撑船的老大、推车的脚夫、来往的客商来到茅店前的凉棚下,大声喊道:"店家,快快给俺来一碗凉茶,两个热饼卷。"狼吞虎咽后各奔东西。雍正年间发大水,白浪滔天,朝廷一大臣奉那位刻薄皇帝的旨意微服私访,深夜视察完大堤后人困马乏,实在找不到吃饭的地儿,想惊动地方又怕下级官员给雍正送直达御前的黄折子。手下人转悠了半天,才找到了一个出售饼卷的三间茅屋小店。大臣吃了此物后大加赞赏,临走让店家做了十卷,用锦被包了一层又一层,打马往京城赶。饼卷进了紫禁城尚有余温,大臣将其献给了皇帝最宠爱的妃子,正赶上那位妃子早晨起来梳妆打扮还没吃饭。人参、燕窝见了就腻,这民间的粗食如同山珍,妃子当场赏了大臣一个翡翠镯子,叫他以后多送。一时间,土龙河的秋面饼卷小鱼还成了贡品。不过后来的做法掺上了白面和鸡蛋,蛋清用来和面,蛋黄用来裹鱼。

柳枫听过这个传说,却是第一次吃,感觉很好。他一边吃一边问:"高粱在河滩上倒是有,可小鱼哪来的?土龙河都干了几十年了。"

"在娘娘庙前找张无代要的,那可是个好人啊。你知道吗,连他都知道你给嘉谷的四海粮油公司的面粉加工厂弄来一大笔钱,又有好多人可以去那里就业了。他还说娘娘托梦给他,说你是嘉谷之福。"

"张无代,呵呵。"柳枫站起来,做了两个扩胸动作。

韵致说:"你笑什么,不就是他和小尼姑的那点儿事吗?我感觉那是正常的。不过,尼姑也太多了些。"

"我也这么认为。"柳枫说,"记得3年前我参加过一次省委某部门副厅级干部的公开竞聘,当然是领导出国时我在家闲着没事报的名。笔试我一路过关斩将,到了面试席上,评委主任说,'坐怀不乱'是个成语,形容男子在两性关系上的品德高尚,问我来自哪个典故,并问我走上领导岗位后遇到此种温柔陷阱时,如何做到坐怀不乱。"

"你怎么回答的呢?"韵致似乎比他还急。

"我说春秋时有个贤人叫柳下惠,《荀子·大略》记载过他一个故事,说他夜宿城门,有一女子前来求宿。柳怕她冻死,就解开衣服将她拥在怀中,一夜毫不动心。首先我认为这是一个神话,柳下惠作为一个道德楷模流传后世,在某种程度上反映了我国两性文化的虚伪性。任何一个正常的男人,和女人处在那样一种相拥而眠的状态中,都会有正常的生理和心理反应。或许柳下惠确实是超人,但超人的行为又怎能视为芸芸众生的标准呢?领导干部也是人,也食人间烟火、五谷杂粮,有七情六欲实属正常。如果要求每个领导干部都达到坐怀不乱的境界,成为柳下惠那样的超人,我想没有谁能做到,起码我做不到。"

"后来呢?"

"自然是没被录用,还回去做我的秘书啊。"柳枫自嘲地笑着。

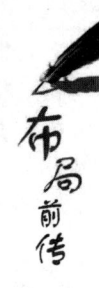

"柳书记,你很真实。"韵致感动地说,"走,天有些凉了,到屋里喝杯茶,看看我的琴房。"

三间正房一明两暗,西里间的门上包着厚厚的海绵和牛皮面,推开,碧纱窗下是一架星海牌钢琴,旁边的博古架上是小提琴、板胡、笛子、手风琴等乐器,北墙下是一张铜制弹簧床和一张单人沙发带圆形茶几。几个小灯泡镶嵌在天花板上,投下几束粉红色的光。韵致让他坐在沙发上,看他喝着掺了桂花的碧螺春,虔诚地点了两根香插在一尊古朴的香炉上。她净手后坐在琴凳上,长发后扬,随着十指欢快跳跃,弹了一曲《梁祝》,而后邀请柳枫上琴。

柳枫甘拜下风地说自己不会弹钢琴,韵致小小地得意浅笑了一下,递过了小提琴,柳枫又拉起了那天拉过的《天涯歌女》的曲子,韵致软软地唱着说:"总有一天,我要和你到大河边上大声地唱一次。"柳枫没有说话,拉了一曲《梁祝》,用浑厚的男中音给她伴唱。唱着,唱着,韵致不自觉地走起了台步,当唱到最后一句"天长地久不分开"时,玉臂揽住了柳枫的腰,眼神凄迷,满含深情,在灯光下格外妩媚,让人爱怜。柳枫放下小提琴,掩饰情绪地拿起了板胡,韵致也把笛子送到嘴边上,和他合奏起了"文革"时非常流行的曲子——《毛主席派人来》《扬鞭催马运粮忙》,小小的屋子里充满了欢乐。

柳枫坐在沙发上喝茶时,韵致靠着床头问他:"你学哲学的怎么会这么多弦乐呢?"柳枫于是讲起了自己的历史,重点讲在工厂文艺宣传队的那段经历,韵致也说了自己的身世。相互的倾诉加深了心灵的沟通,那种沉重报恩的枷锁、长久的责任和情感压抑,以及突遇知己的野马般释放,让韵致一时难以克制地泪流满面。为了掩饰喷涌的泪水,不至于有交浅言深的尴尬,她突然拉灭了灯,打开了碧纱窗上的隔音板,悄悄拭了下泪。外面,月白风清,银盘似的圆月高挂天空,月光泻进来,屋里的一切如同镀上了一层水银。二人很自然地走到了窗前,柳枫感叹地说:"月光如水,如水的月光啊。"

"是啊,这月光已经照了我30多年了。"韵致有些伤感地说。

"月光可以不朽,可是人呢。"

"江畔何人初见月,江月何年初照人啊。柳哥,你快有40岁了吧?"韵致不知不觉地改了称呼。

"对。其实,美丽的月光与40岁的年龄是没有多少关系的。应该说,40年的月光照彻了我40年的生命。40年的月光带来的是回忆、带来的是伤痛、带来的是变迁,留下的是遗憾。"柳枫听到韵致的声音还是微微颤抖的,不免生出怜惜,联想到自己所处境遇,正是如鲠在喉,看似诸般得意又诸般不得意,他这异乡人与看起来坚强的韵致,这苦与苦是相似的。他情不自禁地伸出手,用手理了一下韵致的秀发,继续说:"你看,如水的月光漫不经心、不着痕迹地照着人间的一切。自然界的许多事物是永恒的,却漂白了人的黑发,改变了人的心境。所以,40岁是负重的年龄,是忍耐的年龄,是被世俗包裹过又被月光冲淡了的年龄。但无论如何,40岁仍然是有所期盼、有所渴望的年龄。"

"是啊,我记得有一首印第安民歌,"韵致轻轻地哼唱着,"水再不舀,就流走了。花再不摘,春就走了。歌再不唱,人就老了。"

"'子在川上曰,逝者如斯夫,不舍昼夜。'天地之浩渺,而人又如此脆弱,岁月匆匆又无穷,人生少至百。其实,人生就是一个过程,结果都是一样的,关键是把过程过得有声有色起来。"

"柳哥,你说得真好,富有哲理,像散文诗。"韵致听着柳枫有回应、安抚她前刻激动情绪的意思,不仅大为感动。她像迷失的孩子突然找到家的感觉,沉醉、安全地把头靠在他肩上,听着他那富有磁性的男中音,轻轻地呢喃:"我都要醉了。"

柳枫心里一阵震动,但内心的声音又毫不客气地蹦出来:"这里是嘉谷!你是被下放的官员!"情绪一下沉了下去,无力地搂了搂韵致的肩,轻轻拍了拍她。

韵致感觉到了他的迟疑,轻轻而不舍地说:"我的好哥哥,你就把我当成你亲妹妹吧。放心,我不会缠着你的,你永远是我天上的太阳。在苍茫的人世上,有了你的照耀,我的灵魂深处就有了安宁与喜悦。走吧,县委

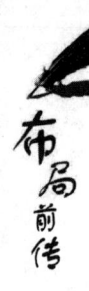

那帮人都是人精。"

柳枫迎着下弦月回到县委的时候,看门的老头疑惑地看了他半天,又一直目送着他进了宿舍。与此同时,县委办公室值夜班的秘书也看似不经意地瞥了他一眼。

◉ 八　惯于把下属叫作"他们"的人是重权在握、高层决策者的常用语

早上一上班，县委书记于茂盛就拿出了一个局长进贡的最新款剃须刀，把他那张油乎乎的大脸刮了又刮，又拎出一个密码箱对秘书交代说，自己在省城的老姑病了，要去看看，吩咐他在家值班，然后坐上奥迪车绝尘而去。

平原地区的省城也没什么特色，只不过比县、市的楼高、路宽、人多而已。于茂盛没进省委，让司机在省委附近的一个宾馆登记了两个房间，独自拿着密码箱到省委门口打了一个电话，之后把箱子交给了一个从里面出来的中年男人。于茂盛刚要离开，一辆和他乘坐的同款奥迪车停在了面前，土龙河上游和他的领地相邻的嘉禾县委书记钟灵笑模笑样地下了车说："怎么，找门路来了？"于茂盛机灵地反问："怎么，你找到新门路了？""我呀，挑水的回头——过（井）景了，年龄不饶人啊。""你充什么大尾巴狼，不才比我大一岁吗？""一岁也是大啊，杠杠无情啊。伙计，好好跑吧。"钟灵钻上车一溜烟跑了。

于茂盛回到宾馆，打电话叫来几个熟人，点了一桌子生猛海鲜，开了几瓶五粮液，吆五喝六地在餐厅包厢闹到下午两点多，带着八分醉意一觉睡到路灯大亮。晚饭时，他到大餐厅只吃了一碗粥带一碟腌黄瓜，然后回房间里耐心地看起了电视。

熬到午夜，另一房间的司机已经入睡，他悄悄地溜了出来，叫了一辆出

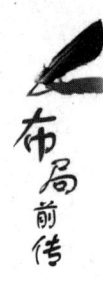

租车开往位于省城边上一个金碧辉煌的巨大建筑。在暧昧的红色灯光笼罩着的大厅门口,一位秘书模样的人主动跟他握手并问清了他的身份,他及时把一个信封塞到了对方的衣兜里。对方毫无表情,把他引荐给了一个穿水红色旗袍,衩开得很高,大腿很白的迎宾小姐。他跟着她沿着厚厚的羊绒地毯往前走,快到电梯间的时候,于茂盛殷勤地去按按钮,小姐摆摆手,继续把他往里带。穿过回形廊,小姐指着一部电梯说:"上去吧,直达。"

专用电梯一直把他带到了 16 楼。宽阔的平台上种满了高大的绿色植物,外面是万家灯火,里面灯影幽幽。在两棵足有一人多高的巴西木下,有一扇绛紫色的橡木门,除此之外,别无去处。于茂盛推开了门。这是一套用餐、洗浴、桑拿、健身、住宿一体的贵宾套房,上次他在省委办公楼里见到的那个管干部的常委半躺在日式榻榻米上。大概刚接受完全套的服务,身体有些疲惫,常委把黄色天鹅绒浴袍裹了裹说:"你上午送的材料我看到了,还不错。你的事他们也跟我说清楚了。"

"他们",于茂盛知道,惯于把下属叫作"他们"的人是重权在握、高层次决策者的常用语。看来真神要施恩了。血流冲上了脑门,心脏加速了跳动,他赶忙说:"感谢您老的关怀,全凭您老安排。"

"安排嘛,嗯,最近你们那个市的宣传部部长可能要上调,你就准备接替他吧。那个职务虽然是部门负责人,不过是常委,也算副厅级吧。"说完,从床头柜的镀金烟盒里拿出一根哈瓦那雪茄,于茂盛赶忙巴结地掏出打火机,常委阻止了他说:"不,打火机会破坏烟丝的纯正香味。"自己用长长的火柴点燃了,吸了一口,随着吐出的烟圈向于茂盛挥了挥手,于茂盛便诚惶诚恐地倒退出来。

穿红旗袍的小姐不知什么时候像幽灵一样站到了他的身后,指挥着他走进了隐藏在巴西木后的另一部电梯,并伸出了玉葱般的小手。于茂盛赶紧伸出手告别,但那小手灵巧地避开了,做了一个捻钞票的动作。他恍然大悟,连忙拿出了粉红色的 5 张老人头。"真黑。"心里骂完之后,他又自嘲地笑了,摸着自己的秃脑袋想,自己何尝不是这样呢。

人过了 50 岁,当了一辈子在当地老百姓眼里的小官、中官、大官,拿了几十年平稳工资有时也发些小财的于书记心里越来越恐慌了。俗话说,朝里有人好做官,可是这几年中央加大了干部交流的力度,又规定党政正职、纪委、组织、管干部的副书记,公检法部门的领导不能在当地任职,自己的老关系退的退、走的走,越来越少。上面的干部换得勤,来了后不仅要学习他们提出的名目繁多令人眼花缭乱的新观念、新提法、新战略,还要揣摩他们的脾气与爱好。还有过去看着好好的国营厂、国营店干着干着就没了工资,吃惯了现成饭的人整天到县里上访。财政实行了包干制,自己待的地方工业不行,工资比别的地方差了一截子,每逢来了涨工资的文件,上下就嚷嚷成了一个蛋,县长阴沉着脸,最后是他出来打圆场,说先记入档案,以后经济发展了一起补上。时间长了,人们就给他编排了很难听的顺口溜,说:"于大头,真能诳,工资长在了档案上,表上有数没有钱,包里手里光光光。"再就是自家的开支越来越大了。儿子花钱上了个成人学院,毕业后留在了大城市,光买房、买车就要了他 30 多万。还有自己平常已习惯了抽好烟、喝好酒,要是买,工资根本不够。真不敢想,要是退了,自己的生活怎么维持?这几年虽说每年也进账十万二十万的,但和好县比差远了,再说大部分也打点给了上面的各路神仙。县里底子薄,钱不好捞,捞了也害怕。听南部一个富县的县委书记说,他花钱只要一两个企业老板的,在其余的人面前一律当包公。而他这里不行啊,最富的是四海粮油公司了,但双铧犁这小子鬼得很,用着你的时候给点儿。县里的许多政绩还要靠他出,听说他还和北京有联系,也不敢冲着他下大笊篱,只能靠广种薄收敛提留,也就做下了病根,使自己在许多人手里有了短处,谁也不敢严厉批评,谁也处理不得。唯一的办法就是赶紧走,但绝不能平着走。平级调动换个地方,对这块地方没有了调控能力,说不定会翻了船。最好的结果是上市里升一步,对后任还有点儿威慑力。

坐在车里的于茂盛尽管心里想着事,也有许多烦恼,但对这次省城之行基本是满意的。现在快到八月了,再熬四五个月,顶多半年,市委就要换届了,那时,真要顺利的话……哈哈,他心里刚要笑,突然想起了一本书上的警句,"在这个世界上,最不能相信的是政治家的许诺和商人的誓言"。

不行,还得去算算。

车下了高速公路,快到嘉禾县的时候,他对司机说:"去那里一趟吧。"司机会意地把车开上了一条乡村公路,在一个绿树环绕的村庄旁边停下了。他独自步行了一段路,敲开了一个有五间大北房院子的黑大门,一个小媳妇模样的女人出来对他说:"老神仙正等着你呢。"

两开间的厅堂,神桌上供奉着一尊半人高的人造水晶雕塑的南海观音大士,宝相庄严,轻盈地站在透明的莲花座上,高举杨柳净瓶。屋里香烟缭绕,一个60多岁穿一身灰色裤褂的老太太正跪在明黄色的圆形坐垫上,一手敲着木鱼念经,一手数着脖子上的念珠,于茂盛非常懂规矩地跪在了一旁。

她念完经,又叩了三个头,才抬起眼皮说:"昨天我就算定你要来,所以从昨天晚上开始就闭门打坐,把别的香客都打发了。是不是去了省城?""对,对,老神仙。""贵人这次来是问前程、问财路,还是问健康?""前程,前程。"于茂盛忙不迭地说。

灰色裤褂的老太太从一个元宝形的箱子里拿出三把未开封的檀香,示意茂盛双手合十跪在一旁,自己点着,对着菩萨举了三举,插在香炉上,闭着眼祷告起来。不知是她在举香时用了什么手法技巧,还是在祷告时宽袍大袖带起的微风角度不同,或是香的合成材料有差别,总之,三炷香的燃烧速度与香灰的倾斜发生了变化,中间的一炷开始很快,但燃烧到半截时慢了下来,左边的一炷向西歪,右边的一炷向北斜。

于茂盛莫名其妙地看着,跪得更加虔诚,老太太也闭目不语。等所有的檀香燃烧完毕,老太太开始讲香火:"中间是你的本命香,基本顺利,但有点儿小坎坷。""坎坷来自哪里啊?"于茂盛问。"西边。往西歪,不帮你,拉反劲。""那怎么破解,请老神仙指点。""你看往北歪的这炷了吗?你要往那里多走走。""西边是哪儿,北边走多远呢?"于茂盛想问得更清楚一点儿,老太太却不说话了,仰着脸做出了天机不可泄露的模样,只有手里的念珠不停地转动着。于茂盛不敢再问了,拿出一个红包放进功德箱里,退了出去。

自己的坎坷在西边，到底是谁呢？从近至远，自己西边的办公室是方囊，他不可能。虽然不是一起扛过枪、分过赃、嫖过娼的，但也差不多，许多事是互相掺和在一起说不清的。再往西，是物价局、司法局和机械厂，那里也不可能，都是这几年经手亲自安排的。再往西呢，那就出了城了。莫非是他？于茂盛灵机一动，往西出城20多里就是土龙河的上游，和嘉谷同属一个市管辖的嘉禾县。对，在省委门口碰到过钟灵，是不是这家伙和我竞争同一个职务？肯定是他！这小子虽然提副处比自己晚，但提正处却早了几个月，资历不相上下啊。看那天钟灵笑眯眯的样，是不是也拜到了真神呢？"走，去看看老人家。"他对司机说。

奥迪车很快从嘉禾城西往北，穿过土龙河南堤、北堤，绕过两个小村，来到一片槐树林里。阳光透过疏枝密叶斑斑点点地照在几座芳草萋萋的土坟上，阴凉而又静谧。这里是于家老坟。于茂盛拿出一整盒软中华，分别插在松软的青草地上，磕过三个头后，坐在一棵满是疤痕的老洋槐树下看着袅袅上升的烟发呆。

说起来于茂盛的父母虽不算身怀绝技，但也是有一技之长的人。那时河海是专区，于茂盛的父亲是在专署食堂做小灶的炊事员，有一手绝活是焖饼。人们评价说："于老四的焖饼，薄、散、软、香。"一小锅焖饼出锅撒在案板上条条不连，收在碗里不粘不黏，吃在嘴里又筋道又香，很受当时领导的青睐。他为人和气，有时领导外出或下乡，吃饭的人不多的时候，他也到大灶上帮忙露一手，让一般干部过过嘴瘾。于茂盛母亲出嫁前是三里五乡有名的巧闺女，出嫁后在河海服装厂上班，裁出的衣服既合身又熨帖。那时没有这么多服装店，多大的干部的衣服也是到裁缝铺去做。偶尔有一次，母亲跟父亲到一个不大不小的干部家里串门，正赶上有人送来一块涤卡布，母亲就建议领导夫妇一人做一件，并当场量体裁衣，做出来的男裤穿上显得挺拔，女裤穿上别有风韵。特别是女式上衣多了掐腰和小装饰，在专署机关小小轰动了一把，于老四两口子一下子成了小名人。凭着两口子的腿勤、手勤，两口子逐渐认识了许多过去在报纸上、电视上、主席台上才能见到的领导，知道了他们也和普通人一样，也不是三头六臂，

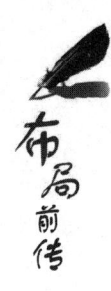

也有七情六欲。宰相门前七品官,衙门口的炊事员,特别是给领导掌勺的大师傅,还有一个能给领导的家人做出好看衣服的媳妇,理所当然地要比门前的人厉害多了。

于茂盛中专毕业后,往哪里分还没定向,于老四叫他好好在家待着,别跟那帮同学东一头西一头瞎找工作。一个初秋的中午,几个领导吃了于老四的小焖饼,喝了蛋花汤,心满意足地打了个饱嗝,看到他又在切饼条,便打趣地问:"怎么,晚上还让我们吃啊?"老四说:"不是,还有一位领导没来呢。"大家一看,可不,少了管人事的老孙,就说是不是老婆刚给他生了小子,回家洗尿布去了,要不就是到哪儿陪客去了。正说着,老孙来了,说:"陪什么客,刚处理完文件,看来我得吃剩饭了。"于老四送走吃饱的那一拨,让孙领导稍等片刻,麻利地捅旺炉火,多加油,多搁料,勤翻勺,一碗油汪汪的小焖饼出了锅,随后是一碗当时还不多见的紫菜虾米汤,吃得孙领导肚子里舒服得直打战,说:"我看来晚了也不错,单焖的更有味道。"说完就要走,于老四拎着炒勺,呵呵憨笑着站在小餐厅门口也不让道。孙领导说:"怎么,你有事吗?"于老四扭捏地说了儿子分配工作的事,说想去人事局。孙领导说:"那好办,我跟他们打个招呼。"晚上,于老四又让老婆连夜做了一套小孩穿的丫丫裤,配上虎头鞋、虎头帽,给孙领导送过去。就这样,于茂盛去了人事局。报到时他自己愿去调配科,于老四说:"听我的,去办公室,那里接触的局长多。人机灵点,往上走得快。"果然,他从那里开始一直升到了副局长。

于茂盛永远忘不了他老爹的一句话:"狼恶,虎恶,不如饿恶;千舒服,万舒服,不如眼前吃得舒服、住得舒服。"他主政嘉谷后首先做了两件事:一是把市里各位领导的家庭状况摸了个遍,把他们本人、家属以及老爹老娘的生日记下来,并买通了市委接待科的一个小伙计,让他准时提供领导家里发生的红白事的时间、地点信息,自己再忙也要带上钱物准时到场;二是对已是自己人的县委办公室主任方囊提出了一个要求,"嘉谷再穷,不能穷在上边来视察工作的领导上;嘉谷再差,不能差在对领导的接待上。"方囊按照他的意思,在县委招待所后边的一块空地上大兴土木,盖了一座树木掩映的小二层楼，被老百姓称作高干院或高干楼。里面的设施不亚于三星级宾馆，做饭的大师傅都是从省城聘来的。于书记亲自规定，只要是市领导，还有市委办公室、组织部、纪检委的干部，都要住那儿，特别是组织部门的人，哪怕是个副科长或一般干部都要安排，自己亲自陪吃饭。凡跟领导来的司机、秘书，他都要亲自敬酒，送土特产，有时还把下面孝敬自己抽不完的烟、喝不完的酒分给他们。所以，嘉谷的工作虽不怎么样，但于大头在上边人缘很好。那些小喽啰占沾了些小便宜后，总在领导耳根子底下吹风。日子长了，有的领导就以为是群众反映了。于茂盛也暗暗得意，经常晃着大脑袋想，东西是公家的，人情是自己的，为什么放着河水不洗船呢。

　　他就这么上来了，也这么稳住了，对下面的要求也就开始照猫画虎了。有一年春节前夕，他在外面吃了丰盛的酒宴，回到家里看到了许多下属孝敬的东西，很兴奋，破例和老婆亲热了一回。老婆问他："你整天在外面吃香喝辣不算，还收这么多好东西，这行吗？"他抚摸着老婆还不算太松弛的乳房说："这你就不懂了。当初我当一般干部时过年连鞭炮都舍不得给孩子买，抠出钱来买点心、买酒给科长、局长送，年夜饭到你家去蹭，剩下的鱼肉等正月里科长到咱家吃饭时再用。不就凭这些我才到了今天吗？这就好像背着钱财顺着山路往上爬，一路送给那些把关放哨的人。后来咱也到了一个小山头上，也成了一方寨主，下面许多人也要往上爬，那对不起，你也要像我当初那样把你手里的好东西献上来，否则，关口我是不能让的。你不走我当初的路，就别想往上走。再说，这些东西也不是我全要啊，也不能全要，我要用这个献给守卫在更高山头的将军甚至元帅。否则，别说往上升，咱连这个山头也坐不稳啊。""对，"老婆听了他一番高论说，"我也听人说了，'连跑带送，不断提升；光跑不送，原地不动；不跑不送，平级调动'。"于茂盛说："什么平级调动，明天要是调我到市委党史办当主任，虽然也是正处，但过年甭说红包加海参鲍鱼，你连个白条鸡也见不着了，顶多是送来几本挂历，还不一定是好的。"

　　于茂盛就是抱着这样的心态往上走往上爬的。在仕途上，他不能失手也

不允许自己失手。"老神仙说的拉反劲的人,是不是钟灵呢?"

世上的事还真有蒙对了的时候,于茂盛的竞争者还真在西边,就是嘉禾的县委书记钟灵,他也去找了省里那位管干部的常委,而且是先行一步,也是送了一个密码箱,不同的是里面装着美元,并且是通过一个北京当红的电视剧演员牵的线。那个常委也说稳定第一,只要不出什么事就有希望。钟灵想了想,自己在县里的地位固若金汤,事是不会出的。他也猜到于茂盛是跑官去了,但找的谁不知道,也没必要知道。他想得又深了一步:自己不出事,别人也不出事,就是半斤八两,说不定还得有一场恶斗;如果自己不出事,想法让别人出点儿事呢,岂不是稳操胜券了吗。可突破口在哪里呢?那天他见到于茂盛后,并没有回家,而是去了省气象局当总工的大学同窗那儿。那家伙是个业务脑瓜子,不像他,把老师教的那些观天的本事全用在了看人的脸色、琢磨人的心态上去了。和这家伙在一起,可以不设防,胡侃什么都行,放松情绪。这不,都快中午了,老同学还在研究卫星云图,对比50年的气象资料。钟灵二话没说,拉着他进了餐厅。叙着叙着旧,这位总工又谈到了自己的业务,有些严肃地对他说,他所在的土龙河流域可能今年要有水灾,说什么按历史经验,今年台风从杭州湾登陆的机会有三次之多,降雨带正好在土龙河的上游水库,而水库这么多年来年久失修,可能要从土龙河泄洪,并警告他说:"你小子别光顾升官,要想着那一方百姓的安危。"

开始这个书呆子的话他没怎么在意,回到县里睡了一觉后,忽然警醒起来。于茂盛在自己家的老坟地里冥思苦想的时候,他驱车来到了离自己县城15里、离嘉谷县界6里的土龙河河道里,踏着过去因上下两个村浇地争水筑起的早已破损的老堤想着主意。过去的老堤只剩下了一段一段,现在成了沿河两岸老百姓来回走的田间小径,不宽的主河道里流着上游过来的浅浅的污水,里面横七竖八地放着几根残破的水泥管子。看着有两个抄近道的壮年汉子推着自行车从那里艰难地跨过,他立刻有了主张,掏出手机拨通了附近的毛庄乡党委书记的电话,指示书记和乡长立即到位。

两个人气喘吁吁地赶到后，钟灵严肃地说："你们的官是怎么当的？毛主席早就说要为人民服务，中央讲要执政为民，要把老百姓的冷暖时刻挂在心上。"他指着推自行车的两个人继续说，"你们看老百姓走路多难啊，要立即在这里修一条路。"乡里的书记说："那是他们懒，想走近道，不远就是大桥。"钟灵说："现在是什么时代，时间就是金钱知道吗？"乡长说："钟书记，在河道里修路是违反管理条例的，万一影响泄洪怎么办？"钟灵恼羞成怒了，训斥道："都30年了，你见这里来过水吗？再说，我又没让你筑坝，有大堤的一半高就可以了嘛。抓紧做，土路上边垫些你们砖厂的炉灰渣就可以，万一来水我们可以迅速捅开。"两个人诺诺而去，保证不出一个星期完成任务。钟灵得意地笑了，从心里感谢他那个书呆子老同学。他看着晴朗的天空心里想，但愿书呆子说的是真的。

钟灵在布局的时候，于茂盛还在发呆。农历七月天，小孩子的脸，说变就变。等于茂盛从老坟地里出来的时候，一片乌云已经从西北方向压了上来。他头顶阴沉落雨的天空，脚踏祖辈耕耘的河淤地，郁闷地缓缓上了车，回到嘉谷县委大院接了刘华仑的一个电话才心情开朗起来——刘华仑说他准备垫资修刘公桥。

嘉谷县除了有一条东西走向的土龙河外，还有一条南北走向的太平河，实际上是当年农民从土龙河引水灌溉农田挖的一条渠，后来叫成了河。当年两岸水草丰美，祖先们逐水而居在此。农民惜地，看到河东地碱，收不了多少庄稼，就把大部分房子建在了那里，一条大街上除了商铺、县衙还建了一座学堂，历经沧桑，成了现在的中学。后来人口增多，民国初年县政府率先移到了河西，各机关也随之迁来，民居也盖了不少，只有中学没迁。太平河原有一座木桥，清朝晚期本县一姓刘的当地绅士捐款修了一座石桥，县太爷亲书篆体字为"刘公桥"。那桥修得极为别致，两头各有一亭，悬空在桥头左侧，上有堤岸大树掩映，下面碧水长流，名曰"观景台"。站在四周是石头栏杆的平台上，既可以看河中的过往船只，也可以在周围高大的树木下乘凉或钓鱼。在太平河清水长流的日子里，这里也算是

嘉谷的一景，在月明星稀的夏夜，也有过才子佳人在此相会。

据说在北平燕京大学读书的男青年与南方女子私订了终身，欲抛弃从小由父母做主定的娃娃亲，回来后被家庭监禁。南方女子为情所困，一路长途跋涉来此。是夜男子翻墙逃出藩篱，二人在亭中相见。看着天上的明月、脚下的碧水与倒影，男青年首先在亭柱上留词一首："星空银厦，粼波倒塔，小桥倩影谁描画？皓无瑕，素无华，悄悄来去静无价。只把清辉留天下。来，无牵挂；去，无牵挂。"南方女子把玩良久，看着东方的鱼肚白，想着那一轮欲喷薄而出的红日，也才思敏捷地和了一首："拨白破夜，吐红化雪，云开雾散春晖泻。煦相接，绿相偕，东来紫气盈川岳。最是光明洒无界。升，也烨烨；落，也烨烨。"二人刻写完毕，买舟过土龙河转运河，乘风远洋漂渡扶桑去了。

有好事的后人考察，坚称确有其人其事，但两个浪漫人物引用的两首词却来自今人，还是高级领导干部所作，可能是有喜爱这两首词的人应景地将其和浪漫人事捆绑在了一起。不过有这个儒雅风流的故事垫底，历年县中学的学子们都在晚霞夕照或玉兔东升的时候，到亭子的平台上或倚或坐，就着晚霞读书，在月光下聚会，大谈人生理想抱负。百年风雨送走了一茬又一茬的人，也侵蚀得石桥斑驳陆离，随着轻巧的轿子、马车退役，拖拉机、载重汽车蜂拥而来，碾轧、碰撞使那桥变得摇摇欲坠，成了危桥。今年夏天，一伙在三流大学毕业20年的昔日高中同窗为寻找青年时代的感觉，在饭店喝完酒来到亭子上互相说感受，有一人把20年后的现状编成了顺口溜："毕业20年，腰包是扁的，头发是染的，下边是软的。"此言一出，大家笑得前仰后合，有两人站不住脚，往栏杆上靠去，不料，"扑通"一声，杆断人落，掉进了河底的臭水里，一死一伤。媒体有追逐丑闻的冲动，一帮小报记者得知后，立刻在大报、小刊、互联网炒了个沸沸扬扬。上面的领导纷纷表现出爱民如子的满腔热忱，批示、通报纷沓而至，要求限期修好，各级各部门要大力支持云云。于茂盛抓紧组织城建局向上写报告，并把新建刘公桥列入了当年的民心工程之一。但上面的职能部门似乎不像领导那么急，吃了、喝了、拿了土特产说研究研究，只听楼梯响，不见人下来。市里的党委督察部门只督办下面不管上面，一个劲地催，急得于茂盛团团转。财政上拿不出钱来，只好找建筑队垫资先干，言明上级的款项到了后偿还，但县里的建筑老板都知道这是肉包子打狗有去无回的活儿。给钱，那是猴年马月的事，即使钱来了，也不知会被挪用到哪里去，因此谁也不肯干。正好刘华仑在北京的建筑公司这段时间活儿不多，于大头亲自出马和他谈了好几次，又许愿，又封官，每次的收获也就是几条好烟、两箱好酒，但修桥的事对方一直不松口。这次刘华仑答应了，怎能不让他高兴？但随之刘华仑又提出了一个条件：按荒地价格买断城西的第二农机厂。于茂盛知道那是国有资产，里面还有几十个下岗工人在原来的破厂房里打铁铸犁铧维持生计，闹不好还有点儿小麻烦。这种与政策相违背的具体事他是从来不亲自操作的，于是叫来了兼着县工业领导小组组长的柳枫。

　　于茂盛汇报、讲话、和人谈话向来是先易后难，先喜后忧。他先跟柳枫说刘公桥有人垫资修建了，柳枫说那好啊，修的时候一定要保持原貌，最好是把传说里那对才子佳人引用的词镌刻在上面。据说，那对夫妇到了日本后先在名古屋教书，后开了中国料理店，连锁到了半个世界。现在一位老人还健在，他们的子女也在商界颇有建树。柳枫说桥修好后想办法请他们来，吸引在县里投资。于茂盛连声说好好，并当即表扬柳枫立意新、眼界宽、想得远，说要是县里班子的干部都像他，自己就省心了，随后又提出了刘华仑想买第二农机厂地的事，让柳枫抓紧操作。柳枫立即联想、警惕起来，正色道："于书记，这是个政策问题。一、第二农机厂是国有资产，卖出需要有县外的权威部门评估。二、那是规划用地，不能按荒地卖。三、就是卖也要按上级有关规定挂牌拍卖。四、那里的100多名下岗工人的养老保险应由买地单位承担，就业也要管起来。"他没说修省道占地的事，因为还没来得及核实，尽管十有八九是真的。

　　于茂盛不高兴了，心想，这话还用你说，我不比你明白吗？叫你管这件事，是信任你，也是为我顶雷，但表面上还是说："你说得很对，到底是上边来的，对文件记得准，但你不要忘了，我们县是穷县，民心工程第一啊，要特事特办。总之，我的柳书记，发展是硬道理啊。"他空泛地讲了一通，

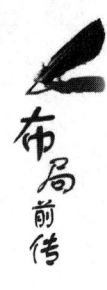

最后说,不管怎么着,刘公桥要按时在国庆节完工,不能对老百姓放空炮,并指定柳枫为建桥总指挥,自己任政委。说完,推说上级机关来人,自己有个饭局,匆匆走了。

这回轮到柳枫郁闷了,他到食堂吃了点儿饭,看着外面越下越大的雨闷闷地抽着烟想辙。突然,手机响了,一个清脆的女中音传过来:"柳枫,在县里吗?""哦,是萍姐,你在哪儿?"柳枫的情绪立即高涨起来。"我在夏威夷,在独木舟上钓鱼呢。这里的景色真美啊,你那儿怎么样?""我们这儿正在下雨。"柳枫说。"这里不仅景色美,而且到处充满了艺术气息。昨天我跟一位美国老人学了一首歌,想听吗?"杭维萍在电话里哼唱起来,"路边一棵榕树下,坐着我和他,海风轻轻吹,绿草遍天涯……美吗?""美,可惜我无缘见到啊。你到欧洲考察怎么又去那儿了?"柳枫想着建桥的事说。"国家财政体制问题还是回去再讨论吧。你还甭说,欧洲与美国的艺术真实的现实精神打动了我。前天在华盛顿越战纪念园,看到在丛林里的那十几个雕塑的美国大兵,有断腿的,有被毒蛇咬住胳膊的,有被竹签扎住身体的,叫人看了不寒而栗。还有在珍珠港海湾,看到'密苏里'号战舰旁边被日本袭击受伤沉没的美国巡洋军舰锈迹斑斑,还在冒着柴油,立即激起强烈的爱国精神。"

柳枫有些警惕起来,也绕着弯子说:"萍姐,你在地球的另一面给我打越洋电话不会是为了唱歌给我听,也不会是为了和我讨论中西方的文化差异吧?我来这里半年多了,你杳如黄鹤无信息啊,就像新疆的一首民歌里唱的,是把我扔到井里就跑了啊。""当然不是,"杭维萍那边严肃起来,"你要在适当的时候有一点儿现实精神。我们毕竟是生活在这个世界上,而不是世界为我们而存在。你对那个农机厂的事就要现实一些。""那里和你有什么关系?""上次我们在北京会面,那个刘总你是见过的,大家都是朋友嘛。"

哦,柳枫想起来了,杭维萍口中的刘总就是上次他们在北京那家咖啡厅分手时来接她的人。夜色下那个开美国悍马吉普车的留平头的壮年汉子后来成了长发的刘华仑,真是太可怕了。繁华的京城与穷乡僻壤的小县竟然有这么深的关系，经济、市场这只无形的手太厉害了。再想想，刘华仑的北京房地产项目是和哈尔滨人合作的，杭维萍的老公公可是老抗联出身啊，据说他的几个公子依靠老爹的关系把生意在白山黑水之间做得生龙活虎，看来又深入华北腹地来了。

记得在省委工作时，有一次陪领导们吃饭，那几个人酒足饭饱后交流从政的经验，其中一个说，每天处理的事情太多，但要掌握一个原则："急事缓办，好事快办，不太明朗的事想清楚了再办，难事尽量推给别人去办。"拍卖企业也好，安排下岗工人也好，都是政府行为。看来得对不起管工业的石副县长了。好在自己在电力局引资问题上也帮过他一个忙，也不算不讲义气。于是，他给石三柱打了一个电话，主要讲了于茂盛的指示精神，并说修好刘公桥关系政府形象和民心工程的落实，最后说自己还有别的事，就挂了电话。他知道，在县委与县政府之间，县委是领导，不是常委的副县长懂规矩，从来不主动过问党委这边的事。那边石副县长不知是在忙着开什么专题会或在讨论什么难题，屋子里乱哄哄的，大概是为了早点儿结束通话，痛快地答应了。

柳枫这才松了一口气，惬意地躺在床上，给韵致发了信息，得到对方肯定的回答后，打开了电视。看完了《新闻联播》，在暮色苍茫中的雨丝中，他穿上一件带帽子的军用雨衣，悄悄地出了门。

第二章：破局

○九 治县先治水，治水先治吏

进入8月，一条黑灰色的云带像执行任务的巡逻机群一样，总在土龙河流域游动，一会儿上游，一会儿下游，隔两天就是一场雨，不仅使人远离了三伏天的酷热，庄稼也长得特别好。"头一天下雨第二天晴，打的粮食没处盛。"到地里干活的庄稼汉子看着秆壮穗大的玉米、高粱、谷子和把地皮拱出老高的红薯，高兴地念叨着多年流传下来的谚语。"几十年的大旱了，今年的雨水咋这么多？这天日怪，说不定要发大水。"坐在村头树下乘凉的老头们望着天说。

下午，前两天游走的云层又回到了嘉谷县，遮住了上午明朗的阳光。小雨沙沙地下，县委常委办公院里的葡萄架和爬到墙头上的南瓜秧在雨中显得更加碧绿，有两个拳头大的小南瓜在肥厚的大叶子下悄悄露出了头，上面趴着四只瓢虫，像两对游动的眼睛，窥视着这里的一切。整个小院静悄悄的。嘉谷的公路少，在这个季节里，人们很少下乡，领导们午睡过后，几乎都在品茶、吸烟，有的在想升迁的事，有的在批阅文件，也有的在看着雨水发呆。

县委机要员带着一身水珠进了于茂盛的房间，把一封电报放在了他面前，他看后立即叫来方囊说："立即召开县委、县政府联席扩大会，让水利局把防汛预案拿来。"

方囊的眼睛闪烁了几下，拿着来见于书记永不离手的硬皮夹子，援笔在手，文不加点，唰唰写着，通知一挥而就，让于茂盛签了字回手交给秘书

科长,让他抓紧去办,回头说:"于书记,北堤那边我准备好了。"于茂盛赞许地点了点头。

霎时间,雨中安静的县委大院热闹起来,穿雨衣的、打伞的、坐轿车的、开吉普车的还有骑自行车的各色人等纷纷赶来,把县委的大会议室弄得到处是泥水。由于县长自今年以来患病长期在外地住院,于茂盛一直在一肩挑。待大家坐定后,他开门见山地说:"省防汛指挥部来电:近日土龙河流域,尤其是上游连续降雨,山洪已经形成,作为蓄水地的水库已超过警戒水位18米。为确保省城和周围几个工业重镇的安全,准备从土龙河泄洪,流量4000。明天早8点开始,估计3天后到达我县。""什么,4000流量?"分管水利的张二牛副县长首先叫了起来,"简直是胡扯淡!我们土龙河是1962年根治海河时修的堤,当时设计流量是3000。这几十年没清过淤,没行过水,再加上老百姓盖的房子、种的树,还有蔬菜大棚,都是河道的行洪障碍,顶多能承受2000流量。不行,要向上级抓紧反映,让他们启动水库附近的将军洼滞洪区。"

在关键时刻,张二牛表现出了对自己业务工作领域里的熟悉和高素质。在省城北面是有一个大洼,传说是北宋名将杨继业为抗辽筑土城挖的。据说,当年杨将军一面筑城一面植树,多为树冠茂密的杨家柳,与土城暗道相连。平时林中藏兵、城上打仗,坚守了一年多。大洼面积有3平方公里多,是规划中的滞洪区。但张二牛不知道,前两年省水利部门看着那里风景优美,百年老树千姿百态,林中间还有一个雨水汇聚成的自然小湖,早以盖培训中心的名义建起了几栋休假别墅。那里环境非常清幽,尤其是早晨起来,空气清新,满目绿色,鸟鸣悦耳,令人心旷神怡,成了省城达官贵人的假日休闲盛地。

于茂盛很欣赏张二牛干工作的魄力和能力,但又很讨厌他对自己不够尊重以及那些嘎点子和满嘴的脏话,所以,虽然张二牛在副县长里面排名和资格都属第一,却一直未明确他的常务副县长职务,没让他进入县委常委班子。于茂盛不满地看了一眼张二牛继续说:"省里的命令要坚决执行,从今天开始,全县的党政军民要紧张地动员起来。按照原来制定的防洪预案:

县委、县政府的领导班子成员包段，分兵把口；各乡镇组织民工，明天一早上堤。按照以往的惯例，我上北堤，南堤总指挥是张副县长。方囊同志任联络处主任和总值班，办公地点设在宾馆，接待上级领导和新闻单位来的记者，协调调动各方。当然，二牛同志的意见也可以考虑，不过，将军洼的农民也是阶级兄弟啊，我们这个年龄的人都看过《龙江颂》吧，要发扬龙江精神啊。我相信，有中央的理论指导，有上级的正确领导，有全县30多万人民的团结奋斗，我们一定能战胜这次洪水，保卫首都，保卫我县北面的大油田，保卫我们县改革开放以来取得的工农业生产的果实。"他说完这些非常正确但又一点儿用处也没有的大话、空话，看着张二牛不好看的脸色，又把话拉了回来，对着方囊说："向上级的报告还是要打的，你们考虑一下怎么打。"方囊说："据县志记载，我们土龙河是60年发一次水。这些年河底干透了气，渗透能力不可低估。据我所知，省城边上的水云寨水库是自负盈亏，靠卖水发奖金、搞福利，他们不可能舍得一下放这么多。我估计多报放水量，向上级多要补贴的可能性是很大的。至于报告，我找几个人商量商量，拿出初稿，请常委会定。"

柳枫对防洪完全是外行，但他从方囊那里听出了三层意思：一是今年的洪水不可能那么大，二是水库虚报了放水数字，三是报告由县委办起草、常委会审定。第三就把不是常委的张二牛排除在外了，而别的常委根本不分管水利，根本不会去过问这件事，或者干脆说，这个报告根本就不会往上报。

水利局局长宣布了防洪预案后，于茂盛宣布散会，带着秘书一干人等往北堤绝尘而去，方囊也紧紧跟上。他把于书记在那里的指挥部设在了一所面临大堤的学校里，校长办公室连同连在一起的大会议室早已腾空，新买的沙发、软床、办公用具已配齐，并从宾馆调去了厨师，还暗地里把一尊开了光的观音菩萨给了于书记的司机。

张二牛气得脸色铁青，三大口抽完了一支烟，对着县委的秘书科长大吼道："通知南片三个乡的书记、乡长、武装部长、派出所所长还有县公安局局长，半小时以内来这里开会。"

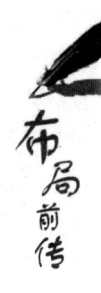

趁等人的工夫,张二牛打开地图对柳枫说,南堤本县段共15公里,分三段。按防洪预案规定,每个乡的民工负责一段,县级干部也每人包一段。柳枫在西,是牛庄段;欧阳在中,是张团马段;负责工业的石副县长在东,是西历乡段。每乡出民工1000人。他说:"看来今年真是要来水,咱们要倒霉了。我最不放心的是老石,这小子是咱们县城南关人,北京理工大学毕业的,在你来之前是班子里学历最高的,业务脑瓜子。那年县化工厂搞可控硅,和他们大联合,当时他已经留校当老师了,学校因为他是本县人,就把他派来了。搞了一年多,还真搞成了。赶上县里调整班子,市委一个管工业的副书记到化工厂视察,觉得他是个人才,就建议他留下来当副县长管工业。这小子不知天高地厚,觉得在本县当官挺露脸,就屁颠屁颠地上任了。可他一点儿组织能力也没有,也没下过乡,要是抗洪,还不如一个乡长哩。唉,谁叫人家是副县长呢,萝卜不大长在了辈上啊。我看咱领导干部也是一根筋,死教条,说知识化就认准了文凭,也不看干什么事。要是两个村打了架,你叫个大学生去,蛋都不顶,我去了呵呼两句保险让他们散伙。"

"不是说防洪北堤最重要吗?"柳枫避开他的牢骚说。

"重要个球,"张二牛的牢骚更盛了,"那是老皇历了。我跟你说,你看这地图,咱这往北离京城还有400多里呢,中间还夹着好几条河,都是老寡妇睡觉,干干的;咱这里往北百十里地还有一个大干淀,起码也能盛2亿立方水。那水哪里能到了京城,就是真跑了水,也是老头逛窑子,走不多老远就被吸干了。"

"那为什么还要强调一把手坐镇保北堤呢?"柳枫想问个明白。

"我琢磨着是皇帝老儿坐龙廷时坐下的毛病。那时,整个华北平原闹水灾,各条河里水满满的,只要一条河决口,就会引起连锁反应,宫里就发慌。所以,各条河都把北堤修得坚固得很。原来是黏土、糯米加青砖,后来又是石子又是水泥,还有支水坝,也不看看现在是旱魔在华北当着皇帝。我们的各级官员多半还是理工科的大学生,也不去算算账,还按几百年前封建官吏定的规矩办事,真叫人生气。我跟你说,对嘉谷来说,南堤最重要。咱们的县城在堤南,南片的几个乡是米粮仓,真要开了口,损失大了。对了,柳书记,一会儿得借借你的虎威啊。"张二牛诚恳地说。

"我有何德何能啊。"柳枫笑着说。

"你是副书记,当然没感觉。乡里那些当正职的混账王八羔子,眼皮子浅着呢,眼里只有常委以上的干部。我一个普通副县长,对他们的升迁没有发言权啊。他们表面上对我客气,实际上根本尿不着啊。一会儿我就宣布你是政委,我是指挥长。"

"明白了。"柳枫心里有了主意。

两人说完,开会的人也到齐了,张二牛简短布置了任务,提出了上堤的人数、时间要求后说:"谁也别装熊,关键时刻掉链子。这不是给日本鬼子出民夫,也不是跟原来的生产队磨洋工,是保护乡亲们一个汗珠子摔八瓣挣来的家业。你们都给我拿出'大跃进'的劲头,带好队伍,守护好自己的堤段。谁出了问题,我操你们祖宗八辈!下面,请县委副书记、我们南堤抗洪指挥部的政委柳枫同志讲话。"

柳枫慢慢地摊开笔记本,沉下脸,用那双鹰一样海蓝色的眼睛从前排开始,挨个把与会人员扫了一遍,用异常缓慢严厉的语调开口说:"刚才我和于书记通了电话,抗洪期间实行战时管理体制,书记们各自为战,分兵把口,可以行使县委常委会的权力,对任何抗命不遵者,随时、随地给予党纪、政纪处分。散会!"

柳枫的脸色严肃得可怕,穿透力很强的厚重男中音在会议室的各个角落里回响着。屋里静得可怕,空气似乎凝固了,大家被镇住了,出了会场后争先恐后上了车,冒雨往所属的村里赶。

"老弟,真有你的。干了啊!"张二牛冲着柳枫的肩上擂了一拳。

"还不是让你逼的?于书记和欧阳知道了还不知怎么想呢。幸亏欧阳书记在市里开会还没回来,要不,还不说我抢班夺权啊。"柳枫说。

"欧阳那个婆婆嘴,我烦。管他呢,只要不跑水就是我们的胜利。"张二牛乐呵呵地说完,随后满脸的笑容没有了,显出了十二分的诚恳,推心置腹地说,"我看出来了,你过去在省委跟着领导管工业,没接触过农村,对

抗洪是外行。我跟你说啊，水火无情。自古抗洪如打仗，咱们嘉谷历史上守堤都是朝廷派官兵拿着刀枪在后面督阵的，谁逃跑就砍脑袋。那年东北辽河防汛是架了机关枪的。我是农民出身，知道老百姓的散漫，带民工你就得拿出点儿手段来，林子大了什么鸟都有，什么坏事、嘎事都能给你干出来。我把公安局的一个副局长派给你。他和我一样，在村里当过民兵连长、支部书记，也带民工到外地挖过河，是我的侄女婿。让他带几个精干的警察帮你管民工。他要不听话，你就扇他的嘴巴子。一会儿我跟这个小浑蛋说，你就是他叔。"

　　柳枫含笑感激地点了点头，张二牛匆匆走了。柳枫想着自己刚才的表演，既觉得可笑又感觉很得意。人生大舞台，舞台小世界，生、旦、净、末、丑，样样都得扮啊。过去他在省委，只是文字秘书，只是在各种会议上记录、完善、延伸、深化领导的讲话，从中找闪光点，写成既有理论高度又有可操作性还能打动人心的讲话，很少参加领导工作以外的活动，许多领导生活中的事都是从司机、生活秘书、警卫那里听说的，并且还抱着"姑妄言之，姑妄听之"的态度。直到那位领导的丑闻曝光，他才觉得自己的思想有了一个飞跃。尤其是到县里半年多来，感到从上往下看，是水中月、镜中花，自己呕心沥血、通宵达旦写出那些自以为很得意的讲话文件，到了下面都好似土龙河上空随风飘散的轻云，对抬头看得见的那些人留不下什么印象，对没看见的人就当没有；而从下往上看，什么都清清楚楚的，尤其是县一级的干部，处在城乡接合部的环节，整天在夹缝里戴着镣铐跳舞，对上面那点儿事心里透亮得很。底下的老百姓就不好说了，他们只关心眼前的生计，政治啊路线啊基本与他们无关，与权术更是无缘。当然，无权也就无术。要想在这个地位上做事，唯一的优势就是权了，所以耍点儿术也就无可厚非了，但良知又使他心里有些痛。

　　此刻的于茂盛可没这样想。一把手的到来，使北片各乡的各路神仙齐集学校。有了直接接触老大的机会，大家心里自然是十分兴奋。按照惯例与规矩，书记在前乡长在后握手寒暄，其他副职只能是抬着一张张献媚的脸、睁着两只巴结的眼在外圈看，等着书记小范围的训示。由于这个日子非年非节，冰敬、炭敬的时候还不到，但也不能空着手来见一把手，所以大部分带的都是牛奶、八宝粥、点心、水果和各种营养口服液之类的东西。由于不是现金和值钱的珠宝，大家也就谁也不避谁了，说着无非是让于书记在这艰苦的地方补养身体，于书记的身体好了就是全县30多万人的福分，能领导大家奔小康、战胜这次洪水的拜年话。于茂盛听着心里很舒服，对这些不值钱的小礼品也不当回事。不一会儿五颜六色的盒子就堆了高高的一摞，方囊指挥秘书与司机搬到连着卫生间的卧室里，分门别类地排好，悄悄地附在于书记的耳边说："我走了，您多保重。南岸的事我按您的指示办好。您放心，我会抓住任何机会的。"于茂盛点了点头，小声强调说："任何事情都存在两面性，特别是灾难性的突发事件，只要利用好，打倒谁，赶跑谁，捧起谁，都是很容易的事。你要把握准了，盯住那几个人，每天汇报一次。另外，你的联络处就设在宾馆的小楼上，对上面来的领导要招待好。尤其是要注意新闻单位的人，要外松内紧，原则是尽量让他们说咱们好，绝不能上反面的东西。"方囊诺诺点头，又跟各路神仙一一握手后驾车回了县城。

接风宴自然美味丰盛，不过不是城市大饭店里的鲍鱼、海参，而是书记乡长们派小喽啰到各个农户家搜罗来的腊肉、笨鸡、柴鸡蛋，还有公安部门收了土枪后农民用网和狗逮来的野兔。经县宾馆的厨师一加工，昔日只熬白菜豆腐清汤寡水的学生锅灶也狠狠地解了一回馋，自己吸足油水之后把浓浓的扑鼻的香味送了出去，飘出了很远很远，引得附近村里的一群狗流着哈喇子在学校门口直转悠。被工作人员赶跑后，有几条细腰长腿的大狗竟然跳到了墙头上，蹲在那里，虎视眈眈。

狗爱怎么看怎么看，人该怎么吃还怎么吃。会议室摆了两桌，一桌是于书记、县水利局局长和各乡的党政一把手，人不多，很宽松；一桌是乡里的副职和于茂盛的秘书、司机，叽叽喳喳。剩下的闲杂人等，在一间大教室里把十来张课桌并成了一排，大碗酒、大块肉、大碗菜，甩开腮帮子、敞开肚子大吃大嚼，猜拳行令。会议室那两桌就文雅多了，按照规矩，酒过三巡、菜过五味开始给于书记敬酒，先是各单位的正职后是副的。于茂盛表现得很平易近人，来者不拒，但也有所区别，根据感情远近、平时进贡多少、背景大小、嫡系非嫡系，或一口干，或喝半杯，或点到为止，或端端杯。看着书记喝干了的志得意满，赏脸喝半杯的想着要继续努力，只表示表示的虽然心里不太痛快但也不敢显出来，因为毕竟有了和老大直接见面碰杯的机会，就想着以后如何托门子或爬窗户或弄银子加深和县委一把手的关系。总之，这顿饭的结局还是皆大欢喜的。最后，于茂盛端起杯与大家共饮一杯说："从今天开始，大家就是一条战壕的战友了，要同心协力把北堤守好，要笨鸟先飞，把民工带上去、组织好。"众人又表了一番决心，吃过后都到自己的段上去了。

　　土龙河虽然几十年未发水，但防汛演习是年年搞的，北堤又受重视，堤防段界限明确，人员的组织也都编排有序，一般民工上堤都是先检查浪窝、培整土牛、填补明渠暗沟等，这些都不用于茂盛操心，自有跟随他的水利局局长检查安排，明天一早他坐上车去转一趟就可以了。

　　此刻他摸了摸油光光的大脑袋，擦了把脸，进了里屋倒在刚柔相济的席梦思大床上酣然入睡，直到从阴云下透出的金灿灿的晚霞染黄了大河内外的碧野时才醒过来，进了方囊督促着县建设局施工队加班加点新修建的卫生间冲了个澡，喝了一口秘书早就沏好的铁观音王，感到神清气爽。他看着摆在北面墙下五斗橱上的观音菩萨想着，按照老神仙的指点，自己到北方来了；按照省委那位常委的指示，最近县里也比较稳定，也没出什么事，关键就看这次抗洪了。按方囊说的，水不会有那么大，北堤坚固，也不会有开口的祸患。老神仙说叫注意西边，西边是嘉禾的钟灵，大概和他一样也在北堤布置防汛吧。再说他那里是上游，水先到他那儿，就是有事也得他先出事啊。于茂盛摇摇大脑袋，又摸了摸脑门，把在中央值班擅自离岗又回到了地方的几根头发往上捋了捋，照了照镜子，看着自我感觉还不太老的面孔，有些得意地笑了。再过几个月，自己就是地厅级领导干部了，也像当年学生时代望着那些高不可攀的专署领导一样腆着大肚子，到老爹当年掌管的小灶上吃饭了。那时他一定要回一次老家，在钟灵等人的陪同下到老槐树树林中去隆重地祭奠双亲，要放一挂大大的、长长的、响响的鞭炮，告慰两位老人的在天之灵，还要和族人们吃一顿饭，好好显摆显摆、风光一番。

正想到妙处，一群男男女女嘻嘻哈哈的声音传来，随后县电视台的台长带着他的人走了进来。台长先说明了来意，接着就把什么都能豁得出来的女主播让到了前面。女主播早就想搭上于茂盛了，开口就像机关枪迫不及待地扫射："于书记，接受新闻记者的采访可是每个公民的义务，你大书记也不能例外啊。你来这里将指挥我们县几十年一遇的伟大抗洪战争，怎么把我们电视台忘了呢？如果哪儿开口跑水，我们还要拍下你叱咤风云、指挥千军万马作战的英雄形象呢。"

"哪能呢，"于茂盛的目光迅速扫描了一下她低胸装的深Ⅴ乳沟，笑着说，"这不是水还没到吗。"接着又吓唬道："小丫头，开了口子可不是好玩的。到那时我可没有什么英雄形象了，就得卷铺盖走人，说不定还要进去吃窝头呢。"

"还小丫头呢，人家都往结婚了走呢。不管你怎么说，反正我们新闻部是赖上你不走了，在这儿安营扎寨了。"女主播晃腰摆臀，撒着娇说。

"好，好，你们就和我住在一起吧。真拿你没办法。"于书记随即让秘书安排房间。机灵的秘书把女主播安排在了于茂盛旁边的一间房子里。

电视台的男男女女走了之后，于大头总觉得刚才有一句话说得不太吉利，想了想好像是开了口子进去吃窝头的事，赶忙摸了几下自己的嘴，暗暗说道，真是没出息，见了女人，这张嘴就没把门的了，等夜深人静的时候要对着观音菩萨磕三个头，好好祈祷一番。

为排遣刚才的郁闷，他到大堤上散了一会儿步。看着不远处小山上的娘娘庙，他问旁边的水利局局长，那个张无代是不是堵浪窝很有一套。水利局局长肯定地回答说是，"方法是祖传的，水性是沿河十三个县最好的。"于茂盛当即说："你把他立即找来，征调到我们指挥部，随时听用。"局长得令驱车而去。于书记自言自语说："不怕一万，就怕万一啊。"

　　暮色苍茫的时候,水利局局长回来报告说:"庙门紧锁,张无代不知去向。"

◉十　作为最高领导凡事不能先到第一线，
　　　　　　　　　　　　　　以免没了退路

　　这几天，具体说在等待来水的3天里，土龙河上空的阴霾一扫而光，红艳艳的太阳从一早升起，全天尽心尽力值班，照得大地一片光亮。昔日寂寥的千里堤上人欢马叫，几千民工摆开了战场，红旗招展，铁锹翻飞，新土飞扬，拖拉机、小拉车、翻斗车马达的隆隆声，间或有节奏地喊着号子的打夯声与欢笑声响成一片。实行农业生产责任制多年，原来连片成方的大田划成小块，也限制了活动空间，平时各自在自己的小田地里做自己的活儿，一个村的人都很少交流，更不用说和外村的人来往了。如今都凑到了一起，只在过节、过年时候才匆匆见一面的朋友、亲戚碰到一起了，多年不来往的远亲也见面了，小时候的同学、朋友也互相认出来了，大家很兴奋，面对面地叫着、笑着，你说我老多了，我说你还是年轻时那样，又回忆起原来的趣事，免不了多一次笑谈、多一份感慨。由于这几年外出打工的男劳力较多，所以许多村还来了不少妇女。这些出了故乡到他乡，他乡即故乡，历经了由姑娘变成女人沧桑岁月的半老徐娘，也都认出了在一个村的娘家做闺女时的姐们儿，更是有说不完的话；说当时在村里谁看上了哪个小伙没成；谁和谁在生产队浇地时一个班后来滚到了一个窝棚里去了；谁当初让支书破了身子，本来是小学毕业却填了个初中推荐上了大学，毕业后分到市里的一个研究所，后来什么也做不了，又到了工厂，工厂改制下岗了，混得很惨，现在在街上卖烤红薯呢。说得更多的还是骂公婆、

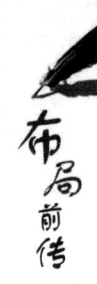

比丈夫、夸孩子，道不尽的艰辛，说不完的喜悦。也有的说着说着两人就到了一丛高大的草棵后，讲些床上的趣事，交流些叫人害羞的经验，一会儿再出来就跑到一起干活去了。反正是堤段挨堤段，也没什么明确的界限，干的一样的活儿，无非是在下边的人沿河堤的两侧寻找浪窝，在上边的人拉土垫平雨水冲的明沟，把原来准备堵口子用的堆在大堤上一堆一堆的备用土也就是土牛加大添足。所谓浪窝，一个就是河道过水时浪花在堤上旋出的洞，另一个是老鼠、兔子等小动物在堤上做的窝。一旦发现，要镐刨锨掘，一追到底，灌上胶泥土，砸实。这种活儿没什么技术，长期生活在河边上的人家是家传，就好像老鼠的儿子会打洞一样，不用教，都会。总之，几十年一遇的抗洪修堤给了人们大融合的机会，好像回到了人民公社化的时代，干得热火朝天。中午带一顿干粮，太阳正南的时候，有的到附近村里的亲戚家讨壶水，有的带着小锅或铝壶的就近捡些枯树枝子烧水，还有的在找浪窝时掘着了兔子窝，逮住了野兔，也剥了打打牙祭。头两天就这样过去了。

柳枫真佩服张二牛领导抗洪的丰富经验、组织能力和对下边干部群众的熟悉。开完会布置完任务的第二天一早，一辆喷着"抗洪抢险指挥车"红字的绿色军用吉普车就停在了他办公室门前。县武装部的一个小战士告诉他，武装部就这么四辆车，全让张县长征用了。说各段的指挥长都坐这种四轮驱动的越野车，自己从今天开始就是柳枫的司机，并递上一件肩章上标有中校军衔的作训服和一顶作战帽。正说着，张二牛的车开过来了，不同的是他的吉普车摘了顶棚。张二牛半身戎装像个大将军似的坐在司机副座上，不过腰里别的不是手枪，而是一个大电喇叭。二牛狗熊一样跳下车，对着柳枫喊道："走，咱们先巡视堤段去。你上我的车，让你的车在后边跟着！""我得上我的段上去啊。"柳枫说。"不用，我让小来子，就是公安局的副局长，我侄女婿那个小杂种给你盯着呢。头两天也就是那点儿活儿，没事，到第三天咱们再各自为战。"

车出了城向东，先到了石三柱副县长负责的堤段。越野车上了坡，五六公里的地段,一眼能看到头。既没见军用吉普车,也看不见老石的人,堤上堤下民工倒是不少,但都夹着铁锹慢悠悠地溜达,间或翻几锹土。张二牛解下电喇叭冲着一个40多岁的汉子喊道:"我说孔三刚,叫你找宝贝呢,还是你老婆的绣花针掉那里了,这么慢腾腾的。照着草多的地下家伙啊,那里的老鼠洞准多。"这个东里村的支部书记看来和他很熟,说:"是张县长啊,到底来水不来水啊,就这么瞎折腾?怎么俺这一片连线头也没有啊?""快去带着你那帮子人干活,别在这里磨洋工,小心我叫你二舅砸你的狗腿。""俺二舅啊,早到村南看地去了,不是跟着你当公社秘书的时候了。""好啊,敢跟老子耍贫嘴。"张二牛做出要下车揍他的姿势,孔三刚赶紧领着民工们走了,干活的速度明显加快了许多。

听到张二牛的咋呼声,西历乡的书记、乡长跑过来,对他讲:"石副县长说可控硅厂新进的一套设备在调试,他离不开,叫我们先干着。"张二牛回头对柳枫说:"你看这个老石,满脑袋就他那点儿事,要真来了水,出事也估计出在他这儿。得,今晚我去拜访他吧,求他老人家抓紧上堤。"回头对书记、乡长严厉地说:"你这俩小子听好了,石副县长没管过农业,也没抗过洪,你们两个可是兔子他爹——老跑家了,我就拿你两个说事。你们这一段别看堤显得挺高,可薄着呢,要多备土牛、草袋。原来这里连着太平渠,1958年的时候从这里抽过水浇地。当然,那时你们还他娘的穿开裆裤哩。要仔细看看还有没有那时埋的铁管子,要真是管涌开了口子,那罪可比漫堤大得多。你们别一辈子混了个比七品芝麻官还小的不入流的九品还让人家给抹了啊。"二人诺诺而去。

车往北一转就到了欧阳书记包的段上。在一棵大柳树下,树冠如伞,柳条依依,围了一大圈人。欧阳的秘书在树身上挂了一块儿小黑板,上面画的有图、写的有字,欧阳手里翻着一个小本子正在絮絮叨叨地讲着什么。张二牛嫌烦,指挥着司机呼啸而过,对柳枫说:"别看我看不上他那样,其实我最放心的是他这一段,这人干事认真。"果然,沿途所有的民工都分成了三拨,有垫明沟的,有查浪窝的,还有一批年轻力壮的在远处挖河底的胶泥。

115

张二牛红红的脸上挂满了笑容,在车上站了起来,军上衣里鼓满了风,显得更加胖大和威风凛凛,像指挥一场大战役前的将军检阅自己的部队。他对柳枫说这他娘的才有劲儿,并不自觉地哼起了"大跃进"时代的歌曲:"白天红旗飘,夜晚红灯亮,旱田变水田,要收千斤粮。"忽然,他对着一个拉车的中年妇女喊道:"哎,这不是当年田村的铁姑娘队长付春梅吗?你怎么在南坎乡的民工队里啊,是不是嫁给了那里的劁猪匠啊?"当年的铁姑娘队长一点儿都不怕他,说:"是啊,就等着给你一刀呢。你这个青年打机井突击队的张大干啊,那年还偷过俺带的辣椒酱吃呢。当了县长就忘了俺老百姓了,你啥时成了大军官了?看你这个猪头脸,给解放军丢人哩。""你的脸也不强啊,当年又嫩又红的,现在都成了老头的蛋包,全是纹了啊。""你这个老不正经的。"一块土坷垃投过来,落在了车的挡风玻璃前,把司机吓得眨了眨眼。

一路说笑着,快到柳枫的堤段时,张二牛接到方囊的电话,说省水利厅来人了,要他过去汇报。他对柳枫说:"看见了吗,这就开始了。上边的人没什么事干,只要哪儿有点儿事,就争着往下跑。蛋事干不了,净添乱,你还得好吃好喝地伺候着。现在还没来水呢,来水后还不知道来多少人哩,咱县的财政又要出大窟窿了。有什么事给我打电话吧。记着,伙计,只要不跑水就是胜利。"掉转车头向城里赶去。

柳枫包的牛庄堤段果然如张二牛所说,秩序井然,十里长堤,按村分段,一千民工在乡长牛木粱的带领下也分成了三拨,有条不紊地培土牛、垫明沟、堵鼠洞。不同的是堤上除了叫小来子的公安局副局长和五个警察外,还有三十来个手拿5尺长涂成了黑红两色木棍的青壮男子在人群中流动巡游。

柳枫心里好笑,把公安局副局长叫来问:"他们是干什么的,是县太爷大堂里的衙役吗,还拿着水火棍。"

副局长叫郭长来,年龄不大,肚子不小,全身戎装,腰间松松垮垮的武装带上挂着一支手枪,手里还拿着一副明光闪闪的手铐。他向柳枫敬了一个礼道:"报告柳书记,是临时组建的抗洪督察队。俺二伯,不,张县长说,守牛庄段的民工来自大荒甸乡,那里过去是人烟稀少、强人出没的地方,骨头里有匪性,所以……"

"那你挑的这些人都是各村比较优秀的青年了?"

"不是,有三个条件:一是脾气火暴爱打架不太熟的生瓜蛋子,二是在村里家族大的,三是大部分是光棍。这是俺二伯定的标准。"

柳枫又好气又好笑,仔细想想也有道理,心里说,这个张二牛真是不可小觑,不仅亲缘、血缘、乡缘关系密布全县各个部门,而且对各地的风土人情了如指掌。就凭这些,自己在省委机关是一辈子也调研不到的。在农村,最具整合力量的是谁呢?是我们的基层党组织,还是宗教、家族或其他的力量呢?他又思考起来。

这时堤下一个村庄里拥出了一群人,以老太太、孩子居多。两条黄色的土狗在前边兴奋地跑着,其中一个干瘦干瘦的黑老头抱着一只鸡在后面不紧不慢地跟着。在两个小孩的指点下,几个老太太围住了一个叫四滑溜的拿黑红棒的人,嚷嚷着叫他赔自己家的芦花鸡。四滑溜闪动着身子,晃动着手里的棒子说:"你们知道吗,我是督察队的,怎么会偷你家的鸡?"一个老太太对着一条狗招呼道:"黄黄,快去找。"

那条半大狗在四滑溜的身上闻了闻,飞快地在周围转着圈子,这里嗅嗅,那里闻闻,两只爪子在一棵大杨树下的一堆新土上刨起来,随之几块用火烧过的硬土沾着紫色的鸡毛露了出来。老太太上前捧在怀里,说:"我的心肝啊,芦花啊,你死得冤啊,吃了你的王八羔子也不得好死啊。"回头揪住四滑溜说,"你还敢不承认!我家黄黄与芦花最亲了,这不是找出来了吗?"

四滑溜挣脱她说:"畜生的话你也信?现在是讲究证据的,你说我吃了你家的鸡,有什么证据?"

"我看见了。今天上午我放学回来,见你胳膊里夹着黑红棒,你在前边走,三奶奶的芦花鸡在后边跟着你走。"一个背着书包的小学生口齿伶俐地叙述。

"什么?什么?"四滑溜狡猾地说,"青天白日的,她家的鸡会跟着我

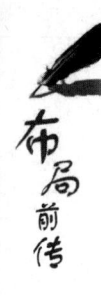

走?你以为我是它爹它爷啊。"

"是也行啊,省得你光棍一根条没个做伴的。你来了,你的孙男娣女也跟着来咱工地了,大家不就都有鸡吃了?"看热闹的众人哄笑着。

四滑溜自知说走了嘴,有些恼羞成怒,对着老太太挥舞着黑红棍说:"你这老不死的,大堤上千来口人,你怎么说我偷了你家的鸡?这是诬陷!你见过跟着人走的鸡吗?你,你这是聚众闹事,破坏抗洪。"

老太太一时哑口无言。"呵呵,"一声冷笑从一个抱着鸡的黑瘦黑瘦的老头嘴里传出来,"小花里棒槌,你是关公面前耍大刀,孔圣人面前卖文章啊。我老汉从16岁出河工,在民工队里混了一个甲子,河工里那点儿贼不溜秋的事我见多了。我偷鸡摸狗的时候你还不知在谁的腿肚子里转筋呢。看来你是不见棺材不落泪啊。好,老汉我今天叫你输得心服口服。"说着,放下怀中一个劲挣扎的鸡对着一个将近60岁的老年妇女问,"柴二家的,鸡是你家的?"对方说是。黑老头把鸡放在一片草多的地方找虫子吃,告诉大家都别动,挽起裤腿,露出两条布满青筋的干瘦的腿朝河堤下边走去。老头下去后脱了鞋,光着脚转了几步,在一块儿看似潮湿的地方挖了挖,然后掏出一段白色的丝线,把几条新鲜的蚯蚓穿在丝线头上的钩上,离着两丈远,往那只在草丛里找虫子的鸡跟前一扔,那鸡向前一跳,一口吞进去。黑老头手中一紧,鸡不叫不闹,乖乖跟着老头走了过来。白色的丝线在阳光的照耀下似有似无,黑老头背着手在前边晃晃悠悠地走,那只鸡亦步亦趋。老头走到四滑溜跟前说:"是这么偷来的吗?那鸡怎么烧我就甭说了,无非是抽去肠子包上胶泥在火里烤吧?"大家看呆了,四滑溜连说碰到偷鸡的祖宗了,"服了,服了",当场给老太太道歉,掏钱赔偿。

柳枫知道作为最高领导凡事不能先到第一线的道理,省得没了退路。他一直远远地看着这一幕,事情结束后,他把公安局副局长叫来,命令把那个偷鸡贼换掉。他叫住了黑老头,递过一支烟,与之攀谈起来,得知他叫林黑根,祖辈生活在土龙河边,出了60年河工,全家自幼喜欢水,有一个儿子,中学毕业后上的省水利中专学校,现在在土龙河上游的水云寨水库当小头头。

柳枫对他的家世和偷鸡技术并不感兴趣,但过去在省委做秘书时,常跟着领导去钓鱼,找新鲜鱼饵是他的一大任务,于是好奇地问:"老大爷,你怎么光脚走几步就知道那儿有蚯蚓呢?"林黑根答:"这河都干了好几十年了,过去没有,昨天也没有,但今天有。""为什么?"柳枫有些愕然。"很快就要来水。别看那水离得远,可地气、地脉都是连着的,我这双脚就能试出来,沉在河里的那些小东西也知道,它们比人灵。"林黑根肯定地回答。柳枫正要问个究竟,郭长来跑来报告,说牛乡长和南店村的支部书记吵起来了,要他去看看。乡长和支书吵架,解决问题非他不可。

原来南店的堤段正对着一个路口,不知何时被挖走了一大截土,成了便道,如今谁也不肯填。支部书记李和尚说:"我们村的地段是在这儿不假,但这土是市交通局修环城路时拉走的,据说给了钱。要我们填也行,得拿钱来。之前那钱一定是乡里扣下了。"牛木耠说:"南店说得不是没有道理,但乡里也没见钱。抗洪的事大如天,先填起来再说。"

柳枫弄明白了后,拿出手机拨通了张二牛的电话。张说是这么回事,河道法有规定,谁取土谁拿钱。当时取土的时候和市里有协议,后来市里也给了,但没拨到牛庄,管交通的石副县长也没见到,据说被于大头挪用到别处去了。"那现在怎么办?"柳枫恼火地问。张二牛说:"那有什么法,先填起来再说。"他可能有别的事,没说完就把电话挂了。

柳枫气恼地在大堤上走来走去,看见离县城不远处的一个村庄里有几台链轨拖拉机和推土机在活动,可能是在垫房基。这里由于临近河,盖房有个习惯,总把房基垫得高高的,街成了走水沟。他把郭长来叫过来说:"你把那几台机器调过来,就说是县委的命令,先让他们把大堤的缺口堵上。""柳枫书记,我知道他们给谁家干活,那人可是方囊主任的亲戚啊。"平时在县里威风凛凛的公安局副局长怯懦地说。"我叫你去你就去,出了问题我负责,调不来你考虑后果!"柳枫大喝一声,郭长来带着他的警察立刻跑步直奔目标。

到底是穿警服的,那几台机器乖乖地跟着开了过来。柳枫先向他们亮明了身份,说抗洪压倒一切,限他们在最短的时间内把堤修好,费用以后到

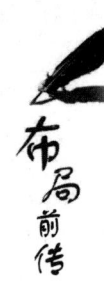

县委找他结算,并要求牛木稰招呼民工一起上。

到底是现代机械化作业,拖拉机、推土机、挖掘机轰鸣着,一车车从河里挖出来的胶泥土源源不断运来,柳枫也亲自拿起铁锹和民工们摊土培堤,不一会儿一段新堤拔地而起。林黑根主动当起了顾问,指挥着链轨拖拉机又轧了两遍,并让民工把河外玉米地旁边茂盛疯长的草皮用铁锹端来,培植在坡上,对大家说:"放心吧,哪儿开口这儿也没事。"在这期间,柳枫问推土机手是哪儿的,回答是县建筑公司的,是县委办公室秘书科的魏秘书通知他们来此垫房基的。柳枫苦笑一下,想着以后如何向方囊解释今天的事。

老河工的感觉还真准,夕阳西下,人们正准备收工的时候,沿河各地接到了省防汛指挥部的通知:由于昨天西边大山里又下了300毫米的暴雨,山洪已经形成,水云寨水库上空又出现了水积云,因此水库提前放水,大约提前8小时到达土龙河,各地段要严防死守。柳枫立即让郭长来带领他的警察和督察队行动,堵住已经把工具装上车准备回家的民工们。牛木稰说:"不行啊,柳书记,既没吃也没住,皇帝还不差饿兵呢,还是让大家回家去吃吧。""不行,"郭长来马上断然否定,"那些民工的德行我还不知道?他们回了家就变成一群野狗了,不到明天上午谁也回不来。""那怎么办?"老实木讷的乡长看着柳枫。

柳枫心里暗骂自己真是个白痴啊,不知道"兵马未动,粮草先行"吗?没看见别的堤段都靠着村庄,你这里地广人稀吗?他脸色一凛,严肃地命令各村执行公安局副局长的命令,让牛木稰派人去城里买熟食,委托林黑根回村组织乡亲们烧水。

柳枫掏出手机拨通了方囊的电话,说了这里的情况,要他想办法。那边的方囊好像不像他这么着急,沉默一会儿说:"柳书记,防洪预案上都写清楚了啊,你大概没有好好看吧?"自己净琢磨怎么给张二牛观敌料阵了,是没好好看。"是,但现在怎么着啊?"柳枫有些气馁了。方囊似乎有点得意了,幽幽地说:"现在是县领导各管一段,各自为战,大水来临,谁也顾不了谁。不过,我提醒你一句,县城里是权力的真空,真空也是无限。"

哲学学士的脑袋可不空白。柳枫一把拉下军用吉普车上的司机，一轰油门，自己开车发疯似的向县城跑。正如方囊所说，县委、县政府的领导都带着涉农部门的局长上了大堤，这个平时工作、生活节奏慢悠悠的内陆小城此刻看起来更加散漫、悠闲：路旁的小酒馆里传来吆五喝六的猜拳行令声，昏黄的路灯下人们三三两两地坐在躺椅上摇着大蒲扇聊着闲天，烤羊肉串的、卖红薯的和卖其他吃食的小贩们慢慢悠悠地吆喝着；几个穿大裤衩的半大小子对着一台卡拉OK机声嘶力竭地唱歌；一群下了班的青年职工在县电影院小广场上围着一台录音机跳着交谊舞，围观的人指指点点，其中还有几个县局的局长。"真是'商女不知亡国恨，隔江犹唱后庭花'啊！"柳枫感叹道，心里更有气了。

进了县委大院，更加感到了真空：平时值夜班的干部大部分不在岗，或乘凉，或串门，或人去屋空，灯开门未闭。连往常支棱着耳朵专听领导动静，瞪着一双眼睛专看领导眼色，时刻处于紧张状态的秘书科的干部都在仨一群俩一伙打扑克、下象棋。

听到汽车的轰鸣声，带班的秘书一科的副科长朝着对家说："一听就是破吉普车，别理他，准是哪个快散摊子的砖厂厂长来要抗洪任务，想让那批工人上堤去混几天不花钱的饭吃捎带着要工钱。快出牌。"柳枫悄无声息地站在他们背后，大喝一声："起立！"随着椅子一阵乱响，副科长怯生生地喊了一声"柳书记"，脸上的纸条被电扇吹得哗啦啦直响。柳枫无暇顾及他们的丑态，立即命令秘书科马上把供销社主任和粮食局局长叫到办公室，铁青着脸下达了两个命令："一、供销社在两小时之内把各个门市部以及仓库里的木棍、油毡、塑料薄膜收集起来，送到牛庄段，让民工搭建窝棚。二、粮食局在四小时之内打开仓库，把米面粮油送上工地，保证民工明天早晨吃上饭。"柳枫重申了战时管理体制的话，说谁完不成任务就地免职，出了问题他负责，当场唰唰写下了手令。看到从省委下来的长得英俊潇洒一贯文质彬彬的柳枫此时脸上阴云密布，严肃得可怕，海蓝色的眼睛里要喷出火来，主任、局长这两个在于茂盛手里还算吃香的干部心里打起了小九九：涉及抗洪的大事，涉及头上的乌纱帽，大意不得，再说又有人负责，

121

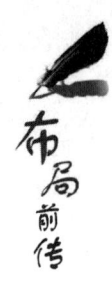

门市上、仓库里的东西又不好卖,事后往上一报县财政就得拿钱,何乐而不为?他们表面诺诺连声,心里很高兴,拍着胸膛说保证完成任务。

就在柳枫紧急调集物资的时候,土龙河上游的嘉禾县委书记钟灵正心满意足地在南堤上巡视。3天前他接到抗洪通知后,多年未动笔的他,第一次晚上离开在那张一米八宽大床上喜欢裸睡的娇媚可人的二婚妻,独自在书房里熬了一夜,拟订了抗洪方案:全县负责的堤段40公里,调集4万青壮男劳力上堤;实行军事化管理,所有民工一律异地上堤,统一编成团、营、连、排、班,由公、检、法股长、警长以上干部直接携带警具到民工队伍中任职,并发双工资;县里所有建筑队伍一律自带设备上堤,对发现的浪窝鼠洞用混凝土灌浆;各堤段除备好土牛、沙袋外,还要在原老堤上加高1米的子埝,夯实压平。第二天早晨5点,他让县委办公室主任通知召开党政联席会。当这些晚上或搓麻或喝酒、打着工作忙的旗号干不愿让家人知道的事,向来晚睡迟起的头头脑脑蒙蒙腾腾地进了会议室后,头一次见平时总是笑模笑样的钟灵黑着脸,头一次见总是最后做结论的他首先就亮明了自己的方案并要求坚决执行,大家一开始有些发呆,但能混到七品官的人毕竟不是白吃干饭的,县长首先说:"财政吃紧。"钟灵说:"把各专项资金全部调来。"语调硬邦邦的。分管水利的副县长说:"外出打工的很多,劳力没那么多,再说也用不了那么多。"钟灵说:"有人出人,没人拿钱去雇。"语调也是硬邦邦的。政法委书记问:"警力都上了河,农村和城区的治安怎么办?"钟灵说:"那是你的事,我不管政法。"语调还是那么硬邦邦。

一把手的硬邦邦顶得大家没了话,嘉禾县有史以来开了个最短的会,只有半小时。随即钟灵命令下通知,6点开全县乡镇书记、乡长和县直一把手会议。在会上,他的意见变成了县长的讲话,最后只邦邦硬地强调了一句:"今天下午2点以前按要求全体上堤,不按县委要求办者就地免职,民工就地处置。"

钟灵邦邦硬的讲话和硬邦邦的态度使他所管辖的土龙河大堤上车马沸

腾、万人攒动，各种机器轰鸣。从城里建筑工地上征调来的混凝土搅拌机源源不断地把高强度的砂浆吐出来，灌到了浪窝鼠洞，许多还没有觅食能力的小动物那柔嫩的毛皮马上被烧、被粘，很快变成了僵尸。它们的爹娘趁人离开的时候用爪子刨了几下，觉得没了希望，赶紧带着火辣辣的疼痛远走他乡。一车车新土带着杂草上了堤，民工们在呵斥下挥汗如雨，将新土摊平、踩实。交通局工程队的轧道机轰隆隆开过来，碾压出一层层发亮的平面。大堤升高了，整个空气中弥漫着土腥和草根混合的香味。

看着这些，钟灵又恢复了笑模笑样，坐着日产的三菱吉普车来回巡视着，得意地欣赏着自己的杰作。尤其是在南北大堤来回走的时候，他故意不让司机走大桥，而是走那条毛庄乡利用老堤新修成的便道。经过的时候，还运运气，把屁股坐得更沉一些，似乎这样就可以增加重量，把底下的路压得更实一点儿。"成败在此一举了。"他心里念叨着。这时，他倒盼着水快来了。

夜幕低垂的时候，嘉禾县电力局在县委、县政府的严令下，沿河拉起了电灯。一串串灯泡在秋风中摇晃着，像散落的星星飘逸游走，吸引着一群群叫不出名字的小飞虫来回上下追逐、翻飞。钟灵可没心思看这些，驱车去了武装部的爆破训练基地，和自己的表弟，那个武装部管军事训练的副参谋长嘀咕了好一段时间。司机发动车的时候，看见几个南方来的士兵被紧急招到了作战室。

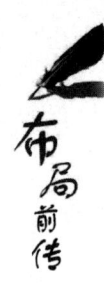

十一　危机时的应变力，
　　　　即执政者能否胜任岗位的能力

在政界，成功是权力的情妇。谁有权，她就向谁露出笑脸，展示自己的风韵和魅力。柳枫在权力的真空里玩了一把强权，跟随他的一干民工有了吃住，在暮色苍茫中，在统一搭建的、式样差不多的窝棚前升起了袅袅炊烟，饭菜的香味飘向黛色的青纱帐，吸引得许多小动物探头探脑。

柳枫心里是喜悦的，军中有粮，心中不慌。常年在家中一亩三分地里窝着的汉子们到了异地，和一群不太熟但又是乡亲的人聚在了一起，感到既新鲜又亲切，况且还有不花钱的饭吃，心里高兴得很。饭后，年龄大点儿的点着熏蚊子的蒿棵在窝棚前抽烟拉呱，互相打听远房表亲的近况、儿时伙伴的家境、村里嫁出去的闺女混得咋样。有几个年轻人吃饱了觉得浑身是劲，但又不能像在家一样冲着院子里老枣树下刚洗完澡的媳妇较劲，就跑到空旷的堤上翻跟斗、打把式。有点儿文化的朝天唱起了董文华的歌，当然，歌词是篡改过的："望星空，难入梦，我在想念萝卜缨，萝卜缨，她是那么白嫩，她是那么深情，两条大辫子上晃动着两朵脆生生的萝卜缨。"

柳枫在黑暗中抽着烟无声地笑了。他知道这个地方典故，说的是民国初年本县一个大地主的女儿从保定读师范回来，抗拒父母包办婚姻，大声宣布"自己的身体自己做主"，跑到繁荣街百花楼做了头牌。进了烟花柳巷的她仍不改学生装束，一身白色的裙装和她那嫩白的皮肤斗霜傲雪，两条大辫子上扎着翠绿的绸条，挂着绿色的蝴蝶结。那副清纯的模样引得土龙河两岸三州五县的富家子都往百花楼里钻。据本县一个家有千顷地开着粮行也在外地读过书亲近过她身子的老板说:"那妞,脱了衣服真是活脱脱的一根刚从地里拔出来的又白又匀称的小白萝卜,头上那装饰是脆生生的萝卜缨。"这位老板一夜风流后,竟好几日精神恍惚,晚上记账时竟然忘了一天卖了几斗几升,不由自主地在账页上写下了几句顺口溜,当场就被老婆打了几个大耳刮子,把账页撕下来吐了几口吐沫,团成团扔到了窗外。后被走村串镇的乡间艺人捡到,用当地民间小调谱成了小曲。"萝卜缨"从此成了那富家女的代号。

柳枫走下河堤,黄色小调渐渐远去,周围静得很。他踏着略显凉意有些湿漉漉的野草,也在望着星空。即将进入秋天的天空太蓝了,蓝得有些虚化、高远,要不是那满天的星光似乎就进入了宇宙。望着这茫茫宇宙,听着河道中间那残存的一点儿水的流动,他想,人,不必时时追着长江的潮头去赶浪,有时也不妨到旷古皆然的古老大河边调整一下呼吸,会感到那柔和节奏的拍动里有久远的历史沉淀。古人云"寂然凝虑,思接千载",静极处,可感受到其涌动的核,那细细的微波,原来也包含着洪涛气象。

"柳书记,快走,来水了。"一个黑影拉着他跑上了大堤。他一看是昨天被他聘为堤段顾问的林黑根,问:"在哪儿?""你听,你看。"

到上游一听,如同万蛇噬咬着什么东西一样的沙沙声由远而近,让人听了有些毛骨悚然,浑身要起鸡皮疙瘩。顺着手电光一看,十余里宽的河道里,从玉米地里,从红薯棵底下,从杂草中,一团团黄中带白的雾腾空而起,相互弥漫交融,整个河面烟雾腾腾,并伴有呛人的土腥味。

民工们在牛木耪和郭长来的指挥下迅速各就各位,手电光、呼喊声、铁器的撞击声连成一线。土龙河30年一遇的抗洪斗争拉开了序幕,所有人都进入了紧张状态。

烟雾过后,水露面了。浑黄的夹杂着野草、半生的庄稼果实、老鼠、蛇、塑料薄膜,活的、死的,干净的、肮脏的东西的浪头争先恐后地向前奔跑,后面是湍急的水流紧紧跟随。不一会儿,水慢慢地覆盖了黄沙,覆盖了草丛和红薯,覆盖了半人多高的玉米。靠近河堤的一棵老柳树上,一

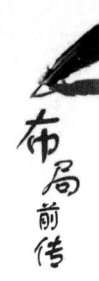

群老鼠抱成一团往上爬。水文站插的洪峰标志上的数字也在上升，一米，两米，三米……昔日丑陋、干枯的河道变成了充满生机的大江。

牛木稆过来报告："水位达到了两米六。"柳枫问："还在升吗？""速度不快了。""离堤顶还有多高？""一米半。""好，命令各段，严防死守。"

柳枫说完，命令司机拆掉吉普车的顶棚，叫上郭长来、林黑根，让几个警察集中了五支大号手电筒一律朝河面方向照，从东向西巡视堤段。在手电光的照耀下，河水已不像刚才那么奔腾咆哮，流势逐渐平缓，各段的民工在郭长来组织的所谓督察队的监督下，在乡、村干部的带领下，有条不紊地拿着铁锹仔细检查着大堤上的裂缝和草丛里可能出现的浪窝鼠洞，间或也捞上上游冲来的一两根小树样的檩条和其他小玩意儿，放在一旁。

柳枫放了心，自言自语地说："看来抗洪不过如此。"林黑根吧嗒着柳枫的烟卷问："柳书记，上边说放多少流量？""4000啊。""不对，没这么多水，才多半河槽子。我得问问俺家那小子。""甭管他放多少，咱不跑水就是胜利。你问吧。"柳枫想起张二牛的话，把手机递给了他。

从土龙河的抗洪堤段看，柳枫在最上游，紧挨着嘉禾县，往下走是欧阳副书记的防段，最后是石三柱副县长的防区。欧阳负责的防段离县城较近，又是河道的拐弯处，多年的冲刷回流，淤积的腐殖质丰富，河滩地肥沃。河滩地不纳农业税，农民们辛勤耕耘，不仅有成方连片的庄稼、果园，还有反季节种植的大棚。洪水走到这里，阻力大，水流缓，不像在柳枫段上那么凶猛了，只能是先顺着低洼的地方和庄稼垄的缝隙迂回钻行，而后再会合推进。就是这样，欧阳也丝毫不敢怠慢，提着个电喇叭一溜小跑地来回穿行，嘴里喊着："乡亲们哪，快啊，水可是真来了啊。咱这地方河道障碍多，要积水的啊，破了堤了不得啊，咱们的罪过可就大了啊，咱这么多年的汗水和改革开放的成果可要被大水冲走了啊……"他絮絮叨叨的喊叫，一口一个"啊"字的口头禅，不像个县委书记，倒像个旧社会提醒村民躲避匪祸在大街上敲着锣的地保。不过，这法子倒也管事，在他絮絮叨叨的喊叫中，民工们都在认真履行着自己的职责。

石三柱副县长的堤段可就不一样了，他是当天下午带着可控硅设备的图纸来到堤上的。他在堤段上转了一圈，简单地问了一下情况后对西历乡的乡长说，按县委宣布的防洪预案严格操作，便坐下来研究那沓厚厚的图纸，还叫秘书回去拿来了《英汉大词典》。当抗洪指挥部说要把提前来水的电报给他看时，他正沉浸在一个计算公式里，拿起笔签了字说："按上级意见办。"秘书接过来见上面竟然签的是英文，无可奈何地苦笑了，心想，碰上这尊神谁也没办法。

直到太阳落山了，石副县长才放下图纸，摘下眼镜，揉了揉发酸的眼睛，看了看依旧干枯的河道，问秘书："水来了吗？"秘书摇了摇头。乡长晃晃悠悠地过来说："石县长，天黑了，你看让民工们回家还是？""你到欧阳书记段上看看，水来了没有？"

乡长驱车而去，一会儿返回来报告说还没有。石三柱看了看紧邻大堤的村庄说："咱们民工的驻地离工地近在咫尺，也就400多米吧，跑步最多需要四五分钟。现在各级班子里学文科的居多，缺乏严密的数学理念和计算，说话张弛力很大。这样吧，让大家先回去，每个村留下三个人值班，其他人明天早晨5点必须及时赶到工地。"说完，又翻开了那沓图纸。他不知道，这句话给嘉谷县的领导班子和群众酿成了巨大的祸患，后来各色人等粉墨登场，上演了一幕幕活报剧。

正所谓水往低处流。水云寨水库建在高山峡谷之中，说是峡谷，也比紧邻着的平原高出上百米。从平地上看，那巨大的拦水坝如同平地起的万丈高楼，如刀削斧劈的悬崖峭壁。那宽大的被防水漆浸淫了多少遍的黑色水闸，如同传说中黑色魔堡的大门，禁锢着许多妖魔鬼怪。

随着两扇水闸提起，因下雨下得有些发黄的平静水面上立即卷起无数个漩涡，有的竟露出了深深的库底，它们互相碰撞、涌动，形成一个个滔天巨浪，如同水中囚禁多年的恶魔，尽情地跳跃着，撒欢，蹦高，发出声声狂笑，顺着土龙河浅浅的河道，向着一望无际的大平原咆哮而去。它们所向无敌，它们要吞噬一切。

看着这一切,水库管理主任许三刚一屁股坐在地上,问管提闸的林黑根的三小子林小三说:"放了多少?""4000 啊。""唉,平时卖水给下边浇地,一个流量 800 元,这一下 300 多万哪。不行,降到 3500。"

许三刚心疼得嘴里直咝咝地吸凉气,心里直骂气象局那帮人。本来水库是自负盈亏,这里离省城近,各级领导塞进来的人很多,开支紧张,再加上年节往上上供,头头脑脑来这里游玩钓鱼不拿钱,日子一年不如一年,就靠积存的水卖点钱呢。往年水库里的水位超过警戒线三五米是平常事,可这帮家伙偏说近几天还有大雨,水库有崩库的危险。有一个家伙还形象地跟省领导说,水云寨水库在省城西边的高山上,就等于 200 万人口的头顶上顶着一大盆水,一不小心就会盆坏、水洒、城亡,吓得在海滨城市东岛市说是暑期集中学习中央理论实际上是避暑休闲的省领导一惊一乍的,尤其是那个黑黑胖胖在常委会上坐二把交椅的。他从春天就答应了据说能在北京高层玩得转的一位女歌星,说夏天让她带上一帮小姐妹到风景优美的东岛市玩个够。手下的一个大秘献策,把常委和副省级以上的领导干部都拉到避暑胜地,名为学习,实际上让他们各带家人或其他人休养,这叫自己吃肉也让别人喝口汤,实现共赢、多赢。这两天,他和女歌星的关系渐入佳境,不用说他不愿离开,那帮女歌星也不干,不是舍不了他那猪头猪身,而是舍不得充满欧美风情的舒适别墅、专用的海滨浴场、每日活蹦乱跳的生猛海鲜以及最后玩腻了到附近渔村随便唱几首歌就算专场演出拿的丰厚的报酬。所以,他接到省委机要局转过来的气象局的报告后,在女歌星的肚皮上决定明天召开省委常委会。第二天,二把手正装出席,大讲了一通"人民的利益高于一切,共产党要时刻把人民的安危挂在心上"的话,随即作出了泄洪 4000 流量的决定。当然,这个决定还是象征性地口头请示了一身正气的一把手的。按照程序,这件事也可以不经一把手拍板,但对于这个老狐狸来说,有好事向上级汇报是为请功,有可能担责的事向上级请示是为事后免责。

水库管理主任虽然官不大,但过去也在大机关待过,这几年接触的大领导也不少,官场的事也门清。他知道,在打着为了人民安危的旗号下命令时,尤其是经过集体研究的事,有些不干正事的官员一个比一个斩钉截铁,事后报损失要钱时一个也找不着,找谁谁往外推,太极拳打得四平八稳,招数精妙,一个比一个狡猾。

他看着头上蓝蓝的天对林小三说:"现在是上午11点吧,到明天上午11点关闸。""主任,上面说明天有大雨下呢。""就是下大海、下太平洋也给我关住。不过那水是咸的,不能卖水浇地。"许三刚悻悻地走了。

洪水一路奔腾,很快到了嘉禾县段,很快淹没了一切,很快上涨平槽,浪花激荡,惊涛拍岸,冲刷着昨天刚刚打成的子埝。县委书记钟灵一改平日装束,大背心,大裤衩,长筒胶鞋,满身的汗水、泥水,和民工们一起把装满泥土的草袋一层层码在子埝上,抵御着一个接一个打来的浑黄浊浪。他的形象与行动让在场的干部大为惊愕,抓紧脱掉了干干净净的衣服,露出白白的皮肤,加入了民工干活的行列。整个土龙河大堤上出现了干群一致同甘苦、齐心协力战洪灾的动人场面。

钟灵干着,心里却着急,在等待,在盼望。他抹了一把因心火涌到脸上的汗水,不时望一眼千里堤上在暮色中通向远方的小路。来了,来了,一阵警笛声由远而近,一辆明光锃亮的银灰色丰田越野大吉普车呼啸而来。一个穿一身体育休闲装虽接近老年但仍气宇轩昂的人跳下车就大声喊道:"钟灵,钟灵同志,县委书记钟灵同志在哪儿?"他叫楼宇,是省纪律检查委员会的书记。按全省防汛抗旱指挥部的分工,他是土龙河流域的负责人。今天上午水库开始放水后,他是从海滨城市东岛市郊的高尔夫球场上直接赶过来的。县委书记经常到省委开会,钟灵有事没事也爱到省里转悠,也曾和这位楼书记在饭桌上碰过面,辗转送过土特产,彼此也算认识。

等钟灵出现在他面前的时候,楼书记的称呼变了:"老钟,你可真是身先士卒啊。水不小啊,情况怎么样?""哪里啊,您当年领导学大寨时不是也赤脚积肥夜里拉小车送粪吗?"钟灵知道这位领导原来当过公社书记,曾提出过"年年劳动三百天,拒腐防变永不沾"的口号,受到了当时中央领导的赞赏,事迹和照片因此在全国各主要媒体上发表,名噪一时。

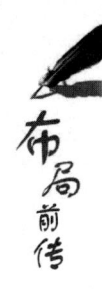

　　痒痒挠不大，要挠得是时候、是地方，还要力度适中。楼宇书记因职业关系常年板着的脸部肌肉松动了，露出轻易不见的笑容说："那时我才二十七八，你都50岁了啊。""少年时代的记忆是最难忘的，尤其是我还在上中学时就在报纸上看到您的英雄事迹。领导的精神永远激励着我们。"随后，钟灵简要地汇报了抗洪情况，楼书记频频点头。这时，主管农业的副县长来报告说："钟书记，水位又上涨了10厘米，草袋不多了，快顶不住了啊。""顶不住也要顶，命令粮食局把仓库的面粉袋送来。袋子用完了人往堤上趴，我第一个上。"钟灵扛起一个草袋放在子埝上，正好堵住一个企图扑上岸的浪头。

　　楼书记换上司机递过来的长筒胶靴，借着灯光观察水势。天地茫茫，白浪滔天，水借风势，恶浪滚滚，拼命地向堤岸冲来，几乎是刚码上一个草袋，浪头一涌，马上被吞没而后才露出来。大堤上已经是片片水洼，每个民工的衣服都湿透了。他想起省委常委的决定和自己的职责与权力，叫过钟灵说："老钟，不行就泄洪吧。我有这个权力。""不，您包土龙河流域，我这一段儿绝不给您丢脸。"钟灵快步走到一顶军用帐篷前，这是他的指挥部。他用沾满泥水的手拿起绿色军用电话机，雄浑的声音立刻通过一公里一个的高音喇叭传遍大堤两岸："战斗在抗洪第一线的父老乡亲们，告诉大家一个好消息，我们省纪委的楼书记正和我们战斗在一起！楼书记的到来，是对我们最大的支持、鼓舞和鞭策，我们要用实际行动报答省委的关怀。现在我喊四句口号，大家跟着喊：'水高一尺，堤高一丈，严防死守，绝不决口！'"在钟灵的带动下，数万张嘴发出的声音压倒了风声、水声、浪涛声，震荡着大河两岸。

　　"老钟，好样的。"楼书记也心潮澎湃起来，难得地伸出了大拇指。钟灵谦虚地摇了摇头，劝楼书记进帐篷休息，推说小解，下了堤，钻进密密的玉米地里。看看四下无人，他掏出手机，悄悄地给那位在武装部管作战训练的副参谋长、自己的表弟打了个电话。

　　在微弱的星光下，一小队士兵把一个冲锋舟抬上了军用中型吉普车，带着深水炸药，避开灯火通明、热火朝天的大堤，在那位副参谋长的带领下，沿着两边全是高高青纱帐的乡间小路，关闭车大灯，疾速地向土龙河嘉禾县抗洪段的下游驶去。

很快，祸事酿成。

嘉谷县委书记于茂盛的手是带着电视台女主播乳房上的余温拿起电话的。晚饭后来水时，他也在众人的簇拥下，在女主播红外线摄像机的跟随下，沿着堤段来回巡视忙乎了一阵子。由于北大堤高，又有支水坝在起作用，前锋大水流过之后很快就平缓了，才半槽子水的样子。几个乡的书记和水利局局长七嘴八舌地说："闹了半天，就这么点儿水啊。上边真能糊弄人，不用看也跑不了。"都说于书记年近半百了，还和他们一起在这荒草野坡上黑灯瞎火地转悠，不值当的，"身体要紧啊，嘉谷县奔小康的重任全在您一人肩上呢。"一齐劝他回去休息，说他们在前边看着，有事及时汇报。

于茂盛也感到有些疲惫。他今天拂晓被尿憋醒后放了水就睡不着了，索性穿上衣服打开门来到了院子里，吸了一口乡村野外特有的清新空气，神清气爽。偌大的院子里只有他一人慢慢地散着步，和他隔着三间大会议室的西头住着司机和秘书。年轻人贪睡，呼噜声透过纱窗时有传出。紧挨着他住处的是电视台女主播的房间，挂着粉红色的窗帘。小学校的房子墙薄，顶棚又是连着的，晚上他常听到那边洗澡撩水的声音，心里也痒痒的，想知道那身衣服下的身材是个什么样子。此刻，晨曦下的粉红色对他颇有吸引力，就试着去敲了敲门，想，如果对方有恼意就说是让她起来锻炼身体，如果……谁知还没敲，门就自动开了半扇，长发披散，只穿着小裤衩、戴着乳罩的女人一把把他拉了进去。看着越来越亮的天光，于茂盛脱衣服已经来不及，只得就着床边凑合着苟合了一下，二人均觉得未尽兴。但男人是站着的，毕竟也卖了力气，又怕有人进来，书记只得在女主播哀怨的眼神中匆匆提起裤子跑了出来，想着传闻说这个女人放得开，不是守妇道的良家妇女，果然。

在堤上巡查时，于茂盛一直走神回味着，此刻下属的劝告正中下怀，他

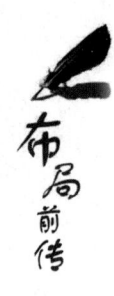

装模作样谦虚了一番，说："好，让我的秘书留下来，和你们一起值班，车也归你们用，我回去打个盹就回来。老了，真是不中用了。你们要赶快准备接班啊。"在现行的体制下，各地的一把手都是一号新闻人物，他一离开，记者自然也溜了。

在于茂盛临时住所的大床上，女主播点着他的鼻子笑呵呵地说："你呀，真是个老猴政客，来干这事时还不忘对下属诱以官、禄。"

看着一览无余的真实胴体，于茂盛说："我不是猴子，是狮子，现在叫你尝尝狮子的威力。"

"不，你不是狮子，狮子是山林之王，有威，有信，是政治家。你是个政客，是一只跳来跳去的猴子。"

于茂盛听出了味道，听出了弦外之音，但又经不住诱惑，说："你放心，我在他们面前当猴子，在你面前一定做狮子，到年底前让你当广播电视局的副局长。"

女主播立刻热情高涨，二人惊天动地地欢愉了一番。于茂盛不顶事了心还意犹未尽，抓着乳房不松手，旁边的电话就是在这时刺耳地响起的。水利局局长报告说："于书记，来大水了。""多大？""快平河槽了。""啊？"于茂盛一惊，赶紧拖着发酸的双腿往河堤赶。

可不，浪花汹涌，直拍堤岸，民工们正紧张地把土牛掘开，加高堤岸。忽然，岗头镇的镇长报告说堤段冒沙了。冒沙？于茂盛一听就急了，开口骂起了人："冒沙了，你还不赶快组织堵住，还来这里报告！浑蛋！"带着一帮人赶了过去。

冒沙，就是水太大、太急，有一股水流找准了裂缝，冲破了堤坡上防水的胶泥层，钻进了堤底下，用力搅动带有沙质的黄土，避开堤顶上坚实的路面，把结构分子比较小的沙子从大堤的外侧先拱出地面，形成空洞，而后水积聚力量，水柱喷涌而出，严重时会造成大堤崩塌。这在抗洪中是非常危险的信号。

他们赶到出事地点时，沙子已经冒出了一大片，两米方圆不规则的洞正在形成，四周的堤坡也有了大片阴湿，民工们正往里填装满泥土的草袋。

由于速度慢，仍压不住细沙上喷的势头，上涌的沙有的已经带了水珠。于茂盛大喊道："快，把别的段上的人也调上来！在场的民工一次多背一袋多发一卷驴肉大饼，再加十块钱！"

北堤靠近交通要道，来往客商多，快餐店林立，以卖驴肉卷大饼的居多，其中一个叫"好回头"的店是于茂盛司机的大舅子开的，规模最大。司机与领导不是一家胜似一家，整天在一个屋檐下生活，他们在一起的时间比跟各自老婆在一起的时间还多，领导做什么事也瞒不过司机。表面上是司机为领导服务，唯唯诺诺，实际上每个领导内心都怕司机三分。司机在于茂盛耳边一嘀咕，书记便让秘书下令，所有民工中午都统一由"好回头"发一大卷饼，汤水自己解决，各乡镇直接给饭馆结账。"好回头"的老板立刻把附近的无业游民收归旗下，又雇了一大群农村妇女擀面、烙饼、切肉，让放了假想挣点儿零花钱的学生送餐，自己弄了张躺椅，面前放了一个小圆桌，摆上让后厨弄的四个小凉菜，起开了一瓶老白干，大茶杯里沏好上好的龙井，摇着把大蒲扇，坐在大柳树下摸着油光光的大脑袋喝酒、品茶、抽烟、数钱。

于茂盛的话还真灵，民工们干活的速度加快了许多，肩膀上草袋也不断增多。从别的堤段上增援的人也来了，来往如穿梭，大脚丫子踩得地上水花四溅。其中有一个脸上满是络腮胡子50来岁的大个子民工奔跑的速度最快，肩上每次都是两个草袋。有一次竟然肩膀上扛了两个手里还提了一个，而且每次都准确地投在了冒沙最急的地方。

"好样的，"于茂盛高兴地赞赏道，对秘书和电视台女主播说，"记住他叫什么，是哪个村的，给他记功。你们电视台要做专题采访。"话还未落，那个大个子不知是因为虚弱还是跑得太急，或是被后面人撞的，一下子连人带肩上装满土的草袋掉进了洞里，还正巧堵住了一股往外激射的水流。后面的一个家伙收不住脚，把两个草袋砸在了大个子身上。"快救人！"众人呼喊着，七手八脚地把大个子扒出来，抬到一旁，等待附近地段医院来的救护车。

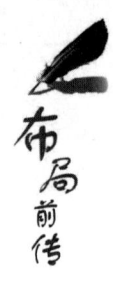

在于茂盛指挥大家和冒沙战斗的时候,柳枫的堤段也正紧张地抢险。

午夜过后,下弦月升起来了,在平缓的水流上洒下点点银光。富有抗洪经验的民工们滑一点儿的偷偷钻进了窝棚,老实一些的或夹着铁锹在堤上慢慢溜达,或靠在高高的白杨树下,或打盹闭目养神,或看风景。郭长来的督察队拎着水火棍像一群幽灵在长长的大堤上晃晃悠悠。整个大堤上只有水流的哗哗声和田野里秋虫的鸣叫声。

看着河面上的银色月光,柳枫的文人气又上来了,想起了韵致唱的一首歌:"在那美丽的小河旁,在那静谧的深夜里,我和爱人手牵手,依偎着走在洒满月光的林荫里,听着那潺潺的流水声,听着那秋虫唧唧……"如果不是抗洪,这是一个多么美好的夜晚。

他也有些累了,便回到一个搭建得比较宽大的窝棚前——他的指挥部门口,仰躺在郭长来不知从哪儿搜罗来的几张沙滩椅其中一张上,脚踏杂草,和几个人聊起天来。牛木稭凑过来说:"柳枫书记,咱守的这一段看来是安然无恙(恙)啊。"郭长来说:"你这个破中专生,别为了巴结领导在柳枫书记面前转文,肯定不念恙。恙,吃你老婆蒸的年糕吧。""那你说念什么?"柳枫打趣地问。"念心吧。"柳枫笑了,说了正确的念法并讲解了这个成语的来历。

林黑根听不懂他们在说什么,只是吧嗒吧嗒地抽着烟,对柳枫说:"书记,我总觉得这水来得日怪。我家小三子说,水库开始放了4000流量,最低也有3500多,可是河里怎么就这么点儿水呢?至少也得平了槽啊,莫非上面有决口的地方?""没听说啊。"大家摇着头。

林黑根趴在地上,耳朵贴着地皮听了一会儿,紧张地站起来说:"不好,要来大水。""什么?"大家一下子蹦了起来,一起趴在地上听。果然,从远处传来隆隆的声音,还没等人站起来,大河里的水就呼啸起来了,一排排小山似的大浪滚动着、跳跃着,铺天盖地,居高临下,砸碎了月光,砸得原来平缓的水面激起一个个冲天水柱,浪花飞溅,风随水势,带来阵阵凉意,直透灵魂。波涛前仆后继地向着堤岸冲击,如同决战时刻集团冲锋的敢死队,倒下一拨,又上来一帮。

民工们立即像耗子一样从各处钻了出来，在乡村两级干部的催促声中，在督察队的呵斥声中，忙着装土袋，运土加高土埝，迎击着水浪的波波相连的冲击。有几个想偷懒耍滑的，水火棍立即在月色中扬起一道黑影，毫不留情地砸在他们的屁股上，郭长来甚至拔出手枪挥舞着、叫骂着。

"哎，这里在冒水泡，还咕噜咕噜的！"南店村一个年轻的民工对李和尚喊。"出来一只大老鼠，哎，又出来一只。"还没等大家反应过来，林黑根已经奔了过去，对着众人吼道："快，这是鼠洞，拿草袋来！"

在李和尚与民工们去搬袋子的当口，随着几只大老鼠的爬出并立刻被水冲走，一股水流"刺溜"钻进了洞里，立即形成了一个小漩涡，须臾间变成了水桶粗，四周的堤坡开始变软，"啪嗒！"一大块带着草皮的土塌了下去，两个草袋投下去马上被卷走。"快！"柳枫、牛木耧都急了。在郭长来的指挥下，此段的民工分成了两行，草袋在手中急速地传递着，一个又一个地砸向漩涡，又被气势汹涌的洪水一个又一个冲走。又掉下了几大块土，很快在大堤上出现了一个大豁口，水马上挤了过来，立刻漫到了脚面上，大堤在一块一块地裂纹、松动，情况万分危急。

"我的娘哎，这是要塌堤啊！"一个民工惊叫着，扔下铁锹就跑，传送带立刻断裂，一伙人也跟着往堤下跑。"孬种。"林黑根狠狠地跺着脚，抽出了不知何时掖在腰间的板斧。70多岁的老头不知哪来的力气，接连砍倒了几棵碗口粗的小杨树，推到了水里，使涌向豁口的水流平缓了许多。

"噗噗"，子弹钻进土里炸开两团烟雾，眯了最先逃跑民工的双眼，他"妈呀"一声摔在了地上，人们也全愣住了。趁这时，拿水火棍的队伍冲了上去，把民工们重新赶到了原处。传送带又运作起来，郭长来提着还在冒烟的手枪恶狠狠地说："谁临阵脱逃，就地枪毙！"他让他的督察队围着搬草袋的民工群设了一圈警戒线，下命令道，"看谁逃跑，给我砸折他的狗腿！"

柳枫感激地看了他们一眼，对着仍然不断扩大的豁口焦急地问林黑根："怎么办？""只有打桩拦水了。""可咱们没准备木材啊。"牛木耧为难地说。柳枫看了一眼四周，果断地说："拆窝棚，把木杆集中起来。""好主意。"

林黑根赞赏他聪明的决断。牛木耠迅速集合起一小队人向黑暗中的窝棚奔去。

这时,几辆重型卡车隆隆地叫着,闪着雪亮的灯光挡住了他们的去路。"柳书记。"刘华仑一身进口蓝工装,身手敏捷地从驾驶室里跳下来。"刘总,你怎么来了?"柳枫大感疑惑。"情况紧急,别说了。"刘华仑撇开柳枫,开始指挥,"甲班,卸钢管;乙班,把解放吊车开过来,准备卸石头;丙班,上黄河吊车,打桩。"

到底是工人阶级,组织性强且训练有素。四台汽车、两台载重车屁股对着河堤,两台吊车在洪涛的上空扬起了高高的手臂,用液压驱动有伸缩功能的黄河大吊车伸出长长的铁臂,把几个拿大油锤的膀大腰圆的工人送上了空中。解放吊车把3米长直径15厘米宽的钢管递了过去,工人两人一组,一人把钢管插在水里双手扶住,一人抡锤,"哼唷、哼唷"地往下砸。黄河吊车的铁臂随着钢管的进度往下降,不一会儿,就沿着刚才破损大堤缺口的平行线竖起了一溜铁树林,用8号铅丝绑在了一起。随着刘华仑一声哨响,载重汽车的大翻斗自动上扬,扑通通,一堆原来农村老百姓碾米磨面用的旧石磨、大石碾磙子被倒进了水里,溅起了一丈多高的浪花。塌方停止了,大部分水被挤了出去,回到了河道里。人们看呆了,林黑根大喝:"孬种们,还不快填草袋!"众人如梦初醒,上百个草袋眨眼间填进去,大堤恢复如初,河水驯服地向东流去。

"你真是雪中送炭,感谢你啊,刘总!"柳枫激动地握着刘华仑的双手,拿出烟四下散了一圈,下意识地抱拳作了两个揖说,"感谢四海粮油公司工人老大哥的支援,谢谢你们。"刘华仑淡淡地说:"柳书记,别客气,我也是土龙河的子孙。我刘华仑虽然身在商界,在世人眼里奸猾刁钻、恶贯满盈,但'三教九流情为重,五湖四海义当先',这个道理我还是懂的。这次我们可是把公司开山立柜时碾米磨面的老底拿出来了,不过,都是些老古董了。放心,我还会及时帮助你的。你也别光顾看着你的堤段,也注意一下城里。"说完,向大家作揖告别,指挥着一干人等上车离去。

"柳书记,你怎么调得动这尊神?这小子牛得很,连我二叔的账都不买。"郭长来问。"这家伙黑得很,吃人不吐骨头,年年麦收时雇壮工扛麻袋,都是试用3天只管饭不给钱,合格后每天100元。3天后没有一个能留下的。"牛木秸也说。

其实,柳枫从刚才刘华仑的话里已经明白了,这是对他到北京引资和对农机厂让步的报答,或许他又欠了这位刘总的一份人情。他知道,商人算账从来不是半斤对八两的,而是要获取比投入高几十倍的产出与利润。他顾左右而言他:"各段继续加强防守,严密警戒。"

柳枫怀着劫后余生的心情回到了指挥部前,下意识地拿出手机给韵致家拨了个电话,可铃声响了半天没人接,又打手机,还是没人应答。他闷闷地抽了支烟,看着河水发呆,一会儿竟睡着了。郭长来悄悄地过来给他搭上了一件雨衣。

林黑根蹲在一棵老柳树下,用小烟袋吧嗒吧嗒地抽着,两只老眼死死地盯着洪水。河面虽然还是浪花翻滚,但平缓多了,而且流得很顺畅。

天光大亮时,巡视了一晚上的乡长牛木秸红着两只眼睛兴奋地跑来唤醒柳枫:"柳书记,水下去了。""哦。"柳枫一挺腰站起来,顺着水流一看,可不,昨天晚上还和大堤几乎平行的洪水下去了一尺多,主河道的大水只翻着小小的浪花,靠近堤岸的地方几乎没有了,流速更加平缓,水文站的标志柱上显示,水还在往下降。这时,太阳已跳出地平线,万道霞光照耀在宽阔的水面上,堤外的庄稼在晨露中更加青翠。真是'一条大河波浪宽,风吹稻花香两岸',昨日干枯的华北平原一夜之间变成了8月的江南水乡。

"好啊,我们抗洪胜利了。"柳枫欣赏着在北方难得一见的美景,兴奋地说。"不,是有地方决口了。"林黑根慢慢悠悠地肯定地说。"啊?"柳枫一惊,想起自己昨晚打完电话手机就没电了,后来睡着了也就没换电池,也忘了每隔三小时跟城里的方囊联系一次的约定。他赶忙拿郭长来的手机打通了指挥部的电话,那边方囊告诉他,确实决口了,是石三柱副县长负责的那段。"省市领导都在县城,正在从各县调集民工,驻省城部队的一个步兵师和一个舟桥团也在日夜兼程地赶来支援。"柳枫问:"我怎么办,有没有新的任务?"方囊说:"没接到指示,现在县城里乱得很,我也忙得很。"

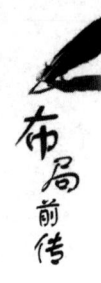

电话里传来嘈杂的嚷叫声,电话自动断了。

在场的人都明白了。郭长来说:"管他呢,反正咱们没跑水,弟兄们,歇了。"他对这个石副县长一向没什么好印象。这个副县长管的企业的工人总是为工资闹事,总要派他的警察去弹压。但警察对工人又没有什么办法,一是大家都是本县人,互相认识,有的还是亲戚关系;二是他们又没犯法,你又不能上手段。最可气的是企业穷得叮当响,别说酒,连顿饭也管不起,最后还得局里掏腰包给加班的弟兄买大饼卷熏肉。郭长来招呼了一声他那帮拿水火棍的人,一屁股坐在了地上。折腾了一个晚上,也确实累了。

"没大局意识。"柳枫瞪了公安局副局长一眼,对牛木稰嘱咐了几句,开车向城东的石三柱的堤段跑。

与此同时,失踪了好几天的张无代也骑着一辆破自行车在北堤下一个田间小道上沮丧地往回走。这两天他一直没敢露头,按照梦中娘娘的旨意,节欲素食,靠着几个大馒头、一壶凉白开、三把小葱在娘娘庙后边一个小山洞里藏身,生怕被抓了当民夫。大水来时,他偷偷骑上早就藏在一边的破自行车拼命往土龙河的上游赶去,借着星光还真找到了一丛老红荆。顺着树望去,笔直一条线,出现了一个倒挂的瀑布,洪水走到这里,似乎被底下什么东西挡住了。洪峰一波一波地往前涌,像鲤鱼跳龙门似的向下流,中间的一个地方还冲起了高高的浪花,在星光下特白、特清凉。他高兴极了,这水和他家旁边的龙潭水一样,准是雄潭显灵了。他脱光了衣服正想下水,对岸出现了一个用机器推进的小舟。几个穿绿衣服的人把一个看来挺重的东西小心地沉到了水下,随着一声沉闷的响声,瀑布与浪花均不见了,洪水呼啸而下。恍惚间,张无代看见一块板子和几根绳子被突如其来的大浪冲到了岸边,他一个鱼跃抢到手,原来是厚厚的绿色铁皮板,尽管经过水的冲刷,但还残存着浓浓的火药味。他原想扔掉,一想,自己那个破床中间的板子断了,垫上它正合适,就绑在了自行车后座上。

十二　再大的功，也难抵一次大过

石三柱副县长堤段上决口的过程很简单。那天傍晚他把民工放走后又回到了可控硅厂，和技术人员研究调试到半夜12点多，那套进口的洋设备才正常运转起来。想着自己还是一个段上的抗洪总指挥，他又急急忙忙地赶了回来。

第一拨水是午夜12点多到的柳枫负责的堤段，又在欧阳书记的段上折腾了足有两个多小时，到他那段已是凌晨3点多了。由于土龙河在欧阳堤段内改道向南，有一个大弯，弯里既存水又憋水，流速平缓得很，所以到了石三柱防守的堤段也没见洪峰与大浪，到了早晨5点多，才积存起了半河水。石三柱对西历乡的乡长说："你看怎么样，我说他们缺乏严谨的态度和科学的计算吧，咋呼了半天才这点儿水。"他伸了个懒腰，打了个哈欠，看着双眼也有些发红的乡长说："咱们到窝棚里打个盹吧。"二人进屋，各占一张躺椅，刚迷糊了一会儿，就听到河水怪叫起来，一个值班的民工慌慌张张地跑过来，结结巴巴地说："快，快，不好了，大水来了。"二人出去一望，无数个浑浊的浪头像一群冲出了山谷的野马，铺天盖地而来，没有任何前奏，立刻惊涛拍岸、白浪滔天。有两个大浪头挟着从蔬菜大棚里带来的塑料薄膜，傲立于群峰之上，左冲右突，"哗"，狠狠地砸在了长在大堤内侧的一丛野生紫穗槐上，变成碎片后，很快找到一根锈迹斑斑的管子，"刺溜"钻了进去，马上在堤外冒出了头，激射到了一块谷子地里。后面的野马群欢呼跳跃，紧随跟进。那根20多年前曾引水浇地的铁管在暗无

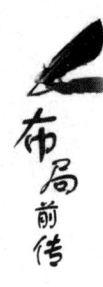

天日的黄土中被埋葬已久,早已腐朽不堪,哪经得住野马的铁蹄践踏,不到3分钟就分崩离析,随着泥土被冲得老远,散落四方。大堤塌陷,暴烈的洪水把大堤一段一段地吞没,1米、2米、5米、10米、15米,口子越来越大,洪水浩浩荡荡,奔向初秋的原野,淹没了一块一块的庄稼地。经过农人们将近一年辛勤劳动绣出的锦绣田园变成了黄汤绿沫,附近的几个村庄顿时成了沼泽中的孤岛。大水一直向前,经过一片低洼地,流向了相邻的嘉米县荒凉多年只生长芦苇的西大洼。

石三柱吓傻了,一屁股蹲在了地上,声嘶力竭地喊道:"快啊,快堵啊,拿草袋啊!"看着畏畏缩缩的民工不肯上前,他一骨碌爬起来,抓起两个草袋投了进去。效果当然是泥牛入海,奔腾的洪水连睬都没睬。

石三柱在大堤上蹦着、跳着、呼喊着:"我犯了弥天大罪,我是千古罪人,我要以我血荐轩辕。"说着,抱起一个草袋就往决口处的水里跳,乡长急忙抱住了他,他又撕又咬,几个民工上来帮忙,还是摁不住他。

"石三柱,我操你奶奶!"一辆军用吉普车风驰电掣地开到跟前,张二牛满嘴喷着酒气高声叫骂,"你把我,把嘉谷县害苦了。你这个书呆子,尿泥捏的屁包!你们都给我松手,"他上前扒拉开乡长和民工,对着石三柱的胸膛就是一拳,底下又狠狠一脚,把石三柱撂倒在满是泥水的大堤上,说,"你往里跳,不跳不是你爹操的,是狗娘养的!"回头又冲着乡长劈头盖脸一巴掌,说:"你这个王八羔子也不是人操出来的,老子怎么和你说的?"乡长摸着发烫的带着红手印的脸诺诺不敢应声。

石三柱从地上狼狈地爬起来,怯生生地说:"那这口子怎么堵?""堵你妈个蛋吧,这么大水,这么大口子,没人没物的。""那怎么办?"石三柱更加可怜巴巴。"先向上级报告;组织被淹的村庄自救堵住村口,别让水进村;再就是把你困在村里的民工抓紧接出来,加固决口的两头,别再让它扩大。"

张二牛说完,拿出手机向指挥部的方囊报告决口的情况和需要采取的措施。方囊冷冷地告诉他,决口的事附近被淹的村已经报告了,省市领导马上就到。于书记也正坐船从北堤往回赶,马上召开紧急会议研究措施,让他好自为之。

张二牛听完方囊那不紧不慢冷冰冰的声音，布置完调民工的事宜，看着满河的大水发起了呆。他后悔啊。昨天下午他把石三柱请上了堤，正要再仔细地检查一遍自己负责的整个南堤的工程时，方囊找他说，省水利局来的两个处长非要见他不可，他只得赶到了宾馆，一看，都是老熟人。河道处的老格是开会经常见的老朋友，另一个是财务处的时处长，二人一起在省委党校学习过。对于部分干部来说，上党校并非是为了提高水平，主要是发展人脉关系：一张学员花名册表拿到手，上下左右，各取所需，想升官的找组织人事部门的人，想出名的找宣传舆论部门的人，想发财的找享受厅级、处级待遇的大企业家。像张二牛这样没有上过正规大学，没有在大城市、大机关待过，没有当今社会高层最基本的学缘关系的人，更是强化人脉关系的好机会。他一不想升官，二不想出名，三不想发财，但需要钱，需要真金白银填补贫困县自己所管的那一块儿捉襟见肘的专项事业经费，所以在去年冬天3个月的党校培训期，他一眼就瞄上了这个水利局的财务处长。时处长40多岁，黑瘦黑瘦的，眯眯着眼，一天到晚睡不醒的样子，很贪恋杯中之物，大概是因为长得不强不怎么受老婆待见，或是另有其他原因，虽然家在省城，但不像别人下了课急急忙忙往回赶，而是在党校边上林立的饭店里找一雅座，弄几个精致的小菜，自斟自饮一番。这正中张二牛下怀。二牛上课时故意挨着他坐，下了课到饭店和他坐对桌，一来二去二人成了无话不谈的酒友。为了这，张二牛还让司机把家里多年积存的三箱五粮液、茅台拉来存在了饭店，可劲地供着他喝。二人喝酒的风格不同，时处长是细饮慢咽，张二牛是一口半两。时说张是牛饮，好酒的味没有品出来就进了肚子化成了尿，是糟蹋好东西，更是没有绅士风度。张说时是新媳妇喝糖水，樱桃小嘴慢慢抿，假斯文，其实心里早等不及了，到了半夜嘴张得比吃人的老虎还大，叫得比发情的母狗还响。两个人由喝酒变成斗嘴，接着就变成了斗酒。别看张二牛长得粗，可心眼儿不少，每次都把酒倒得一般多，一仰脖半两多，然后在一旁抽烟、喝茶等着对方的进度，每次都是以时处长靠在张二牛粗壮的胳膊上跌跌撞撞地回宿舍而结束。

学习结束后,老时还怀恨在心,收了张二牛一堆土特产和几箱好酒后还说,有机会一定要打败张大酒缸。

这次机会来了,省水利局派人来土龙河沿线协调抗洪,河道管理处的格处长自然是主角,时处长是陪衬。三人见面后,工作还没说几句,时处长就嚷嚷着喝酒,好像最近在某个山洞里找到了一本武林秘籍,练成了什么绝世神功,非要急着展示一番一样。老格虽然也是正处长,还是这次出来的组长,但在局里的实权可不敢与财务处比,平时自己贪点儿、占点儿,报销时还需要这个老时在政策上通融、笔下放宽,本想说趁着天还不太黑先到大堤上走一圈,但又不好抹老时的面子,就婉转地说,"天下宾馆的菜一个味,这次到嘉谷,我们要吃张县长家乡的特产,秫面饼卷小鱼",要张二牛找一临大堤的乡村野店,让老把式炒几个庄稼菜,梳大辫子的村姑来回端菜斟酒伺候,再看着来水时河里的风景,过一把旧时代的文人秀才瘾。实际上是有在第一线现场办公的意思。

鬼聪明的张二牛当然明白格处长的意思,同时也不愿在宾馆被方囊以及上面来的那帮记者瞎搅和,就欣然同意,叫司机找宾馆经理要了一箱烈性老白干装在车上,拉着二人到了老字号"好再来"。这里正处在大堤拐弯处,几棵绿柳下矗立着一座白墙红瓦的二层小楼,一楼和大堤齐平,二楼正好高出堤面,一面"酒"字令旗挂在一棵钻天杨的树杈上迎风招展,很有些《水浒传》里快活林的味道。

三人直接上楼,选了一个临河的雅间,几根柳丝从房顶上垂下来,晚风轻拂,枝条摇动,和满河道的庄稼相映成趣,倒是别有一番景致。分主次坐定,上了菜后,按当地规矩,三人先同干三杯,张二牛又站起来恭恭敬敬地给每个客人敬三杯,而后坐下来自饮三杯,接着轮番转圈打通关。不一会儿一瓶老白干就见了底。张二牛和格处长一边喝一边往河里看,老时不高兴了,说:"看什么,哪里有水啊,快喝酒。"提出用筷子敲杠子、虫、鸡斗酒。虫咬杠子,杠子打鸡,鸡吃虫,谁输了谁喝一杯。又下去半瓶后,已经是繁星满天了。趁着两位处长敲筷子时,张二牛借着微弱的星光发现河道里亮亮的,说:"来水了。"三人一齐挤到窗前看,那亮亮的水是慢慢漫上来的,刚刚淹没了玉米棵的尖,也就少半河的样子,而且上得很慢。张二牛很想打电话问问各段的情况,又怕老时不高兴,就吩咐端菜的梳着大辫子的农家闺女让司机去问。一会儿司机上来说沿线都是半河水,他才放了心,挽起了袖子,和两位处长猜拳行令抄起了大杯。

看着喝得满头大汗的张二牛,醉眼惺忪的时处长使出了撒手锏。他叫梳大辫子的农家女拿来十个小酒盅,一字摆开,一一倒满,说:"张县长,你想不想把你们县的大堤修得棒棒的?"

"想啊,做梦都想,省得每逢来水提着鸟过河,加着天大的小心。河坡都用石头砌起来,用800号桥梁水泥灌缝。百年大计,一劳永逸。"

格处长插话说:"这你就外行了,水土,水土,水不离土,要那样的话,就破坏生态平衡了。"

时处长说:"就算你说得对。把大堤加高加厚,堤顶上铺成柏油路,跑汽车总可以吧。"

张二牛说:"那当然好了,可他娘的没钱啊。你小子给啊?"

"对,我给,就看你喝多少酒了。"

"你有吗,你是不是喝多了啊?"格处长疑惑地说。

"当然有。中央水利委员会计财局的诸葛局长是我的铁哥们儿,至于怎么铁的就不告诉你们了。反正最近我从他那里发了一笔小财,都是预算外的。咱们的局长私下里用了一部分,剩下的让我看着办。"

格处长不说话了,他知道这种事在管人、管钱的处长那里和一把手的默契是经常的,自己既不能问更不能瞎掺和。

张二牛的眼睛发亮了,通过上次和柳枫到国家计委跑项目才知道,千八百万在那些中央大员眼里就是手指缝里撒芝麻,连一碟小菜都算不上。他把外衣一脱说:"咱一口吐沫一个钉,你说怎么喝吧。"

"好,君子一言,驷马难追。"时处长也站了起来,"就凭你这豪爽劲,100万垫底,剩下的一杯1万,谁不喝是那个。"他用五个手指头做出乌龟状。

张二牛兴奋了,看着他说:"真的?"

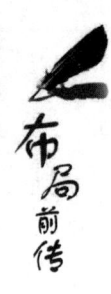

"当然是真的,你要不相信,看。"时处长拿过随身带的印着外国字的皮包,拿出了支票本,连局里的财务章、局长的私章都一应俱全。

张二牛到底是嘎子牛,哈哈笑着说:"咱哥仨是弟兄,这好酒叫我当大哥的一个人喝了也不合适。当哥哥的喝,也不能让兄弟看着啊。这样吧,我喝十杯,二位小弟陪一杯。怎样?"两位处长欣然答应。张二牛把十小杯倒在一个大玻璃杯里,一口干掉,二人也每人喝了一小杯。

最后,也不知道张二牛喝了多少个十杯,两位处长喝了多少个一小杯,张二牛说八十杯,时处长说六十杯。三星正南的时候,三个人喝得、吵得一塌糊涂。临散伙的时候,酩酊大醉的张副县长没忘了让时处长开了一张190万的支票,小心翼翼地放在了自己的内衣兜里。至于河里的涛声、水声,一概没听见,回去就吐了个七荤八素,害得老婆直骂他是个驴日的,是个见了酒不要命的老王八蛋。

此刻,站在大堤上的张二牛看着从决口里往外汹涌奔腾的洪水,心里那个悔啊,真恨不得自己把自己投在水里淹死。他一连抽了三根烟,从车里拿出了一个军事望远镜,叫过正在加固断堤两头的几个民工,让他们抬脚举屁股,帮自己爬到一棵高高的白杨树上。他骑在树杈上顺着水流看了半天,下来后脸色不那么难看了。

柳枫下了车,满身泥水。眼镜片摔出了裂纹的石三柱副县长拉住他的胳膊,涕泪横流地说:"柳书记呀,我有罪啊。你要救救我啊。我对咱县里工业发展是有贡献的,可控硅的设备已经正常运转了啊。""你号个啥啊,"张二牛厌恶地将他推到一旁,"共产党不兴将功折罪。你等着挨了处分回你的大学教书去吧。当然,你也跑不了。"

柳枫递给石三柱一支烟,先安慰了一番,问了问决口的情况,回头对张二牛说:"到底损失有多大,决口怎么堵?"

一问到这个,张二牛黑红的脸上竟然出现了笑容,并连着"哈哈哈"笑了好几声,好像曹操赤壁大战败北后在华容道遭到第一次截击逃脱后的笑声,说刚才自己在树上看清楚了,那水也就是淹了七八个村的地,满打满算那些庄稼也就价值三五十万,水都顺到嘉米县的东大洼里去了,那里常年就是滞洪区,能存几百万立方水,说着掏出一张淡绿色的支票说:"我承认我醉酒失职,但我要来了190万,就是赔老百姓50万,咱们县还赚140万呢。你知道吗,咱们这么长的河道,省里每年给我们的防汛费才20万哪。当然,我这是剃头挑子一头热的算法,还不知道于大头和省里、市里那些官怎么琢磨呢。官场凶险啊,兄弟。"说完,叹了一口气。

柳枫不愿此时和他讨论这个话题,继续问:"那这口还堵不堵,怎么堵呢?"

"那要看上面还放不放水了。你不是把那个林老黑聘为你的顾问了吗,你聪明啊。他家的小三子在水库,让他问问就行了。要是真堵,省里、市里的那些大领导还不兴师动众?方囊不是说已经来了部队吗,还得再调民工啊。到时候你看吧,上万的人吃马喂,谁拿钱,还不是吃咱们?到堵上决口那一天,嘉谷县穷得连一根柴火毛也没有了。"张二牛淡淡地说,"不过,那不是我的事了。柳书记,你是个好人,面相也好,遭劫的时候准有人帮。对了,方囊说省、市都来了大官,一会儿就开紧急会,我是参加不上了。"

柳枫看着越升越高的太阳若有所思。有人说,太阳每天都是新的,其实,太阳每天都是一样的,不一样的是生活在太阳底下的人。

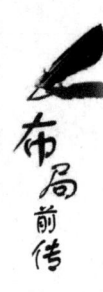

十三　在机关，最后决定胜负的战场是在会议桌上，结果在文件上

楼宇是带着一种期盼来的。作为农家子弟，他热爱劳动，渴望实打实地干点儿事业走向成功。当年在学大寨、造梯田运动中，他不声不响，以每天用小推车往山上推20方土的高纪录被评为劳动模范，而后又以手上的老茧为资格上了大学，毕业后被直接任命到平原县一个满是盐碱洼的公社当书记。他学筑路工人的样子，一上任就让木工打造了5间木房子，底下安上胶皮轱辘，把公社党委的牌子钉在上面，带着一班人每人一条麻绳拉着办公室在各村流动。哪里盐碱地多，就拉到哪里扎营，和当地的社员抡起铁锹挖沟淋碱造台田。此举让当时的新闻媒体记者大为兴奋，大肆宣传了一番，他也因此得到了领导的肯定和老百姓的赞赏。全公社造好台田的第二年，每亩粮食产量增加了83斤。秋天收获时，县委书记把他叫到办公室，委婉地说："你再算算账，每亩是不是应该增产150斤？"他低着头说："不可能。"县委书记微笑着说："我到你的公社去了，看着那庄稼比去年好得不是一成两成。再算算吧。啊？"楼宇依旧低着头没说话，回去后找了一亩尚未收割的玉米地单打单过秤，结果比去年多收85斤。他让生产队的保管把这一亩的玉米单独保存，并让所有参加收割的社员都在产量报告单上歪歪斜斜地签上名字，而后亲自交到了县委书记的办公室，并说自己犯了官僚主义，瞒产两斤。县委书记无奈地看了看他，苦笑着挥挥手让他出去了。年底省委召开农业学大寨会议，其间省委领导找先进单位座谈，楼宇发言

时当着自己的上级——地、县两级书记的面把这件事原原本本地端了出来，搞得大家好不尴尬。事情过后，他的言行引起一个在会议主席台上坐边座的尚未完全恢复工作的老同志的注意。老同志认为此人刚直不阿，堪用。随着这位老同志复出，他被直接调进了纪律检查部门，从副处长、处长、委员、常委、副书记一步一步地升到了书记，却感到越干越没劲。

在官场的人都知道，领导干部，尤其是一把手，有一部分人受几千年封建思想的影响，"朕即国家，我即政权"的意识在头脑中根深蒂固，无论你在哪一级政权里地位有多重要，官有多大，只要不是一把手，不和一把手有各种各样的历史渊源，不能给一把手谋些表面或内里的福利，不对一把手言听计从，都有可能被架空，成为摆设。比如你是党委班子里面的常委、组织部部长，管干部，不可谓不位高权重，但一把手想用你不想用你，各有妙招。想用你，在任免干部时，他可以甩开管干部的副书记，和你拟订名单，再和其他领导通气，你自然可以从中分一勺羹；如果不想用你，他会在初定干部时和主管副书记研究，并叫上你的常务副部长，美其名曰是提供情况，并说你是部门一把手很多具体的情况可能不掌握，也会说这点儿具体小事不用麻烦你。让你去抓大事，这样就把你排除于中心之外。名单研究完了让你的常务副部长向你汇报，实际上是通报于你，你接到情况后，只能是憋气和苦笑外加无奈——书记、副书记都同意定下的事，你还能有什么意见，只能是执行而已。楼宇这么多年来就一直处在这种尴尬的地位上，许多案子在查处过程中大部分是开始电闪雷鸣，等一把手和主管书记叫上他的常务副书记汇报研究后，逐渐都变成了润物细无声，大事化小，小事化了。尤其是涉及地厅级以上干部的案子，各种干扰纷至沓来，纪检部门劳而无功，既得罪了人，还被群众唾骂，说："纪律检查像条狗，蹲在省委大门口。叫他咬谁就咬谁，叫咬几口咬几口。"同时他也看到，随着唯文凭论时代的过去，经济时代开始了，不实实在在地干几年经济工作，自己很难再上一步。他也曾趁省委主要领导高兴时委婉地表达过这个意思，却都被对方以各种理由搪塞过去，潜台词是你楼宇不一定有领导工农业生产的能力。

　　这次按照省防汛抗旱指挥部的分工来领导整个土龙河流域的抗洪，他责无旁贷。这种分工是几十年一贯制，是写入文件登在媒体上的，别人也抢不去。他心里很有些兴奋，仔细地研究了水文资料：泄洪量4000流量，河道行洪量3000流量，加上河道积淤和行洪障碍物的阻拦，实际流量最多能承受2500多。他相信人定胜天，自己如果能在十几个县的广阔流域里指挥一场超过行洪量而安全度汛的作战，无疑是显示了自己的能力，也为将来过渡到省政府工作增加一个筹码。所以，他从一出发就轻车简从，没有带上和水利有关的部门人员。在嘉禾县，楼宇看到钟灵和他领导的抗洪队伍，心里确实产生了激情，鼓荡了东风，仿佛又回到了农业学大寨时代满山遍野红旗飘、战天斗地夺高产的氛围中。要不是碍于身份，楼宇还真想甩开膀子，和民工在一起抡会儿大铁锹。

　　从嘉禾出来，进入嘉谷以后，他的心就有些凉了，眉头也微微皱了起来：激动人心的场面不见了，黑乎乎的大堤，偶尔有手电筒的闪光和星光下少数民工的身影，他预感到要出什么事。到了嘉谷县宾馆已是半夜，虽然消息灵通的方囊早已迎接在大门口，在高干楼摆下了丰盛的夜宵，并有一个小家碧玉式的年轻女人作陪，但都被楼宇冷冷拒绝了，张口就要河防图和民工配置情况，这当然难不住写了十几年材料的方囊。他把一张本县的地图挂在墙上，拿着教鞭，从土龙河的历史沿革、风土人情，这次抗洪的领导干部配备、民工的使用等滔滔不绝地讲了起来，在图上标着的村庄、大堤都变成了有血有肉的故事，那一连串枯燥的数字变成了生动形象的在河堤上和洪水做斗争的人群。方囊还没有讲完，县委办公室他最亲信的薛秘书慌慌张张地跑了进来，大声说："不好了，西历村决口了！"方囊手里的教鞭掉在了地上。楼宇脸色铁青，迅速地站起来在地图上查明了西历村的位置，让方囊马上派人去查清实际情况。

　　每临大事有静气，这是古训；谈话时让别人尽情地说，自己似听非听，抽冷子找准漏洞直插而入，这是纪检干部多年磨炼出来的功夫。楼宇表面上坐着纹丝不动，脑细胞却在高速运转：指挥一场胜利抗洪斗争的梦破灭了，怎么办？对，风平浪静显不出艄公的本领，沧海横流方显英雄本色。

听完实际情况的汇报后,他立即下达了命令:一、马上向省委报告,说嘉谷西历村段决口800多米,淹没良田万顷,围困村庄30多个,直接威胁下游的嘉米全县;二、向当地驻军求援;三、河海市政府主要领导马上赶往嘉谷,动员全市力量帮助嘉谷抗洪抢险。

有了现代化的报告传输手段,又是要救民于大水之中,楼宇的建议和命令立刻变成了现实。离嘉谷90公里的一座军营里,790843部队司马大校激动得直搓脸上的胡子茬。和平年代军人立功不易,这次终于机会来了。司马大校在作战室下达的"快集合,快出发"的命令话音刚落,嘹亮的紧急集合号声立刻响彻了军营的上空。司马大校迅速点了一个步兵师、一个舟桥团出发。车轮滚滚,脚步唰唰,步话机呼号声此起彼伏,一条绿色长龙在晨曦中向嘉谷县境奔去。

河海市的周市长也不含糊,站在机要局的电报机旁口述命令:嘉谷各邻县立即抽调五千民工支援嘉谷,限6小时内到达;市直各部门对口下去支援抗洪,3小时内到达;立即封存建筑工地所有沙石料等待调用,交通局组织所有卡车往嘉谷运送沙石料,交警支队对所有过往的外地卡车一律征调,运送一趟沙石料后凭证放行。

各路新闻媒体记者的鼻子比猎狗还灵,立即嗅到了嘉谷这个吃不好、喝不好、没玩头,平时下乡谁也不愿去的地方出了大事,很快通过当地的同学、老乡以及男男女女记者与党委、政府不同层次的官员的关系了解到了事情真相,敏感地觉得这里是出新闻的富矿,于是,手机、座机、网络忙成一团,大队人马直奔嘉谷而来。

和嘉谷相邻的三个县的村庄里,老槐树下,村干部在霞光里举起了小铁锤,久违了的原来生产队催社员上工的钟声响了起来,连那把锈迹斑斑的民兵军号也被人不着调地吹响了,精壮劳力们立即被编成了班、排、连,拖拉机、三马、摩托等五花八门的交通工具发动了,蜂拥出村,上大路,穿小路,走得更多的还是他们熟悉的能抄近道的田间路,一路上说着自己听到的关于发大水的小道消息,一路品评着路边的庄稼。当然,也有人借

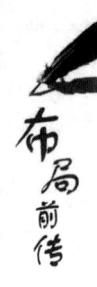

到地里方便之机偷两个西瓜，摘一兜子还青涩的苹果、梨来显示自己的身手，拿到车上给老少爷们儿解渴。

在通往嘉谷的公路上，各种从省城、河海市出发的车辆在疾驶，各路大员在轿车上或吸烟或透过车窗欣赏初秋的田园景色，有人思索着这次下来要待多长时间，有人猜测单位上的对手会搞什么名堂；在司机副座上的办公室主任或秘书则忙着给嘉谷的对口部门打电话，快速地通知对方来的是局长还是处长，共几个人、几点到、食宿怎么安排等。

嘉谷，这个名不见传的小县，这个不到5平方公里的小县城，不到两万居民的弹丸之地，瞬间成了焦点，似乎什么稀世珍宝被发现了，成了人们向往的地方。各种车辆的长龙，各种来路的人，在青纱帐和绿树掩映的道路上时隐时现，目标只有一个——嘉谷，一窝蜂似的向前包抄。

果然不出张二牛所料。

楼宇带着各路大员看完决口情况后，在宾馆会议室召开了紧急会议。他当仁不让地坐在了长方形会议桌的顶头，两侧排头的是周市长与司马大校，下面依次是省里的厅长，市里的局长和嘉谷县委、县政府的头头。没有过渡，楼宇开口就宣布了省纪检委的决定：鉴于嘉谷县副县长石三柱和张二牛在抗洪斗争中的严重失职渎职行为，给人民的生命财产造成了不可估量的损失，从即日起对石三柱实行双规，张二牛停职检查。随即二人被早就等候在一旁的纪检人员带了出去。

临出去时，石三柱用乞求的双眼看着于茂盛，于茂盛装作喝茶低下了头，张二牛则用期盼的目光和柳枫对视了两眼，并用手暗地里指了指靠门边坐的一位戴着深度近视眼镜的老者。一向在公共场合低调的方囊坐在于茂盛的背后，一直紧盯着张、柳二人的眼神和肢体语言的交流。

屋里静得很。楼宇威风凛凛，像一个即将要指挥一场大战役的将军站了起来，拿着可以伸缩的绿色指挥棒对着身后地图上圈了大大的黑框也就是大堤的决口处说："同志们，刚才，可恶的失职渎职分子已经被清理出去了。我想，谁也不愿步他们的后尘。现在，这个决口涌出的洪水正在吞噬着人民的生命财产，我们要以高度的政治责任感，以对人民负责的精神，把决口堵上，把洪水控制住。请大家出谋划策。"

周市长首先发言，他说市里按照楼书记的指示，估计3天内能调来沙石料8000立方、民工1万多人，时刻听从指挥部调遣。他是个官场老油子，能做到市长，基本上也就是百炼刚化为绕指柔了，人脉关系、信息渠道自然不简单。他早就从不同途径了解到了楼宇的情况、处境，并推测了这位领导的近期心理活动，因此在查看决口处就成立指挥部谁挂帅的问题上自己首先谦让了，特别是楼宇说"你是当地的最高行政领导，该是你"的时候，他说："楼书记啊，我是学工的，不像你啊，在基层真杀实砍地干过。你拿出当年造梯田的一半威风就把事办了，何必为难我们这些外行小喽啰啊。"说得楼书记表面上说他推脱责任实际上心里很受用。

司马大校豪爽地站起来，"咔"一个立正，向各位敬了军礼后铿锵有力地说："军人以服从命令为天职，我的一个步兵师、一个舟桥团指战员共6219人时刻听从指挥部的命令，希望把最难、最险的任务交给我们。"

于茂盛这会儿又悔又恨又害怕，知道自己只有服从的份了，连连说自己也有疏忽，感谢上级的支援，坚决服从楼书记、周市长、司马首长和各个上级领导的指示。其他的大小官员也同样表态，一致拥戴楼宇为堵决口指挥部总指挥、周市长与司马大校为副总指挥。

楼宇毕竟在政治旋涡里多年，自知之明还是有的，知道自己那点儿修梯田、造台田的本事在这里是用不上的，而且近20年来一直在党内做纪律工作，从来也没有治河抗洪的经验，便大声道："水利部门讲一下堵口的具体施工措施。"

"我的意见是决口不用堵，堵是劳民伤财。"刚才张二牛指给柳枫看的那位头发花白、戴近视眼镜的老者镇定地说。

此言说出，满座皆惊。楼宇霍地站起来："你说什么？你是干什么的？你把人民的利益置于何处？"连问三声，如连珠炮。"不堵决口，让我的部队来干什么？"司马大校也不满地质问。

周市长向楼宇耳语。他认识这位老者。老者早年毕业于清华大学水利工

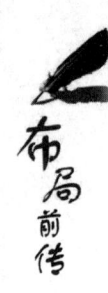

程系，现在是省水利局的副总工程师，也相当于副厅级。这次开会楼宇要求除嘉谷县委的领导班子外，省直部门一律由副厅级干部参加。先来的那两个处长被划在了圈外，只有他才有资格进来。

"向总工，省委领导站得高看得远啊。对领导决定的事可不能随便反对啊。当然，也可以讲讲理由嘛。楼书记这不是在发扬民主嘛。"周市长和善地看着他，并眨了眨眼睛。其实，他根本不知道这个决口该不该堵、怎么堵，但作为一个统管全市经济与社会发展的最高行政长官，他对钱是很敏感的，上万人的衣食住行开支最终还得地方承担，虽说部队有军费，但那只是说说而已。

他刚上任那年，一个搞非法集资的老板的姘头在老板跑路去内蒙古后，锛儿都没打，转身就跟做裘皮生意的老头子混在一起了，缠着周市长给新金主大开方便之门。当时市里接待一个在当地打过游击的老将军，老将军带着老婆、女儿、儿媳妇、孙女、秘书、参谋、警卫、保健医生、护士一大帮人，在河海市政府招待处最豪华的贵宾楼住了3天，游遍13个县。他特意引导往南边盛产裘皮的县参观，特意引导往那个裘皮厂走，打算帮那个风骚娘们顺手对接一个高端资源。那个娘们送过他据说从坟里挖出来的上了年头的酒，即便他好酒，但对着外观像棺材一样形状的酒，自然吓得没敢喝。这次他打算还了这个人情。哪知老将军的女儿和儿媳妇趁老将军上厕所时试穿了两件单价23万元的紫貂皮大衣，而后装进了奔驰车的后备厢里。自然不是买，是拿，白拿。加上紫貂皮大衣的钱，那次共花接待费60多万，疼得他心里直打哆嗦。他抱着一线希望，傻乎乎地让秘书长问问可否结算一部分房费。将军的秘书回说，首长的一切开支都可拿单据到中央军委报销。秘书长把紫貂皮大衣的钱开到了房费、车费里，傻乎乎地到了北京找中央军委，都说不知道地址，结果找到了挂着长枪短炮、岗哨林立的国防部大门口，人家连门也没让进。

向总工可不惧楼宇的官威，也不搭理周市长的好心提示，说："我是个技术人员，说话的依据是数据和实际。我刚才测量过了，决口处的流量没有增加，相反正在减少，由开始的621个流量减少为620.5个。也就是说，在开口的将近5小时里,每小时减少0.1个。这说明上游的放水量正在逐渐减少。这是其一。土龙河决口处的下游是嘉米县一个叫东大洼的地方,是附近方圆300平方公里内海拔最低的地方。根据我10年前的实地勘察,那里人烟稀少,基本没有村庄,是一片荒凉之地。现在怎么样,需要问地方的同志。如果万幸,那里是能盛800万到1000万立方水的。这是其二。决口处的土质结构是沙质土,不易聚合,同时决口的堤线过长,达到了800多米,从理论上讲,是应该放弃封堵的。封堵不仅耗费的人力、财力、物力过大,而且也没有成熟的技术。这是其三。"说完,他正襟危坐、目不斜视。

"按你说,上游的泄洪现在停止了?那也应该先告诉我啊。按你说,淹没在大水之中的老百姓就应该困守在孤岛上,过着没有吃、没有喝的日子?按你说,受淹群众辛勤一年的劳动成果就应该在水里浸泡发霉烂掉?按你说,下游的经济就10年没有发展,党中央建设农村小康社会的方针政策在那里没有贯彻到了?"楼宇以纪检干部的机警一下就抓住了谈话漏洞,两眼逼视着他讥讽着,并继续道,"我也崇尚科学,科学工作者首先是要有良心,这个良心首先体现在对人民的爱上,这就叫讲政治。一个对人民的安危麻木不仁的科学工作者绝不是我们党所欢迎的。"刚才他通过周市长得知姓向的是无党派人士。

一说到政治,老工程师没词了,脸憋得通红,双手不停地敲击着椅背,全身在微微地打着战。

柳枫觉得如鲠在喉,全身的热血在加速奔腾,在往上涌。他平生最瞧不起在他面前挂着大学生牌子的那批工农兵学员;最看不上不懂形式逻辑,反驳对方偷换概念,把内容引向歧义狐假虎威的诡辩者;最鄙视纪检委里个别以整人为乐趣的党内恶棍。看着老工程师受辱的样子,想着通过林黑根问到的水库的情况和开会前让张二牛的秘书和自己的司机紧急下去调查的实际结果,思考着自己到嘉谷半年多来做出的成绩,一种责任感油然而生。他知道,在机关,不管有些上不得台面的人在下边怎么钩心斗角、尔虞我诈,最后决定胜负的战场是在会议桌上,结果在文件上。他努力压住

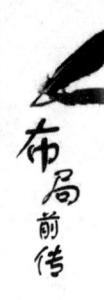

怒火,深呼吸了两下,迅速调整思维、理清思路,举手要求发言。

"第一,今天早晨,我从某种可靠的渠道得知,如果上游不再有大雨,泄洪很快就会停止。第二,我搞了调查,决口处的下游正如向总工所说,是嘉米县的东大洼,近年来发展的是芦苇种植,数年干旱,长势不好。目前土龙河跑出去的水80%以上正好浇灌那片土地。第三,这次受洪水围困的村庄共有6个,大约4000多人。本县的农民全年人均农业收入是500元,麦季是350元,秋季是150元,共计损失60多万元。如果封堵决口,成本将是这个数字的百倍千倍。经济学上有个概念,叫比较效益。我想,大家不用细算,也很明白了。至于受围困的群众,我觉得可以让解放军的舟桥部队把他们接出来,妥善安排生活,找些生产门路,帮助他们搞好生产自救。"柳枫条分缕析,朗朗说道。

"什么,你让我的一个师撤下来,只用几个舟桥连队?"司马大校急眼了,"放着这么大的决口不堵,我们部队来干什么?我们怎么向军区、中央军委交代?调动一个师,是需要总参批准的。我们这支部队是从井冈山走出来的,参加过二万五千里长征,在晋西北打败过板垣师团,解放了两广,在广西十万大山里剿过匪,在上甘岭战役中爬冰卧雪,从来没有在敌人面前屈服过。现在,洪水正像敌人一样围困着人民、扫荡着群众,难道你让我们这支人民的子弟兵袖手旁观吗?我们这支功勋部队能在小小的洪水面前打败仗吗?"

"大校同志,继承光荣的革命传统主要是发扬精神的内核,不是无谓地蛮干。历史是先辈创造的,那时既没你更没我。《孙子兵法》曰'上兵伐谋''其下攻城',要讲科学。"柳枫看着这位直率军人立功心切的样子,听着他那不着边际的大话、空话,不客气地顶了上去。

楼宇简直气晕了,"啪"地拍响了桌子,声色俱厉地说:"你是谁?干什么的?还讲不讲政治?"

"政治,政治就是办好民众的事,是发展生产力,要讲科学发展,贯彻好省的原则,不是阶级斗争理论,那个时期已经结束了。"柳枫面对强权与无知,有点儿豁出去了。

楼宇听了秘书的小声报告，换了一种声调："我说是谁呢，原来是柳大秘书啊。大才子何时来这里做了七品官啊。"

"不是七品，是七点五品，或者叫从七品和副七品，比八品大一点点儿。"柳枫的话中暗含讥讽。

楼宇在省委机关，自然知道柳枫的才学，只是没见过面或者是自己没怎么注意他而已。经验告诉他，文人都有臭毛病，清高、自负，有时候胆子大得出奇，有时候胆子比老鼠还小，有时候心眼比筛子还多，有时候又傻乎乎地认死理。在官场上要是撕破了脸，和这种舞文弄墨的家伙斗嘴是没有什么好结果的，这种专干完善、延伸、论证领导思想的刀笔吏，换位思考的能力惊人。看柳枫那条理清晰的发言与无所畏惧的样子，是把这里当成了苏格拉底的辩论场。和这种人对阵，尤其在这种公开场合硬性压制，只能是自取其辱，损害自己的威信。这类人虽然身在官场，但并不真正了解官场的奥秘。别看他们在领导身边，夹着小皮包，里面装一沓纸，不少于三支笔，总谦恭地迈着小碎步，和领导保持着微妙的距离，随时可以退后或上前提供各种现场服务，阳刚之气退化，阴柔之情毕现，表面上唯唯诺诺、轻手轻脚地进入各种形状的会议室，老老实实地列席各种高规格的会议，自觉坐在后排最不显眼的地方，一言不发地做记录，实际仗着自己多读了许多书，对什么都冷眼旁观，让他们瞧得起的人很少，甚至是自己直接服务的领导。他们一旦有了掌小权的机会，特别是认为自己手里有了真理后，头脑就开始发涨，就认为成了康有为、梁启超的弟子，什么为民鼓与呼、为民请命、为民做主各种乱七八糟的东西就全来了。对付这类人的办法是：冷处理，在心里记住他，牢牢地盯住他，找机会下手毫不留情地收拾他。

毕竟自己的理想与目的要紧，楼宇狠狠地瞪了柳枫一眼，收回对峙的目光，正色道："刚才收到省气象局的汇报，近几天土龙河流域还有大雨。我来指挥土龙河流域的抗洪是省委的决定。决口了，不堵上怎么向省委交代？这是政治问题。再下雨，老百姓就会遭受更大的损失。我们的责任，是向人民负责。为官一任，造福一方。现在，党和人民考验我们的政治责任感，

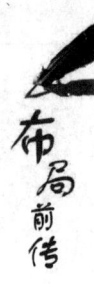

体现我们为民服务能力的时候到了。我宣布,全体开赴前沿,各部各就各位,团结奋战封堵决口!"

会议就这样散了。柳枫发了半天呆,最后一个出了会议室。楼宇、周市长、司马大校等人在众人的簇拥下早先行而去。楼前的广场上空荡荡的,只剩下了他的一辆车,也没人分配他什么事。他感到非常孤单,只得回到了自己的防守段上。

十四　"地头蛇"可以怠慢，但绝对得罪不得

于茂盛书记在寻找自己的位置。部队上去了，外县来的民工也上去了，周市长亲自担任了施工总指挥，带着省、市水利局的人组织上万战士与民工，把无数辆大卡车运来的沙石料装进编织袋里，往滔滔的洪水中投掷。自己干什么呢？问计于方囊，方囊的眼睛闪烁了几下，给他讲了一个故事。19世纪，美国西部的加利福尼亚州发现金矿的消息被证实后，全国沸腾，东部的人们疯狂了。海员把船只停在了码头上，农民抛下了即将收获的谷物，士兵离开了营房，公务员离开了写字台，甚至连传教士也抛弃了他们的布道场所，无数人带着工具、干粮、帐篷渡过萨克拉门托河向内华达山脉进发。有一个聪明人在河边停住了。他看到疲惫不堪的人流，随即在一个小桥旁盖了几所房子，办起了一个旅店和修理厂，供人们歇息吃饭，并修补破损的鞋子。最后规模越来越大，成了前去淘金者来往住宿、休整的最大驿站。结果呢，他比成功的金矿主挣得还多。

"对呀。"于茂盛摸着大脑袋想了想，一拍大腿。他又想起了老爹于老四跟他说过的话，"狼恶，虎恶，不如饿恶；千舒服，万舒服，不如眼前吃得舒服、住得舒服"，就立即和周市长请示，召开了县粮食、供销、商业等部门头头的会议，成立了后勤总部，动用了多年积攒下的资源，从市宾馆借来了服务员、知名的厨师，把高干楼的设备里里外外换了一个遍，摸清了各个领导的口味，定了专门到外地采买食品的车，让领导从工地上回来就能洗上热水澡、吃上可口的饭、看到女孩子的笑脸。

领导的问题解决了,其他人呢?自从洪水决口以后,嘉谷县来的人可真是太多了,省里的、市里的、检查的、采访的、慰问的、救灾的、采风的,宾馆爆满,旅社爆满。好在是初秋天气,不冷不热,人们对住宿不怎么讲究,而吃饭是第一位的。于茂盛和方囊一琢磨,从市劳动技术学校借来了即将毕业的烹饪专业两个班的学生,宾馆大小厨房全天候煎、炒、烹、炸、煮、蒸,大小餐厅24小时营业开流水席,随来随吃,吃完签字抹嘴走人。粮油副食一切供应,由加入了后勤总部的县直职能部门无偿提供。

就在于茂盛为这一切忙碌的时候,县城里发生了离奇的案件:几个在荣誉军人疗养院整天好吃好喝,下棋、散步、聊天的老八路深夜袭击了一个小饭店,把店主夫妇绑起来臭揍了一顿。

出事的小店名叫"河边人家",位于西历村开口处以西3公里,紧靠县城通往北面的公路旁,挨着南大堤。一圈用土墙头和圪针、刺槐围起的庄稼院,三间坐东朝西的白墙黑瓦的大瓦房,房前是百年的老堤柳,屋后是高高的钻天杨。店主叫陈六两,老婆叫武八张,这当然都是诨名。这姓陈的长长黑脸眯眯眼,矬墩墩的人不大,但人称两头大,一是脑袋大,会算计,二是下面大。按他自己的话说,下面长得很雄壮,足有六大两,当然是自我吹嘘和夸张,不过精明会算计倒是真的。小时候家里孩子多,父母响应毛主席号召大养猪,命令孩子上学时每人带一粪筐,放学后到河滩上打猪草,并论功行赏,谁打得多就多给一个馒头吃。陈六两到了地里,一个人跑得远远的,先用小树枝在筐的半截腰悬空编一张网,而后再往上放打来的猪耳朵草、曲麻菜,自然高出筐沿很多,晚上吃饭时照例比别人多领一个白馒头。他总是骄傲地昂着头看着吃窝窝头的姐弟,等大家都吃完饭,高高举着白馒头,一点儿一点儿地揭着皮吃,馋大伙。

陈六两长大后参加了公社的打井队,在离城30里的武官寨作业时,不知用什么手段把村里派给他们做饭的胸胀欲满、高高大大如一只熟透了的苹果但脸盘特秀气的人称"武媚娘"的姑娘搞到了手。当地人有个说法,叫吃了娘家的饭胖一半,而这位武姑娘,不是胖了一半,而是胖了几倍,浑身暄暄腾腾像个刚出炉的大白面包。根据几个坏小子讲：夏天月挂树梢的晚上，他们曾爬到白杨树上看他两口子干那事。姓陈的果然不同凡响，下面和他身上一样黑，没有六大两也有半斤多，像头老黑猪压着一头大肥羊，吭哧吭哧喘气像拉风箱；底下的大肥羊也不含糊，大腿嫩得像糊窗户的粉连纸，下面一次得垫八张吸水的麻刀纸。从此，"武媚娘"变成了"武八张"。两口子不仅上得了炕、床，也下得了厨房。这几年，凭着天时地利，把卖包子、馒头、面条和柴火铁锅炖小鱼、杀猪菜的小饭店经营得红红火火。当然，也少不了缺斤短两，尤其是碰到外地客商，坚决要狠狠地宰一刀。有气不过的要理论几句，陈六两就当黑脸，和人家隔着柜台使劲地嚷嚷，武八张则当红脸，到柜台外面挺着一对大乳房给人家蹭痒痒，慢声细语地说："一看你就是大老板的福相，哪里像我们这穷家小户的抠门，在乎这几个小钱。我们掌柜的是个猪脑壳，经常算错了账。行了，行了，下次来我准给大哥专门熬一碗营养汤，喝了管事还不要钱。"看在那对大奶子的分上，对方往往不了了之。时间长了，人们就编了几句顺口溜："长长的大堤旁，几棵大白杨，齐齐整整的庄稼院，三间大瓦房。陈六两，武八张，两口子唱双簧，坑了你的钱，短了你的两，你嘴还没法张。"

这次部队来抗洪，出发急，给养车没跟上来。战士们一路急行军，快中午的时候，人困马乏，后勤部门给每个人发了一包压缩饼干。由于首长和地方官员在宾馆开会，任务一时下不来，各连队就在路边休息待命。有两个东北来的兵在家干的是出大力气的庄稼活，吃的是猪肉炖粉条、大馒头的大锅饭，小小的一包压缩饼干进肚后，实在是饿得慌。两人一挤眼，向班长请假说是去小解，来到了"河边人家"，一看有铁锅炖杀猪菜、大馒头，高兴坏了，当场要了一锅菜、六个大馒头，刚要吃，陈六两过来说："小同志，我这里可是先算账，后吃饭。""几个馒头，一锅菜，能值几个钱？""值几个钱？也不看看是什么时候。"陈六两哼哼着说，"馒头两块二一个，菜一锅七十。"一个东北兵急眼了："干啥呀，宰人呢？"

两人急忙翻兜，一来出发得急，二来都是农村来的，平常津贴都寄回家了。凑了半天，连毛票算上，才有五块多。一分钱难倒英雄汉，两人只得

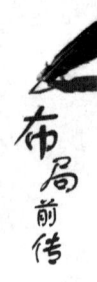

认倒霉,说菜不要了,只买两个馒头。陈六两说:"你们想得美,我做好的菜卖给谁去?这大热天的,一会儿就馊。解放军可是不拿群众一针一线的,你们这是违反了纪律的。"说着,粗墩墩的身子挡住了门口。两个战士好说歹说,就是不行。最后还是武八张出来拿走了小战士所有的钱,给了他们两个过了夜的凉馒头。

两个战士啃着馒头往回走,边走边骂:"这个地方的老百姓真不是玩意儿,还是革命老区呢。"这话正好被出来溜达的老军人尹大个听见了。此公虽是本地人,但从小就跟父亲下了关东,在那里参加了抗联,而后因所在部队被编成了解放军的四野,便跟着打到了南海边陲,又回师长白山,渡过鸭绿江,挨了炮弹负伤回到了家乡疗养。他和几个老家伙下棋,一上午没赢,心里正烦闷,听说来了部队,顿生亲切,赶紧出来看看。听了小战士的话他不高兴了,拿出了昔日训练场上军官的威严,厉声喊道:"立正!"两个战士不由自主地站得笔直。他过去说:"你们两个新兵蛋子胡呲什么!这里是抗日根据地,贺龙元帅都来过。曾为掩护八路军两个战士,一村人都被鬼子打死了,你们知道吗?"两个战士一看他那威势,再看他那身马裤呢的旧军装,知道遇上了老革命,连忙敬礼报告了事情的原委。尹大个听了以后怒不可遏,说了声"你们等着",大步流星地往回走。

疗养院也建在这绿树成荫的大堤附近。一会儿工夫,他就从伙房里拿来了十来个大馒头,拔了几根大葱,又跑到路旁的小卖部跟那个中年妇女店主说要10根火腿肠,要最粗最大的。中年妇女说:"好,共90元。"尹大个愣住了:"怎么,原来不是4元一根吗?"中年妇女说:"我的老英雄哎,人家的馒头都两块多了,那是麦子面,我这可是肉啊。"说着,小嘴往"河边人家"那边努了努,双下巴上的一堆肥肉一抖一抖的。尹大个看着两个小战士稚气的脸和因为急行军累得疲乏的双腿,摔下了100元,听着公路上紧急的集合号声,赶忙把食物塞到东北兵手中。他气呼呼地往北边"河边人家"小饭店走,走着走着又停住了,回到了疗养院的小花园。

"怎么,跟师傅学徒去了?再来一盘。"胖胖的老苏头和瘦瘦的老侯头坐在树荫里敲着棋子笑眯眯地说。"下你丈母娘个蛋,气死我了!"尹大个上去一脚踢飞了棋盘,棋子蹦蹦跳跳地散落了一地,骨碌骨碌地在碎石甬道上向草丛里跑。

两个老头一惊。当年的突击连连长老侯头腾地一下站了起来,脸上的青筋暴起。但当过副政委的老苏头沉得住气,连忙拉二人坐下,对着尹大个说:"参谋长,别着急,有什么事慢慢说。"同时对着老侯头训斥道,"侯连长,坐下,执行命令。"军人就是军人,命令永远是有效的。

没等尹大个说完,侯连长就跳了起来,大声喊道:"走,我们到县委、县政府去告他!""慢。"苏副政委拦住了他。一来他们虽然是荣军,但与地方政府没多少关系,也就是建军节或者春节时县里的头头脑脑象征性地来慰问一下,说几句场面的拜年话而已。二来同在一个城里住着,老军人们没事又愿意到处溜达,街谈巷议自然听了不少,对于茂盛他们的执政能力和办事规则也有个大概了解。"这种事别说没有直接证据,就是有了,你到衙门口去也见不到掌权人,顶多是下边信访办的普通干部看在你这身旧军装的分上,跟你说几句好话,敷衍了事。"听了老苏头的话,尹大个说:"我也是这么想的,要不我刚才早把那个什么陈六两的黑店砸了。所以,"他把两个老战友叫到一起,耳语,"我想……"

下午,几个老军人破例地脱掉了旧军装,穿着便衣在嘉谷县近两年建成的繁荣街一带农贸市场转悠起来。真是不看不知道,一看吓一跳。洪水决口仅一天,物价涨得比水跑得还快:一个馒头两块二;黄瓜一根一元;鸡蛋论个卖,一个一块二;包子个小不说,过去一斤八毛,现在论个出售,一个五毛;康师傅方便面竟然六元一包。"真是前方吃紧,后方紧吃啊。黑心贼发国难财!"几个老军人愤慨不已,高声叫骂,引得路边的小商贩们或给予白眼或哈哈大笑,也有几个犟种跟他们抬杠,说:"我们也就是这几天来水了赚点儿,城里人来多了才有点儿便宜买卖做。再说,也不是赚的嘉谷老乡亲的钱。你去打听打听,涨价前哪家哪户不存了米面?我们可比那些当官的天天月月受贿有良心多了,那可是嘉谷人的血汗啊。"也有的说:"咱再赚也没那陈六两、武八张赚得多啊,人家那儿靠近大路、河堤,来往的部队多、民工稠啊。""不,人家还有那一手呢。"一个男商贩对着一个女

161

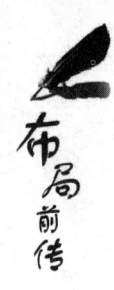

商贩挤了挤眼,上身晃了晃。女商贩立即红了脸,啐了他一口说:"叫你媳妇也去啊,可惜她那里是个小瘪土豆,不是山包包。"

是夜,土龙河上空变得阴沉起来,一块块浓重的黑云从西北方不声不响地压了上来,慢慢地碰撞、融合。随着一道刺眼的闪电划破黑暗,雷声在长空响起,瓢泼大雨从天而降,白色的雨雾笼罩了天地间的一切,冷雨像鞭子一样抽打着旷野里的一切生灵。

"河边人家"的大瓦房里,店主两口子早早关了门。洗完热水澡的武八张听着房顶上雨点打在瓦上砰砰的声音像是下金豆子,趴在床上数开了钱。她只穿着条大花裤衩,晃着两个大奶子把钱匣子倒在床上一五一十地数了半天,高兴得大叫:"你说咱们今天赚了多少?整整1200啊!""我那裤子后兜还有300。"正在床下擦身子的陈六两说。"好啊,你还私藏啊。""胡说!那两伙外地民工不是一伙急着要馒头一伙急着要包子,咱俩不是忙不过来,我顺便塞的吗?""哦。"武八张一边应着,一边把他裤子里的钱找出来,又趴在了床沿上。擦干身子的陈六两看着肥硕雪白的大屁股,上前扒掉大花裤衩,一下把她翻了过来。

别看武八张胖,身手却很敏捷。她一个就地滚,闪开了他,说:"先别闹。我跟你说,就这赚法,老天爷再下几天雨,河里的水走慢点儿,咱要有一个月的好运,可就真有钱了。"她仰面朝天看着用苇箔做的顶棚憧憬着,"那时我就得先到河海,不,直接去北京,咱们俩先吃全聚德的烤鸭。对了,得给我娘带回一只来。后去西单、王府井,还有什么蓝岛、赛特买东西。我要买三十套最时髦的衣裳,一天换一身,一个月不重样,气死你姑家那个小表妹。那个小浪蹄子觉着嫁了个银行行长,天天穿金戴银地馋我。我再买四个大金镏子、两对金耳环,把我这头发烫一个大飞机头。"说完,看着一旁一只手拨弄着自己下面一只手抠着脚丫的陈六两说:"你要有了钱干什么?"陈六两乜着眼看着她的小腹,坏笑着说:"我呀,有了大钱后先休了你这头大肥猪,再娶个清清秀秀的大姑娘,再尝尝那味道。不过,今天晚上还得用你去火。"说着扑了上来。"好啊,你这没良心的东西,花花肠子还不少啊,看老娘怎么治你。"武八张晃开五爪金龙,迎了上去。陈六两不慌不忙,两手一揽,把她的两条粉臂抓在了自己一只手上,顺势压了上去,底下也就有了着落。多厉害的女人,大概都怕这一着,手脚立刻软软的,没了战斗力。

两人刚到得意处,忽然听到紧挨着门市的地方传来一声好像鞭炮的炸响,紧接着连续扑通扑通两下响动。陈六两拔枪操棒,披上一件一个外地民工用来换馒头的雨衣,拎着一根常年放在门后的老榆木杠子跑了出去。在昏黄的门灯照耀下的雨帘中,两个布袋躺在院子中央,口摔开了,大白馒头滚在雨水里。陈六两心疼得叫了起来:"是谁这么缺德从我的储藏间里把馒头扔出来的啊,这是我的命啊,是钱啊,一个两块多啊。"又骂道,"大黑,你这个畜生跑到哪儿去了,下雨也不能躲在窝里不出来啊,白天白喂你三根大骨头了。"再往狗窝那边一看,不禁打了个寒噤:大黑狗倒在了篱笆墙旁边,头顶流出了一条细线似的污血。

他急忙把雨衣盖在馒头袋子上,向黑狗跑去,一边朝屋里喊:"别他娘的在屋里发浪了,快出来拾馒头!"正在兴头上的武八张对他突然抽走很不满意,但一听到"馒头"两个字立刻来了精神,那是钱啊。她套上大裤衩,没穿上衣就往外跑,谁知道刚出门要下台阶的时候,电灯突然一下子灭了。天地间昏黑一片,她一脚踩空,摔在了泥水里。还没等她"哎哟"喊出声,一个瘦小的身影就把一团毛巾塞到了她嘴里,将一个黑色的塑料袋扣在了她头上,一条沾着水的长绳随后在她肥胖的身子上绕了好几圈,将四肢缠了个结结实实,末了,还在她屁股上狠狠地踹了两脚。武八张以后就什么也不知道了,但从最后的意识里明白,那根长绳不是农家用的麻绳,是带子。

那边陈六两也没得着好,在黑灯的那一瞬间,老榆木杠子被人夺走,一个大个子蹿上来,上锁喉,下踢腿,疼得他跪在了地上。同样,一双臭袜子以迅雷不及掩耳之势塞到了他嘴里,一个大黑塑料袋当空罩下,他也被绳子四马攒蹄地从上到下捆了个密不透风,像只大黑粽子一样被横放在了雨水里。对方似乎还不解气,抡起老榆木杠子敲了他的脚踝几下,疼得他

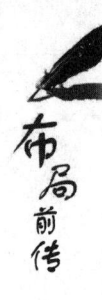

直掉眼泪又喊不出声。对方显然是打人的内行和高手。

高高白杨树下的小院又恢复了平静。天色微明的时候,雨住天晴,卸下了负担的黑云有序撤离,班师回营。湛蓝的天空上晨星闪烁,戏耍地眨着眼睛,看着人间发生的一切。

直到阳光灿烂,院子里的泥水被晒得干一片湿一片,两只粽子才艰难地滚到了一起,又撕又咬,折腾了老半天。互相解开后,两口子连忙向公安部门报了案。

让公安部门最头疼的还不是因哄抬物价引起的寻衅滋事——谁让人家是来无偿干活的,受了气,惹得老年人跟着发点儿脾气也情有可原——多派几个交警,让外地车先过,领导的车先走,记者的车优先,疏通道路障碍和制止哄抬物价就可以了;最让人头痛的是从河道开口的第二天下午起,路上的障碍不再是车,而是人,而且是本地人。

多年干旱的地区,突然来了一股子大水,激起了老百姓对水的向往,开启激活了祖先逐水草而居的本性的记忆密码。听说多年干枯的土龙河里有了水,那15里宽的河面浩浩荡荡、烟波浩渺,家里的老人坐不住了,或中午聚在乘凉的树荫下,或在家里的饭桌上,给年轻人讲当年大河水波汹涌、帆影桨声、鱼跃虾蹦的盛景,以及自己血气方刚时捕鱼捉蟹、戏水行船的趣事,激起了年轻人的向往,再加上几乎家家都有在堤上出工的亲人,人人都想去看看。于是,年轻人骑着摩托,中年人开着农用车,还有的套着毛驴车拉着老头、老太太,后面跟着看家狗,顺着仅有的两三条小公路、无数多年不走的田间小路,甚至有的从庄稼地里抄近路,人喊马叫,熙熙攘攘地向河堤奔去。

乡下的小毛驴、看家狗活动地域窄,见的世面少,没见过这么多车、这么多人,狗前后左右地乱跑乱叫,驴子则畏畏缩缩,在主人的驱使下一会儿东一会儿西地乱走。在通往大堤决口处的两条主干道上,警察刚刚排好了各种车辆的前进秩序,只听一阵吵嚷声,驴嘶、狗叫、人欢笑,一群老百姓从田间小路、从庄稼地里冒了出来,立即塞满了路上的各个空隙,搞得谁也动弹不得。警察上前驱逐、呵斥、疏导，累得满头大汗。这些警察都是本地人，县域不大，闺女很少外嫁，亲戚都离得不远，有的认出了自己那常年不出门多年不见的老姑、老姨、老舅、老表叔，赶紧上前问安，并劝说他们赶快离开。谁知道这些老家伙非但不听，反而摆起了长辈架子，乱喊着"二狗""小栓子""三胖子"等别人不知道的小名，叫自己吃官饭的亲戚把那些车辆赶走，让自己的老眼看看那多年不见的大水，也在乡亲们面前露一回脸，显摆显摆，弄得这些警察哭笑不得、愁眉苦脸。公安局局长也气得直骂娘，只得增派警力，把刑警、巡警、治安警全部拉了出来，去围追堵截在青纱帐里乱窜的老百姓。副局长郭长来就是在这个时候征得柳枫跟局长同意，被临时抽到县城维持治安的。

　　郭长来带着两个警察到"河边人家"一看就笑了，立即断定是荣军疗养院的老军人所为。大概是当惯了正规军，既没有山林草寇的狡猾，也没有打家劫舍的技巧，作案后留下的破绽太多，非常明显。首先是那条大黑狗，脑壳上一枪毙命，用的是实心教练弹。枪是20世纪30年代德国造大镜面二十响驳壳枪，是张学良创建东北空军时随着容克飞机一起买过来的。此枪在嘉谷只有一支，属于老抗联出身后为志愿军781团参谋长尹大个所有。因他在战场上立过一等功，按当时的规定，转业时可以带上一件心爱的物品，他就要了曾经跟随自己好几十年的这个老伙计，并带了一盒教练弹。这个，公安局有登记。枪法之准，也非他莫属。警察搞短枪射击训练，多次请他去当教练。他根本就不相信什么三点成一线的瞄准法，拿出自己的大镜面压满子弹，甩手就打，发发中靶，次次十环。天上飞过乌鸦，他一甩手，枪响鸟落地，过够了枪瘾。他还拿出来当年大比武时军区报一个记者为他写的顺口溜："神枪打断了电话线，神枪拦住了鸟归林，神枪打死了兔子一大群。"看得警察们大眼瞪小眼，直吐舌头。其次，他们捆人用的是部队独有的背包带。把陈六两两口子捆成粽子的黑塑料袋上还印着荣军干休所"垃圾袋"的字样。

　　郭长来到了干休所，三个老军人竟然供认不讳，说明原委，拿出全城食品涨价的明细表和证据，口口声声说这是为民除害、杀一儆百，在这次战

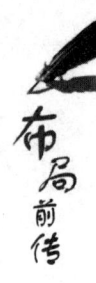

斗中活学活用了毛主席的军事思想和林彪总司令的战略战术，先是引蛇出洞，而后切断照明，围点打援，剪其羽翼，直擒真凶。最后他们要求主动投案，跟着郭长来去看守所，将案件公审。他们要把嘉谷刁民乱涨价、发国难财、坑害解放军、政府不作为的事实公布于众。三人对警察伸出了双手，让他们戴上手铐。

郭长来哪敢惹这帮祖宗，装模作样地说了几句就赶紧出门给局长打电话。局长正指挥着部下在庄稼地里和老百姓捉迷藏，听到报告一屁股坐在了田埂上的一棵蒺藜上，疼得一龇牙又赶紧站起来，想这事是个烫手的山芋，一边摘着屁股上的蒺藜一边倒吸着凉气说："人可不能抓。我这里正忙，你赶紧向方主任汇报。"他知道，"河边人家"的刁民店主和方囊的老婆沾着点儿亲戚关系。有好几次，公安局向于茂盛要钱的报告都被这个当主任兼军师的小子偷偷地压了起来，可不能因为这事处理不当得罪他。

方囊听了郭长来的汇报觉得此事非同小可，立即报告了于茂盛。于大头这几天总是坐卧不宁，烦得很。他听了老神仙的话躲到了北边，却没有躲过西边，西边来的洪水冲走了自己的升官梦。自从楼宇自作主张让张二牛停职检查后，当天晚上自家的后窗户就被远处飞来的砖头砸坏了两块，半夜院子里多了好几只死耗子，第二天早晨大门上被抹上了一堆黄屎。老婆在电话里连骂带哭地告诉他的时候，他不用猜就知道是张二牛安排县里遍布各个角落的拐弯抹角的亲戚们干的，但绝不是出于其本意。那些人弄不懂共产党的规矩，认为停职就是不让干了，意味着从此没人护着他们了。熟读护官符近几年又悉心钻研权术的他深知张二牛是真正的地方实力派，是地头蛇，是乡绅、豪绅也是劣绅的结合点、混合体，可以怠慢，但绝对是得罪不得的。也许是天赐良机，这几天他费尽心机，不惜财力，在生活上把省里、市里的人伺候得妥妥帖帖，但楼宇依旧是黑着脸，原因是决口堵得不顺利，装满沙石料的袋子扔下去，不是存不住就是叠不起来成不了形、筑不起堤。

今天，看着还算满意地吃了饭可饭后还是黑着脸的楼宇他们，于大头不愿触这个霉头，便走出宾馆，信马由缰来到了县政府张二牛的办公室。张二牛把皮转椅推到了一边,像只老猴王一样蹲在一张硬木椅子上,桌子上放着一瓶老白干、一只烧鸡。他连吃带喝,眼前一本材料纸,上面写着像老杨树杈似的"检查"两个大字。于茂盛讪讪地打了招呼,说起了堵决口的事,当说到用沙石料装袋子时,张二牛的眼睛发亮了。于茂盛知道有戏,就问他有什么办法,张二牛的眼皮又耷拉下来了,喝了一口酒,咬下了一块鸡腿肉说:"活人还能让尿憋死?"就不说话了,还装模作样地在"检查"下面写了一个"我"字。

聪明的于大头立即读懂了张二牛的肢体语言下的潜台词,便扔下了一条中华烟,坐车赶到了工地,跟楼宇低声下气地说了半天,摆了张二牛的许多功劳,又央求周市长打圆场,楼宇才允许张二牛参加指挥部做顾问,戴罪立功。

这事办完,他烦闷的天空刚刚开了一条晴朗的缝,但听了方囊的话,又紧张起来:这种事要是被直肠子的司马大校汇报给楼书记,自己又是吃不了兜着走。他立即让方囊留住郭长来,又叫来了工商局、计量局局长,命令他们协同作战,对市场彻查,该抓的抓,该罚的罚,并嘱咐方囊有空去慰问一下那几个老荣军。

从会议室出来时,郭长来看见一个穿金戴银打扮富贵中透着低俗的女人带着陈六两来找方囊,平时斯斯文文的办公室方主任马上怒目圆睁,高声骂道:"滚蛋!"一旁的工商局局长看出了门道,冲着自己的两个手下一使眼色,陈六两被架到了一辆执法车上,车一溜烟开走了。

"操蛋,罚钱的事都他娘的跑得挺快。"郭长来骂了一句,起身就走,迎面撞上了一个和他一样穿警服的人,看清后说,"你小子不好好看着你那帮人,来这里瞎转悠什么,人跑了怎么办?"县看守所所长告诉他,自己奉局长之令,也被抽到大堤上去维持交通了,现在刚回来,肚子正饿得咕咕叫,说:"郭局长,要不我请你。""请什么请,下午还有事呢。这里的餐厅开的是流水席,咱们去找个房间随便吃点儿就行了。"

二人说着进了宾馆的大餐厅。好家伙,四五十张桌子上杯盘狼藉,每个

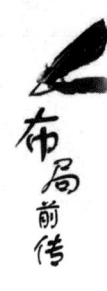

桌子上都有吃饭的,也有剔着牙往外走的,周围的雅间里还有猜拳行令的。服务人员来往如穿梭,上汤上菜的,拾掇桌子椅子的,忙个不停,还真有大车站、大码头 24 小时营业的大餐厅模样。

郭长来找了个雅间,要了两个菜、两瓶啤酒。去小解的所长半天也不见踪影,他正要自己开喝,所长急急忙忙地进来了,说:"局长,我看着不对劲儿啊。""怎么啦?""我从厕所回来时经过一个单间,看见疤瘌五和一帮人在那儿吃喝呢。""疤瘌五是谁?""刚释放的一个强奸犯啊。你忘了,就是那年带着三个人半夜抢劫西关'玫瑰花'服装店,把人家娘俩一块儿糟蹋了的家伙,那时你还是刑警队长呢,是你带着我们抓的啊。""对,"郭长来想起来了,说,"他有什么资格来这里吃喝,这是接待上级领导和外地来支援慰问人员的餐厅!走,看看去!"

真如看守所所长所言,在"梅岭"雅间里,穿着一件地摊上新买的还没撕去袖口上商标西服的疤瘌五酒兴正浓,脸上的两条刀疤泛着红光。他把一大杯啤酒一口气倒进肚子说:"怎么样,十块钱一件的西服没白买吧?只要穿上,再把咱们的嘉谷老土话掩藏一点儿,有那么点北京味就行。把腰挺起来,来到这儿咱们就是大爷,就能白吃白喝。乱世出英雄啊,什么叫乱,咱嘉谷现在就是乱,咱们他娘的就是英雄。要趁着这个乱,吃香的,喝辣的,享受几天。来,满上,满上。弟兄们,干!"

"疤瘌五!"郭长来一声断喝。地痞一抬头看见了两个当年把自己送进牢房的虎视眈眈的警察,吓得杯子掉到地上,连滚带爬地离了椅子,鞠躬作揖说:"报告政府,我有罪,我有罪。"其他人也都老老实实地站到墙边,有的还自动两手抱头蹲了下去。

郭长来一看就是那些经常被警察抓了放、放了抓的二流子、地痞、流氓,想了想,骗顿饭吃也治不了什么罪,拘留他们几天一是没警力二是也没那个精力,就抬腿冲着疤瘌五的腰上狠踹了一脚说:"滚。"

他回头找餐厅主任,主任诉苦道:"我的大局长啊,我还发愁呢。不光是他们来啊,连临县的叫花子们也洗头刮脸地混吃混喝来了。前几天有一户人家孩子结婚,亲朋好友来了后一下子叫了好几桌。服务员都是市劳动技工学校来实习的学生,谁也不认识,来了人就知道按着县委领导说的好好招待,上饭上菜。我一个人也忙不过来。你说怎么办啊。"

郭长来当然也没有什么办法。他仔细想了想,自己也不是管这事的人,但又觉得公家的饭菜让这伙人白吃显得嘉谷县的人挺窝囊的。想到刚才方囊的样子,他就给方囊打了个电话,那边"哦哦"了两声就把电话撂了,再没下文。

〇十五　人生的道路虽然漫长，
　　　　　但要紧的地方就那么几步

其实方囊根本没有听清郭长来说了什么，就是听清了也不会往心里去更不会去管，因为他有大事要做，而且是关系到自己前途命运的大事。

此刻，他在宾馆高干楼自己的房间里，如老僧入定坐在床上，一双眼睛正看着挂在墙上的土龙河南堤的抗洪人员配备图，并不时地闪烁着，心里默默地算着账：从东往西数，西历村段，石三柱是完了，不是回大学教书就是免职处理；别看张二牛被于茂盛又鼓捣得解除了停职检查，上了前线，但也没什么折腾头，到年底，政协、人大是他的归宿。不过，他们两个人和自己没什么关系，既非政敌，更不是竞争对手。中间段，欧阳虽然老婆嘴絮絮叨叨，但干工作的认真劲儿别人还是真比不了。他那一段蔬菜大棚最多，庄稼最茂盛，又是弯道憋水，但愣是没出问题。现在最需要的就是欧阳出点儿事，县委班子重新洗牌时好把欧阳挤出去。自己的档案已被市委组织部确认，排除了本县人的背景。往前进一步，顶了欧阳的坑，出任管干部的县委副书记，是他踏入官场后人生设计的关键一步。他常常告诫自己，人生的道路虽然漫长，但要紧的地方就那么几步，走好了，走顺了，就会平步青云；走不好，就可能在某一级别上一直待到退休，老了坐着轮椅看着晚霞发呆，悔青了肠子也没用。机遇是什么？就是铁路上经过的火车，眼神好、身手矫健的人看准了把手，上去了就能往前走一段，抓不住的只能永远在一个地方转悠、徘徊。

欧阳的西邻就是柳枫的堤段了，看到柳枫的名字，他的心就像被马蜂蛰了一下那样疼，这疼不是来自柳枫，而是韵致。他是在上初中三年级认识的韵致。从农村来的他，看惯了太多鬓发蓬松灰满头、黄板牙大张口、面皮晒得如铁锈的庄稼女，见到韵致，就像在沙漠中遇到了甘泉，在茫茫戈壁里看到了水草丰美、鸟语花香的绿洲，那份眼热，那份心跳，常常使他夜不成寐。可是因为家境贫寒，身上鞋儿破帽儿破，衣服补丁打成摞，学习也是一般中等靠上，其他方面也没什么特长，只能混迹在一群农村来的男孩子中间，只能在学校的演唱会上看着小天鹅一样的韵致在台上优美地打着拍子，指挥着全校的师生唱歌，自己还不敢大声，怕五音不全的嗓子引起侧目和哄笑。

在河海师专时，他比她高一届。她刚刚入校时，他曾以老乡的名义到艺术系去看过她两次，但她很快就被县城和市里的许多英俊潇洒的男同学包围了，他们在一起拉琴、作曲、开演唱会和篝火诗歌朗诵会，他很快就被排除于圈外。即使是这样，每次学校放假时，他都主动给韵致提箱子，到公共汽车上占座，用袖子把座位擦干净，一个劲地献殷勤，韵致只是客气地说声"谢谢"，而后就拿出一本五线谱或外国的音乐理论埋头看起来。方囊只得在一旁默默地欣赏着自己梦里的佳人。虽然韵致不和他交谈，虽然他看到的只是佳人的长发，偶尔露出的白皙的脖颈，但也觉得自己幸福了一路。

他比她早一年毕业，回来后一直注视着韵致的分配动向。她一毕业就进了县直单位的文化馆，而自己却在穷乡僻壤教书，根本没有接触她的机会。等方囊混出个人样的时候，韵致已嫁为他人妇，让他懊悔不已。特别是他通过自己的观察和县委办公室贴心喽啰的跟踪报告，固执地认定柳枫与韵致的私情已成事实，心中嫉妒的怒火立刻熊熊燃烧起来了。尽管自己知道无论从学历、形象、知识底蕴、水平、生活品位都无法与柳枫相匹敌，但还是恨他，认为自己在无数个深夜和梦中设想的一切都破灭了，和韵致的事彻底没了戏都是因为柳枫的出现。在一种龌龊心理的支配下，他在楼宇来了后，以县委的名义把韵致抽到了指挥部接待组，专门伺候楼宇，想通

过这个机会侮辱柳枫，让柳有苦说不出。谁知道楼宇这个家伙还真过得硬，对这个内心并不安分的文化馆女人连正眼都没瞧一回，自己只得作罢。不过，他相信功夫不负有心人。他家乡有句话叫"不怕贼偷，就怕贼惦记"，只要肯下功夫，总能找到整治柳枫的机会。特别是那次会上，柳枫当面顶撞楼宇后，使他看到了曙光，信心更足了。记得有一年他到北京，问一个市的驻京办主任给大领导送礼该送什么，对方神秘莫测地告诉他送文化、送品位、送尊严。他想了想，认为尊严是最重要的，而柳枫最大的错误就是冲撞了领导的尊严，迟早要遭到报应的。

但目前最关键、最迫切的问题不是整治柳枫，而是欧阳。欧阳不走，他难上，这是严峻的事实。方囊的目光又回到了欧阳的堤段上。在离欧阳段上三四里的地方，地图上标着一个不规则的长方形的建筑，上面写着"渤海种驴养殖场"。那里原来是一片荒草滩，县里开发农业土地资源往外承包，被南乡一个在陕西关中平原给人养过驴的姓白的老板看中了，办起了种驴场。白老板实际上也不是养驴配种，是他看到了这几年某些领导干部私生活的难处，按流行的短信上说的是"过去红米饭、南瓜汤，老婆一个，孩子一大帮；现在海参、鲍鱼、王八汤，孩子一个，老婆一大帮"，往往是力不从心，原因之一就是那些补养品家养的多、野的少，假的多、真的少。白老板搞的是真正的散养公驴，而公驴底下那个玩意是治疗阳痿增强性功能的最好补品，而且必须是在驴发情的时候割下来最好。果然，这个驴场办起来以后，产品销路通畅得很，跑官、要钱、求人办事、需要向上打通关节的人纷纷来订购，也成了嘉谷县向上送的贡品。上面许多官员看到这个都眉开眼笑，特别是市委一个管干部的副书记，整天除了工作外，老夫少妻外加几个年轻貌美的地下小情人让他忙得不亦乐乎，更是天天离不了嘉谷县经过中草药特殊加工真空包装的叫"驴圣"的这份特产。原来是县里送，他作为此道中人，愿意深入基层搞调查研究。去了几次后，和白老板就熟了。白老板也非等闲之辈，不会眼看着自己辛辛苦苦生产出的好东西白白让县里的干部去送人情，一来二去就和这位副书记建立了直接通道，坐上了直达特快列车，理由是加工包装过的不如新鲜刚炖好的好吃、顶事。

于是，白老板每个星期到河海去一次，除送上亲手烹调煨好的贡品外，还顺便办些给某人说个情、从拘留所里捞个人、给不错的哥们儿跑个官，或者要点儿财政补贴或贷款什么的，因此声名大振。按张二牛的话说，"一个养驴割驴××卖驴鸟的人也成了精了"。这话当然也传到了上边，张二牛这个资格最老的副县长当不成常委也就理所当然了。

方囊再看欧阳段上的人员配备和民工来源是南坎乡的，一翻材料，心里更乐了，几乎要笑出声："真是天助我也啊。"

在嘉谷县，有一支名动华北乃至半个中国的牲畜劁骟队，主要集中在县城东南方向10多公里的南坎、北坎一带。这里的农民都有一手祖传的劁猪、骟羊马驴的绝活。据说是战国时代的燕国太子丹听从大将乐毅的建议，学习赵国的胡服骑射，从塞外引进了烈马，建立起正规骑兵部队。但由于吃苞谷长大的燕赵儿郎不如用牛羊肉填充肠胃的游牧草原的蒙古汉子彪悍，降伏不了烈马，就把它们全部骟掉，变得温驯一点儿。因为当时的南坎、北坎是骑兵部队的训练场，就发展起了一支专业的劁骟队。也有的说，这手艺是明朝大移民从山西传过来的，因为毛驴是唐朝时从西域引进过来的，先在陕西的关中喂养，后来传到了山西。不管怎么说，那手艺是精湛的，尤其是劁猪骟羊摘小毛驴的睾丸，那个快，手法那个利索，简直出神入化。无论是小猪大羊或犟驴氓牛，劁骟匠走过去，夹着锋利小刀的右手先在牲畜的睾丸上轻轻抚摩，趁它舒服之际，飞快用柳叶小刀在两个睾丸之间划开一道缝，左手拿着用细铁丝弯成的小钩往外一挑，两个蛋子带着一丝血迹在空中划出一道优美的弧线飞向了一丈开外，再抹上自制的消炎药粉就完事大吉。整个过程不足两分钟，那猪、那羊、那驴只有在一边哆嗦的份儿了。用他们的行话这叫"叶底偷桃"。

"南坎，北坎，劁骟匠一万。"无论春夏秋冬，周围几百里甚至上千里的村庄，都有自行车上挂着红布条的来自南坎、北坎的劁骟匠在转悠。"劁猪——骟驴——打马掌——"一声悠长的带有蒙古长调或秦

173

腔或上党梆子腔调的呼喊过后，总会有抽着烟袋的庄稼汉子、上了年纪的老太太、结了婚有了孩子什么也不在乎的媳妇们把他们引到家里，给自家那些不好好吃食不长个不长肉不愿拉套干活只知道到处追雌配对的小公羊、小叫驴、老骚猪来上一刀，而后把拉下来的东西洗净、切开，泡在井拔凉水里去去腥臊气，放上辣椒炒一盘，给孩子们解解馋，或者给自己当家的当下酒菜。

这伙人组织性极强，嗓门很大，一个村活儿多的时候，往往是一声招呼，附近的劁骟匠就会赶过来。经过了这么多朝代这么多年，劁骟匠这个行业既没消退也没扩展，一直在南北坎，成了嘉谷的一张名片，也算是比较兴旺的传统第三产业，一年也能往回挣个百八十万。临县嘉禾也有个张马尾箩的传统行业，就是到四乡收购马尾，带着箩圈，现场做筛面的箩，后来发展成了用机器织造铁丝网、铜丝网，成了县里的支柱产业。一次开会收集汇报，市里一管乡镇企业的副书记对当时还在管乡镇企业的张二牛说："过去，你们县的劁骟匠曾经闯江湖，嘉禾县织马尾箩的也是走四方，现在人家已发展成了一个大产业，你们为什么还和原来一样呢？"张二牛说："织马尾箩的可以搞成机械化织网，但劁骟牲畜不行啊，不能从这边进去的是能上母的身上去发孬的从那边出来就没蛋了，那不就都死了吗？"一句话引得众人哄堂大笑，汇报也就结束了。

别看劁骟匠经济贡献不大，但名声绝对比张箩匠大，尤其是在抗日战争期间。那时南北坎是抗日的三区，劁骟匠们常闯江湖见识广，组织性强，胆大，身手又敏捷，在共产党的引导下成立了区小队。因手里只有几支土枪，为搞武器，他们半夜通过地道进入了鬼子一个据点。由于他们常年割牲畜的卵子，身上带着杀气，两条东洋大狼狗见了他们也不敢叫。他们顺利地进了炮楼后，白天穿着笨重牛皮鞋跌跌撞撞奔跑回来的鬼子们正在呼呼大睡。劁骟匠们都是手脚麻利、眼明手快之人，两脚一蹬，噌地上了炕，双手拿着柳叶刀、小铁丝钩直扑小日本的下三路，和对付牲畜一样，先抚摸他们的睾丸。这些东洋兵常年离家，睡梦中以为回到了自家的榻榻米上，老婆正伺候自己，感到非常舒服。等两个睾丸之间的皮被拉破后，双手不是去拿枪，而是不约而同、不由自主地去护裆部的宝贝。劁骟匠们手里的小钩子往外一提，20多个鬼子的40多个蛋子带着血丝画着美丽的弧线飞到了窗外，便宜了那两条大狼狗。在众多鬼子捧着自己没了睾丸的男根哼叫的时候，劁骟匠们拿走了21支三八大盖和一挺歪把子轻机枪，外带两把王八盒子。从此，第三区小队声名大振，成了全县乃至全军分区装备最好的武装力量，打了几次硬仗，每次都立功受奖。后来，跟着大部队出了县的人，有的战死了，有的到北京解放军的三总部做了将军，也有的随大军南下过黄河、越长江，在水网密布的江南做了军区的领导或地方官员。

那队倒霉的鬼子虽然在军医的治疗下痊愈了，但睾丸进了他们自己养的狼狗的肚子，再也找不回来了。男人的命根没有了，这队小鬼子也就没了精神，从此后谁也不愿外出，成了一帮没有了蛋子的生死弟兄，出去"扫荡"总打败仗。尤其是他们出来的时候，一群小孩子总是跟着他们喊"无蛋鬼，无蛋鬼"，搞得当时的大队长很恼火，后来把他们调到南洋去了。据说，攻陷新加坡的时候，就是这个小队的鬼子占领的那条街的妇女没被糟蹋。

方囊历来认为，事情办不成是方法不对，有了方法还没办成是支持系统不够。他看了、回忆了南北坎乡劁骟匠的材料后，又翻开本县的抗洪历史资料，仔细地钻研，越看脸上喜色越盛。他先是派自己的亲信薛秘书到各段查看情况，特别要求要了解堵决口的进度，又给省委自己平时用钱、用物交下的几个在核心部门工作的朋友打了电话，在哈哈的问候声中得到了几个有用的信息，心中有了主意，之后对返回汇报情况的薛秘书如此这般地布置了一番，承诺事成之后派其到油水最大的交通局当副局长。

有人以洪水为谋，有人以洪水为战。晚上，在装有空调设备的舒适的小

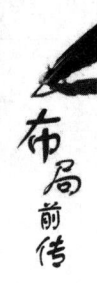

餐厅里,省纪律检查委员会书记楼宇吃着自己最爱的大饼熏肉卷大葱,喝了一碗熬得稠稠的小米粥,心满意足地点燃了烟。这几天他又喜又忧,喜的是由于起用了张二牛,还真找出了好主意,找到了堵决口的新方法,被洪水冲垮的地方新堤扎下了根基,开始有了雏形。据省委办公厅传来信息,常委的学习即将结束,一把手可能要来视察,来的可能还有中央部委的领导。可以说他们来得适逢其时,自己的成绩正好显摆显摆,看决口处是一点儿问题没有,人欢马叫,红旗飘扬,又是部队,又是民工,场面壮观,绝对能感动人。就是沿线的其他堤段差点儿,这几天水流平缓,民工们有些懒怠,看不到热火朝天的劲头,没有震天动地的干劲儿,没有红旗飘扬、歌声嘹亮的动人场面,恐怕影响领导对他的印象。

就在这时,方囊进来了。方囊是深懂官场奥秘的人,几十年的磨炼与钻营,知道在直接伺候领导的时候,要以失去智慧的方式让智慧显现,以失去名字的方式让自己的名字在领导心中刻上烙印,要让自己的一切才华与主意都变成领导在众人面前的智慧。他悄悄地把楼宇请到一旁,告诉楼宇这几天可能还要下大雨,各段要加强力量,说他查了一下过去的抗洪历史,最有效的方法是1米一个人、10米一口锅,有了浪窝先扣住再在周围填充草袋;30米一个防汛棚,全体吃住在工地,实行大兵团联合作战,确保万无一失。说完,他就赶紧走了。

方囊的话正中楼宇的下怀。楼宇马上叫来了于茂盛和各段的负责人,连夜召开紧急会议。按照方囊的建议,楼宇简短地提了几条要求,最后强调说:"限8小时之内,人员物资全部到位。明天早晨统一检查,谁完不成任务,给予党纪、政纪处分。"看着省纪委书记包公似的黑脸,听着他那冷酷的语调,众人诺诺连声散去。楼宇心满意足,觉得这个方囊越来越可爱了。

当官的动动嘴,下边跑断腿。出了宾馆的大门,天果然下起雨来,雨点打在吉普车的帆布篷上,啪啪地响着。柳枫坐在副驾驶座上,吸着烟,注视着车灯光柱里的雨帘和远处的河水,头也不回地命令后座上的牛木耧等人抓紧回村调人。

老实的乡长发牢骚说:"他们这是胡日鬼哩,哪里需要这么多人啊。林黑根不是问了他家的小三子了吗,上边根本就不放水了。这点儿雨下到这么宽的河里,是小孩尿尿,添不起秤来啊。再说,马上就要秋收了,老百姓总得准备准备啊,哪来的这么多人,这纯属是搞形式啊。"柳枫打断了他的啰唆说:"必要的形式还是要有的。段上还需要多少人?"牛木粘说:"按他们胡说八道要求的是三千,就是糊弄也得弄个一千五六,反正也没人具体去数。人是活的,真要数的话,就说到高粱地里尿尿去了。"柳枫说:"那你能调来多少?"乡长说最多八百到一千人。柳枫说:"那你马上去调吧,其余的我来想办法。"说着拨通了刘华仑的电话,说明了情况。刘华仑没等他说完,就保证说明天早晨6点以前九百工人到位,自带工具与装备,并特别说明不穿工作服,完全是老百姓打扮。柳枫挂断电话,推开车门上的玻璃,把烟蒂狠狠地扔到了泥水里,想,既然欠他就欠到底吧,账多了不愁,实在不行就找杭维萍还。

　　柳枫段上的人员问题解决了,欧阳书记那儿可作了难。南坎是劁骟匠的故乡,世世代代外出走江湖的多。男人外出劁猪,孩子在家读书,妇女种地喂猪,这是这一带农村家庭的常规形态。这几年政府又组织劳务输出,青壮劳力顺着祖辈劁骟的路或原来拉上的关系出去打工的不少,这次抽调河工就来了不少妇女。欧阳和书记、乡长商量了半天,都觉得上级得罪不得,因此连夜派了20多台拖拉机,由各村支部书记带头、乡书记和派出所所长坐镇,继续到村里拉妇女劳力以及在乡的男中学生,外加60岁以下的男丁。

　　夜色下静谧的南坎乡村村狗叫鸡跳,手电筒乱闪,敲门声、呼喊声此起彼伏。

　　付春梅的丈夫在天津一家屠宰场打工,家里就她和公公还有一个没出阁的小姑程秋香,全家种着七八亩地。儿子程小刚在市里的农校读书,年底就毕业了,现在是实习期。说是实习,实际上就是回家帮着干点儿活,等着拿毕业证,以后再托门子找工作。由于今年雨水好、日照足,庄稼长得好成熟得也早,尤其是那几亩大黄豆,秋风一起就黄了角,再一刮,就咧

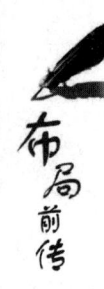

开嘴了。时令不等人，再不收，这些到春节能磨出上好大白豆腐的饱满大黄豆粒子可要糟蹋了。

今天爷儿仨在地里忙了一天，拉回来一半，正在院里拾掇，大门哗啦啦被推开了，支部书记程三多进来就嚷嚷："快快，你们家再出两个河工，管吃管住。"程老爷子看着这个当院的侄子说："我们家程小刚他娘不是去了吗？""不行，又要下大雨、来大水，上级说加强防洪力量。""净说没用的，咱们这里闹天历来是七上八下，你没看见都快进9月了，哪来的雨下？人都走了，我家的豆子谁收？不去。"程老头倔巴巴地说完，低头拿起了棒槌，扯开一捆豆秧就砸，有几粒豆子跳起来蹦到了程三多的脸上，程三多赶紧躲到一旁。

程三多可没时间跟这个倔老头子磨牙，祭起了撒手锏："不去是吧？告诉你，年底村里可要调地。你儿子常年在外打工，根本不参加村里的任何劳动，还有你孙子，上了学户口走了也没退地，到时可别怪我不客气。"

地是农民的命根子，程老头没词了。一旁的闺女程秋香说："爹，我去吧，也给嫂子做个伴。""那还缺一个呢。"程三多看着程刚说。"我也去，连看看我娘。"早在家里待得不耐烦的中专生说。

程老爷子点头同意，看着女儿嘱咐着孙子说："刚儿，带上咱祖传的家什，谁要欺负你姑你就骟了他。""放心吧，爷爷，我可是畜牧专业的啊。"说着，程小刚亮了亮自己腰里小牛皮袋中雪亮的柳叶刀。

看着姑侄二人出了门，程老头长叹了一声："造孽啊。"

各村就这么折腾，到天明一点数，按上级的要求，人还是缺不少。欧阳急得如热锅上的蚂蚁，避开河水边上吵吵嚷嚷的妇女们，来到大堤南侧给方囊打电话说明情况。方囊怕他啰唆，在电话里说："你是说人不够吧？于书记说了，可以调动你附近所有企事业单位的人。据说，柳枫书记已经把四海粮油公司的人调上去了，你可是管组织工作的副书记啊。"欧阳想，柳枫管工业，当然可调的人多，自己名义上是管干部，可县里就这么多职务，都想往上爬。越是贫穷的地方，人们当官的瘾越大，别看跑项目要资金没本事，跑官可是超水平的，一个副科级干部都会惊动市委、省委甚至京城的权贵说话,剩下的那点儿余额,还不够于茂盛分配的呢,自己顶多是敲敲边鼓,还不一定管多大用。县里的领导分工管的单位都很具体,自己兼着的实职只有党校的校长,直接管的只有党校,学生也是不固定的,就是几十个教职员工,那里也没多少人啊。唉,有一个算一个吧,欧阳刚要给党校打电话,站在一旁的乡长指着不远处的一片建筑说:"欧阳书记,把那里的人调来。"欧阳看着那片三四里外的两排平房和用高高的墙头围起来的上百个棚圈说:"那不是种驴场吗,是私营企业啊。"乡长说:"管他什么企业呢,那里有上百个人呢。再说,大堤出了事,首先是淹他的驴,让他们来保大堤就是保他们自己。"欧阳一听也对,就让乡长和派出所所长一起去调人。

　　正巧赶上驴场的主人白老板不在,不知是给领导送壮阳补品去了还是给人牵线搭桥办事去了。带队的工头是个外县人,经不住所长和乡长连哄带诈唬,一会儿就把百十个养驴民工带了出来。这时,指挥部又来了紧急通知,要求每个堤段装一万个土草袋。工地上存货不多,这伙人又被赶上了农用车和拖拉机,到城里拉物资去了。

　　就在人们忙碌着搭帐篷、培土垫堤、埋锅造饭的时候,谁也没注意,一个戴着大草帽、墨镜盖住了大半张脸的人骑着摩托车悄悄地来到了种驴场的大门口,拿出经常溜门撬锁的窃贼们用的充气大管钳掐断了用八号铅丝拧成的门鼻儿,连同那把大号锁一起装进工具箱,向薛家寨方向急驰而去。

　　火红的太阳要落山,晚霞映红了半边天。头天下了一夜雨,今天上午还阴沉的天空被中午一阵秋风吹得万里无云。河坡上的青草被洪水滋润和雨水浇灌得浓密茁壮,此时,更显青翠、鲜嫩。

　　大堤上的人更多了,尤其是多了不少女人,显得生机勃勃,刺激了男子汉雄性荷尔蒙的分泌。他们争先展现爷们儿本色,大铁锹抡圆了铲土,小推车跑得飞快,把重活几乎全揽在了自己身上,只让妇女做些辅助工作,有的干脆让女同胞专门做饭。晚风轻拂,炊烟袅袅,劳累了一天的人们在越来越浓的饭菜香味中开始休息。看着身上的汗水,有年长者建议,以河

179

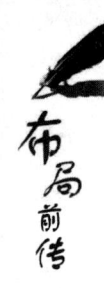

堤上突出的一块高高的芦苇为界,男女分开洗洗。这边,小伙子们嗷的一声叫喊,脱得只剩一条三角裤,跃向了已经平静的水里;那边,中年妇女穿着背心短裤站在浅水里又擦又洗,小媳妇和姑娘们把裤腿高高挽起来,或在活水里漂洗衣服,或散开自己的三千青丝,对着天然的水镜梳妆。在落日的余晖中,这里根本不像抗洪的战场,倒像一幅水乡恬静的自然生态画。

付春梅的小姑子程秋香洗完头,回帐篷拿毛巾时慌慌张张地喊道:"嫂子,嫂子,快,我的衣服被驴叼走了。""什么?"付春梅从水里出来,光着大脚丫子啪啦啪啦地跑到堤上一看,可不,河坡上不知道什么时候跑来一群大叫驴,贪婪地啃着鲜活的青草,底下的那玩意全下来了,个个五条腿。其中一头大黑驴竟然跃上了河堤,冲着一丛灌木柳张开大嘴,连同程秋香晾在上面的一件棉加丝的碎花小褂吞了进去咀嚼。"小刚,快,把你姑的小褂夺过来!"

付春梅一喊,汉子们也都上了岸。来的民工都是本村当地的,其中不少是舅舅外甥女、叔伯侄媳妇的关系,看着这群露着第五条腿的畜生,男人们的脸上有些挂不住,其中一个剃着光葫芦头、嘴巴刮得铁青、胸脯上长满黑毛的壮汉说:"这群不知生死、没有廉耻的畜类,跑到咱南坎的地面上撒野来了,真是不知道马王爷三只眼。爷们儿们,抄家伙,骟了它们。""好。我那刀也好长时间没尝到腥味了,早该喂喂了。"

小伙子们欢声雷动,纷纷取出了劁骟匠时刻带在身上的柳叶刀、细丝钩。程小刚像小豹子一样直奔那头大黑驴,干净利索地把它的两颗大蛋子甩了出来。别的驴也许是没见过这场面,也许是劁骟匠身上的杀气太重,都被吓蒙了,站在了原地。大家争先恐后,噌噌噌,一个比一个麻利。不到一刻钟,近百头大叫驴都夹紧了后腿哆嗦起来,那第五条腿自然也就没有了。

付春梅把姑娘们全都赶到了帐篷里,指挥着几个妇女把散落在青草地里的驴蛋子捡了回来,到附近菜园里摘了一箩筐还没有完全发红的辣椒,在汉子们互相吹嘘谁的活儿干得利索的争论声中,肉味就从锅里飘了出来,让南北坎村的民工好好地打一顿牙祭。自然，姑娘们是不肯吃的。当晚，那些汉子精气神十足，有梦中遗精的，有去找老相好到附近高秆的庄稼地里野合的，也有偷偷跑回家找老婆撒野出气的。

等那帮到城里拉草袋的养驴工回来，一切都晚了，只能央求劁骟匠们给点儿消炎药抹上，把倒霉的驴们牵回了大门洞开的棚圈里。白老板回来更是欲哭无泪，义愤填膺，一状告到了市委管干部的副书记那里，并点名说是欧阳作恶多端，指使手下的民工下毒手，要求县里赔偿损失。副书记想损失好办，关键是自己怎么办，怎么向那些妻妾交代，如何面对那些躁动诱人的胴体度过漫漫长夜，就带着气打电话给于茂盛。于茂盛连连答应说赔偿，副书记觉得气还未消，又问了问欧阳的情况。于茂盛说，这人教师出身，把会场当课堂，把下面的干部当学生，把讲话当讲课，是天下第一大啰唆蛋。副书记想了想，把电话放下了。过了没多久，就给欧阳找了一个可以讲课的地方，让他到市委党校做了一名管教学的副校长。此为后话。

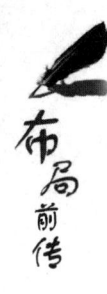

十六 政治生态中,
一言一行都置于监督之下

张二牛不愧为"嘎子牛",孬心眼多,好主意也不少。他到了工地一看那些堆积如山的沙石料,脸上的皱纹都笑开了,立即献上一策:两头突破延伸,树铁栅,填石袋,最后合龙。方法就是用大批3米以上的钢管在决口内外各打上密密的桩,然后由解放军的舟桥部队驾驶冲锋舟在水上作业,用大号铅丝把桩连起来,最后往中间填沙石袋。他还强调,最好是用塑料编织袋多装石头。

从本县的建筑公司找来几根搭脚手架的钢管试了试,还真行。楼宇整天黑着的脸阴转晴了,众人也皆大欢喜。可嘉谷不产钢铁,物资贫乏,周市长立即下令市里的钢管厂对外停止供货,支援抗洪。司马大校看到自己的部队都派上了用场,避免了将来评功、记功摆不平的问题,也来了精神,命令后勤部门把工兵仓库的钢管和铅丝往这里运。楼宇也以省委的名义给省路桥公司和几个区市打电话,让抓紧支援碎石。

一搞政治,不计成本。一种经济活动或者是一项建设,一旦与政治沾上了边,一切都会畅通无阻。在政治的高压下,堵决口进展顺利,战士、民工日夜奋战,冲锋舟来往穿梭,几千吨钢管下水,上万方石头投进去,两头往中间延伸很快,合龙在望。

楼宇笑了,感到自己离成功的目标近了一步,马上向上级发了即将告捷的电报,并召开了堵决口指挥部和抗洪各堤段负责人会议。他坐在会议桌的首席位置，环视了一圈，兴奋地说："同志们，经过全体军民的日夜奋战，我们嘉谷县百年一遇的抗洪斗争即将取得伟大的胜利。尤其是被洪魔冲开的决口，马上就要被我们制服、封堵，钢铁大坝很快就要合龙。"

说到这里，他激动地站了起来，会议室里这些久在官场的人的两只手立刻不自觉地往一起碰，屋里立刻响起了热烈的掌声。

"首先感谢我们解放军子弟兵的无私支援，我代表广大干部群众向他们致敬。"人们的手又往一起碰。司马大校和手下的师团长们站起、立正，向大家行了一个转圈的标准军礼。

他继续说："当然，更有我们全体民工的艰苦劳动，尤其是我们领导干部身先士卒的精神。我这里有一张方囊同志转来的有80多个民工签名的表扬信，也是顺口溜。"楼宇喝了一口水，清了清嗓子，展开一张小学生作业本上的纸念道："于书记，是好汉，半夜来到堤上干，抢大锤，扛草袋，和我们一起流大汗。共产党的好干部，老百姓的主心骨。"念完，把纸翻过来，向大家展示了一下，上面果然有一片密密麻麻歪七扭八的签名。

他说："语言虽然粗糙，不如我们中间某些同志的文笔顺畅华丽、逻辑性强，但表现的是一片真心。当然，其他同志表现也不错。"突然，他话锋一转，"事实证明，我们封堵决口的决策是非常正确的，绝不像某些人仗着自己多读了几本书，就一二三振振有词地说这也不行那也不可。我们的大坝即将合龙的胜利，就宣告了那些'聪明'的预言家的失败，宣告了在共产党的领导下，没有克服不了的困难，没有战胜不了的自然灾害。"

这一次大家鼓掌时，偷偷把目光转向了柳枫和省水利局那位高级工程师。柳枫的嘴角微微上翘，一双海蓝色的眼睛望着天花板，似乎浑然不觉。

楼宇狠狠地剜了他一眼，继续说道："告诉大家一个好消息，最近省委、省政府以及省直部门和中央的领导要来我们这里视察、慰问并祝贺。各部门和各堤段要紧张动员起来，展示出我们特别能战斗的风采，做好迎接准备。"

散会了，张二牛赶上大步走在前面的柳枫说："柳书记，你要小心啊。"柳枫脚不停步，回头对他说："谢谢张县长，我有我的原则和骨气。人不可

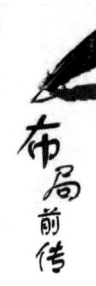

以有傲气,但不可以没傲骨。"张二牛把他拉到一旁,直言道:"柳书记,你也不用拐弯抹角地说我。这口子是他娘的不该堵,是劳民伤财。可是你看见了吗,拉来的都是上好的碎石啊,还有那钢管,可都是无缝的啊。要是不堵这个口子,怎么会落在咱这穷地方啊。1万多方石头,5000多吨钢管,要买得多少钱啊?我保证,不出一个月,我们就组织人把它们挖出来,给南边那三个没通公路的乡修成柏油路。那些钢管归你,给机械厂,让那些没活儿干的几十号工人加工加工,准顶他们一年的工资。"

柳枫不由得暗暗佩服张二牛的精明与算计,两人冰释前嫌。他问张二牛:"老于真的夜晚去工地了?""哄他娘的鬼哩,也就是去了一两次,做做样子。我敢保证,准是方囊那小子出的鬼点子,连同那封信也是他找人签的名,说不定每个民工发了几十块呢。""这怎么可能?"柳枫愕然。"怎么不可能?都是本地人,亲连亲,表姑套表姨,远门近支连着根,打断骨头连着筋,找几个人签字还不容易,何况还有点小好处。有些老百姓就是看蛋头子上那点儿利益,才不管你官道上谁得利谁吃亏呢。唉,上级瞎眼,忠奸不分啊。"

看着这个乐天派脸上露出的悲怆之情,柳枫无言以对,觉得这个正在经受抗洪洗礼的小县城今天特别脏,也包括自己,急需用什么圣洁的东西冲洗一番。

楼宇的决定和宣布的消息让河海市的周市长有些措手不及。不管怎么说,嘉谷属河海市管辖,这么多人来嘉谷抗洪,首先是支援了河海。在这即将取得胜利的时刻,省里都要来慰问了,而河海还没什么表示,这无论如何是说不过去的。

他开始有些怨恨楼宇。这么大的事,况且不是保密的事,而且是地方要加强配合、做好接待的事,楼宇怎么也该事前跟自己通个气,但他一想到官场的一个笑话,心理也就平衡了。笑话说的是一个科长与一个科员同在一个办公室,每次科长看完文件都锁起来,然后再指挥科员做这做那,下面的人出了错还要批评科员。后来科员要求与科长一同看文件,理由是你叫我做的都是文件上说的,你有时还理解不深、传达不到位,还不如让我自己看、自己理解、自己做呢，都省事。科长把眼一瞪说："那怎么行，我就是靠这点儿早知道来领导你呢。你都知道了，我还领导谁，水平还往哪儿显？"

周市长调整好了情绪，立即给常务副市长和秘书长打电话，要求市直各单位从明天开始，自愿来抗洪前线慰问。说到自愿，周市长不由得苦笑了。"要求"与"自愿"本来是互相矛盾的，但这么多年就这么用，大家都司空见惯了，错的大概也成对的了吧。他接着说："慰问品主要以食品和日用品为主，既要有物质的，还要有精神的。要组织文艺团体上堤，运用各种文艺形式歌颂解放军，慰问战斗在第一线的民工同志们。各部门找县里的对口单位接待帮助，不许打扰群众，不许给嘉谷县增加负担，原则上都要当天返回。"

周市长下达命令的第二天，河海市通往嘉谷的公路空前热闹起来了。前面的小轿车上坐着各部、室、委、办、局的头头脑脑，后面跟着卡车，装满了方便面、罐头、火腿肠、牙膏、牙刷、卫生纸、雨伞、雨衣等食品、日用品，插着红旗与写着慰问抗洪战士的大红条幅。大车小车争先恐后往嘉谷进发。间或也有载着文艺团体的红男绿女演员们的黄海大客车行在其间。女演员们的穿着和肆无忌惮的欢笑，不断引起路人的侧目，引起许多开着拖拉机、汽车的司机和骑摩托的小伙子的追逐和遐想。那几天还出了几起小小的交通事故。

河海市群艺馆所属的文工团这几年财政拨款越来越少，惨淡经营，每况愈下。有点儿成就与功底、脸蛋和身材长得好的、年轻点儿的演员都挖掘出自己的师缘、学缘关系，或到大中城市数不清的制片人组建的草台班子走穴。有些女的成了导演、经纪人、大腕的连他们本人都算不清楚的排第几的地下情人，有些男的成了附庸风雅的女老板、女大款的入幕之宾，剩下的组成了几支小演唱队，或进茶楼、咖啡厅去表演，或到办喜事的豪门大户家去唱堂会，或到乡下办丧事的人家与和尚、道士站在一起，这边敲木鱼念经，那边搞民乐小合奏或唱流行歌曲……不管是通过什么办法，都在顽强生存。

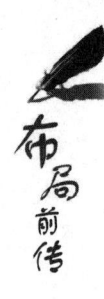

  这次接到市政府的通知，说是政治任务，团长不敢怠慢，马上从大户人家的厅堂上和农村丧事的道场中抽来两支小演唱队，但总感到人少撑不起台面来，又通过市文化局跟嘉谷县文化馆联系，要求支援，特别要求韵致参加，以增强声乐力量。就这样组成了一个文艺演唱团，临时编排了几个应景的小节目，无非是把过去的情节变成了抗洪的，把老歌曲调保留着，词换成了战胜洪水斗恶浪的。他们先到堵决口处演了一场，而后开始到各个堤段巡回慰问演出。韵致就是这样和她的同行们以及师兄师妹来到柳枫堤段上的。在车上，她向要好的姐妹、那个市里来的节目主持人兴高采烈地讲了柳枫的情况，并附耳说了一番话。那个小姐妹也是个机灵鬼，用狡猾的眼神盯了她半天，并要她好好交代。二人勾肩搭背地笑在了一起，气得坐在她们后面正默背曲调留着帕瓦罗蒂式大胡子的大提琴手笑骂她们是神经病、同性恋。

  柳枫的堤段上有一棵古槐，据说是明朝的一个县令亲手种植的。此公为山西太谷人，进士及第后，按那时朝廷吏部的干部交流政策规定，要到千里之外做官，还不允许带家属。临走时，老娘把自家屋后曾经灾荒年间用树叶养活了全家一个青黄不接春天的老槐树生出的一棵树苗给他带上，意思是勿忘家乡和家中的糟糠。进士微服上任，顺大堤路过牛庄，见此处树木品种少，以杨树见多，便将此树植于土中。因是县太爷所种，不仅无人敢动，历任地方乡绅还加以保护，所以历经百年风雨，终至参天。据县志记载："树高九丈余，粗十尺围，枝叶浓密，伞盖如云，荫一亩。"当地老百姓叫它"五杈楼槐"，意思是说，每一次都长出五个树杈向外扩展。到如今已经长了五层，像座小楼一样。

  这天上午10点，古槐的浓荫下拉起了一块儿天蓝色的幕布。柳枫和上千民工坐在河滩的草地上，面向大堤，等待着文艺慰问团的演出。韵致从幕布的一角看着下面的柳枫，见他乌黑的头发被风吹得乱糟糟的，原本白皙的脸经风吹日晒有些发红发黑，里面白色的T恤衫也有些发黄，一看就知道是用河水洗的，外边的军绿作战服上沾着草叶和黄土，只是两只眼睛还是那么明亮，手里拿着一份什么文件在看着。韵致心里一阵狂喜，头一阵晕眩,泪水在眼圈里打着转,默默念叨着:"你在这里不容易,可你知道我这几天是怎么过来的吗?"

由于嘉谷县通信基站的容量很小,大批官员拥入这个小小的县城后,往外发指示和给自己亲近的人打电话时总被电脑客气而又冷冰冰地提醒说:"线路忙,请稍后再拨。"引得许多人冲于茂盛发火,吓得他在公共场合看见谁一拿起手机心里就紧张。县委只得采取临时措施,允许电信部门用技术手段关掉了一部分手机,只保留一定级别干部的,韵致的手机自然在禁止通话之列。又赶上那几天下大雨,家里座机的线路坏了,她就和柳枫联系不上了,只得在每天本县电视台播送嘉谷新闻的时候死盯着屏幕。电视台的新闻自然是以抗洪的事件为主,但大部分是堵决口那块的事,很少看见柳枫,只有一次看到他在一个什么会议上露了一个头,很快就闪过去了。这中间方囊调她到宾馆去搞接待,她很高兴,以为县委的领导经常在那儿开会,大概可以见到柳枫。去了之后方囊告诉她说,省委领导来此指挥抗洪,带来的人少,让她给送送文件并照顾好领导的生活。韵致说:"我连党员都不是,怎么能管文件呢?"方囊暧昧地说:"那你就照顾好领导的生活。"说完就匆匆离开了,走之前还对她说这是政治任务。无奈,韵致只得留了下来。开始,楼宇还对她露过一次笑脸,后来西历一决口,脸就黑下来了,常常是天不亮就走,深夜才回来。看着指挥部里人人都在忙,她不知道自己应该干什么,就跑回家了,也没人找过她。

文化馆的男同志都被抽到工地上去卸源源不断的车龙送来的沙石料了,馆长吩咐她看家。看门的老头耳朵有些聋,和她也没什么话说,她就每天点个卯,大部分时间在家里坐着发呆。这中间老公车才回来过一趟,她心里觉得对不住他,好好地做了顿饭,晚上还表现出少有的主动。老菜农的儿子受宠若惊,更加小心翼翼,奈何本钱小,当然又是草草了事。韵致不合时宜地想起和柳枫在一起思想交融的酣畅淋漓,更加思念他。有个下雨的夜晚,她听着窗外的雨声应和着小院的寂寞,心中充满了"青灯照壁人初睡,冷雨敲窗被未温"的凄凉感,遂光脚下床,拿起柳枫曾经用过的那把小提琴,不知不觉地拉起了《红楼梦》里的"秋窗风雨夕":"秋花惨淡

187

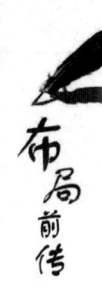

秋草黄,耿耿秋灯秋夜长。已觉秋窗秋不尽,那堪风雨助凄凉!助秋风雨来何速?惊破秋窗秋梦绿。抱得秋情不忍眠,自向秋屏移泪烛。泪烛摇摇爇短檠,牵愁照恨动离情。谁家秋院无风入?何处秋窗无雨声?罗衾不奈秋风力,残漏声催秋雨急。连宵脉脉复飕飕,灯前似伴离人泣。寒烟小院转萧条,疏竹虚窗时滴沥。不知风雨几时休,已教泪洒窗纱湿。"那幽怨的琴声、歌声伴随着风声、雨声,在那个桂花树的小院里响了一夜。

当韵致含笑带泪毫不掩饰地看着柳枫的时候,柳枫也看见了韵致,心里动了一下,但注意力很快回到楼宇的批示中去了。前天,正在堵决口合龙急需沙石料的关键时刻,送料的汽车却越来越少。许多外地车都拿着盖有河海交警支队长方形公章证明已拉过石料的条子空车驶过嘉谷,公安立即侦查,在县城通往河海的路上一举抓获了倒卖假证明的三个人,其中一个就是柳枫段上的民工,被开除出所谓执法队的四滑溜。此事报到了指挥部,楼宇批示:"押回本段监督劳动,要追究相关领导责任。"郭长来很快把四滑溜押了回来,牛木耩会同他的村长让其做了检查,并罚每天装100个草袋。这不,连节目也不让看。一个农民,还能怎么处理呢?拘留吧,不够条件;罚款吧,光棍一条,家里穷得叮当响。还要追究责任,追究谁呢,不会是自己吧?一个县委副书记和一个无赖民工,是不是差得太远了啊?柳枫想。

台上的节目开演了。节目的编排者很懂农民的心理,先是丰收锣鼓,接着是器乐合奏《喜洋洋》,再就是老歌、新歌合唱,镇住了场子后是曲艺快板、相声、三句半等,内容有的和抗洪有关有的无关。民工才不管你这个那个呢,图的就是个热闹。老的笑笑,年轻的看看女演员的身段、脸蛋,或起起哄,或互相调笑一番。

几个小节目过后,女主持人再次款款上场,用甜腻腻的声音报幕说:"下面由我们土龙河的小百灵韵致女士和嘉谷县委副书记柳枫同志合唱一支歌——《血染的风采》,以歌颂帮助我们抗洪抢险的解放军。大家欢迎。"

她一带头鼓掌,下面的民工们也拍巴掌呼喊起来。他们觉得,出这几天河工,在这位文质彬彬、办事又干净利索的副书记的管辖下,吃得好,住得也不错。听到主持人介绍这么大的官还会唱歌,这些民工的情绪更加热烈了。坐在柳枫前面的几个人自动挪位,让开了通向舞台的路。

柳枫一开始有些恼火,认为得事先向他汇报或者说一下,但一想到演出团体是市里的,又看到韵致站在台上期盼的目光,加之自己平时最瞧不起那些平铺直叙的说唱不是唱既不是快板也不是评书的通俗歌曲,也喜欢这首歌词有意境、曲子也悲壮的歌颂对越自卫反击战中老山战士的歌,就在众人的欢呼声中上了台,从韵致手中接过了麦克风。四目相视,男左女右,一个穿作战服,显得挺拔阳刚,一个穿白色连衣裙,俏丽多姿。他们站在台上,还真像那么回事,一点儿也不比中央电视台上播出的画面差。

韵致向乐队指挥微微示意,激昂的序曲随之响起。柳枫气沉丹田,浑厚的男中音破口而出:"也许我告别将不再回来,你是否理解?你是否明白?也许我倒下将不再起来,你是否还要永久地期待?"

韵致用火辣辣的目光看着他,凄婉悲壮的女声紧紧跟上:"如果是这样,你不要悲哀,共和国的旗帜上有我们血染的风采。"

看着韵致那凄切切情无限的表情,柳枫的感情更加高涨,真正走进了这圣洁的角色:"也许我的眼睛再不会睁开,你是否理解?我沉默的情怀?也许我长眠再不能醒来,你是否相信我化作了山脉?"

柳枫唱这一段时,韵致跑到乐队指挥那儿说了句什么,抓紧跑回来接着唱:"如果是这样,你不要悲哀,共和国的土壤里有我们付出的爱。"

最后一段,两人齐唱,脸对脸互相致意。唱完,二人携手,共同鞠躬谢幕。

"哗——"台上台下掌声接连响起,夹杂着民工们的口哨声和呼喊声:"再来一个,再来一个!"

凡是上过台在大庭广众面前表演过的人都知道,这种场合是可遇而不可求的,这种氛围是最能调动演员情绪也是演员表现欲最强的时候。韵致当然是万分得意、万分激动,但柳枫碍于县委副书记的身份却不知怎么办。韵致立刻向自己的小姐妹一招手,小姐妹送上了两条毛巾,一条是带着三条蓝道的羊肚子毛巾,一条是印着兰花草的粗布方巾。她把方巾利索地扎

在了自己头上,毛巾则围在了柳枫的脖子上。随着一阵带有上党梆子和晋西北春天的和风吹过山谷的高亢优美、柔和又带点儿酸酸味道的过门调子响起,山区村姑打扮的韵致扭着身段率先唱了起来:"桃花来你就红来杏花来你就白,爬山越岭看你来呀啊个呀呀呆。"

柳枫是熟悉这支歌曲的,上大学时和几个山西醋葫芦同一寝室,常听他们喝醉了酒胡乱吼。大三的下学期他按照上级的要求到山西支教,在晋西北山区也见过当地文艺团体表演过。为了表示和地方的同志打成一片,作为支教队长的他在工作结束后,还和一个人丑胆大乱献殷勤叫"小溪"的女老师在联欢会上对唱了这支流传很广的山西情歌。

舞台表演上有句名言,叫"救场如救火",何况你就在台上,非唱不可。他只得按照歌曲设计者的要求,重复了第一段。

韵致更加来了情致,迈着轻盈的舞台步接着唱道:"榆树来你就开花圪枝来你就多,你的心眼比俺多呀啊个呀呀呆。"

她在唱"你的心眼比俺多呀"时,还伸出兰花指在柳枫的眉心上轻轻地戳了一下,把一个被爱情燃烧着的山区村姑心甜面喜而又幽怨的心情表现得活灵活现,逗得人们心里痒痒的,掌声、呼喊声更加热烈。"锅儿来你就开花下不上你这米,不想旁人呃光想你呀啊个呀呀呆。"

在乐队"啊——"的伴唱声中,又重复了第一段,最后两人合唱:"金针来你就开花六瓣来你就黄,盼望和哥哥(妹妹)结成双呀啊个呀呀呆。"

他们在合唱的时候,做了一个在天愿作比翼鸟的动作,抬头时感觉古槐树的疏枝密叶中有一道比较强的白光闪动。歌曲结束后,掌声再怎么热烈,民工再怎么呼喊,主持人再怎么挽留,柳枫虽然觉得浑身舒泰,但再也不肯唱了。韵致独自来到台前,向大家鞠躬,又意犹未尽地独唱了一首《红楼梦》的"红豆曲":"滴不尽相思血泪抛红豆,开不完春柳春花满画楼,睡不稳纱窗风雨黄昏后,忘不了新愁与旧愁,咽不下玉粒金莼噎满喉,照不见菱花镜里形容瘦,展不开的眉头、挨不明的更漏呀!恰便似遮不住的青山隐隐,流不断的绿水悠悠,绿水悠悠,绿水悠悠。"

歌声如泣如诉,表情哀哀怨怨。坐在台下的柳枫知道,她是唱给他听的。

看节目的人群里,李和尚正摸着秃脑袋看得津津有味,四滑溜抓着湿漉漉的头发挤了过来,嘟囔着说:"真倒霉,想到树底下看看小娘们儿在后台换衣服,让树上的鸟尿了一脖子。""放屁,你家的鸟有尿尿的吗?""不信,你闻闻,还有尿臊味呢。"四滑溜把乱蓬蓬的头发往和尚的胸前拱。"去你娘的,一团乱毛,膈应人。""甭管什么毛,我还有呢,不像你,光蛋球一个,大电灯泡,光给你家里省电了,要不你家哪能混得那么富。"

两个人斗嘴的工夫,节目演出结束。演出团负责人说,一会儿还要找民工们采风,编排新节目。牛木耪指挥着大伙房做了农村老百姓办红白事才吃的大锅菜和馒头,不过里面的内容多了些,加了土龙河河滩上野生的黄花菜、蘑菇,附近豆腐房里刚出锅的白豆腐,既鲜又香又嫩,吃得这些演员大声喊爽,夸张地说是今生吃得最饱的一顿饭。吃完后大声喊着撑得慌,到河边去溜达、下食。大家都感到这个平时干干的黄土地上有了一条河,天地间显得特别生动:沃野平畴,在正午的阳光下,河水清亮荡漾,两岸绿绿的树、绿绿的庄稼、绿绿的草,还有那大片不知名的野花竞相盛开。对着这天然美景,这些半吊子歌兴、诗兴大发,有的对着水面唱起了"一条大河波浪宽,风吹稻花香两岸",有的爬到了民工抓鱼用小木棍、树枝扎成的木排上在浅水处划动起来,还唱着"小小竹排江中游,巍巍青山两岸走",还有的站在土牛上,让风鼓动着衣襟和长发,竭力做出一副仙风道骨和古代隐士文人的样子,胡乱吟诵着什么"星垂平野阔,月涌大江流",更多的在欢闹、拍照,似乎不是来抗洪前线慰问演出的,而是来郊游野餐的。

古槐树下,吃饱喝足了的人们乘凉休息,一大片草地被踩得非常平整。牛木耪拿着一根小树枝剔着牙,溜达着从演出团的道具箱里拿出了一个《中国民歌金曲》光盘,塞到了播放机里,还没来得及拆除的音响里立刻传出了人们熟悉的《敖包相会》的旋律。

上过中学也演出过几个小节目的李和尚跟着哼哼了几句感到不对劲儿,说:"嘿,真怪,我这个歌唱得最熟了,怎么今天跟不上趟了呢。"

刚从一个睡着了的民工口袋里偷了半盒烟,点上美美地抽着的四滑溜

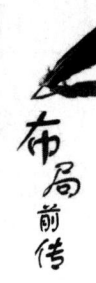

说:"就凭你这破叫驴嗓子还会唱歌?你要是会唱,我家的老黄狗也成了歌唱家了,叫得还比你好听。可惜,那个畜生跑没了,不知叫谁变成下酒菜了。""你小子还别不相信。当年我在咱们镇中学上学的时候,和你表姐兰花一个班,下了晚自习,我还到她们女生宿舍窗户外边唱过呢。要不是你婶子不乐意,我早成你姐夫了。想当年,咱也是一表人才啊。"四滑溜一撇嘴说:"别瞎吹牛了,泰山不是垒的,火车不是推的,你说你唱得好,怎么跟不上这放的调调呢。"

正和演出团团长说话的柳枫扭过头说:"这是舞曲,中四。""什么舞曲,中四啊?"

韵致到村里辅导过农闲时的农村俱乐部,教南店村的青年打过腰鼓,认识李和尚,不愿意他打断柳枫和团长的谈话,过来解释说:"就是交谊舞,中四步。""哦,就是像二鬼摔跤架着四条胳膊,驴打架似的那种舞啊?"李和尚摸着自己的秃脑门呵呵地笑着,不以为然地说。

"什么二鬼摔跤、驴打架,多难听啊。你懂什么,那是人体语言的表达,是形体艺术。"绿草上垫着金黄干净的草袋,又铺了一条白毛巾,坐在上面靠着古槐树打盹的女主持人醒了,柳眉倒竖,杏眼圆睁,站起来教训着这个乡下佬。"我看就是驴打架,两个人四条胳膊架着,有什么艺术劲?你艺术一个我看看。"李和尚轻易抓不着机会和城里的年轻女人斗嘴,狡猾地故意笑着气她。

"跳一个就跳一个。来,柳书记,我们来一曲。"女主持人果然中计,显然也是个缺心眼,拉起柳枫上了场。柳枫没办法,只得随着曲子和她走了几步,并做了几个简单的花样动作。

"好啊!"不知谁喊了一嗓子,民工们自动围拢过来坐了一圈,看着他们表演。韵致看着柳枫苦恼的笑和女主持人不依不饶的样子,似乎也感到了不对,灵机一动,拉着演出团团长上了场。演员们都是多血质情绪型的人,看着这两对舒展大方的舞姿,统统技痒,呼哥喊妹,陆续有几对也跟着跳了起来,觉得在这蓝天、绿地、和风、水畔跳舞,比在空气浑浊的舞厅里、受限制的舞台上要痛快得多。尤其是不知谁换了快四舞曲后,大家的兴致更高了，拉花、背花、扭腰、提胯等各种花样竞相比试，看得民工们如醉如痴，比刚才看节目的情绪还高涨。当然，也有坏小子专门盯着女演员旋转起来的裙子，假装点烟或吐痰、擤鼻涕，把脸贴在地上，顺着女人的小腿往上看。

最后，有些男青年民工实在按捺不住了，拉来工地负责做饭的本村的嫂子或外村当年的女同学上场。女人们自然是又笑又骂又假装打他们直往后退，男民工们没办法，只得两个大男人抱在一起，有的光着脚，有的穿着拖鞋，有的穿着雨鞋、布鞋，学着城里人的样子，在外圈边上胡蹦跶，不是你踩了我的脚，就是被对方蹬掉了鞋，嘻嘻哈哈闹成了一团。

直到三支曲子过后，牛木耠看到柳枫下了场在一旁休息吸烟，赶紧吹响了上工哨子，让各村干部带着自己的民工回到了各自的堤段上。柳枫则把干部们集中起来，按照演出团采风的要求，分别介绍了牛庄段的抗洪过程以及出现的好人好事，而后派人领着他们到民工中间去采访。演出团的那个半拉子编剧，韵致的师兄，对牛木耠介绍的柳枫午夜领着大家堵浪窝的事特别感兴趣，暗地要求师妹通融一下，让这位多才多艺的县委副书记亲自再介绍一次，并领他们到现场感受一番。柳枫欣然答应，亲自驾车载着他们直奔目的地。

下午的阳光非常灿烂。柳枫驾驶着吉普车畅行在高高的白杨树下和长长的千里堤上，也许是刚才音乐的陶冶，也许是刚才唱歌吐出了心中的块垒，也许是刚才跳舞舒展了筋骨，也可能是因为韵致坐在旁边，让他觉得心情特别舒畅。看着这无边的绿野和翻着微微金色波浪的河水，他情不自禁地哼起了自己最喜爱的那首歌："美丽的草原我的家，风吹绿草遍地花。彩蝶纷飞百鸟唱，一湾碧水映晚霞。骏马好似彩云朵，牛羊好似珍珠撒。啊啊哈嗬咿。"

浑厚低沉的男中音一出，立即感染了坐车的人，先是三人一起唱，后来变成了男女二声部合唱和重唱，引得在堤上干活的民工们纷纷注目倾听。

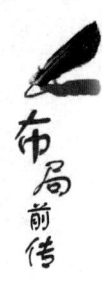

十七　财色一旦被利用，
　　　　会变成毁人于无形的重磅武器

　　天上，一架直升机在盘旋；地下，楼宇、司马大校、周市长等人翘首仰望。西历村决口处旁边宽阔的大堤上竖起了两面红蓝标识旗，记者们手中的长枪短炮都调整到了随时待命状态，等待着中央水利委员会的首长。

　　飞机降落了，伴随着巨大的轰鸣声，高速旋转的螺旋桨带起一阵狂风。绿色的舱门打开，一位头发花白但梳得整整齐齐、面色红润的老者首先健步跨出，大步流星地向临近河水的一丛灌木走去。"快，抢新闻啊，首长是下车伊始就进行实地勘察，带来了老八路的好作风啊。"县电视台的女主播讨好地喊了一嗓子，拉着自己的摄像赶紧跑了上去，其他记者也蜂拥而上。

　　老者并没有多看河水一眼，而是在走路中就拉开了裤子的前门，最后镇定地站在一丛紫穗槐前，皱了一会儿眉头才艰难地洒下了一条细线似的尿液，还被风吹断了好几截。抢在最前面的女主播看到老男人藏在已是花白衰草中的那个似乎只有一层皮的东西，禁不住"啊"的一声要叫出来，但很快被蹿过来的警卫人员一个锁喉卡了回去，随着肘捶往外一捣，她一个跟斗仰面朝天倒在了河坡上。一阵大风吹来，女主播的裙子向上卷起，光光的大腿和情趣底裤在众目睽睽下暴露得一清二楚。女同胞赶紧上前围拢，男记者则哈哈怪笑，挤眉弄眼。

　　李一道走到刚从直升机上下来的身穿天蓝色职业西服套裙正气定神闲观察大河景色的女性后面说："到底是萍姐聪明，不去看正部级男人的宝贝。"

"别胡诌。"杭维萍转身正色道,"老头子前列腺肥大。我们出发得急,直升机上没有卫生间,在上面我就发现他直抖腿,和我们家老爷子一样。你什么时候来的,见到柳枫了吗?"

"我也是今天上午刚到,听了半天他们的汇报。我问他们的县委办公室主任了,说柳枫在牛庄段,离这里有10多公里,往西穿过县城就是。怎么,咱们去看看他?"

"你不跟着采访了?"

李一道说:"你别忘了我们是国家通讯社,你跟来的老头子还不到党和国家领导人的级别,顶多在我们的四版上发一条百字消息,某某代表谁视察洪涝灾区。不像他们地方新闻单位,画面、录音、专访地在版面和画面上穷折腾,唯恐马屁拍得不够。怎么,你不去陪他们了?"

"不用。"杭维萍摇了摇头说,"每次下来都是这样,地方上各级陪同的一大帮,看现场,开座谈会,听汇报,怎么也得折腾半天。领导被他们团团包围,也就顾不上我们了。我要么在宾馆房间里休息看书,要么就去看风景;反正汇报地方上都写好了。走,咱们去看看柳枫。"

"可是没车啊。这会儿那个方囊准跑到领导跟前献媚去了。"李一道指着像蜜蜂一样围着中央来的领导的一群人说。

"有车。"杭维萍做了一个少安毋躁的手势,掏出精巧的手机拨了个号码,说了几句。

不一会儿,一辆银灰色的日本三菱越野吉普车和一辆黑色奥迪一前一后开了过来。刘华仑跳下吉普车刚要说什么,杭维萍制止了他,要过车钥匙,扔给李一道,自己坐在副驾驶座位上向刘华仑挥了挥手,对充当临时司机的李一道说:"走,去牛庄段。"

李一道开着车,嘴也不闲着:"萍姐到底是中央大员,路子野得很啊。是谁平白无故地借给咱一辆好车啊,不怕我开到北京去不还他了啊。嗨,这辆车是不是归我了啊。"杭维萍不接话茬,岔开话题:"你觉得柳枫这多半年在这里干得怎么样?""我估计,凭他的聪明和社会资源,一定为县里谋了不少福利;凭他的书生气和骨子里的傲气,一定不会很讨领导喜

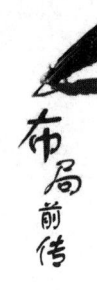

欢。""我也是这样想。"杭维萍沉思着说。

说着话,车子越过了县城,转弯向北,两边是密不透风的绿色青纱帐,中间是一条白沙土的小路。车子不断地和路旁的高粱、玉米的叶子撞击着,发出"扑啦,扑啦"的声音。

杭维萍想见柳枫的心情急切,看着路没个尽头,说:"咱们是不是走错了,该找个人问问。"李一道一脚踩住刹车,指着前面说:"看,来了一个老乡。"

来者是林黑根。他穿着黑裤衩,上身是一件纯白色崭新的圆领汗衫,上面还印着一行"抗洪救灾为人民",不知是哪个单位捐赠的。他扛着铁锹,背着一个粪筐,一边走,一边在路边拔着猪爱吃的马齿苋、牛耳朵等野菜,嘴里嘟嘟囔囔。

杭维萍毕竟在水委待了几年,一看那双青筋裸露的腿和那把被泥土磨得铮光的铁锹就断定对方是个老河工。她礼貌地上前问道:"老大爷,牛庄段还有多远啊?""一直往前,再走两截地就是。""你们抗洪辛苦了啊。今年的水很大吗?""老百姓就是干活的命。那水啊,"林黑根眯起眼睛,脸上显出不屑的样子说,"水库放水胡日鬼哩,西边那个县胡日鬼哩,抗洪是胡日鬼哩,堵口子也是胡日鬼哩。"

林黑根的四个"胡日鬼"引起了杭维萍职业的敏感,她向李一道要了一盒烟递过去说:"老大爷,你说他们怎么个'胡日鬼'啊?""那你得问当官的去哩,有的事小当官的也不一定知道哩。"

李一道过来说:"那你们段上的官,柳书记咋样啊?""对俺老百姓是个好官哩。我看着他嘴上少毛,办事的火候差点儿哩,有时候保不齐管不住自己哩。"老河工说着,向一棵刚发现的野菜走去,人隐在玉米地里不见了。

两截地也就是500米的样子。车子冲上大堤,在民工的指点下,两人很快看到了柳枫。"萍姐,祸事了啊——"李一道开着车学着京剧道白的韵味向前一指,放慢了车速。

在下午柔和的阳光下,柳枫和一个穿素花连衣裙的恬静女人漫步在碧草青青的柳荫下。河水流速很缓也很清凉，映照着蓝天白云、两岸绿树的倒影，间或还有水鸟戏水低飞荡起的小小涟漪，还有许多不知名的昆虫或单或双或群在低空飞翔、降落，向人们演示着生命的欢歌，显得特别生动，天地间像一幅水彩画。

李一道把车悄悄停在一棵柳树下说："柳枫春天和我通电话时说，他对这里的景象形象的描述是：'长长的千里堤，高高的白杨树，一条黄土小路通向远方。路边，是凋谢的不知名野花和一蓬蓬衰草；夕阳下，几棵小树在晚风轻拂中摇动着，一男一女在依依送别。自然，悲凉。'看来是这家伙骗了我，分明是河水潺潺、花红柳绿，郎才女貌的公子小姐散步在大花园嘛。情切切，意深深，美不胜收啊。"

杭维萍心里也沉了一下，但嘴上还是说："别瞎说，说不定是个基层干部、妇联主任什么的。他们是在一起谈工作吧。"

"绝对不是，基层的妇联主任什么的有三大：声音大，身板大，腰粗大。你看这位，倒退20年绝对是窈窕淑女。不过，现在身材也不错。依我对女人的阅历与观察，她肯定没生过小孩。"

"去，打住。"杭维萍啐了他一口，"看把你能的。不过，也像。那你看她是做什么的？"二人边走边观察着韵致。

"演员。"李一道不假思索肯定地说道。

"这么肯定，根据何在？"

"一是我们刚才经过那棵古槐时有未拆除的音响和散乱的道具，二是你看她那双活泛的眼睛和走路有点儿猫步的姿态，虽然没有清丽脱俗的飘逸，但也别有风情。我跟你说，领导干部最应该警惕身边的三种女人：女演员、女医生、女记者。我看柳枫这小子是坠入情网了，不，也可能是欲海。哎，英雄难过美人关，石榴裙下无伟人哪。"

李一道的话虽然有些戏谑调侃，甚至是流里流气，但杭维萍不得不佩服他当记者的敏感与细微的观察力，心情更有些沉重了。她在政治家庭多年，当然知道财色一旦被人利用，会变成毁人于无形的重磅武器。

李一道可没想那么多，拉着杭维萍悄悄来到柳枫背后，朗声说道："正

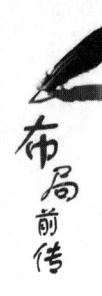

是江南好风景,落花时节又逢君。"

柳枫回头向杭维萍点了点头,冲着李一道说:"可惜我非杜工部,你也不是李龟年,更非落魄相逢在长沙。"

杭维萍笑着说:"李太白也可啊。虽不是'岐王宅里寻常见,崔九堂前几度闻',虽没写过《清平调》,但当年的《机械工人下乡来》小歌剧的脚本是出自你的手,还是他谱的曲嘛。"

李一道说:"可惜那些姐妹都各奔东西了,不像唐明皇玉笛一吹,美人群舞蝶恋花,我们是'昔人已乘黄鹤去''白云千载空悠悠'啊。"

听着他们的谈话,韵致已经知道是谁来了。到底是老战友、高级知识分子,到底是大城市、大机关来的,谈吐是那样高雅不俗,唐诗宋词信手拈来,历史典故俯拾即是,深情厚谊尽在眼神与语言之间。不像这里的人不见像腊月见了像六月,或问吃问穿,或勾肩搭背,虚伪庸俗至极。再看杭维萍,高贵中透着典雅,秀丽中透着聪慧。

这边三人戏言够了,柳枫说:"我估计你们快来了。日子太平静了,尽管这种日子是幸福的,但也很倦怠无趣,总希望出点儿什么事:出了好事自然无限夸大想象,直到面目全非;出了坏事,自然更是趋之若鹜,都要根据自己的社会角色定位到舞台上尽情地表演一番,这可能也是对中央要求转变干部作风和亲民政策的变相佐证吧。其实,我们这里的抗洪早就结束了,是残留在这里的半河碧水使某些人找到了表演的感觉,搭成了发挥的场地,尤其是挂着所谓无冕之王桂冠的被国外称为狗仔队的那帮家伙。"他不满意李一道看韵致的眼神,刺了李一句。

李一道确实是在看韵致,并将韵致和杭维萍比较着:单从面貌上看,两个人都很白,但一个是高贵的象牙白,一个是农家朴素的豆腐白;都耐看,但一个是典雅深沉贵族式,一个是轻歌曼舞式。高下立见。其他气质、神情什么的就差距更大了。杭无疑是大家闺秀,如果非要抬举一下柳的身边人,她勉强算个小家碧玉?尽管如此,李一道凭着多年在基层采访的摸爬滚打的经验,觉得在这种穷乡僻壤,这个女人已经说得过去了。

李一道打量着、思考着,看她的眉宇间有隐隐愁容,按迷信的说法,这种人人生是苦的,身边的人自然也随着运气向下。但想到柳枫的婚姻状况,想到一个在省城最高机关过着锦衣玉食生活、出入豪华权力殿堂的南书房文案流落到这种荒野之地,心情和生活的凄苦可想而知,大概对她的"愁面"因此视而不见吧。李一道不认为是柳枫的审美差,差到甚至看不出她身上还有一种说不出来的假模假式,而是在一个苦闷找不到出口和方向的环境里,一个身影经常出现在眼前,恍惚、动情甚至被迷心窍是正常的。李一道常为自己帮不上老大哥的忙而懊悔自责,觉得他真能找一个红颜知己来慰藉心灵倒也不错,但柳枫毕竟不是这里的游荡文人,是县委副书记,是政治人物。政治是残酷的,从某种意义上说,玩政治的人必须是起码表面上应该是苦行僧才行。李一道想,必须尽快弄清她的背景与目的是什么,可不能让一个乡下读了些书的半老徐娘毁了哥们儿的政治前途。

他收回目光,依旧嘻嘻哈哈地说:"柳书记,你可不要污蔑中央新闻单位,我们也是受命而来啊。怎么,也不给我们介绍介绍你的子民?这位是秘书乎,还是其他乎?"

柳枫笑骂了他一句,正式向他们介绍了韵致。韵致先羞怯后大方地上前和他们握手,亲热地叫起了萍姐和李大哥,还机灵地挽起了杭维萍的胳膊,向其介绍沿河的景色。当她的兰花指指向那棵傲立在白杨林中的古槐时,杭维萍的眼睛却被不远处河坡上的一片野花吸引住了,大声叫着:"啊,蝴蝶兰,蝴蝶兰!"韵致告诉她,那不是蝴蝶兰,是这里常年生长的和蝴蝶兰相似的野花,是一种蓝色窄小叶子中夹杂着小兰花和三条白细线的草本植物。柳枫知道杭维萍的嗜好,向韵致使了一个眼色,她就拉着杭维萍去欣赏那片蓝色的花了。

那个半吊子编剧不知从哪里钻了出来,屁股上染上了绿草色,拿着几张纸说:"听了柳书记的事迹我非常感动,想编一个小话剧。我写了个提纲,请柳枫书记审阅斧正。"末了红着脸说,"如果要排练,请给点儿赞助费。"柳枫笑着对他说:"我可不行。给你介绍一下,这位是中央来的大记者李一道,让他斧正吧。"李一道推托道:"你们的书记才是内行呢,想当年可是在一个国家级的剧团当过编剧,写过好几个大剧本呢。"柳枫说"别听他胡

说",无奈地接过了提纲。

在柳枫看提纲的时候,李一道给杭维萍的手机上发了一条信息:"发挥同性之间好沟通的优势,立即拿下,迅速查清其和柳交往的真相与目的。如为爱情,劝柳谨慎;如为寂寞,可暂时为之;如为其他,拜拜远离。"

那边,杭维萍看了信息以后,脸色变了一下,略为沉思后,马上删除了,对韵致的热情也立即增加了几倍,三分真实七分矫情地勾肩搭背起来。一会儿,二人欢声笑语地转到堤下的一片苹果园里,坐在一棵结满青涩果实的老树下叽咕起来。

夕阳一点红,当绚丽的晚霞铺满天时,两个女人从盈盈彩云间款款走过来,手里都抱着一束兰花。无论是象牙白,还是豆腐白,都带着迷人的笑容:一个是充满了成功的喜悦,稳操胜券的笑;一个是羞涩地和他人分享了秘密,甜蜜的笑。

杭维萍朗声宣布,今晚要到韵致妹妹家去吃当地特产,秫面饼卷小鱼外加清淡去暑热的小米绿豆稀饭,李一道高兴得"OK、OK"了几句,同时向杭维萍做出了"V"字的胜利手势,柳枫当然是求之不得。送走了那个半吊子编剧,他叫来司机开走了自己的车,自己则代替了李一道驾驶着大三菱。副驾驶座上坐着韵致,后边是两个挚友,柳枫心情愉悦得像骏马到了水草丰美的大草原,熟门熟路地奔向城里。

清幽的小院,三角梅、美人蕉怒放。韵致一到家,就在桂花树下靠东墙的地方放好了一张小茶桌、四把小藤椅,然后忙着烧水沏茶。

杭维萍坐下后环视着小院说:"雅啊。小桌呼朋三面坐,留将一面与梅花。"

李一道看了一眼正往外端茶的韵致说:"错矣,是留得一面给美色。你看这个北方的农家小院,有了桂花树和几株草、几盆花的点缀,品位与情调就上来了。如果是晚上,绝对是花满'院'中高士卧,月明林下美人来啊。那是何等醉人的意境啊。"说完,满脸坏笑地看着柳枫。

韵致今天是最高兴的。她忙里忙外、手脚麻利,在上茶的空当,回到正房打开电脑,鼠标点在了民歌精选连播上,藏在牡丹花丛中的音箱里立刻传出了李娜的《青藏高原》,让柳枫觉得又感动又温馨。入夏以来,有好几个月光如水的夜晚,他和韵致都是这样紧闭小院黑色的榆木门,坐在桂花树下一边品茶一边欣赏这美妙之音的。等最后高八度的高腔结束后,柳枫感叹地说:"这首歌荡气回肠,就像茫茫的群山中和广阔的草原上剩下了最后一匹狼,对着最高的一座山引颈长啸,把无限的怀念、无奈、苍凉、希冀表达得淋漓尽致。一个人如果一生能唱好这么一首歌,也就平生无憾了。"

"嗯,这解释有新意、有意境。"李一道思索着说,"老兄毕竟是学哲学的,思考的角度不同,体会也颇有深度啊。"杭维萍的脸色则凝重起来,似乎捕捉到了柳枫的一点儿情绪和心中的块垒。

韵致也好像感觉到了什么,看到三人因喝茶脸上渗出的细密的汗珠,回屋拿出了四把折扇。小桌四周,柳枫在北,李一道在南,东为韵致,西是杭维萍,四把扇子摇动,凉风阵阵。

坐在柳枫对面的李一道看到两位女士的扇子都有意无意地向着柳枫那面扇动,就怪怪笑了一下说道:"扇子不仅是中国的一大发明,能带来凉风并驱赶蚊虫,还是人们手中的道具。"

"那当然,古装戏里面都拿着扇子嘛。"杭维萍说,"许多剧团的演员都练扇子功。"

"但用扇子的姿势和意境就不一样了啊。诸葛亮鹅毛扇轻摇是成竹在胸,林黛玉团扇半遮面看贾宝玉是含笑带羞,文人握扇击节是赞叹不已,官员出场挥扇是威风八面。至于扇子扇向哪里,又各有不同了。"

三人被他的扇论镇住了,一齐看着他。尤其是韵致,一双水葡萄似的大眼睛闪动着质朴、渴求的神情,催他快说。

李一道把手中的折扇啪地一合又展开说:"你们看,官员扇胸膛,文人扇手心,商人扇肚腹,小丑扇脑袋。"他边说边表演,尤其是在模仿小丑的时候,还矮下身子,嘴里"呔呔"地打着小铜锣点,逗得大家哈哈大笑。"还有呢?"韵致有些着迷了,看着他天真地问。"还有啊,"李一道狡猾地

笑了一下，冲着他们三人一挤眼说，"还有就是美女扇帅哥。""臭贫，狗嘴里吐不出象牙来。"杭维萍笑骂了他一句。

暑热未退，树上落下的枯叶被微风一刮大部分积聚在了花池里，再加上前两天雨水，韵致心情不好没有及时打扫，小院里除了花香还有一股腐殖质的味道。韵致看到杭维萍鼻子微皱，赶紧回屋拿出了几根香，点着后插在了窗台上。

杭维萍说："是檀香吧，味道不错，但来得太迅速太浓烈了，应该用沉香。现在的檀香大部分都是用化工材料合成的，而沉香是用南方的黄杨木和其他植物做的，那香是淡淡地来，是在空中慢慢地飘，在不知不觉中就改善了小区域的空气质量。"

韵致对面前的三个人更加敬佩了，微微红着脸说："萍姐，你知道得真多，我得向你好好学习。你们等着，我把凉菜和酒端上来。"

四个精致的小凉菜上桌，韵致正要打开长城干红葡萄酒，杭维萍制止了她，要过车钥匙，从后备厢里搬来一个橡木制小方箱，拿出了一瓶"绿房子"酒，起开后给每人倒了多半杯。田园绿色的葡萄酒在白色的高脚杯里如一池碧水，给人一种特别清凉的感觉。

韵致作为主人，首先举杯说："感谢领导大哥大姐赏光来到寒舍，我先敬柳书记、萍姐、记者大哥一杯。"说毕，一仰脖干了一大半，红着脸呛出了几滴眼泪。其余三人跟着抿了一小口。杭维萍拿出带着点儿香味的进口纸巾亲热地帮她擦了擦笑着说："妹妹，法国的葡萄酒是有骨头的，需要嚼碎了再咽。"

韵致的脸更红了，仿佛不是在自己家里，而是像刘姥姥进了大观园，更像一个农村姑娘突然被人带到了国际大都市豪华典雅的大酒店，面对着西服笔挺的侍者，面对着打扮入时挂着职业性微笑的女服务员，面对着叫不上名字的珍馐佳肴，面对着洁净闪光的餐具，不知所措。羞怯、好奇、自卑遍布全身，她借口去烙秋面饼离开了。

杭维萍和李一道互相看看，会心地笑了。

原来，在大堤上上车的时候，二人故意磨蹭了一会儿，短暂地交换了意见。杭维萍凭善于和人沟通的魅力和丰富的阅历,在那棵结满青涩果实的苹果树下,几句话就解除了韵致的防线,套出了她和柳枫的来龙去脉,并以女人对女人讲知心话的方式对韵致说,人一半是野兽,一半是天使,男人在前一半上表现得更多一些,尤其是在政治生活不如意和寂寞时,追求新奇和刺激永远是男人的本性。张爱玲说,女人就好像是红白玫瑰。男人娶了红玫瑰,时间长了,就变成了白墙上的一抹蚊子血,而白玫瑰依然是床前明月光;如果娶了白玫瑰,时间长了也就成了挺括西服上的一点儿饭渣,而红玫瑰依然是朝霞红似火。说完后,她拿出一把珍贵的犀牛角梳子,把韵致的长发绕到胸前,轻柔地梳理着,一边意味深长地看着她。

韵致低着头沉吟了良久,抬起微红的脸庞擦着泪花说:"萍姐,我明白你的意思。我们不是一代人,我很欣赏歌词说的'不求天长地久,只求曾经拥有'。我承认,他寂寞,我也是,但寂寞绝不是我们的理由,我也没那么下贱,是他的才华深深征服了我;我知道我是小女子,配不上他,可我们,只是在一起精神交流的互相愉悦。萍姐,我知道你们是好到骨子里的那种朋友,是特殊年代造成的特殊的友谊,是我们这一代人永远也不会碰到永远也不会理解的友谊。你们互相在心里的分量是很重的。但就我们俩的关系说,他是我心中的月亮。"说着,她拿出了一张折叠得非常精致的纸,说:"这是我那几天和他联系不上时准备发给他的一条较长的短信,你看看吧。"

杭维萍接过来轻声念道:"对于我来说,你是天上的月亮,在苍茫的人世上,有了你的照耀,灵魂深处就有了那份安宁与喜悦。有时,一片乌云飘过,月亮被遮住了,可是我知道那月亮还在,在我的头顶和内心。我从来没有想过,拿月亮当饭吃、当衣穿,但只要我能看到、想到,心中就充满了甜蜜与慰藉。"杭维萍小心折好,说:"妹妹,你写得真好。其实,人的心灵里有许多不同的空间,就像大城市里不同的楼层。一楼,是店面的朋友,通常说几句固定的话就够了。例如,你好吗?吃饭了吗?去哪里?使每个人看起来都很平稳、安定、满足。二楼,是客厅的朋友,可以一起喝茶,八卦一下政治经济、新的商机、最近的新闻。大家在一起打发时间,

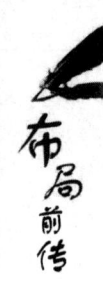

可以抛开每一个人内心的孤独,然后觉得很幸福。三楼,是厨房的朋友,可以敞开心扉谈心的那种。觉得自己充分被对方理解,人生一点儿也不寂寞。四楼,是卧室的朋友,可以互相永远拥有的那种。顶楼阳台,是缘分的朋友,一般空在那里,没有被设定怎样,有时飞来一只鸟,有时吹来一棵草,有时落下几颗种子,你也不知道什么时候能开花,当然也没期望结什么果。也许一阵雨滋润了心灵,也许刮起风乱了寸心。这个地方看起来也许是空空的,但是你知道它不是空的,因为里面装满了'曾经'。妹妹,如果有一天你从寂寞的卧室里上了阳台,在'曾经'里站了半天,抬首望星空,发现这个月亮不在嘉谷的上空了呢?"

韵致说:"月亮升起来时是照遍全世界的,别人能看到,我也能看到,我会默默地想他。"

杭维萍一把搂住她激动地说:"好妹妹,你真是我的好妹妹,我都嫉妒我们这位'德国上校'了。可惜,我和你一样是个女人,要不然,我要和他一争高低,把你抢过来,在天做比翼鸟。"

杭维萍心知自己说得太勉强、太做作也太酸了,但韵致却感到和这个刚认识的萍姐心贴得更近了。

当杭维萍把这一切告诉李一道的时候,李一道说:"柳枫这小子真有艳福,想不到这个小女子还挺痴情的。不过,女人缠绵的想念也是很可怕的,再者她表达的是不是真实的内心也未可知。总之,我们还是要用点儿小手段,显示一下档次,让她知道在金黄色麦田里甜蜜幸福的小燕雀和搏击长空的鸿鹄所见的世面是不一样的,理想也是有很大差别的。要彻底打破她自我陶醉式的自信,好让我们的'上校'在适当的时候,有一天挥剑斩情丝,轻装上阵,骏马驰骋草原,雄鹰搏击长空,肩上增加一颗星或换成大金板,去指挥更多的军团驰骋疆场。毕竟我们仨数他年龄最小,是真正的官啊。"

柳枫对他们所做的一切没有察觉,好友的相聚胜过了有情人的相会,似乎又回到了他在省委工作常聚京城酒吧的时刻。

杭维萍毕竟是随首长来视察的大员,尤其是林黑根的四个"胡日鬼"让她总觉得这次洪水里面有点儿事，就问起了柳枫。柳枫把张二牛说的那一套讲了一遍，重点说了堵决口没有必要，但隐去了自己和楼宇争论的情节，最后说，其实这水就放了一整天，如果分成一个星期或十天放，就会变害为利了，可以给遍地干渴多年的坑塘蓄上水，减少地下水的开采，减少农民浇地的费用。至于那水为什么来两次，自己也不清楚。他伸了一个懒腰，站起来说："不管怎么说，我负责的这一段反正没跑水，可以说取得了抗洪的胜利。"接着，又把自己如何当机立断地调集物资、民工等事讲了一遍，边稳健地踱着步子，边潇洒地挥着手，满脸兴奋，仿佛是一个征战得胜回来的大将军。

"这么说，老兄在这里是如鱼得水了？嘉谷的文化民风如何？"李一道问道。

柳枫的神采暗淡了，重新坐在椅子上，喝了一口酒说："贫穷是一切悲凉的根源，但这里最可怕的还不是贫穷，而是对贫穷的满足和麻木。一道你来过这里，应该知道地理环境封闭是很明显的。这里的人受农耕文化的传统影响极其深，安土重迁，够吃即安，缺乏开放意识，和塞外的游牧文化大相径庭。你们看见这个小院了吗？其他机关也就是这里的放大，但没有这里雅致。我刚来的时候去教育局视察，那里一圈破墙头，两个砖垛子，一个锈迹斑斑的铁栅栏，三排平房，既办公又住人。各个屋前是自扎的小篱笆，种着青菜，窗户下边是鸡窝，一个水龙头常年流水。人们在上班时间有的拔草弄菜，有的看鸡斗狗，有的洗衣服。根本不是机关，纯粹是庄稼院。局长除了一年开一次会到市里去一次，和自己主管部门的人一个也不熟悉，更不用说和省里、部里有联系了。所以，每年上边拨给这个县的教育经费最少。有一次在市里开会时，那个戴深度近视眼镜、胖胖的教育局石局长笑呵呵地对我说：'你们嘉谷真是革命老区，风格高啊，不跑不闹，不给不要。'当时我恨不得钻到地缝里去。回来后我找县教育局局长谈话，他支吾了半天说：'共产党不是讲平等吗，再说去了说什么啊。'后来我调查了一下，他说得也不无道理。关键是这里的人不学习，对知识有一种天然的抗拒感，没法跟外面的世界接轨。我的一个同学在中粮集团，负

责对外出口,今年麦收后,我让他来收购一部分,可他带着一帮人来了后,一个乡的粮站站长和他对话差点儿把我气晕了。"

"说什么了?"杭维萍和李一道同时问道。

"中粮公司的人问他:'你们有多少小麦?'他说:'好几大库呢。'问:'有多少吨?'他说:'得好几千斗吧。'问:'含水率多少?'他答:'一咬嘎嘣嘎嘣地响。'问:'如果我们测验后含水率高,你们那儿有晒台吗,多大面积?'他说:'有啊,老大一片呢。'问:'晒台的厚度是多少?'答:'两三个拇指厚。'中粮的业务员无可奈何地笑着说:'你们粮库距火车站的运距是多少?'他说:'也就几十大截地吧。'最后我被那个同学骂了个狗血喷头,还倒赔了他两条中华烟。你们说,这种鬼地方的素质,经济怎么发展?开放怎么干?我不否认,生产责任制确实调动了农民的积极性,但是,政府在组织、服务上的缺位,使农民的思想意识跳过了合作化、人民公社时代的时空,和久远的'日出而作,日入而息''鸡犬之声相闻,老死不相往来'的生活方式很自然地连接起来了,当然也不排除他们对过去农民搞半军事化管理的厌恶。真理与谬误在毫厘之间,于是,这里的群众变成了一盘散沙。你们知道,清理一盘散沙远比搬走一个沙堆艰难得多啊。还有就是这里的人普遍有一种愚昧的满足感,对先进的文化不去接受,对自己的文化特色不去张扬。比如这里自古有拉花会的传统,扭秧歌、踩高跷、敲鼓点都别具一格。我提议建一文化长廊,把历史文化和这里的文化名人用不同形式表现出来,再现历史文化的辉煌,让外地投资置业者有看点,促进招商引资,并且从省文化厅争取了一部分款项,但人大常委会那几个老家伙就是不通过。"

李一道说:"自从人类有了政治纷争之后,一个地方的经济发展与文明的推进从来不是靠一个人或者是几个人,而是靠这个地方民众的信仰或者理想。理想与信仰来自最高统治者聚人气的方法和发动与给予。"他似乎在引导着什么。

"我看你们这里这次抗洪组织得不错啊。人很整齐嘛!"杭维萍看了他一眼,转移了话题。

"一是这里的人有对洪水的恐惧,有抗洪的传统;二是政治高压下的结果。"

"过去总是说京城居,大不易,看来七品居也不易啊。"两人满怀忧虑地看着他。

感觉到了两个挚友的深深理解,柳枫心中的块垒逐渐消散,说:"更不易的是部分官员貌似亲民的官僚主义带来的灾难和群众苟且偷生的可怜。今年春节前省里来领导给贫困户送温暖,每家一袋面、10斤肉、一桶油、200元钱。省城离这里300多里,东西当然由县里准备。一个上午共慰问了6户,开支也就1600元。可中午招待省、市的人就花了5000多,再加上要过春节了,怎么也得给领导弄些土特产吧,总算起来1万多。"他苦笑了一下继续道:"还有今年'五一',你们北京的几个部门组织了一个慰问团到机械厂慰问下岗工人。因为这里有扭秧歌、敲大鼓的民间艺术,上面就要求工人们载歌载舞迎接,以显太平盛世和对领导的尊重。在一排低矮的平房前,我亲眼看见一个女工放下捡破烂的筐抱着发烧的孩子喂药时,厂长拿着红绸子要她马上去跳秧歌舞,否则扣发下月生活费。那个女工只得含着泪掰开哇哇哭叫的孩子的小手,将孩子硬塞给了也在抹泪的婆婆,系上了代表喜庆的红绸。锣鼓响起来,我看到那个女工扭着秧歌时眼中还含着泪花。后来,和我一起去的县文化馆的人还为此专门写了一首打油诗:'尊敬的领导大人,当你们深入群众的时候,你们可曾知道,群众的肺有多憋闷,群众的笑容有多遭罪,欢欣鼓舞的场面有多虚伪!'诗虽然很一般,情却是真的。"

"字字血,声声泪啊。"李一道感叹着。

"柳枫,你在这里感觉仕途情况怎么样?"杭维萍可能觉得空气太沉闷了,再次转换了话题。

"我来的时候,记得你说了三条。自我感觉前两条基本做到了,第三条让领导认可却太难了。"

李一道说:"我看主要是因为这里的文化氛围太落后了,而优秀的种子应该落在适合生根发芽的土地里。萍姐,你看是不是?"他试探着说。

207

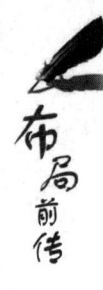

　　这一次杭维萍没有制止他，反而是沉思了很久说："据老爷子透露，最近中央可能要调整你们这个省的领导班子，他们线上的一个人是人选之一。到时，尽力为你争取吧。不过，今天就咱们三个人，我把话跟你讲清楚，你可不要闹出什么事来，尤其是和她。"杭维萍指了指在厨房里忙碌的韵致，"她看起来很善良，你们也很时尚，但要记住，时尚，是一种理智的放纵。关键不是放纵，而是理智。"

　　听到人事调整，柳枫的眼睛立刻亮了。从杭维萍对他跟韵致关系的直言中，回想三个人刚才的表现，已经明白他们知道了一切。他郑重地点了点头，说："你们放心，我和韵致目前为止还是精神层面的知己，不是你们以为的那种关系。"看到李一道要开口，柳枫制止了他，继续说："我知道你想说精神和肉体只有一步之遥。如果我说精神交融远胜肉体享乐，你们也许会骂我虚伪，但此刻我在这里的处境决定了我就是这样想、这样做的。韵致是我下放到这里唯一可以无所顾忌说说话的人，她让我感到安全、放松。我不是什么道德卫士，但这年头能找个放心、轻松聊聊天、说说心里话的人可比找个情人难多了。韵致很想跟我进一步，但那是一厢情愿。我心里很清楚，我不可能留在这里一辈子。我不想毁了她，说句自私的话，我更不能毁了自己——在这一点上，我不会犯糊涂的。我不是平头百姓，也不是冲动的18岁毛头小伙子，在感情上，我知道什么该做什么不该做。我和她迟早是要告别的，现在要做的不过是把告别提前了。"

　　等到不明就里的韵致把食物端出来，大家打住话题，品着杯中酒，喝着清甜的绿豆粥，吃着香脆的秋面饼卷小鱼，心满意足。尤其是京城来的两人因为卸下了重负更是赞不绝口，不时与韵致开着小玩笑，其乐融融。

　　月亮升起来了，月光如淡乳，被河面上漂移过来的水分充盈的空气漾动着，薄绸般地飘荡，花叶、小草越发绿得森然，树影浮动，像静静湖水里舒展腰肢的水草。远望，县城里不多的几栋楼房蒙蒙地立在树冠的上端，给人一种不真实感。

　　柳枫的手机响了，县委办公室通知他立即赶到宾馆小二楼会议室开紧急会议。

十八　　双规是党内审查干部的规矩，按党章违反的是政治、经济、作风

柳枫被双规了。

那天下午演节目时，民工四滑溜在古槐树下湿漉漉的头发确实是被尿浇的，不过不是鸟，是人。

方囊听说韵致参加了市里的演出团，并要去柳枫的堤段上演出，断定二人一定要见面，另外凭他对韵致的了解，判断这个女人很可能搞出点儿什么事来，就派了自己的亲信薛秘书带上摄像器材见机行事，另派人手搜集别的材料。

太阳还没出来，多年干枯的大平原上由于有了水，空气湿度大了，河堤上雾蒙蒙的。薛秘书想着方囊许愿的唾手可得的交通局副局长的位置，心里很激动。在蒙蒙的雾色中，他把自行车藏在密密的玉米地里，带着一个大面包、两瓶矿泉水和两架带红外线和变焦镜头的照相机，怀着对未来的憧憬和美好的希望，看看四下没人，爬上了高大的古槐树，藏在了密密的叶子中间，把柳枫和韵致唱情歌、和女主持人跳舞的场面拍了个一清二楚。柳枫在台上看到的那道白光就是从他的照相机发出来的。

自从早晨上树之后，饿了吃面包，渴了喝矿泉水，原来的大便习惯是在每天上午，现在可以憋着，但小便就没办法了。他只得小心翼翼地往树干上尿，原本只想尿一半，谁知水龙头一打开就刹不住了，发黄的尿液顺着老树皮弯曲而下，一直到了四滑溜的头上。

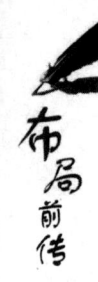

当天晚上，一大沓照片和一封颇有文采的告状信就到了楼宇的面前，上面写道："敬爱的领导，当你们和上万名解放军和民工战洪水、斗恶浪，为了人民的利益奋不顾身地封堵决口的时候，看看我们的县委副书记、牛庄段抗洪总指挥柳枫在干什么吧。他在和搔首弄姿的女演员对唱酸曲调情，在和女人放浪形骸地跳舞，在唱'一条大河波浪宽'糟蹋革命歌曲，在歌唱给人们带来灾难的洪魔。让这样的共产党员领导我们抗洪是我们的耻辱，我们看着恶心。另外，我们再反映他的两个问题：一是为自己树立威信，讨好民工，无偿调用了国库粮；二是对民工实行了法西斯专政，组织了棒子队，任意打骂辛辛苦苦在河堤上的农民……"落款是"一群和群众密切联系的共产党员"，下面还有几个谁也不认识的名字。几张感光度很清晰的照片夹在中间，看得楼宇的眉头皱成了一个"川"字。

这两天，决口马上合龙，上级在视察时也给予了表扬。据楼宇的眼线报告，在最近的一次省委常委会上，大老板也对他赞赏了几句。这些虽然都令他兴奋了好几天，但另有两件事心里不痛快。

一件事是他安排部队的舟桥团往外接被困村庄的群众，由于水越来越少，冲锋舟的螺旋桨不是被庄稼的叶秆缠住就是搁浅，以致他向省里保证的每天往外接多少人的数目达不到，而省民政厅那个长着一张欠抽脸的处长特认死理，整天拿着当初的计划表和当日的进度向省政府和他报告。"时刻把群众的安危冷暖挂在心上"是从中央部委下来的那位省长的口头禅。省长不仅让秘书过问，还亲自打了两次电话问原因，并说是不是船小或者不够，表示可以从沿海地区调一些大船来。楼宇找到舟桥团团长问怎么办，那位一根肠子直通到底的解放军大校往下拉了拉衣襟，正了正军帽，一溜小跑来到站在河堤上的他面前，立正，"啪"一个敬礼，像在阅兵式上大声喊道："报告首长，要求立即增加放水量！"他明显听到了周围干部的轻笑声，连忙哭笑不得地把那位上校打发走了。

另一件事是被水围困的村庄机井被淹，群众喝水困难。大河里的水浑浊不堪，他让人给每个村发放了白矾，但这种化工原料澄清的水味道很不好，许多老百姓不习惯喝，就驾了小船或是用自家准备盖房的木料绑成木筏子到外村去运水。这些漂流工具在水面上横七竖八地乱走,往往占用了解放军舟桥团的水道,有的还被机动艇搅起的漩涡冲到了浅滩上或者是密密的庄稼地里,水洒人倒,还得派人去救援。在一次指挥部联席会上,负责此事的一个成员提出了这个问题。楼宇说:"毛主席早就说过,严重的问题在于教育农民。在吃白矾水的问题上,要发挥党员联系群众的作用嘛。"此言一出,大家顿感滑稽,有的睁大眼睛看着他,有的捂着嘴偷偷笑。张二牛小声嘟囔道:"党员的胃和群众的胃是爷俩比××,一个鸟样。"楼宇听到了,马上说:"不对,斯大林同志说过,共产党员是用特殊材料制成的。"大家越发感到滑稽,张二牛索性大声说:"这不是打日本鬼子,党员冲在前,子弹来了先给群众挡着,牺牲自己,保护群众;也不是挖河,党员多推一车土,群众就少干一点儿;是喝水啊,党员再带头多喝,也流不到群众胃里去,就是男女配对干那事,也流不到那儿去。底下过瘾,上边也解不了渴啊。"话音未落,惹得哄堂大笑,震得会议室外两棵大杨树上的一群麻雀顾不得叽叽喳喳,一齐飞走了。

  想到这里,看着告状信和柳枫的照片,联想起会议上的封堵决口之争,楼宇不由得怒火中烧,哼哼冷笑了两声:"是时候了。"他拿起粗大的签字笔,狠狠地写下了"立即双规,交代问题",笔浓墨足,力透纸背。随后他到阳台上望着无垠的苍穹出了一口长长的恶气,平静下来以后,叫来了秘书,拿走了批文。

  柳枫赶到会议室后,等待他的是市纪律检查委员会的一个常委和两个科长。那个常委面无表情地向他宣布了双规的命令,随即被收走了手机,上了一辆早就准备好的汽车。两个科长一左一右把他夹在后座上,也不开车灯,车围着县城里里外外绕了好几圈,最后穿过一片大柳林,来到了过去充当"五七"干校现在是县供销社的一个小招待所的三楼,住进了一个有三张床位的里外套间。外边两张床住纪检委的两个科长,他单独住里间的一张大床。窗户上安了保护网,屋里有卫生间。一个科长给了他一本白纸和一支笔,宣布说:"活动范围就是这间房,不能随便外出。吃饭有人送

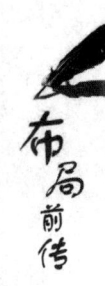

来,上厕所不得关门。主要交代自己在抗洪期间的问题,前两天可以先思考,以后每天要写出来,写一张交一张。不得私藏任何字条,不得和外面的任何人随便联系。"窗外,是一棵本地常见的钻天杨,越过三楼直指蓝天,树叶在初秋的风中飒飒作响,间或也有一两片发黄的叶子身不由己地飘落下来。

柳枫苦笑了,知道是被人算计了。他知道,此时此刻此地,对这两个只知道执行任务的小科长说什么都是没用的;他明白,灾难袭来的时候,只能选择默默地忍受与抗争。

他打开窗户,让室内因长久不住人的腐朽气味往外散,把萧瑟的风请进来,然后点燃了一支烟,斜靠在被子上漫无目的地发愣出神。对面的墙上是一张过时的日历画报,一个长相丑陋的男歌星在一片桃花林里引吭高歌,一群打扮入时的城市姑娘赏花起舞,营造出了一派欢乐的气象。他又苦笑了:"人面不知何处去,桃花依旧笑春风。"桃花,桃花?他猛然想起一件往事。

今年春天,柳枫从北京引资回来,四方叫好,自己心情舒畅。当天下午开了一个总结会,于茂盛对他进行了高度赞扬,说他是嘉谷的栋梁,班子成员学习的榜样。不管是真是假,反正给他带来了好心情。那天好像是本地的一个什么节日,本地的干部和市里来此为官的都回家了,难得没人拉他上酒桌。吃过机关食堂大师傅给他一个人做的一小碗肉丝面配两个小馒头,胃里舒服得很。他洗了澡,换上了一身天蓝色西服,系了一条红色的领带,认真地擦了擦皮鞋,像一个刚刚中了举的翩翩公子,踌躇满志地到城外踏青散步。刚刚拐过一条小街,就听到一个颤巍巍的声音在后面喊道:"这位先生,请您留步!"语调里充满了迫切与谦卑。

柳枫回首望去,见墙角的小马扎上坐着一个看不出年龄的人。这个人戴着黑黑的圆眼镜,嘴角上的胡子不知是粘的还是真的,穿着一件看不出颜色的长衫,面前一张皱皱巴巴的纸,上面用楷体写着"易经算命"。那几个招牌字,很有点儿名家的真传。

柳枫从小受的是励志教育,一向看不上这种在尘土里讨生活的人,常想，一个人连尊严都不要了，活着还有什么趣味？但在今天这个无所事事心情又很好的散步途中，倒也不妨和这位易经先生扯几句。

他停下来，冲那两只黑镜片晃动挥手说："你真的看不见吗？"

"我做梦都想看见呢。"他一停下来，易经先生觉得有了机会，语速慢了下来，弄出了一点儿气定神闲的仙人气来。

"那你刚才怎么知道面前走过的是先生而不是小姐呢？"柳枫逗他。

"问得好。"易经先生伸出了一根手指，声音高扬起来。从这点看，柳枫估计他骨子里就有演说与沟通的潜质。"这位先生，听我慢慢道来。我们研究易经的人，最讲究气场，每个人都有自己的气场，但气场的强弱、大小可是千差万别的。人中龙凤和庸常百姓，十里阳刚与三寸阴柔，我在几十米外就可以有感觉。我虽然看不见您的相貌，但您这个气场啊太了不起了。我浪迹江湖，给人指点迷津多少年，从来没碰到过这么强的气场，否则，我不会冒失地请您留步。凡事是要讲缘分的，遇到了这么好气场的人，我是如鲠在喉，不吐不快啊。"

对方虽然是打场子、卖野药的江湖腔，但柳枫仍然能听出这个家伙有点儿小聪明，甚至可能受过一点儿教育，尤其是说话间那种明朗，好像不是在装神弄鬼，而是在传道授业解惑。柳枫有些忍俊不禁。他骨子里虽然清高，但碰到好玩的，只要心情好，还是愿意逗一逗的。

"得了，别胡吹了啊。我想应该是我的脚步重，你才猜测出来是'先生'吧。告诉你，本人是哲学系毕业，哲学学士。《易经》是中国古典哲学的范畴，相传是周文王所著。圣人读易，韦编三绝都没完全理解，我想，你大概还没摸到《易经》的门呢，而且连对象都选错了，也就是说，你找错人了。我呀，根本不信命，包括那些血型说、生肖说、星座说、地域说、时辰说等。那叫怪力乱神，我一概不信。你说，我的命是你能算出来的吗，真能算出来那还叫命吗？所谓天机不可泄露，泄露了可就不是天机了。你说呢，'易经专家'？"

柳枫的话不可谓不尖刻不刺人，但那位先生一点儿都不恼，涵养好得很，继续说："不信无妨，姑妄言之，姑妄听之嘛。反正我又不要您的钱，

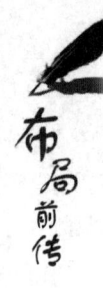

您就是给，我也分文不收，能给您这样气场的人打上一卦，也是我职业生涯中一次难得的际遇。"易经先生或许听出柳枫语气中的调侃以及调侃过后那点儿居高临下的快乐，于是更加放松起来，语气中又多了一些亲昵，从身后变戏法一样拿出了一个马扎："怎么样，高贵的先生，您就屈尊坐在这儿吧。本人算命，一不问生辰八字，二不问姓名字号，三不必测字画符，只要借贵头一摸，我就能说出一切。先生可要细细听来，本人绝不说第二遍。"

柳枫警惕地向四周看了一下，夕阳下沉，暮野渐入苍茫，城郊小巷等同农村，户户院门紧闭，家家炊烟袅袅，街上行人极少。再看那易经先生的手，褪下手套后竟然是那样修长白皙，连指甲都剪得整整齐齐的，柳枫不禁又多了一分好感，索性真的坐在他旁边，把脸微微侧过，让易经先生的手伸到他头上，后脑勺、顶门、天庭、耳垂、鼻梁逐一摸着。

人生之中，壮怀激烈也好，五彩斑斓也好，幸福美满也好，寿终正寝也好，无非是金钱权力、饮食男女、生老病死。在那天，在那个蓝色砖墙的拐角，在那昏然的暮色里，易经先生摸完他的头后，薄薄的嘴唇快速嚅动着，上天入地一顿海吹胡咧，说了许多许多，说他未来的一切无一不是花团锦簇，可喜可贺。

巧得很，柳枫恰恰办了一件和嘉谷发展有重大关联的事，得到了上上下下的承认与赞扬，也显示出了自己非凡的聪明与价值。柳枫对易经先生这套溢美之词怎么听都顺耳，好像怎么说也不为过。说到女人问题上，易经先生的嘴唇停滞了。他昂起头、侧着身，好像在聆听天上过路神仙的耳语，好一会儿，才煞有其事地叹了口气，让柳枫附耳过来，小声转述他所探听到的天机："您今年也就38岁吧。"柳枫暗暗点了点头，"在这个年岁里，有个桃花劫。这个劫嘛，是让不过、躲不过的，各个方面的因素也不允许你让、你躲，只有迎着上了，但关键的关键，就是要把握好'度'，要发于当发处，止于当止处。切记，切记。"

柳枫听得一乐，算命先生最后这句话，太没水平了，太江湖了。何止是男女，在任何事情上，度，都是最重要的。这位自称是易经先生的人大概还不知道儒家的深刻与进取、道家的超然与聪明、法家的刻薄与无情、兵家的严峻与残酷、纵横家的权变与无耻吧，还以为自己多么高明，掌握了人情练达之道呢。他当即掏出了20元钱拍到了对方的手上，扬长而去。

现在想起和韵致的事，情急而令智昏，柳枫再也顾不上什么哲学辩证唯物主义和江湖术士测术的概率论了，心想可能那家伙的肚子里也真有些锦绣山水，当时真该多问两句啊。

昏黄的灯光照着单调的家具，柳枫躺在床上辗转反侧，想着来嘉谷多半年的工作、生活情况和被双规的原因。工作上应该说已基本适应，在自己负责的那块范围里，特别是招商引资上有了很大突破，成绩上班子内部和下边的干部群众有目共睹。至于招商的方法，他想不会有人讲出来，尤其是利润大于成本的时候。处理问题上包括违规操作的事，就是机械厂那档子事自己也耍了滑头，具体的责任让县政府那边承担了。他记得有一年美国司法议员来访，问到中央一领导中国除了法律之外还有对公民双规的惩罚手段，中央领导说那是对党员。美国议员针锋相对地说党员首先是公民，那个中央领导不耐烦了，说，那是我们共产党的家规，你们无权干涉，把议员说了个烧鸡大窝脖。可自己又违反了哪条家规呢？按党章说，无非是政治、经济、作风。首先他这样的小人物是无资格犯政治错误的；在经济问题上，自己绝对没有收过别人的现金和有价证券。记得两个月前县委调整对外开放办公室的班子，自己是主管领导，组织部推荐了一个副主任。晚上张二牛又把他叫到家里吃饺子，吃完后对他说自己有一个本村的侄子在乡里当经济委员会主任，新娶了媳妇在县里的师范教书，想提半个格上这里来。他吃了人家的嘴短，又喝了些酒，当时就答应了，回去后马上把组织部推荐的人选顶了回去，又给于茂盛做工作。常委会通过的第二天早晨，那个新上任的副主任拿了一个信封，里面装了5000元钱放在他办公桌上，被他当场退了回去。后来他在很小的范围内说了这件事，但还是被张二牛知道了，也是在一次喝了酒之后，张二牛说他："你不收就不收吧，还到处瞎嚷嚷，弄得我侄子不好做人。"说得柳枫莫名其妙、哭笑不得。再就是作风了，自己和韵致的事情，发乎情止乎礼，见面时又很隐秘，不会有

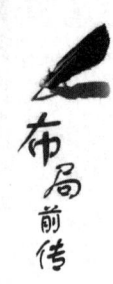

人发现。

　　他上次去北京,和以往一样,不去商场,不进娱乐场所,只是逛书店。办完事后,决定下午返回。张二牛知道他的习惯,便和本县那帮人去串亲戚或给老婆、孩子买东西去了。机灵的刘华仑把自己的新款奥迪给了他用,并塞给司机一把钱,让拉着他去王府井书店。上上下下转了半天,他相中了西方一个社会学家写的《交往、交叉的艺术》。说是艺术,实际上是理论。书上说,交叉理论向世人展示了一种与亲爱的人相处的艺术,就是说,亲密的人之间应该是两个相交而不重合的圈,交叉的部分是彼此共同的世界,不交叉的部分是各自独有的天地。懂得在交往中保持最适合的距离的人,才会得到最完美的感情生活。柳枫始终认为,自己与韵致之间是基本上遵循了这个原则的。

　　他剥茧抽丝,大前提、小前提地分析着,一样一样地剥离着。双规总是有原因的,最后的估计就是得罪了谁的问题。第一就是在堵决口问题上和省纪委书记楼宇的争论,那是为了人民的利益鼓与呼,再说省委领导不至于这么没肚量啊。第二是抢修大堤时无偿调用了方囊亲戚的拖拉机,可损失也不太大,方囊也不可能这么小心眼啊。他自认为和方囊处得还是不错的,起码比欧阳强,起码没有什么利害冲突……

　　虽然一夜没睡好,柳枫还是不到7点就醒了。他有晨练的习惯,一般是到河边跑步。天色刚明就起床叠被,洗漱完毕才发觉失去了自由,柳枫只得在屋里做了几个扩胸动作。看看外屋,那两个年轻的科长还鼾声如雷;窗外,钻天杨上有两只小鸟在晃着小脑袋似乎在争论着什么。忽然一阵鸽哨从远处传来,一只品种优良、全身的羽毛像小雨点的信鸽翩然而至,奇怪的是它嘴里叼的不是小虫和米粒,而是一张折成小燕子形状的字条。信鸽落在小鸟旁边,似乎嗅了嗅鼻子,然后轻快地振翅一跳,跳到了外边的窗台上,小嘴透过保护网铁棍的缝隙,两只乌亮的小眼睛看着柳枫。柳枫看出了名堂,向外屋看了一眼,小心地打开窗户,把那张字条拿到了手。"小雨点"则跳向窗台的另一角,大口地吃起不知何时放在那里的一个小塑料盒子里的食物。字条打开,上面只有一句话:"少安毋躁,自有高人搭道。"字写得像长得生硬的树杈子，不像是胸中墨水浓重的人所为，但用词又是半白话半文言，没读过几本古典小说的人还真不可能写得出来，尤其是后半句，用的是当地土语。"搭道"，是跑路子让他出去，还是暗地里把他救走，柳枫一点儿也不明白，总之是福音。他看完后，点燃一支烟，把小字条放在烟灰缸里烧掉。快速地抽完烟，待烟灰与纸灰混在一起的时候，他借小便的机会迅速倒进了抽水马桶，冲了个干干净净。

　　沉默是金。整整一天，除了吃饭，柳枫没说一句和自己的问题有关的话。倒是两个科长总是有事无事地和他搭讪两句，还是客客气气地喊他柳书记，服务得也颇为周到，主动为他拿碗夹菜。有一个安慰他说，他们见得多了，进了双规门的人大多数有问题，一般是逃脱不了的，但要是上边有人，大事化小，小事化了，出去照样做官，说你柳书记是省里来的，肯定有人搭道。柳枫没有反驳他，从他说出的"搭道"两个字，断定他可能是嘉谷本县人。为了打破沉闷的气氛，另一个科长在午饭时还因为服务员的话讲了一个短信上流行的段子。他们中午开饭的时间是12点，女服务员也是为了巴结他们，送饭的时候对他们说："领导，我可是12点整送来的啊。"那个科长坏坏地一笑，对着她的背影说："整，在东北话里是动词，就是'干'和'做'的意思。"说短信上讲有一个老总和女秘书坐火车软卧包厢出差，晚上，老总一看自己的表不知何时停了，便问女秘书现在几点，女秘书说10点。老总说，整啊？女秘书说，太早吧，人还没睡呢，列车员还在过道里走哪。老总说，我是问10点整啊？女秘书说，再等一会儿吧，11点再整吧。说完，二位科长喷饭，柳枫听着觉得语言艺术运用得不错，包袱抖得也算适当，也笑了几声。三人的僵局打破，柳枫慷慨地拿出500元钱，让他们出去买了两条中华烟，回来分给了他们一条，顿时关系活络了许多。

　　到了晚上，柳枫做梦也没想到，来搭道的竟是县委办公室主任方囊。其中一个科长果然是本县人，方囊一进门，他就巴结地迎上去，连声喊着方主任，说万分感谢，让自己中专毕业的侄女到了县里吃财政饭的单位。方

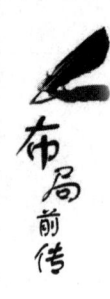

囊也不说话,随手把一个信封给了他,他转身塞到了那个讲段子的科长手里。二人会意地对望一眼,出去了。外面,一个笑意盈盈的女服务员把柳、方引到了一个摆满了水果、香烟和精致小菜的雅致小餐厅里,一瓶包装豪华的五粮液在灯光下闪着诱人的光芒。

相见时难别亦难,此时相见更无言。二人相互敬烟和必要的寒暄过后,陷入了难堪的沉默。柳枫始终认为,在人的一生中,会不断地遇到三种人:第一种是喜欢你、支持你、理解你的人,这种人对你有知遇之恩,可以为师、为友,你应该终生尊重、珍惜与呵护;第二种是误解你、嫉妒你、中伤你的人,这种人会给你伤害,你要远离;第三种是与你互不相干的人,你可以和平共处,以礼待之。那么方囊是自己的什么人呢?绝对不是第一种,很可能是介于第二、第三种之间。

方囊会来为自己搭道吗?不会的,他在心里暗暗否定了。那方囊来的目的是什么呢?说实在的,他对方囊的印象还是不错的,刚来时几乎将其引为知音。在这个偏僻的小县里,方囊也算是一个人才了,毕业的学校虽然不入流,但文章写得也还入眼,办事也算利索,至于有些不顾廉耻的蝇营狗苟的钻营,也可算"人在江湖,身不由己",只要不是硬踩着别人的肩膀往上爬,也是可以理解的。但他最不喜欢的是方囊的阴,眼睛看人的阴,顾左右而言他的阴。

此刻,柳枫坐在沙发上,吸了一口烟,把烟头在烟灰缸的边沿上蹭着,让烟灰一点儿不落地落到烟灰缸里,嘴角微微上翘,那双海蓝色的眼睛看着弯腰低头坐在对面床上眼睛似乎是对着地面闪烁的方囊。

方囊的眼睛闪烁了半天,但虹彩始终没有固定下来,心里懊丧透了,也委屈透了。他并非来搭道,而是不得已而为之。

信息化社会,人们的价值取向多元化,再加上错综复杂的血缘、亲缘、学缘、地缘、经济缘搭起的关系,贫困小城的人们对政治和官场天然敏感,什么事情也保密不住。在这个被人们形象地戏为"三个警察两岗亭,一盏路灯照全城"的弹丸之地,柳枫被双规的第二天早晨,不,确切地说,当天晚上消息就传开了。证实了消息的准确性后,杭维萍与李一道简单地碰了一下头,制定了两步走的救援战略:一是弄清双规地点,稳住柳枫,给县里施加压力;二是寻求外围突破,抓住辫子,和决策者正面交锋。李一道说,据观察,张二牛似乎和柳枫的关系不错,可否利用一下,还有韵致那儿。杭维萍摇了摇头说,那些人说到底是农民,在大平原上生活习惯了,说话开阔平坦,不知道保密,我们暂时不要和他们搅和在一起;从另一个角度讲,他们又是最朴实的,最讲究实惠和良心的,我相信他们会以自己的方式去救援柳枫的。李一道点头走后,杭维萍又叫来了刘华仑,写下了一张"少安毋躁"的小纸条,让他设法送到柳枫手中,用什么方法她都不管,但必须完成任务,接着又小声交代了另一件事,便洗澡睡觉了。夜里,杭维萍眼前总闪动着那双海蓝色的眼睛。

四海粮油公司是本地最大的土生土长的企业,经营项目很杂,刘华仑又是本地人,在他发财后枝枝蔓蔓的关系都贴了上来。他知道,在本地办企业主要不是靠商品经济规律,而是靠上下左右的关系,靠各路的英豪乃至无赖地痞去摆平四方,把关系疏通好。比如,大荒甸一带的玉米含淀粉率高,外地的一家制药企业早就垂涎三尺,组织车队来高价收购。四海粮油拼经济实力不行,就派一帮人白天在各村路口拦车收费、晚上扎汽车轮胎,威逼加油站不给人家加油,甚至把人家司机的驾驶本和行车证偷走,在人家喝水的杯子里灌上牛马尿,逼得对方无功而返,最后还得让四海粮油去收购,让四海粮油从中赚差价。四海粮油的人员构成就像水泊梁山一样,既有曾经设馆授徒的先生吴用、岐黄圣手神医安道全,也有曾经在正规军里做过高级军官的林冲、呼延灼,还有开过人肉包子店的孙二娘、打家劫舍的鲁智深、专业的梁上君子盗窃专家"鼓上蚤"时迁等一帮鸡鸣狗盗之徒。好在刘华仑调度有方,让他们各展其能、各得其所,在白道、黑道上道道有人,什么事都能办到、摆平。

刘华仑出了杭维萍住的宾馆后,马上叫来了人称"赛警犬"的小徒弟兼小表弟。这个家伙最大的特点就是鼻子特别灵,对气味的分辨率特高。小时候两人在一起玩,刘华仑偷了瓜枣或掏了麻雀蛋或烧了鹌鹑,无论藏在

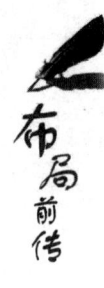

院子哪儿,小表弟的小鼻子一吸溜,准能找到。二人臭味相投,从小就在一起遛狗撵兔子、偷鸡逮鸽子。为偷偷逮别人家散养在地里的鸽子,"赛警犬"还发明了一种叫鸽子吃了不忘的食物:把小黄米煮熟,趁早晨的阳光柔和,晒干,逮住别人的鸽子后先喂,然后把一点儿汤抹在它的脖子上,令这只鸟念念不忘,并能顺着味道寻找到不远处存放的被他起名为"肉米黄"的这种食物。刘华仑为显示招待客人的档次,相信"宁吃飞禽四两,不吃走兽一斤"的信条,就用公司的剩余碾米下脚料办了一个养鸽场,由"赛警犬"负责。他训的鸽子也就专吃肉米黄,别人想用食物引诱,想下毒都没用。他要想偷别人的鸽子,一逮一大群。

"赛警犬"接到表哥的任务后,立即找到原来在县城里穿着开裆裤一起玩的伙伴"小瘦猴","小瘦猴"冬天卖糖葫芦夏天卖冰棍捎带着偷点儿小东西,一年在三关六铺不知走了多少遍,在周围三里五乡留下了数不清的脚印。"赛警犬"当场拍出了二百块钱,推出了一辆电动车,要他在三小时内找到柳枫的关押地点。"小瘦猴"果然厉害,不到两小时就来报告。"赛警犬"当即赏了他一个大饼卷,外加一瓶燕京纯生,随后向表哥做了报告。刘华仑听后,总觉得杭维萍写的字条纸质太软,鸽子不好叼,同时写得也不明确,就自作主张换了硬些的纸,加上了"自有高人搭道"几个字。"赛警犬"让"小瘦猴"趁夜爬树登高,攀在一个三权枝条上,想法把一小盒肉米黄放到了那个三楼房间的窗台上,随即派出了自己训练得最得意也是最聪明、最机警的鸽子"小雨点"去执行任务。当然,免不了向表哥大大吹嘘了一番。刘华仑凶恶地命令他闭嘴,并威胁说透露了风声马上开除他。刘华仑又亲自出马,拿出了一盒带彩妆的法国兰蔻化妆品,甩出了一叠粉红色的"老人头",拿下了宾馆高干楼上贪财的女领班。女领班带着自己的一个嫡系小姐妹,以吃夜宵为名,拿下了楼宇的秘书,把楼宇批示过的复印件搞到了手,照片也翻拍了好几张,连同底版送给了杭维萍。

国家水利委员会的首长下午参加了决口合龙仪式,第二天上午听完汇报后,照例在一大帮官员和记者的簇拥下沿线慰问民工。中午吃饭的时候,杭维萍笑吟吟地端起一杯酒对于茂盛说:"于书记,这次首长来你们县视察抗洪情况很满意,赞扬你的话我们可都记得清清楚楚,我们在向中央写报告时都要写上,抄送你们省委。来,我敬你一杯。"说完,又歪过头有些撒娇地对着老首长说,"我给您提个要求,我想在这儿多待两天,把于书记的抗洪经验好好总结一下。"话毕,一饮而尽,全桌鼓掌。

老主任高兴地看着这个自己老首长的儿媳笑着说:"好,我同意。老于,你可不能欺负女同志啊,还有楼宇同志,你也要陪着喝。"

"我干,我干,我干三杯,不,六杯。"于大头激动得满脸通红,像乡下虔诚的老农见到了南海观世音,把六小杯酒急急地倒进一个大玻璃杯里,咕噜一声倒进了大肚皮,楼宇也端起半玻璃杯喝进去,众人也是一片叫好。

杭维萍话锋一转:"于书记,我们可是国家水委的,看水都看腻了,你们这里是不是还有别的风景给首长看看,让首长散散心啊。"

"嘉谷是明代置县,名胜古迹应该是有一点儿的。"楼宇也凑趣说道。

"有,有!"于茂盛想起了正在修建的刘公桥,随口讲了传说中那对才子佳人的故事,还特别背出了那首词,并说现在正修缮,估计快修好了,首长去了正好题名留下墨宝。他连忙叫来别桌的方囊,叫他抓紧安排。方囊的脸色极其难看,支吾着答应了。

老主任当年也是西南联大出身,现在的伴侣也是和封建家庭决裂后才拥入怀抱的,听了才子佳人的故事大感兴趣,如同回到了风流倜傥的年轻时代,连连说好,拍板说下午休息过后就去。

中午,于茂盛兴奋难耐,想着虽然抗洪前半截楼宇因决口事件对自己没好脸色,可后来依方囊之计把楼宇等人的生活安排得好好的,自己又抽空到大堤上扛了几袋石头,做了做样子,楼宇对他就阴转晴了。如果真如这位杭巡视员所说,在他们向中央的报告里把自己表扬几句,自己很可能因祸得福,说不定不受处分,官还能往上升呢。于茂盛心里盘算着他们走的时候一定得送点儿贵重东西,或者提前派人到北京蓝岛或赛特买几张购物卡。

下午,和煦的阳光照耀着缓缓流动的河水,映照着两岸绿树美丽的倒

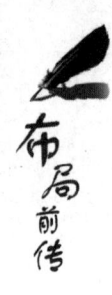

影,一辆中巴车在警车的引领下缓缓而行。于茂盛指着前面几棵绿得让眼睛特别舒服的老柳树说:"首长,过了这片树林,就能看到刘公桥了。这次我们修缮全用的是仿汉白玉的石料,那刻有词的柱子还是原来的。据说,那字写得棒极了,是瘦金体呢。"

"好啊,柳荫绿水白玉桥,再加上潇洒的瘦金书,还有一段反封建的风流佳话,这可是你们县的一景啊。老于,你可是为这里的一方水土做了一件善事啊。所谓政声人去后,民意闲谈中。我觉得作为一任地方官,还是要对当地的文化有所建树。我估计你离任后,老百姓和将来分散到各地的莘莘学子谈得最多的不是产值、利税,或者是提拔了谁、免了谁,恐怕还是这座桥。"老主任动了思古之情,兴致勃勃。

"就是,就是。"于茂盛脸上的几道皱纹都笑开了,诚惶诚恐,鸡啄米似的点着头。

转过树林,于茂盛笑不出来了。想象中的小桥流水根本不存在,而是满目疮痍,整个工地上空无一人,残垣断壁,水泥、沙子、石头散乱得七零八落,和废弃的塑料袋、水泥袋搅和在一起,中间还有一堆堆的狗屎和人粪尿。原先建起的三孔桥洞和前几天已具雏形的亭子不知为什么塌了下来,一堆各种规格的石头横七竖八地在水里呜咽着。

"这,这,"于茂盛惊呆了,带着哭腔但脸上还是挤出几丝笑容说,"首长,您看,"他到底是政治猴子,连忙问在旁边看工地的老头,"那块刻有词的柱子呢,在哪儿?找出来让首长看看。"他知道,像这么大的干部,又是管水利的,天下稀奇古怪的桥不知见过多少,主要是对那首词感兴趣。

谁知道那个眯着好像永远睡不醒的眼有些呆呆的老头说:"掉水里了,说不定被冲走了呢。"

老主任一下子兴味索然,但涵养很好地说:"那就等你们建好了再来看吧。"说完,转身上了面包车。楼宇黑着脸狠狠地瞪了于茂盛一眼,也走了。同来的周市长意味深长地看着于茂盛说:"老于啊,凡事预则立,不预则废啊。"紧跟领导而去。

周市长知道,在现行的体制下,市长虽然是党委的二把手,但责任在社会与经济的发展，一般是不能插手干部问题的，况且，于茂盛是县委书记，他更不能直接管，只能是点到为止。

于茂盛可没敢走，前几天他来看过这儿，四孔桥洞建设起来了三洞，两头的亭子也都竖了起来，估计今天已经快建好了，谁知道这个让领导高兴的机会却搞成了这样。首长虽然说修好了再来看，但那是客气话。像这么大的领导，恐怕一生也就到嘉谷这样的地方来一次，要不是这次洪水，很可能都不会亲自来这么个县。

"方囊，方囊！"他气急败坏地喊着，到处找刚才在警车上现在不知道躲到哪里的方囊，"你说，这是怎么回事？"声音像掉进陷阱的老狼绝望在嚎。

方囊过来低着头说："中午我给刘华仑打了电话，他说没问题，可现在他关机了。"

"我没问你过程，我是在问你为什么！"于茂盛依然暴跳如雷，"是不是有人搞破坏？前两天我来看的时候都快修好了，他们不会自己拆掉吧？这桥是他垫资的，他再有钱，也不能这么烧吧？你说，这是怎么回事？"

方囊知道不说实话是躲不过去了，眼睛闪烁了几下，把于茂盛拉到一旁轻声说："可能与柳枫双规有关。"

"柳枫是省里定的双规，和我们有什么关系？"于茂盛大为不解地看着他。

方囊低着头告诉他，杭维萍来后，刘华仑是怎么给她和中新社的记者李一道提供的车，他们几人昨天下午和韵致在一起的活动以及晚上如何在韵致家吃的饭等情况。于茂盛渐渐听出了门道。为了巩固自己的权位，他确实在不同的地方安排了许多内线，监视班子内和县直单位、乡镇领导的行动。每个时期的监视重点都是他与方囊定，最后由方囊汇总给他。当然，有时自己也通过某种渠道了解一下，借以检验方囊对自己的忠诚度，但这段时间的重点里并没有柳枫。他似乎意识到了什么，猛然发问道："柳枫是你告的状吧？"他说这话的时候，语调冷酷，像从牙缝里挤出来的，咝咝地冒着冷气，令人不寒而栗；两眼充血，像要冒出火来，把对方烧化烤熟，

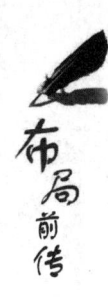

一口吞下去。他命令方囊抬起头来，直视他。

方囊从来没见于茂盛这么厉害过，心里害怕了。其实，从今天早晨起，他和家人就没得好，先是早晨散步开门时发现自家的门框上挂了一个花圈，他没吭声，悄悄地扯碎了扔到离家较远的一个垃圾堆里，而后是老婆上班时刚出胡同口，就被一辆没有牌照的摩托车的后轮把自行车前轮扫了一下，连人带车摔到路边的排水沟里，摔了个鼻青脸肿。当教师的夫人自知为人师表，这样子不好到三尺讲台上，只得回家坐在床上落泪。接着是上初中的儿子在经过四海粮油公司仓库时，被几个不知从哪里来的农村野孩子围住暴打了一顿，哭哭啼啼地回了家。正当他坐在办公室里为这些事烦心的时候，张二牛又找上了门，火气十足地说："我告诉你，方囊，做人要讲良心！咱们县里穷你知道吗？乡亲们都想过上好日子你知道吗？柳书记来咱县才半年多，光资金就弄来了快一个亿！你别为了一个娘们儿去毁人家，毁人家也是毁咱们县！你看你这个奸臣相，我把话撂在这儿，那个娘们儿就是不找他，也轮不着你这样的。真操蛋啊。"说完，也不听他说话，往地上"呸"了一口，气呼呼地摔门而去。

方囊在于茂盛的歇斯底里下不得已说了实话。"你浑蛋！"于茂盛举起了胳膊，抡圆了巴掌刚要打，手机响了，张二牛的大嗓门震得他耳朵嗡嗡地响："于书记，你要赶快找人放了柳枫同志，要不然，我不答应，全县人民也不答应。"张二牛一急，说出了"文革"时代的语言，最后威胁说："他的事和咱们县某些人的事比，是蚂蚁和大叫驴比鸟，小得多。谁心里也没垒着土坯，谁也别装糊涂王八蛋！"

于茂盛镇静下来了，想不到一个省委被贬的秘书有这么大的能量，社会资源是这么丰厚；想不到刘华仑在北京的根基是那么深，柳枫在某些人眼里是那么重要，于是当即作了三个决定：一、找粮食局局长和乡长牛木棯，一定把动用国库粮和组织棒子队的事从柳枫身上抹掉；二、自己去找楼宇说情；三、命令方囊去向柳枫道歉。

◉ 十九　　做官的另一个秘诀是隐与藏，尤其是副职

在柳枫平静并有些嘲弄的目光下，方囊开口说话了。但方囊毕竟是方囊，懂得知识分子之间如何沟通。他拿出一盒据说是内部供应的长支熊猫香烟，打开，恭恭敬敬地递给柳枫，点燃后说："柳书记，你看，外面的月色很美，也就是诗人们所说的月光如水，我们把灯关掉吧。据说，在自然的月光下两人说话，真情更容易流露，感情更容易沟通，思想更容易贴近。"

柳枫开玩笑地问："怎么，是七月七牛郎织女鹊桥会吗？"嘴里这么说，但还是颇有同感地点了点头。灯灭了，月光通过钻天杨的疏枝密叶洒了进来。外面，月亮在棉花般的白云里穿行，银辉满地；室内，风摇树影，银光点点，一切轮廓变得那样真实而又朦胧，拂去了黄色灯光给双规中的人带来的焦躁，给人一种清凉、恬静的感觉。

方囊坐在床头的一角幽幽地开了口："柳书记，我们都是学文的，但是，我的学校是一个不入流的大专戴帽。你是国家名牌大学毕业，我的学问、学识和你差得太远。但我永远记着大诗人艾青的一句话：'为什么我的眼里常含泪水？因为我对这土地爱得深沉。'你愿意听听我的故事吗？"

柳枫喝了一口方囊带来的铁观音王。这种半发酵的茶叶甜、香，有点儿咖啡的味道，很舒服。他点点头，做出一副认真倾听的姿态。

方囊继续说："我家就在你守卫的堤段往南6公里靠近嘉禾原来叫大碱

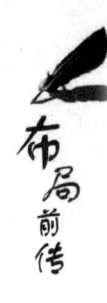

场的地方,所谓'春天里旱,秋天里涝,种一葫芦打两瓢','旱了收蚂蚱,涝了收蛤蟆,不旱不涝收碱嘎巴'。你想,在这样的条件下生存,孩子是一种什么心态?弗洛伊德说,最能影响人性格形成的是童年、苦难、性。何况,我还是吃百家饭、穿百家衣长大的。你来自城市,又受过最正规的高等教育,行为、做派很有教养,一看就是从小出生在殷实家庭、青少年时代衣食无忧,可能不知道什么叫百家饭、百家衣吧。"

"幸福的家庭都是相似的,不幸的家庭各有各的不幸。"柳枫回了一句托尔斯泰的名言。

"不,"方囊说,"我童年的不幸有那个时代的原因,只不过我命运的天空飘雪的时候更多。我父亲是一个酒鬼,经常四处游逛捡点儿破烂换酒喝,我母亲是个怯懦的女人。我6岁的时候,正是三年困难时期。我母亲为了三个水煎包子和一个走村串户的卖油郎有了关系,后来又因为他那里有玉米面吃狠心地离我而去。我永远忘不了那天,那个血色的黄昏,我的酒鬼父亲游逛还没回来,可她要和卖油郎走了。她把我的破衣服重新缝补了一遍,又洗了一遍,给我做了一顿好饭。说是好饭,实际上就是炒了两个鸡蛋,弄一个红薯面窝窝头,油是从等在村口的卖油郎担子上用一个豁了口子的破碗舀来的。她在做饭的时候,我好像已经预感到了什么。她做好后,一个劲地叫我吃。也奇怪了,平时永远吃不饱的我,那会儿却不饿了,还一定让她吃。她背对着我,我看到她在墙角哭得一抖一抖的身体,转身后哗哗流出的泪水。卖油郎的吆喝声在催促着她,她骗我说去茅房,让我把鸡蛋吃完。那块油汪汪的炒鸡蛋对一个半年没见过荤腥的孩子诱惑实在太大了啊。我吃完,发现我母亲不见了。我跑出大门,连哭带叫磕磕绊绊地追出了3里地,跪在她面前,给她磕头,也哀求那个男的,哭喊着说自己再也不要吃的了,再也不说饿了,再也不捣乱了,求母亲别走,但她还是走了。柳书记,你能体会到我那时的苦吗?能想象出一个6岁的孩子那满脸污垢,那被泪水冲出的道道泪痕的脸吗?能想象出他跪在黄土地上看着一去不复返的妈妈,哭哑了的嗓子只能发出像待宰羔羊的可怜的声音吗?你能真正理解他那时的心情吗?"

柳枫有些动容了,一丝悲哀涌上心头。他换了一支烟,默默地听着,觉得月光很惨淡,好像是一场血腥大战后照在荒郊野外累累白骨上的那种惨白。

方囊继续诉说:"天黑了,我带着满脸泪水回到家里,哭着哭着睡着了。第二天起来后吃了一点儿昨天的剩饭,又围着村子找妈妈,总觉得她是赶集或者是串亲戚去了,还会回来的。直到天黑,我绝望地回到了破屋里。半夜,我的酒鬼父亲回来了,酩酊大醉,还没上炕就在地上睡着了。我睡醒后,从他的破棉袄里翻出了三毛钱,偷偷地到村供销点买了半斤饼干,就和伙伴们玩去了,似乎把家里的事忘了,玩累了,就在生产队的谷草垛里睡着了。第二天早晨,我回到家,醒来的酒鬼父亲奇怪地看了我两眼就游逛去了,而且一去再没回来。

"从那时起,我一直一个人过日子,直到上小学,都是我一个人。白天到各家去要饭,晚上自己在家。那个年代,大家都困难,也不能总给我吃的。放学回家的时候,我就到庄稼地里偷点儿玉米、花生什么的,晚上到生产队的牲口棚里拿些谷草烧饭吃。乡亲们是宽容的,那时谁要偷集体的东西是要被批斗挂牌游街的,但他们看见我进地去偷,都背过脸装没看见。从小学到中学,我就是这样过来的。十几年哪,吃了多少家的饭,有多少婶子、大娘、嫂子给我缝补过衣服,有多少大爷、大叔、大哥给过我零花钱,我都记不清了。但有一点我记住了,我欠他们的太多了,我要报答他们,这就是我大学毕业回来的原因。本来河海市一家中学要把我留下来任教的。

"我始终认为,中央、上级的政策是好的,上面的领导是为老百姓谋利益的,起码出发点是好的,可惜的是让下面的歪嘴和尚把经念坏了。比如1960年的灾难就是人为的,不是下面向上面瞎报,上面能征那么多公粮吗?老百姓能那么挨饿吗?我娘会跟人家跑吗?

"你可能也听到人们给我编的顺口溜了。我是有些无耻,但没有些手段能上来吗?我没有钱,当教师时没有,在文化馆和宣传部时也没人给我送钱,现在这个岗位不管经济不管人事,也没有人给我送钱。我只能找别的

227

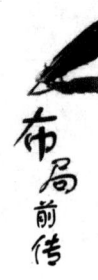

路子，先是出卖人格。你们可能把人格看得很重，但对我来说，一个小时候连吃饭都要去讨、去偷的人，和生存相比，人格太渺小了。就好像整天讲的政治啊、路线啊什么的，那都与老百姓无关，对他们说那个太奢侈了，他们的眼里只有生存。我是出卖了人格之后才进入了权力边缘，进入之后才是他们说的出卖良心。我觉得不是出卖良心，是出卖才华。当然，和你相比，我那点儿墨水绝对是在老子面前读《道德经》，在毕加索的工作室里画和平鸽，但我自信在嘉谷县我还可以，所谓古人说的'学成文武艺，货与帝王家'。按春秋时代算，现在的一个县就相当于一个小国，县委书记也就是国王，我也就是写了一些向上、对外吹捧他们的奏章而已，登在了邸报、塘报上，但他们需要。现在升官需要两种表面东西：一种是我写的那些文章、汇报，一种是产值。这些，道中人都心照不宣。就说咱们县的产值吧，都到了四个多亿了，而财政收入年年是红线，开支是赤字，年年要空转，年底12月31日财政从银行贷款，第二年1月3日就还。那么高的产值怎么解释呢，有这么高吗？你知道咱们的百元税收率是多少吗，是八毛钱啊。你说是产值虚呢，还是税负率低呢？不就是为了政绩吗。你柳书记也不例外啊。今年春天你带队到上海招商，你知道咱们这个县与国际化的上海差距太大，根本没有对接点，上边逼得又紧，你还不是利用国外客商不时兴盖章时兴签字的规矩，让下边做了一份假合同，依仗你的英文底子厚实，改成了中英文对照文本，在下面用英文胡乱编造了一个美国公司的名字吗？市里管招商的副市长不懂外语，还把你表扬了一番。

"当然，现在的瞎报与老百姓没关系了。生产责任制后，生产单位划小了，企业和农村各人做各人的工，各人种各人的田，各人挣各人的饭吃，你怎么报与我无关，只要不向我要，你爱怎么报就怎么报。不过，这都是骗官行为。所谓，村骗乡，乡骗县，也就是那么回事，就是平级和上级的互相争斗、博弈而已，老百姓才不管呢。

"你知道老百姓最怕什么吗？不是往上的瞎报胡吹，也不是当官的吃点儿、喝点儿、贪点儿，而是瞎折腾，是搞什么工程显示自己的政绩。你刚来的时候对发扬传统文化的讲话我非常佩服，但你后来做了一个振兴嘉地方文化的规划，要建一个文化长廊，是我暗地里在开人大常委会表决时提前给几个常委做了工作使之搁浅的。你的规划不是不可以，不是没有可行性，而是咱们县太穷。你的规划太超前，我们经不起折腾啊。那年一个书记为了让县城美起来，竟然搞了一个让龙潭水进城的规划，要挖一条渠，通过三级扬水，绕城一圈，堤栽绿色垂杨柳，水中种上荷花，确实很美，但需要花多少钱我们是知道的，他为了什么我们更知道，不就是因为我们县工业发展不如其他地方，领导来了没有亮点，想玩一招鲜吗？我暗地里和几个老干部商量了一下，派了一个资格最老的找到他说：'你想升官走不要紧，这很正常，我们也理解，但不能胡折腾，也不一定用你那创造的所谓政绩走明道，可以剑走偏锋走暗路。需要钱，我们可以找几个企业凑一凑；需要人，我们这里是革命老区，在省委、京城里也有人，可以帮你找找。但你不能劳民伤财地毁我们的县。'当然，我们也准备了一些对他不利的材料。如果他硬搞那些不切实际的东西，也有他好看的。说实在的，我们在这里生活了几辈子，故交亲朋，是打断骨头连着筋的，是谁也砍不断、理不乱的。不管谁在这里做官，他的作为再神秘、再隐蔽，也逃脱不了我们的眼睛。开句玩笑，你找南方边缘小城里的一个小姐洗头，觉得和这个县里没关系了吧，但说不定那个小姐的房东就是我的亲戚。呵呵。后来，他认清了现实，在我们的帮助下，再加上他的关系，升迁到省里的一个厅当了副职。那人还不错，在自己不大的权限内给了我们县里一些钱，不断地点拨我们怎么做才能让上边把钱给我们。他说，反正是国家的钱，给谁也有理由，不给谁也有说法。实际上，你应该更懂得向上面要钱的秘密，比如你到北京国家计委那一次……"

柳枫愣住了，心想，这家伙真是个神怪，自己可是再三叮嘱了张二牛和刘华仑他们要严格保密的。他心里有些害怕了，那笔行贿的数目可不小。

方囊似乎看出了他的心思，继续说："你放心吧，我们是不会给国家部门找麻烦的。从我们县的利益来讲，人家是为我们办了好事的，我们是永远不会忘记他们的，要是去告发人家，那可就坏了我们县的名声，以后谁也不敢跟我们打交道了。特别是你，是县里的大功臣，我们更不会告发你。

你知道吗，我和双铧犁，也就是刘华仑，是初中同学。那家伙经商是个鬼才，就是浅薄了点儿。他发财后装修了办公室，整整80多平方米，让我去看，显摆显摆。我看了后对他说，你的办公室虽然装修用料特别好，但没有风格与情调，既没有财阀的富贵气，也没有权力的厚重感，更没有艺术家的灵动，有的只是俗气，是没有档次的臭显摆，所表现出来的是非官非商非雅，纯粹一个四不像。按咱们县的土话说就是'非驴非马，是个骡子'，杂种而已。我还说，你的办公室是很大，但不气派，最好牵两头牲口来养倒是比较合适。那次我的语言用得很刻毒，心里特解气，在他还没反应过来的时候就拂袖而去。我欣赏他经商的才气，也欣赏他把企业做得很大的能耐，让许多人有了就业的机会，但看不上他的奸诈。他在这里坑蒙拐骗的事做得太多。我始终认为，如果你到外面去坑蒙拐骗，我没意见，但不应该坑害老乡，在本地也做这些令人不齿的事，就显得不那么厚道了。

"说实在的，在咱们这个班子里，我最佩服的是你。你让我佩服的有两点：一是你为县里引来大批资金的能力，二是你善于学习的精神。不是你手不释卷地读书，是你对地方工作的适应速度，还有颇具特色的讲话。我说的讲话不是你在那次文化会议上说的，说那方面的内容是你的强项，是今年春天各乡镇换届刚调整完班子，每个书记负责宣布两个乡镇那次。本来讲话的口径和内容是组织部与办公室准备好了的，是我没让他们给你，原因是我当时有一点儿情绪，这个一会儿我再告诉你，也有其他人想试试你的能力。在宣布完班子名单后，你讲得非常精彩。你以换届后应该有什么为题，说了六方面。一要有新的基调，各路英雄一路跋涉上来，应高处不胜寒。首先要有敬畏感，敬畏这个职务的责任，敬畏这片土地上的人民。二要有新的氛围，英雄不问出处，聚首是缘分，不管是来自县委、县政府机关，还是来自其他局、室，外乡、外镇，都要明白十年修得同船渡，要和睦相处，共谋大事。三要有新的站位，在历史的交叉点上，在新旧社会转型时期，今日就任，是天降大任于斯人，座次排定后要迅速进入角色，远离浮躁，深入思考。昔日成功不足夸，从零开始再走长征路，路在脚下。四要有新的视野，站在高山望平川，心中应有丘壑万千。职务变，眼界要从平远走向深远、高远与玄远，四方经验、八面来风皆要了然于胸。五要有新的韬略，执政为民，建设小康社会，重在谋断与实干。谋在奇正结合，服务跨越发展，断在调研的新招数层出不穷上。决断的策略符合事物发展的必然，真杀实砍，干老百姓心中之所盼。六要进入新天地，班子换届，应该是新瓶装新酒，散发出新的芳香，应该是新汤熬新药，革除一切旧习弊病，以全新的风貌带领一方人走向更加富裕的新天地。稿子传回来以后，我觉得棒极了，当时就让县委办公室信息科向上报。市委、省委的刊物都登了，但提出此观点者不是你，变成于茂盛书记了。"

柳枫想了想，似乎有这么回事。因为自己在省委的时候，提炼出的观点与思想变成领导讲话多了，自己也并不怎么在意，也可能是自己角色当时还没有彻底转换过来。

方囊说："其实一个领导干部在表面上的表现就是两点：说与做。说体现水平，做体现能力，你都做到了。有一段时间我们都把你当成新的政治明星了，但很快发现你还没领悟到做官的另一个秘诀，就是隐与藏。尤其是副职。而你太锋芒毕露了。就拿讲话来说吧，你本来就有浑厚的嗓音、标准的普通话，又讲得妙趣横生、一枝独秀，那么于书记怎么想，一个班子的人怎么想，和你在一起开会或主持会的人怎么想？技压群芳万花暗淡，最后的结果是什么，你柳书记比我明白得多。

"其次是张二牛，那家伙虽然是个精明人，但有些时候还是不大明白。在我看来他是属于小事明白大事糊涂，站位不高，看不到事物本质的人。他也是我们本县人，知道自己一辈子也不会离开这里，也千方百计地为这个县争取资金，为老百姓谋利益。但他就是不明白，自己手里没有大的分配权，只有小的使用权，来的钱再多，也发挥不了大的效益啊。就好像一个人辛辛苦苦地从外地拉来了一车粮食，用毛巾擦着汗，满心欢喜，大家也很高兴，纷纷赞扬他劳苦功高，可是最后一大部分被地主老财拿走了，一小部分被小蟊贼偷走了，只剩下了一小点儿给了最需要的人，杯水车薪，管不了多大事啊。所以，首先要有最高的分配权，特别是人的分配权，你才能有所作为，按照自己的初衷去行事。"

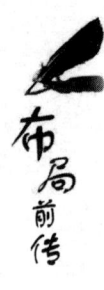

尽管方囊说得很凌乱，很多地方相悖，不符合逻辑，但柳枫还是听着比较在理，也听出了一些门道。他想起了前几天张二牛告诉他，方囊改出生地想顶走欧阳的话，就顺便问道："既然如此，你何不把于茂盛取而代之呢？"但马上觉得自己问得愚蠢。

果然，方囊笑了，像给小学生上课一样给他讲了一番中组部的任命干部条例后说："于茂盛的水平是不高，但就我们县目前的情况看，还需要他留在这里。按基层老百姓的说法，不能刚喂了一头肥猪，再叫他们派来一个壳郎。壳郎就是骨架子很大很瘦急需用好料喂养催肥的猪。你也是县委书记，请原谅我的言语不敬，但我说的确实是群众语言。"

柳枫说："错，我是副书记，而且是在双规中的副书记，说不定出去连副的也不是了。"

方囊没接他的话茬，继续说："群众的意思是说，书记刚来时都很穷，来了以后，过了一段时间很快就吃穿不愁了，也就是说用不着自己和家里人的工资了。作为一个县委书记，不用故意去要、去贪。古时候叫冰敬、炭敬，现在叫逢年过节送点儿礼，再加上家里有个红白事，自己得个小病什么的，一年收入三四十万没问题。于书记在这里待了三年，估计也差不多了，再加上这场洪水，上级大概也得给他个处分，他自己也会收敛一些，同时也想到自己这两年不会有提拔的可能，会安静下来琢磨着做一些事情，起码不会出花点子，搞短期行为，为显示政绩胡折腾了。其实，这就是老百姓的福气来了。你说，工作是什么？是做官的点缀，就好像女人永远是男人生活中的一道风景线一样。有多少人在升到一个官位的层次时，会去想工作呢？恐怕最先想到的是如何升到更高的层次。那些升官快的，你看看他们的履历表，哪个不是两年换一个地方？老百姓什么时候有好日子，就是统治这一方的官看到升官有望，并且跑通了路子；或者是升官无望，暂时也没路子可通时。在这段时间内，他们要做一些事情，或不做事情。只要不胡折腾了，老百姓才有了好日子。

"我毕业后回到这块土地上快20年了，一直守望着，盼着为养育我的这方土地上的老百姓做些好事。你可能看出来了，也听说了，我一直在窥伺和掠夺权力，因为我要用权力来报答乡亲们，那是大的报答。当然，小的报答我正在做。我确实为许多人谋了一些实惠，但那些人绝对都是在我最困难的时候帮助过我的人，是关键时给过我一毛钱，夏天给过我一根冰棍，冬天给过我一双手套的人。你在堤段上征用的用拖拉机垫房基的那一户，和我非亲非故，但救过我的命。那年中学放寒假，我在鹅毛大雪中往回走，早晨只喝了一茶缸稀粥，身上穿的是两件夹袄两条单裤，脚上是一双从垃圾堆里捡来的破胶鞋，饥寒交加，走到他们家门口就昏倒了。那户人家的老太太把我扶到屋里，给我熬了一碗姜汤，做了一顿热饭，把我从死亡的边缘救了过来，还给了我一双棉鞋和一件旧棉袄。滴水之恩，涌泉相报，我是懂得这个道理的。小的报答我觉得对不住他们，但大的报答需要大的权力啊，所以我才干出了许多为人所不齿的事。柳书记，我今天说的都是真话，有的人掠夺权力是为了利益，为了升迁，为了扬名立万，为了财色，我却是为了对得起自己的恩人和乡亲们。"

柳枫看着他像看着一个怪物，和平时判若两人的多种面孔的怪物。他站起来看着窗外已经不太明亮的月光吟道："'卧薪尝胆，三千越甲可吞吴'啊。不，或者是说，'为伊消得人憔悴'啊。"柳枫的嘴角又微微上翘起来了。

"不，我没那么高尚。"方囊似乎想起了什么，诚恳地说，"我是农民出身，自私、狭隘在我的灵魂里有强大的惯性。你知道当时乡镇换届时我为什么不给你讲话稿吗？是因为你动了，不，是你的才华吸引了我心中最圣洁的东西，韵致。"

"我和韵致可是一般的同志关系啊。"柳枫连忙辩解道。

"不。"方囊摇了摇头，"我刚才说过，在这里，任何人的事情都瞒不了我们本地人。但后来我也想通了，我对韵致只是单相思而已。从小到大，她一直是阳春白雪，我是下里巴人，就算你不出现，她也不会对我感兴趣的。柳书记，你要原谅我啊。自古以来，冲冠一怒为红颜的事是不少的，我非英雄，何况，人非圣贤，孰能无过。"方囊点到为止就不再说话了。他自我感觉，今天晚上的话打动了柳枫，道歉的话也委婉地说出去了。估计

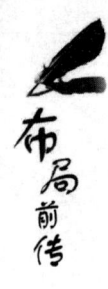

依照柳枫的性格和为人，就是出去了也不会报复他；即便怨恨，也可能没有更多的机会。他通过对楼宇的观察与研究得出结论，这个人确实在生活与经济上过硬，在自己能掌控的权力内是个不会轻易认输的主。

柳枫也默然了，似乎明白了他来的目的。方囊并非搭道之人，他的自我解剖与忏悔又是为了什么呢？也可能是像今天早晨那只奇怪的鸽子一样来传递一种信息吧。窗外，月亮的光辉淡下去了，天地之间暗了下来，东方却显现出了一抹白色。

第三章：胜局

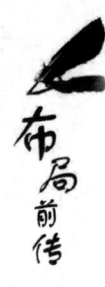

〇 二十　再好的宝贝到关键时不一定有用，收则价值连城，不收则一文不值

嘉谷县委书记于茂盛怏怏不乐地从楼宇所在宾馆的住处出来，边走边摇头。他闻着胸前口袋里的宝贝发出的阵阵香气小声嘟囔："这个老头，真是个死犟种，不就是一句话的事吗？真是个傻蛋，连这么好的宝贝都不要。"

口袋里的宝贝是韵致送给他的。

都说男女两个人关系不正常的的传言当事人总是最后一个才知道的，韵致也不例外。柳枫被双规后她六神无主，打杭维萍和李一道的手机一直是关机状态。当然她不知道那两位为了好联络，也为了保密，已经启动了另一台通信工具。她从在县委办公室工作的要好的女同学那儿知道，柳枫被双规的原因之一与她有关，据说还有和她在一起好的照片。她觉得绝不可能，她始终觉得自己和柳枫见面是秘密的，再说两个人也没有过实质关系。

她一直生活在县城里，在她心目中最大的官就是县委书记。她想，能给柳枫找别扭双规他的就是县委书记，能解救自己心上人的也是县委书记。她翻身下床，弯腰从床下拉出了一个用红漆描龙画凤的紫檀木箱子，双膝跪倒，对着墙上的遗像磕了三个响头，嘴里念叨着："姨姥姥，今天我要用你给我留下的宝贝去解他的难了，请您老人家原谅我这个不孝女吧。"

箱子打开，一块明黄色的缎子上静静地卧着一块巴掌大的褐色的没有任何雕饰的素面玉片，一种类似奶油的香味淡淡地却真真切切地飘散出来。这是姨姥姥家的传家宝，也是这所小院的镇宅之宝，是姨姥姥的父亲那年到终南山采购草药时得来的。

有一年秋天，老中医背着一袋子珍贵草药从山上下来，过西安到汉中，路过一个山脚下的小村庄时，听到一个小院子里传出震天动地的惨叫，有人喊道："不行了，不行了，快穿衣服准备后事吧！"医生的天性促使他进了院子，只见一个大约60岁的老头半坐在炕上，腹大如鼓，脸被憋得发紫，两眼暴突，时而惨叫，时而哼哼，众人正忙着给他揉肚子。老中医静静地看了一会儿，表明了自己的身份，说要施以岐黄。那家人倒也通达，欣喜若狂地说死马当活马医，出了什么事绝对不找他麻烦。老中医微微一笑，随后拿出了鹿皮袋中的大号银针，在火上烤了烤，让病人侧卧，出手如电，将三根比筷子还长的针嗖嗖从肚脐周围扎了进去。随着手拈行针，老头的肚子开始咕噜起来。"快准备便盆。"老中医话音未落，老头的下边如同决了口的江河，先是一串震天的屁雷，紧接着黄汤绿沫、砖头瓦块似的屎块流了出来。肚子眼看着小了下去，老头也睡着了，发出均匀的呼吸声和鼾声。老中医告诉他们说这是结症，是常年吃带硬壳的食物、油腻的动物肝脏，喝不洁净的水所致，按常理应该用冰片、大黄等泻药下投，但病人已胀得水米不进，只能用旱针刺激肠胃的蠕动穴位来医治。

家里人赶紧给他磕头谢恩，看天色已晚，挽留他住了一夜。第二天早晨，老汉下了炕，冲着老中医抱拳施礼后把家人都赶了出去，掀开炕上的一块儿青石板，拿出一块玉板，给他讲了一段亲身经历。那是3年前，老汉去镇上赶集，回来时夕阳正落。中午在小饭馆啃了一个白水煮羊头、喝了四两烧酒的他感到人困脚乏，站在路边想等一辆顺路的马车捎脚。等待的时候，肚里一咕噜，感到内急，便躲到一棵小树下大便，刚蹲下就闻到一股异香，他心说："真他娘怪了啊，赶集解了解馋，连屎尿也变成香的了。"再细闻了闻，不对，自己排出的东西还是臭的，那香味来自前面的一块石头。他连屁股都没来得及擦，就赶忙凑到石头跟前，把整个石头闻了个遍。没错，就是这块石头发出的异香。山里人知道大山到处是宝，祖祖辈辈传诵着某人进山遇宝得宝的故事，就看有没有福气。老汉知道今天拉屎遇到了一件奇物，忙搬起来，脱下上衣裹好，抱着回到路边等马车。不一会儿，邻村的一辆马车过来了，上面坐满了也是赶集回家的人。他挤了上去，由于抱着一块石头，坐立都不得劲儿，还碰得旁人的胳膊腿生疼。一个小伙子问他："抱的什么东西，这么硌人？"老汉不好说是宝石，就说是捡了一个门墩，别人便笑他说："你家的门前有的是石头，凿两锤子就是一个，还用这么远捡一个？真是个守财奴。你快下去吧，后面还有你们村孙二麻子家的马车，坐车的人少。你让他给你把门墩拉回去吧。"硬是把他赶下了车。老汉无奈，只得重新站在路边等，孙二麻子的马车还没来，就见前面一个人骑着毛驴过来惊慌失色地说："不好了，刚才一辆马车栽到山沟里去了。"老汉心里一惊，把石头抱得更紧了。坐上孙二麻子的马车往回走的时候，行出不到3里地，就见之前的那辆马车倒在深沟里。马摔断了腿，车上的人死了五六个，还有几个抱着流血的脑袋叫唤，好不凄惨。老汉认为，是那块石头帮他逃过了这一劫，越发相信这块石头是神奇之物，回家就把石头供在了自家祖宗牌位前。

　　老汉捡了一块神奇的石头、石头救了他一条命的事很快在三里五乡传开了。许多人到他家去看那块奇石，争相凑上去闻香味。后来越传越神，说有头疼病的闻了以后好了，傻子闻了以后不糊涂了，上学不太行的闻了以后变聪明了。那时是民国初期，刚实行办新学，镇上高级小学一个北京来的教书先生来看了看，建议他到西安科技部门化验一下，看看到底是什么神奇之物。老汉到了西安，有关部门把外面的石头剥开，把里面直接发出香味的那块切成了四片，检测后得出结论是一种远古时期香木的化石。它出于自然，得之于岁月，色泽古朴深厚，质地柔和细腻，亮度温润饱满，呈红褐色及深褐色半透明状态，摩氏硬度在3.2~3.8度之间。它是地壳变动从沧海桑田的轮回中诞生的自然产物，是很久以前火山爆发后，炙热的岩浆融合吸纳临近的芳香植物后冷却沉积下来的产物，俗称金香玉。由于它的外表朴实无华，貌不惊人，世上才有了一句人人皆知的俗话，叫"有眼不识金镶（香）玉"。

一听说是千百年来传说的宝物金香玉，老汉惊喜万分，抱起来就要跑。化验部门把他拦住了，说要留下一片做标本，否则按地下宝物归国有的政策没收。老汉无奈，想着人家给鉴定出来了，给留一块也是应该的，就拿了三片往家赶。谁知到了临潼，遇上了一伙来自河南的镇嵩军的队伍，也就是河南的省防军。偏偏里面的一个军官在南京念过大学，还是采矿勘探专业毕业的。他手下的士兵在搜老汉的身时闻到了香味，把东西献给了自己的长官。那个军官一看就知道不是凡间的物件，当场没收了三分之二。老汉当然不干，号叫着去抢，军官不慌不忙，抽出了比利时造的勃朗宁当当当就是三枪。第一枪打飞了老汉的毡帽头，后两枪打在了他左右脚的两侧，爆起了两股尘土。老汉光着脑袋，飞也似的逃回了家。他在炕上躺了3天后对人说，宝石化验回来路上遇到了土匪，被抢了。

拿着用生命守护下来的最后一块金香玉，老汉对天津来的中医说："我们是庄户人家，命贱，存不得宝贝。前两天我得了这要命的病，想着要是死了，就说明我和这个宝贝的缘分已断；要是谁能救活了我，我就送给谁。也想着不会出了我们山里这一块的郎中们，可偏偏是你这个天津卫来的郎中救活了我，这可真是天意。古话说，宝随有缘有德之人。你也不要客气，一会儿带着它悄没声地走吧，别让那帮狼崽子发现。我病的这两天，我那三个儿子一直盯着这个宝贝呢。我要真死了，他兄弟仨准得为这个打成血葫芦。"

说完，老汉亲自把金香玉放到老中医的贴身口袋里，开了后门，将老中医送出了村，并指了一条人烟稀少的路。老中医道谢而去，走到半路刚攀上一道山梁时，觉得怀里的玉香味似乎浓了起来，抬头一看，一棵千年何首乌出现在面前不远的一丛衰草中。老中医大喜，拿出小药锄，将何首乌小心翼翼地连根带须挖出来。之后旱路乘车、水

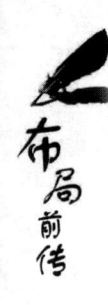

路乘船，一路哼着《汤头歌》回到了天津卫。到家的那天晚上，恰逢韵致的姨姥姥出世，老中医便把宝物赠予了爱女。从此姨姥姥将宝物一直带在身边，秘不示人，临终时又交给了韵致，并嘱咐她说，不到有大难之时，不得动用此宝。

韵致是为了柳枫豁出去了。第二天早晨，打扮清雅的她进了于茂盛的办公室，先献宝，而后绘声绘色地讲了玉的来历，最后说："于书记，您知道，我们家是中医世家，好玉的作用大于珍贵的中草药。人们常说，人养玉，玉养人。如果身体好，长期佩玉可以滋润玉，玉的水头，也就是折光度会越来越好，越来越亮；如果身体不太好，长期佩玉可以保养人，玉中的矿物元素会慢慢被人体吸收，达到保健效果。《本草纲目》中记载：玉石可除中热，解烦懑，助声喉，滋毛发，养五脏，安魂魄，疏血脉，明耳目。历代帝王养生都离不开玉。玉在山而草木润，玉在河则河水清，玉在人则气质佳。"

当时于茂盛的神态和心理是三迷：迷恋这个神奇的宝物，迷恋这个神奇的故事，迷恋韵致那娇美的身段。对于韵致，于茂盛知道其人，也看过她在台上的演出，但由于地位的差距，没有机会直接接触。此时，他一会儿贪婪地闻闻手里的金香玉，一会儿贪婪地看看眼前人，心猿意马了好长时间才定住神，眯着眼问道："韵致同志，这么宝贵的东西我可不敢要。你有什么事吗？"

韵致看他那贪婪的样子，断定他不会放手，便直接说："宝贝赠予贵人，劳驾贵人开尊口解人难。"

"哈哈，"于茂盛笑了，"你有什么难事啊，请说吧。"他想，她是不是想提拔啊。要是提个副馆长之类的职务，属于股级干部，根本不用上常委会，跟文化局局长打个招呼就办了。如果是这样，这个交换可太便宜了。

"不，我求您帮忙放了柳枫书记。"韵致一句话点明了主题。

"这，"他本来想说这事他管不了，但实在舍不得手里的宝物，又一想，自己怎么也得到楼宇那儿说情，并且也做了一些准备，于是话到嘴边改了口，说，"好吧，我努力去做。不过，权力不在我这儿，但我也能发挥一些作用，会尽一切努力的。到时你可别忘了我啊。"说着，双眼又将韵致光洁的前额、秀气的脸蛋、高耸的胸脯、修长的大腿扫描了一遍。韵致被他看得浑身像长了虱子，转身夺门而去。

韵致走了以后，于茂盛又把那块金香玉反复把玩了半天，举起来在阳光下照了又照，放在鼻子下闻了又闻，嘴里念叨着破财免灾、破财修路，才恋恋不舍地把玉片揣在怀里，叫了车，直奔宾馆楼宇的房间。

楼宇这会儿正高兴，决口的大坝已经合龙，过两天省委、省政府、省军区和大军区要来开土龙河流域抗洪总结表彰大会，地点就在嘉谷。大军区的政委和省里的党政一把手都要来，据说策划得好，国务院还可能来一位副总理呢，并且也已指定他在大会上做总结汇报。他还通过在省委办公厅秘书二处工作的老乡听到了一个好消息，说那个省委的一把手私下对亲信说"想不到这个楼宇还真有两把刷子"。看到于茂盛进来，楼宇说："怎么样，老于，会场正在准备吧？一定要搞好啊，体现简朴、隆重、热烈。"

"没问题，我们全县上下都紧张地动员起来了，争分夺秒、保质保量地落实您的指示。大家都说，在您的领导下，嘉谷取得这次抗洪斗争的胜利是建县几百年来没有的，是空前的。"于茂盛拍着马屁，"我们在总结经验的基础上，也在查找教训和问题。"

"好，毛主席的哲学观点，一分为二。"楼宇赞赏道。

看到楼宇上了套，于茂盛拿出了一沓材料说："关于动用国库储备粮的问题，我们查了一下，那是我们县粮食局存在国库里的粮食。前年新的国家储备库建起来以后，其中有两栋仓库闲置，恰巧我们县的一个粮库要修缮，就借用了一个。这里有县粮食局的库存单和调拨单。还有在大堤上组织棒子队的问题，实际上是村里联合自动组织的抢险队，都是年轻力壮而且富有经验的老河工。这是几个村的党支部提供的人员名单。"

听了这话，楼宇的心情沉静下来，恢复了纪检干部办案的神态，打量着于茂盛说："这么说，柳枫挪用国库粮和镇压群众的事不存在？你是来为他说情的？"

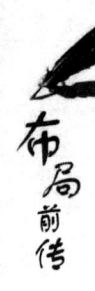

"不。"于茂盛赶忙否认,但还是接着说,"不过,柳枫同志虽然来的时间不长,但对嘉谷县的贡献还是很大的。"他把柳枫在县里招商引资的业绩说了一番,又说目前有几个大项目正在开工建设,有些困难急需柳枫到省里、到国家部委协调解决,都是关系到县里的产值利税和人民群众生活富裕的大事。

楼宇没有正面回应于茂盛,而是启发地说:"老于啊,你是知道的啊,我们在拼死拼活堵决口的时候,他在大堤上和戏子跳舞、唱酸曲啊,这是在败坏共产党的形象啊。如果我们的领导干部都像他这样,视洪水为儿戏,对人民的生命财产漠不关心,人民会怎么看待我们?党的威信从何而来?人民还有什么信心跟着党搞改革开放?你说他搞招商引资有成绩,不就是走后门挖国家的钱吗?我一向看不上这个做法,有能耐领着群众真刀实枪自力更生地干。再说,我们共产党人是不讲功过相抵的,功是功,过是过……"

于茂盛听着他宣读文件式的长篇议论,心想没几句是真心话,其实最关键的还是在那次决口封堵会议上柳枫摸了老虎的屁股。反正自己心意尽到了,他趁着说话的空当,赶紧恭维说:"楼书记说得是,您给我上了一堂生动深刻的党风教育课。您来我们县,不仅领导我们取得了抗洪斗争的伟大胜利,而且留下了宝贵的精神财富,不仅全县30多万人民感谢您,我本人也非常感谢您。在您快要离开您曾经战斗过的地方,我想送您一件纪念品,不是公家的,而是我们家传的宝贝。"说着,他把那块金香玉拿了出来,把韵致给他讲的故事复述了一遍,不过是把韵致姨姥姥的父亲换成了他的老爷爷。于茂盛心里还想着,反正干部的档案里只填上一代,又没有祖宗的情况,再说,你一个纪委书记,我不犯到你手里,档案你也没法查。

听了他的叙述,一向严肃的省纪委书记突然也变得幽默起来,说:"老于啊,我也给你讲个故事吧,这还是小时候我娘给我讲的。说有一年闹洪水,一个村子被淹了。大水进村的时候,一个穷人和一个财主同时跑了出来。穷人背了一口袋高粱饼子,财主背了一箱子元宝,两个人爬到了同一棵大树上。财主得意地说:'水冲倒了我的房子,我这箱元宝还在,等水退了还能盖起来。'穷人说：'我家就这点儿高粱面，还有一缸盐萝卜没拿出来，等水走了，我得去找萝卜吃。'财主骂了他一声穷鬼，就不理他了。到了吃饭的时候，穷人拿出高粱饼子吃了起来，财主说：'这东西在我们家只配喂猪。'穷人笑了笑没理他，继续津津有味地吃着。过了一会儿，财主的肚子咕噜咕噜地叫起来，就和穷人商量，用十个铜钱换他一个饼子吃，穷人不干。两人讨价还价，最后财主出到了一个元宝换一个饼子。穷人笑着说：'你看见这大水了吗，就是三五天也不一定下得去，你就吃你的元宝吧。'说完，爬到了一个更高的树杈上。三天过后，老于，你猜结果是什么？"其实结果显而易见，但楼宇还是想幽默一下，于茂盛也只得装傻，显得很有兴趣，一副懵懂迷糊的模样。楼宇哈哈大笑了两声说："那个财主饿死了，穷人活下来了。"于茂盛也跟着干哈哈了两声，一脸恍然大悟的样子。

　　楼宇又接着说："我说这话的意思是，宝贝到了关键时刻不一定好使，尤其是字画啊、古董啊什么的，都是文人们瞎咋呼的。爱好的人说什么价值连城，但在我的眼里也就是几张废纸、几件旧家什而已。快把你家传的石头片子拿回去吧，你的好意我领了。"说完，他低头看起了省委机要局传来的文件，发出了送客的信号。

　　于茂盛出了门，又喜又悲，喜的是凭空得了一件绝世宝物，悲的是怎么对付中央来的大员和记者。刚走到一楼大厅，"于书记，"一个嗲嗲的声音打断了他的思路，化着厚厚浓妆的女主播扭着臀走过来，两只眼对他直放着电。"哦，你在这儿啊。"于茂盛斜眼看了一眼服务台，沉稳地说。这几天又来水又救灾的，他一门心思应付上边、担心前程，一直没心情也没工夫搭理她。"市台来了两个哥们儿，我们接待一下。"女主播一边回答一边示意，意思是让他跟前台说一下，要个房间。

　　于茂盛装作没看见，径直走到离服务台较远的沙发前坐下，女主播只得也坐下来，小声说："听说下星期组织部到我们局考察干部，有我吗？"于茂盛点点头。"听说还要投票？这几年我给县委领导做的片子多一点儿，他们就说我巴结官，好多人嫉妒我，肯定不投我，你说怎么办？"她一副很急

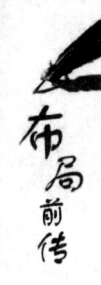

切的样子,眼里仿佛伸出钩子,恨不能当众把他拽到她房间去。

看着大厅里来来往往的人,狡猾的于茂盛没有正面回答,声音大了些说:"我看你今天这身衣服不错啊,按你们年轻人的说法,很靓。其实,关键不在于布料,而是颜色,在印染设计师的灵感和印染工的技术。有了好设计师和印染工,黑的可以变成白的,白的也可以变成黑的,还可以变幻成许多颜色,让普通布料穿着漂亮、看着舒服,大家都喜欢。你说呢?"他意味深长地看着女主播。

女主播柳叶眉高挑,眼里电光更盛,嗲笑着大声说:"小女子就盼望着于书记给找一个好的颜色设计师和高级印染工。"又低声对于茂盛说:"你也知道我是一个执着的人。我最近又算卦了,风水师说我婚姻无果无根,结不了婚——在你面前,我都是没秘密的人了,自然生活动态和人生大事都得随时汇报。"女主播身子往前探了探,蹭了蹭,"你可得为我负责,提不提拔,你看着办。不然,一到星期天,我就去你家里的书房给你讲我的感情故事。"

此时的于茂盛像个绝缘体,不但没有接受高强电流,反而被她的言语和动作惊着了。他知道这个女主播传得满城风雨的烂事。她不但跟台里主管她的上级闹婚外情,还逼人离婚,未遂。她到处说自己刮过宫、引过产,他可不想当接盘侠。更重要的是,自己有家有业的,高官高职,跟她在一起不过是一时兴起,从没认真过。"千万别让她挡了我上升的道,搅了我的家。"可女主播刚才的态度和一向的做人方式都表明了这不是轻易善罢甘休的主,"她哪是执着,是有病,神经病!"他倒是能给她提提干、帮帮忙,甚至打招呼给她揽几个小活儿拍拍企业纪录片让她挣点儿小钱,可她就能从此不打他主意、不再缠着他了吗?于茂盛肠子都悔青了,心里想着如何对这团乱麻一刀斩下。他调整了一下情绪,满脸堆笑地冲着刚进门的杭维萍和李一道迎了过去。

杭、李正一心忙柳枫的事,不愿意也没时间搭理于茂盛。他们俩有个刚得到的重要信息要好好分析一下。

杭维萍始终对那天林黑根说的四个"胡日鬼"念念不忘,总感觉到里面藏着很深、很复杂的问题,特别是柳枫被双规之后,她更需要弄清里面的含义。这股突如其来的洪水所包含的黑幕,她直觉这里面有可利用的东西,解救柳枫的办法也可能在里面。所以,她今天一大早裸露着上半身,穿着内裤进了卫生间,就着急边梳洗边给还在被窝里做梦的李一道打电话。一连打了五次,才把这个晚上不睡、早晨不起的大懒虫记者唤醒。李一道嘟囔着说:"早知道你起这么早,还不如昨晚在一起睡呢,省得你浪费电话费。"杭维萍在柔光里看着自己的半裸体,脸红了一下,啐他说:"少废话,快起来走。"

二人在早市上买了一堆东西,塞到后备厢里,刚要走,正巧碰上了这几天一直负责陪同李一道的县新闻科白科长。正和妻子一起遛弯顺带买菜的白科长热情地过来说:"李记者,要出门啊?买这么多东西。""不,去看望本地的一个朋友。""那你一定路不熟。在哪个村?我带你去。其实,这些东西你根本不用自己买,说一声,我们买了给你送去就行了,在宾馆拿也行,反正最后一笔食宿账。到了嘉谷,哪能让你破费呢。"

杭维萍一看白科长热情得过了头,赶忙说:"不是,听说你们县下游的嘉米县有一个大洼,全是柳树林,风景不错。这几天工作太紧张了,我们俩想去看看,在那里野餐一顿,放松一下。"

白科长看着眼前这个漂亮高雅的女人,眼睛眨巴了几下,连连说道:"好好,那你们去吧,我就不打扰了。"随后又对妻子说,"你看人家生活得多有情趣,不像咱们整天围着这一亩三分地转。""怎么,你想学他们去胡搞啊?"眼见车子开走,白科长屁股被妻子狠狠拧了一把,连声说不敢。

李一道的车停到林黑根门前时,老头刚打回一筐猪草,正给院子里拴着的两头肥肥的半大猪喂食。李一道充分发挥记者的功夫,又递烟,又吹捧,从今年的庄稼长势和收成开始说到今年来的洪水,说他老人家说的四个"胡日鬼"自己听了特舒服,最后才套出了林黑根的实话,并得到了一个意外的收获:在北堤放羊顺带给人批八字的张三木是老汉的表弟,前两天来老汉家串亲戚时,带来了一罐自家酿的苞谷酒。老哥儿俩就着一盆黄瓜蘸

245

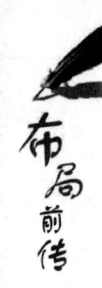

酱、一盘鸡爪子喝酒,从太阳落山喝到三星正南,儿媳妇圆脸变成长脸,把碗一蹾进屋睡了觉,两人还在北斗银河的星空下胡云八侃。张三木说住在娘娘庙里的张无代命不好,自己给他算准了。但那天晚上无代命犯白虎,有小人作祟,没发了财,辛苦了半天才得到了一个铁箱子皮。杭、李二人听了以后,喜不自禁地对望了一眼,表面上却装得若无其事,又闲扯了一会儿,最后嘱咐林黑根说今天的事不要告诉别人。林黑根死死地盯着那酒、那堆食品,点头答应了。

  杭、李赶紧驱车返回,想着对这个关键信息好好研究、利用,没想到刚回宾馆就遇到于茂盛。他还跟进房间,絮絮叨叨地讲向楼宇汇报的情况,特别说了怎么让粮食局局长改账,怎么让乡长牛木秳和各村的支部书记做证,把柳枫挪用国库粮、组织棒子队镇压群众的事消弭于无形,并信誓旦旦地说自己办的这事绝对经得起历史考验,是经典的证材。李一道问:"那他说什么?"一直眯缝着眼听的中央记者睁开了两只细长的眼睛,射出两道杀人的寒光。在寒光的逼视下,于茂盛把楼宇的话重复了一遍,李一道不耐烦了,刚要发火,杭维萍拦住了他,优雅地笑着说:"于书记,谢谢你啊,我们得跟你请个假。这两天李一道单位有事,我家的孩子也要转学,我们得回去一趟,过两天再来。"于茂盛赶忙客气地说:"你们是中央来的领导,哪用跟我说啊。要不要派车送一下?"李一道会意,也笑着说:"按照规定,任何新闻单位的记者下来都要自觉接受地方党委的领导,你是县委书记嘛。送就不用了,我们单位驻省分社给调来了车。拜托你照顾好柳枫的生活。"于茂盛立刻豪情万丈地表态:"包在我身上。只要在嘉谷县,这里就是我的地盘,这支队伍我当家。"一副绿林山寨大当家目空一切的样子。

二十一　　危机公关运用之妙，存乎一心

娘娘庙前来了一个僧人，高高像竹竿一样的身子上罩着一袭灰色的僧衣，戴着白边白框的近视眼镜，见了正在庙前侍弄秋菜的张无代高宣佛号："阿弥陀佛。贫僧从五台山金华寺化缘来到此地，想在贵处挂单几日，请施主行个方便。"张无代告诉他说自己也不是僧人，这里是娘娘庙，怎么能住和尚呢？高个子僧人道："阿弥陀佛，施主岂不知'万教同宗，万流归一'。和尚向善，尼姑慈悲，同为普度众生，何分男女？再则，色即是空，空即是色。本僧常住菩提树下，心台镜明，尘埃不染。"张无代也正处在心情沮丧期，张三木到远处放羊，多日不来，他没人指点迷津，寂寞、迷茫至极，看到来人虽然年轻，但谈吐不俗，似是佛法高深之人，便说道："我这庙里吃住都不行，你可要受委屈了啊。"高个子僧人道："阿弥陀佛，施主此言差矣，出家人四海为家，天当被，地当床。佛祖赐天下万物于众生，何来委屈。再者，佛曰'我不入地狱，谁入地狱'。"说着，蹲下身子帮张无代拾掇起菜园来。看到张无代把一大棵野草花拔出来狠狠地扔到了菜畦外边，高个子僧人赶紧拾回来说："罪过，罪过，一花一世界，一叶一如来。此花为多年生草本植物，洪水来了说不定能挡住一个浪头，保住一块堤土呢。"随后用小铁锹挖了一个坑，将野花栽种到了堤岸上。张无代看着高个僧人的虔诚举动，深为自己行好不够而惭愧。

当晚，二人住在了一起。由于就一张床，张无代拿了几个从大堤上捡的草袋打了个地铺，让僧人睡自己的床。僧人再三表示感谢后，从随身带的

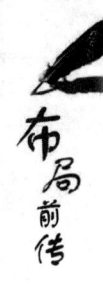

包袱里拿出了一只烧鸡和几根火腿肠,开了一瓶二锅头。张无代奇怪地问:"你们出家人还喝酒吃肉啊?"僧人笑嘻嘻地说:"施主岂不闻酒肉穿肠过,佛祖心中留啊。"张无代想了想,自己看过的电影《少林寺》里好像有这句词,于是炒了白菜鸡蛋,用大黑碗端了上来。半瓶酒下去之后,僧人看着脸色微红的张无代开了腔:"佛说,人生在世如身处荆棘之中,心不动,人不妄动,不动则不伤,如心动则人妄动,伤其身痛其骨,于是体会到世间诸般痛苦。我看施主是清贫之人,幼年受磨难不少,却也不是平常之身:虽不是人中之龙,但看面相和体形上也是龙之雏形;虽不能布云播雨,但在惊涛骇浪中也如履平地。"

张无代停止了喝酒,看看自己穿戴整齐的衣服,不由对这个五台山来的年轻僧人产生了几分佩服之情。

僧人劝了他一口酒,继续说道:"阿弥陀佛,佛祖慧眼识天下众生,佛法高深。弟子不才,也曾在晨钟暮鼓中就青灯研黄卷,研习《五种般若》《华严五周因果》,对人的前生后世也能看出一二。施主一生与水为伴,在水里讨生活,继承先祖禀赋,只是近年来越加不易也。"张无代连忙点头称是,举酒敬僧人。

僧人端起酒碗,略抿一口说:"施主请。弟子出道之后,曾云游四海,在江西龙虎山挂单时曾拜一善看手相的隐居高人为师,现可否借你龙爪一观。"张无代双手伸出,僧人笑说:"男左女右,一只足矣。"

僧人拿出一只小手电,换了一副眼镜,握住张无代平摊的手认真地看着说:"人为万物之灵,手为百巧之能。胸中玄机,掌上千秋,皆了然于三大纹路之上,一为姻缘,二为财富,三为健康。先说第一大纹。施主虽为龙之下,实为花斑蛇也,早年曾有婚姻,后来命犯桃花劫,与多名孤单寂寥女子交欢,以致受到上天惩戒,至今孤身一人。"

张无代不再喝酒吃菜了,老老实实地坐在小板凳上听僧人讲,心里想着和尼姑们的事,脸上渐露出羞愧之色。

"遭受那次劫运之后,施主痛改前非,一心向善,清心寡欲,远奢侈,近勤俭,布施四方,重塑娘娘金身。恶有恶报,善有善报,于是,财富纹路大盛,平阔开口,招财进宝大路打开,只待洪波涌动,天门打开,地宝自出,施主自可一生衣食无忧,后半生享尽荣华富贵。"

张无代站了起来,垂首不语,细听其详。

"可惜啊,可惜,世风不古,世道诡秘,天行道人不行道,又有小人作祟,施主财路被堵,发财之机遇如南柯一梦,被清风吹去。至于健康一事,施主从小打熬得好身板,大概可活八旬以上。阿弥陀佛,泄露天机,罪过,罪过。对与不对,施主可扪心自问,也可以向佛祖诉说。"僧人说完,盘腿坐于床上,双手合十,闭目养神,嘴里念叨着经文,不再说话了。

张无代扑通跪在了僧人面前,连磕了三个响头,连连说:"我有罪,我有罪,请菩萨慈悲。"随后,他把自己的一生诉说出来。说到洪水来临的那天午夜到水中寻宝,只捡到了一块铁皮板时,僧人睁开了细长的眼睛,射出雪亮逼人的寒光,大声喊道:"阿弥陀佛,罪过,罪过。铁者,可做兵器也,大凶啊。此地为娘娘庙堂,不可见一丝铁腥之气,否则,祸患不远矣!"

张无代赶紧请僧人离座,拿出了那块垫在褥子底下的铁板,高高举起,出门就要往河水里扔,僧人看着上面用红漆喷的"深水炸药"四个字,急忙拦住了他说:"施主大可不必,娘娘庙内虽然不能见铁器,但我寺守护佛祖的四大金刚手中的金戈正需更新。我佛慈悲,施主可献于我寺,也算是铸剑为犁,添一份功德,保未来平安。"张无代连连点头称是。

第二天,僧人把那块铁板小心翼翼地包好,给了张无代300元钱,说此地的娘娘是南海观世音的大弟子幻化而成,喜水,喜竹,让他想法买一湘妃竹榻,再在庙前栽种几丛竹子,早晚素食上供,晨昏祷告,便可时来运转,后半生平平安安,还有可能梅开二度,娶妻生子,延续张家香火,告别不忠不孝之恶名。并再三告诫他,今日之事也属天机,不可外传任何人,随之告别。眼见长腿蹽开,僧衣飘飘,在张无代眼里,一副仙风道骨的模样。僧人顺着绿树掩映的长堤飘然而去,一会儿就不见了踪影。

年轻的僧人下了大堤,来到停在路边的车前,打开后备厢,把那块铁板放了进去,锁好,然后钻进车里,摘下僧帽,扒掉僧衣,换上了一身西装,

249

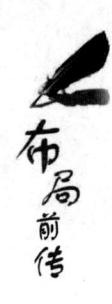

系上了一条领带,驱车向海滨城市东岛市疾驰而去。

就在李一道在娘娘庙里装神弄鬼的时候,杭维萍也以中央水利委员会巡视员的身份走访了水云寨水库管理处和省水利厅,特意请那个姓向的总工程师吃了顿饭,还调阅了气象部门的资料,随即在街头找了一家网吧,将资料传到了李一道那永不离手的笔记本电脑上,按了永久删除键。回到宾馆,杭维萍给北京的老爷子打了一个电话,自己在一楼大厅的收费服务区要了一杯咖啡慢慢品尝着。一会儿,一辆挂着本地军牌的轿车开了进来,一个年轻英俊的军官向她敬礼,为她打开了车门。

与此同时,嘉禾县委书记钟灵再一次笑眯眯地在大堤上转悠着。

水已经退下去了,在离大堤不远的地方如一匹白练在下午的阳光下飘浮着。微风轻拂,空气里充满了湿润的气息。老柳树上留下了洪水曾经舔舐过的水印,岸上那曾经挡住了恶风浊浪的一排排木桩大部分已被当地村里的老百姓偷走去搭猪栏牛舍。装有泥土的草袋散落成了一片,原来金黄色的稻草开始发黑、发霉,裂口处长出了青青嫩绿不知名的野草,有的还开出了淡黄色的小花。钟灵蹲下笨重的身子,拔下了两朵小花,放在鼻子底下闻着,嘴里吟出了一句诗:"战地黄花分外香。"

这几天他的心情好得一塌糊涂,总觉得被一团东来的紫气笼罩着,心里一股股甜水滋滋地往外冒。土龙河一带的老百姓有一句俗话,叫"人倒霉了喝口凉水也塞牙,兔子走时气城墙也挡不住"。钟灵觉得自己时气最旺的日子来了。先是在楼宇的推荐下,省报记者对他进行了专题采访,之后在报纸显著的位置发表了长篇通讯《抗洪中身先士卒的县委书记——钟灵》,还配发了他在大堤上扛草袋的照片。这得感谢县委办公室那个平时爱摆弄照相机的姓吴的小秘书,回头看看他的档案,看能不能提到宣传部当个副部长。省里管干部的赵常委看了报道主动给他来了电话,呵呵笑了两声说:"钟灵同志啊,干得不错啊,这样我就更好说话了啊。"话虽然不多,但也预示着一条金光闪闪的仕途大路在他面前展开。省政府办公厅来了电话后,嘉禾县已被定为抗洪先进集体,他成了抗洪模范,并且要在大会上作典型发言，省委主要领导要亲自给他配发绶带、发奖状、握手合影留念。这可是件了不得的大事。全省的县委书记近200名，省委的大老板能记住能叫上名字来的有几个啊。为什么领导身边的人提拔得快呢？就是因为熟悉。这么一弄，自己也就进入领导的视野，以后也可以有理由直接去找领导了，说不定从此就大器晚成了呢。先升个副厅，以后弄个正厅或者副省呢。对，得朝着那个方向努力。干部里面的贵族是副省级，首先是不用买房，即使退休了，司机、保姆、秘书也一直跟到老，医疗等其他福利待遇伴随一生。"于大头啊，于大头，尽管你年龄小一岁，脑袋比我大，可看来里面的脑细胞并不比我多啊。"他心里得意地念叨着，看了一眼退下去的河水说，"谁说水能载舟亦能覆舟，我看是水能使人升官也能让人丢官。运用之妙，存乎一心啊。"

他这几天的心情真是格外好，看着嘉禾的一草一木分外亲，自觉身轻体健、精神抖擞，每天晚上都要和自己的如夫人颠鸾倒凤，女人惊喜地对他说："怪不得人们都说权力使人年轻啊，我看比吃了进口的伟哥还棒。"男人在这时候都喜欢夸奖，于是更加卖力。他虽然读了4年大学，但因从小在农村长大，那点儿房中秘事都是在半大小子时听房，在庄稼地里听结了婚的浪嫂子和流氓光棍汉们胡扯时得来的，所以在床上总要说着那样的话才觉得过瘾，而从小生长在教师家庭的女师范毕业生总是羞怯地不愿说，总鄙夷他尽管读了大学，尽管当了七品官，骨子里还是农民。为这事，二人也少不了吵嘴，一度还影响了感情。眼看着这个骨子里还是农民的家伙就要升上六品官，并且还有可能再往上走，她心里就有些恐慌了，因为自己就是钟灵从乡党委书记升了县长之后抛弃了农村的原配娶进门的。她赶紧找到原来在棉纺厂当工人后来干过洗头房行业再后来被钟灵调到他的片区宾馆做了出纳的娘家嫂子取经。俗话说"色钢厂，浪棉纺"，意思是说钢厂清一色的汉子，平时在车间看见个女人，眼睛都像蚊子一样，不把对方的皮肤叮出血来不罢休；棉纺全是老娘们儿，每人看几十台机子，为了上厕所省时间或为其他，有个别人上班时裙式工作服里连底裤都不穿，吓得那些到那儿趴到地上修机器的保全工心惊肉跳的。娘家嫂子干过的那个洗

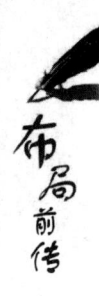

头房更是藏污纳垢、含春卖笑的地方。这个年过四十、丰乳肥臀有棉纺经历基础又在洗头房历练过的不安分女人悄悄地对小姑子说:"男人就是那么回事,就那点儿邪劲,你越夸他,越说得浪,他就越能叫你做神仙。再说两口子在自己的床上,脱得光光的,什么都给他了,还在乎那几句浪话啊。你也老大不小了,还在乎那个啊。我们洗头房那些南方来的小姐,不脱衣服,光那话、那笑就能让那帮傻老爷们儿自动把那股子坏水流出来。我说老妹子,他又要升官了,你可要抓住他啊,要是有个闪失,咱们一家可就完了。"说完,还连示范带动作,秘密地教了小姑子几招。姑嫂二人嘻嘻哈哈地抱在了一起。

晚上,女师范毕业生依言而行,乐得钟灵两手抓着她胸前两只活蹦乱跳的小白兔子直叫唤。完事后,钟灵竟然想起了往事,第二天派秘书给早就被他抛弃了的乡下老婆送去了1000元钱,给前老丈人送去了家里存的吃不完的补养品。

原来做了床上事的钟灵一天精神不振,但现在却神清气爽,下了班也到县委大门口溜达溜达,和在一棵老槐树下闲坐的人笑眯眯地聊聊天,还顺便给有关部门的人打了个电话,解决了看门的孙老头中专毕业儿子的工作问题,感动得这个平时见了他都不敢说话的老人直想给他跪下,逢人就说他是钟青天。他听了以后更加高兴,索性到信访办亲自接待了几批群众,亲自批示解决了两个多年纠缠的问题,还严厉批评了几个不作为的县领导和几个乡局级干部。大家看他是广播里有声、电视里有影、报纸上有名、领导心里欣赏、处于上升态势的人物,谁都不敢惹,都悄悄地各显所能,认真地履行自己的职责,以图在他心目中有个好印象,以图以后抱住这棵大树好升迁,或者遇到沟沟坎坎时到更高层次的机关求他办事容易些。一时间,嘉禾县的政治似乎清明了许多。精通官场升迁之道的人看出来了,表面上看是钟灵书记心情好的缘故,实际上他是在为下一步的升迁和即将到来的民意测验和投票做准备。

在钟灵再一次无限留恋地抚摸着岸边一棵杨柳上的水印的时候,秘书举着手机向他跑来,说中新社的一名记者和中央水利委员会的一个同志找他,已经在宾馆等了。

"他们找我有什么事呢？大概是要把我树为全国典型吧。那样的话，说不定我就和中央领导挂上钩了啊。"钟灵坐在车里乐滋滋地想着，催促司机快开车，并让秘书通知办公室主任与宣传部部长、水利局局长一起到宾馆前厅等候。

当他和一众随从进入中央来的大员和记者指定的房间，双方介绍过后，二人拿出证件让他过目。杭维萍面色沉静如水，李一道冷若冰霜。杭维萍严肃又不失和蔼地说："钟书记，你看我们是不是单独谈一谈？""好，好。"钟灵一挥手，其他人退了出去。

一进门，从让他看证件的那一刻起，钟灵就觉得气氛不对。一般来说，凡是来给你歌功颂德的，一见面就拼命和你套近乎，称兄道弟。等你介绍完情况后，他在那里思索、策划、拔高，连忽悠带吹捧，让你像在五彩祥云里飘飘然，而后要你一笔赞助费或一点儿别的好处。而这两位，根本没有那个征兆，倒像了解什么事件的调查组。久经政治风浪的钟灵总结出了一条经验，就是以静制动：对方不动，自己绝对不动；对方动了，自己再看情况兵来将挡、水来土掩。他又恢复了笑眯眯的姿态，坐在沙发上看着他们。

李一道两只细长的眼睛睁开，射出雪亮的要杀人的光。他看了钟灵半天，拿出两张纸说："这是我们准备报送中央领导参考阅示的内参，请你过目。"

钟灵接过来，扫了一眼，脸上的肌肉不经意地抖动了一下，随即镇定下来，认真读起来。

是天灾，还是人祸？
——关于土龙河流域今年洪水肆虐的调查

中新社讯（记者李一道）　今年8月，土龙河流域暴发了百年一遇的特大洪水，整个径流量达到了每分钟4035。沿途各县动用劳动力12

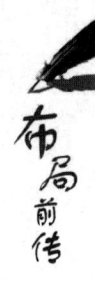

万人,各种物资80万吨,价值3400万元。其中,嘉谷县境内西历村段决口,淹没、围困村庄6个,过水浸泡庄稼10600亩,直接经济损失125万元左右。

洪水过后,省水利部门的业内人士和土龙河流域的各个县市的基层干部群众对这次突如其来的洪水议论颇多,都认为这是一场不该暴发的洪水,包括嘉谷县西历村段的决口,不是天灾,是人祸。

水库汛前不腾库是祸源。洪水主要来自省城西部山区的水云寨水库。今年中央气象台多次预报土龙河流域降水量要比往年多三到四成。按照这个预报,水库应在汛期到来之前把库容量降到最低,以迎接雨季带来客水。但由于近年来水库实行了自负盈亏的经济承包制度,抗旱时期每个流量卖到了一千五百元至两千元。他们担心预报不准确,怕影响经济效益,惜水少腾,以致雨季到来、客水流进才匆匆向省委、省政府打报告泄洪保库,并夸大其词,说水库崩裂后会淹没省城。

盲目决策是祸根。紧张的汛期中,该省的领导干部均在海滨城市的东岛市名为学习实际上是在度假疗养。他们看到水库方面的报告后未做认真调查研究,盲目决策开闸泄洪4000流量,完全没顾及土龙河是1962年扩挖修堤建成,设计流量是3000流量,近年来没有大规模清障清淤,实际上只能承担2500流量的现实,就匆匆放水。

当滚滚洪水以超过河道的承受能力在平原肆虐时,当沿河军民以不必要的艰苦奋斗精神浪费大量的物资抗洪时,西部山区的暴雨周期已过,水库在以4000流量的速度放了一天一夜后赶紧关闸。然而,灾害已经造成。

据业内人士讲,如果水库能提前腾库,这场大水不会有;如果泄洪时充分调查研究、科学计算,4000流量分四天至五天放,每天放1000到1500,不仅不会造成水患,还能让沿河长期缺水的各县充分利用,或灌溉浇地,或灌满坑塘储蓄,以备人畜饮水,以备来年抗旱之需。

钟灵看完正文后,见下面还有几张原始的谈话记录和数据计算,注明有录音、证材等,恍然大悟,心里骂道:"上面真是胡日鬼。"又一想,自己毕竟沾了这次洪水的光,心中得意,脸上却一片茫然地说:"杭主任,李记者,这些我们可不知道啊。作为一个县委书记,总要保老百姓一方平安促一方发展啊,为官一任,造福一方嘛。"

"不,你在这场人造洪水的祸患中成了抗洪英雄。"李一道尖刻地说。

"哪里,哪里,人民是真正的英雄,是省委楼书记的抬举,我只是做了我应该做的。"钟灵打着官腔。

"不,它铺平了你升迁的道路,还有你的阴谋。"杭维萍说出的带着丝丝凉气冷酷的话,像一记重锤砸得钟灵心里一震。他不说话了,又采取了以静制动的战术。

杭维萍看着这个官场的老油条,不动声色地拿出了一个印有省军区政治部大红字头的信纸,上面写着几个苍劲有力的大字:"如情况属实,查明,严肃处理。"下面是省军区党委常委、纪委书记的签名,底下还附着一封说嘉禾县武装部副参谋长私自调动部队,半夜用深水炸药炸毁老堤,造成下游西历村段突然决口的揭发信。

钟灵惊呆了,平时总是笑模笑样的红润脸庞变得先是蜡黄后是苍白,坐得笔直的身子一下瘫倒在沙发上。他点着一支烟,努力镇静了一会儿,想着从进门到现在的每一个细节、两个人的表情,像看卫星云图一样慢慢梳理着风云变幻的各种脉络,觉得有了些头绪:一、虽然中央宣传部门规定发地方性的批评内参要求与当地领导先沟通见面,但这篇稿子是针对省里的,见面也轮不着他。让他看一定是另有目的。二、那封信虽然有军区领导的批示,但还没有开始查,一定是等待着什么。

只要事情还没有发生,就有办法。他恢复了常态说:"二位领导需要我做什么?"

"你去找楼宇,放出柳枫。"李一道直截了当。

"好,好,我去想办法。"钟灵连连答应。他知道如果这个时候不应承下来,自己和表弟就会有灭顶之灾。钟灵说完,热情地邀请二人去吃饭,被

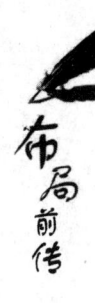

冷冷地谢绝了。

钟灵出了门,把守候在服务台的先前带来的那帮人打发走,边思索着边往楼下走。在三楼的拐角处,他被一双肉嘟嘟的手拽到了一间客房里,一阵脂粉香扑鼻而来,一张抹着口红的嘴贴到他耳边说:"怎么样,我那妹子晚上伺候得好吗?那几招可都是我教她的啊,你得还给我。"说着,一只手自他的胸脯摸索着,顺向了他的下体。

钟灵这个时候哪还有寻欢作乐的心思,本想推开喘息发情的宾馆出纳,但一想还有事让她办,就两手抓住那对快要顶破衣服的山峰亲了一口,忍着嫌恶搂了搂她那肥硕的水桶腰,附在她耳旁交代了几句,便迅速离开了。

刚吃过晚饭不一会儿,钟灵如夫人的风骚娘家嫂子就把李一道写的内参复印件拿到了钟灵的办公室。他仔细端详着,看了好几遍,又闭上眼睛盘算了半天,琢磨着找楼宇,但想到楼宇那一张永远马列主义的脸,那一身马列主义的做派,觉得去了只能是自取其辱。钟灵的手伸向了那台红色电话机,拨通了省委管干部的赵常委的专线保密机,向对方汇报了内参的情况和记者的要求。赵常委听了以后没多说一句,只是让他把原件发过来。钟灵没有说那封揭发信。有人说,当基层干部,会当的两头瞒,不会当的两头传。他认为说得不全面,应该是既要瞒也要传,关键是瞒得巧妙、传得适当。四两拨千斤,小树枝也能当大梁。

赵常委看了以后,没在文章上下多大功夫,只是反复推敲着记者的要求。他是知道柳枫的,也认为那是个才华横溢的年轻人,如果加以培养,是个文秘或宣传领域里的领军人物,可惜跟错了人,没有做到良禽择木而栖。柳枫下去的时候,他也想帮一把,或者要到自己的部里来。但是,那个刚升任副书记的原来管政法的常委风头正劲,而自己也没必要为一个小人物树一个对立面,也就没说话。现在这篇内参涉及省委和自己关系很铁的大老板,他非得挺身而出不可了。他也想到去找楼宇,也知道楼宇近期的愿望和心理诉求,但他和楼宇除了在正式会议上碰面外,几乎没什么私交。他们同在一个常委楼上班,同在一个高干别墅区里居住,汽车来,汽车走,顶多是在上车下车时互相瞥一眼或挥挥手而已。按说节日是各家互相串门增进感情的好时机,但楼宇从不在城里过节,总是带着全家回他那个半丘陵山区的农村老家。在这个别墅区里,每家的门前都有一块儿空地,都由机关事务管理局派人种上奇花异草供领导全家在清晨和黄昏散步时欣赏或举起小巧玲珑的喷壶劳动一番。唯独楼宇搬来后,先带着全家把花草拔了个精光,而后脱了外衣,露出古铜色的皮肤,抡镐挥锨,把地翻了一个遍,种上了辣椒、小葱、茄子,搭起了黄瓜架,周围还围了一圈老玉米。种的菜自家吃不了,也不知道送给邻居尝尝鲜。楼宇那从农村跟来的老婆还把种的菜拿到自由市场上去卖。所以,他看不起楼宇,也讨厌楼宇那总是一副自我觉得正义在手,真理在胸,整日凛然,实际上大事管不了的样子。他发怵和楼宇说话,更不用说求楼宇办什么事了。同时他也知道,楼宇的诉求也不是他这个管组织工作的常委说了算的事,即便说了楼宇也不相信,自己也没那个能量。

思索再三,赵常委和大老板的大秘书约定了时间,进了那间决定着全省众多干部命运的办公室。他弯着腰站在办公桌前,呈上文稿,小声简洁地汇报了记者的要求以及楼宇最近的心理状况和在仕途上的目标。

大老板就是大老板,对那份内参只瞥了一眼,但认真听了赵常委的话。多年玩政治的他,知道灾难过后无非两种处理方法,一是查清灾难原因处理人,二是大张旗鼓地表彰人。后者是他这样的政治家的首选。他也知道,最近中央对他不太满意,他也想借这次抗洪胜利开个祝捷会,请几个副国级助助阵,张扬一下,从侧面在高层造些正面舆论。他犯不上为柳枫这么一个小人物得罪中央重量级的新闻单位。他记得去年新华社记者发了一个本省只顾开发煤矿忽视环境保护的反面内参,有好几个中央领导批示,来了许多部门检查调研。他很生气,叫来了驻本省的分社社长,半开玩笑地说:"老子在前方拼死拼活地干,你们在后边打黑枪啊。"那个戴眼镜的中年社长稳坐在沙发上,不卑不亢地说:"真实是新闻的生命。实事求是地反映问题,这是总社给的任务,也是我们记者的责任。"他说:"你们总社的社长也无非和我是平级,明天我调到北京,和他一样,也管全国的一个方面,说不定还管着你呢。"那个中年社长哈哈一乐说:"领导,我相信你到

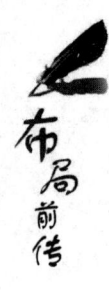

北京能管全国一个方面的工作，但我更加相信，你永远当不了我们总社的社长，我永远不离开新华社，你也永远不会直接管着我。"说完，潇洒地与他握手告别，昂然而去。当时他看着那家伙的背影，摸着大脑袋想了想，又掐着手指头算了算，从延安时代算起到新中国成立，历任新华社的社长还真没有他这种类型的干部担任过，也就服气了。

现在，他站起来，提了提大肚子上的裤子，摸了一下国企的女老总进贡的国际知名品牌限量款 T 恤衫，对赵常委下达了三点指示：一、以组织的名义跟楼宇说，他的分工省委正在考虑他的要求。二、让他放出柳枫。三、通知河海市委，把柳枫调出嘉谷，到河海市平级安排工作。

当然，按照他这个老狐狸政治家的做法，他自然又是口头请示了一身正气的省委一把手。

◎ 二十二　　为官首先要融入当地的传统与文化，而后再潜移默化去影响、提升

柳枫被解除了双规。

还是韵致家那个小院，还是那轮明月，不过桂花正在凋谢，阵阵凉风不时吹落几片发黄的树叶，秋的肃杀正在到来。

院子里，小桌小凳寂寞地挤在厨房的天棚下，韵致正在忙乎着。高压锅咕嘟咕嘟地响着，鲜鸡汤的香味正在外溢，几盘切好的菜、肉各种佐料正在静静地等着倒入油锅。

室内，柳枫、杭维萍、李一道三个人呈"品"字形而坐。李一道斜靠在沙发上，长长的二郎腿跷在一张小竹床上，眯缝着细长的眼睛，抽着烟。柳枫坐的单人沙发对着杭维萍坐的高背藤椅，那双海蓝色的眼睛经过了几天的双规生活，似乎变成了湖蓝色，少了许多奔放，多了一些沉静、悲哀与冤屈，轮廓分明的脸上还带着一丝倔强。

二人刚刚听了柳枫的倾诉，还有过争执。杭维萍显得非常激动，乳白色的半高跟凉鞋在黑色大理石地面上快节奏地敲击着，丹凤眼里闪着对柳枫既爱怜又愤恨的光。她往后捋了捋黑色的瀑布说："我知道你心里很委屈，你为这个县的经济发展做了很大贡献，引进了许多资金，传播了知识与文明。但是，我要告诉你，你在这里的身份既不是慈善家也不是传教士，是县委副书记，是官，不同于你在省委机关当的吏。有一次家庭聚餐，我们家老爷子喝了两杯长白山的鹿茸酒，高兴了说，做官是什么？做官就是个

关系。我理解他说的这个关系涵盖面很广，也很深。除了利用好血缘、亲缘、学缘、地缘、姻缘等关系外，再就是到一个地方做官，首先要融入他们的传统与现实的文化，融入他们的生活习俗，融入这些文化所形成的关系，而后再去潜移默化地影响他们、提升他们。而你呢？一来了就把自己摆在一个比他人高明、比众人聪明的位置上。你处处把每一件事都上升到理论、文化的高度去认识，不仅自己去分析、去想，还跟人家去讲、去议论。你以为你是在传播知识吗？不，是对别人的讽刺与批判。你这样是对这里人的不尊重，是对自己知识的炫耀。我承认，你读了不少书，记忆力绝佳，谈话引经据典、信手拈来。你很聪明，把各种知识的边缘结合、融合得很巧妙，是煽情的高手。但是，你忘记了中国哲人'此时无声胜有声''大音希声''河水最深，其流也无声'的教诲，忘记了我们共同讨论过的，在现代中国，自然科学、文学、经济学等各方面的文化都进步了，唯独官场文化没有进步。搞科学的人都去学习西方的知识，而做官的人都到故纸堆里去研究《史记》《韩非子》。你在工作中处处显示出比别人高明，忘记了"峣峣者易折"的道理，只能说明你的骨子里是文人，是具有浓厚浪漫意识的文人。虽然你在省委工作时，在那样一种高层官场上练就了一副不得不有的坚硬外壳，但那是假的，一遇到合适的环境、氛围就看出你多年修炼的坚硬外壳是何等脆弱。在合适的温度下，你的浪漫灵魂就会不可遏制地膨胀。就像你们县这条土龙河的大堤一样，高高的白杨树，厚厚的黄土堆，看起来是那么雄伟，但洪水一来，便立刻千疮百孔，各种隐性的东西就立刻暴露出来，或管涌，或漫堤，或浪窝透水，以不同的形式张扬着、跳跃着，狂舞在天地间，而你还在其中自我陶醉。殊不知，你自以为美的东西在别人看来是笑话，是丑恶。你的理论是对的，对事物的认识也是深刻的，但这里的人大部分听不懂，也不明白。有的人心里明白，但出于某种传统观念，出于地域文化的限制，出于不背叛乡亲们多年的认同，不能离开自己的势力范围与结成的多年同盟，表面上也会不服气，会用农民式的狡黠来对付你，说你是臭理论，甚至用不可比的事物和你所专指的事物比。他们不知道什么是偷换概念，可运用得非常熟练，让你比秀才遇到兵还麻烦，让数不清的麻烦事环绕着你，让你剪不断理还乱。一旦出事，没人帮你，甚至给你设陷阱，落井下石。你这次在河堤上组织跳舞、唱歌被纪委双规就深刻地说明了这一点：和你同欢乐和看热闹的人事后没有一个人为你说话，没有一个人站出来仗义执言。你对着河水带来的江南风景抒发情怀，吟诵唐诗宋词，唱《江南吟》，你组织人唱《一条大河波浪宽》，你还和女演员在一起演出，一起跳交谊舞，这在文人圈里均属正常，但在这里呢？你知道你的敌人给你造了什么谣吗，你上面的领导把你看成了什么吗？说你这样做是对洪水的赞美，是与领导唱对台戏，是对老百姓的漠不关心，是对灾害的歌颂，是本性的暴露！说你是一个浪荡公子，是一个十足的文化流氓！你说，不双规你双规谁？"

"我看柳枫兄这次被双规，是违反了官场的十条潜规则中的一条，"李一道把烟蒂按在烟灰缸里说，"我给你念念，你自己对号入座。一、办事得花钱；二、办不了得退钱；三、报喜不报忧；四、对领导的意见不能提；五、领导的看法是最大的法；六、领导身边的人也相当于领导；七、好处不能独吞；八、少说话，多请示；九、多开会造声势；十、吃喝不犯法。呵呵。"

"你少插嘴！"杭维萍有些蛮横地打断了他，指了指在院子里忙乎的韵致，继续说，"你和她的事儿外人还不十分清楚，但你也要悬崖勒马。你心里比我明白。明丽上次在省城跟我哭了半天。你说有哪个正当盛年的女人能容忍丈夫半年不在一起同床共枕，能经受起这种残酷的折磨和寂寞？

"我跟你说，政治就是协调，是交换。这次多亏我们的大记者抓住了他们随意放水，汛期在海滨度假，水库为自己的利益非法囤水等欺瞒老百姓的辫子，以向中央报告要挟了他们。否则，他们这次岂能放过你？

"好了，事情已经过去了，你就安心到河海日报社当你的副总编吧。也不提，也没降，也不算重用，也和外界交代得过去。以后就看你自己的造化了，你一定要好自为之。一道说的并非都是你反感的潜规则，有一些是为人处世的道理。河海离你的家乡很近，你也曾在那里的一个工厂做过电工。世事更迭，说不定你当年的小兄弟也有成事的，应该有一部分社会关

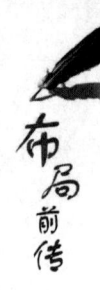

系可用。但愿你尽快成熟起来、成长起来啊。"杭维萍说完,坐下来喝了一口微凉的茶水,丰满的胸脯起伏着。

柳枫站了起来,倔强孤傲的脸上充满了痛苦。他谁也没看,对着窗外泻进来的月光说:"萍姐,我知道你说得有道理。在社会转型时期,的确是鱼龙混杂,闪光的不一定都是金子,可能是一块黄铜;骑白马的不一定是王子,可能是一个浪荡公子;带翅膀的不一定是天使,可能是个鸟人。可总要讲公平啊。从哲学观点看,这个世界就是在此消彼长、彼消此长不断平衡的过程中前进的。我来嘉谷虽然时间不长,但仅我引来的资金和上的项目所形成的效益,就使这里的总产值增加了8个百分点。不是运动场上选冠军吗?不是以政绩论英雄吗?你们在首都,不知道市里安排干部的规律。一般来讲,县里的常委或者副县长到市里都是平级安排副职,而副书记或者常务副县长都是安排正职或给予一个正职待遇。我是感到窝囊啊。我在县里,一不贪污,二不受贿,三没有安排亲信,只是白抽个烟、白喝个酒而已,真的是为这里的经济发展尽了力,是贡献与待遇的不平等、不平衡啊。干脆你们给我找个偏远中学去教书算了,我讲完课躺在山坡上看白云悠悠,看日月星辰,偏安一隅,终老此生。"说完,柳枫蹲在了地上,两行清泪夺眶而出,抽泣起来,接着说道:"我知道你们一直不放心我跟韵致的事。我久不回家,并不是因为和韵致有了实质关系而抛妻弃子,而是,"他停顿了一下,难堪地说,"我是前途委顿,心理和生理暂时都不行了啊。"

杭维萍愣了一下,跟着眼圈发红,把他拉起来,拥到沙发上,把他的头抱在胸前,爱怜地轻轻揉了起来。同时,她向李一道使了个警告的眼色。

李一道对此视而不见,睁开了眯缝半天的眼,射出了两道很强的光,坐正了身子,缓缓地说:"我们知识分子就这毛病,一会儿壮怀激烈,一会儿万念俱灰。你知道文人和政客的区别吗?文人总是好高骛远,总是望着蓝天白云遐想联翩,政客总是看着自己的脚底下。所以,最先摔下悬崖的总是文人,而政客总是安然无恙。柳大书记,你说你不平衡,但历史上的平衡都是经过若干年的演化而形成的,不是现时现报。你说对你不公平,给你的待遇不平等,但你还记得咱们在工厂时从越南战场上回来的老大哥吗?"

"当然记得,一辈子都忘不了。"在杭维萍的抚摸下,柳枫的头舒服了许多,低声说。

"他就在这里,是你的子民。"李一道的声音有了少有的悲伤。

"你说什么?在哪里?"

"他长眠在了你们土龙河的北堤上。"李一道的眼睛又合上了。他低下了头,像是默默致哀。

柳枫一把推开杭维萍,冲到李一道面前,抓住他的衣领,几乎要把他提起来,要他说个究竟。

老大哥,老连长,路增老大哥,挽救了他政治生命的老大哥,他一生都不能忘记的老大哥啊!

当年,省革委的头头一泡尿冲出了一个战备机械厂。有了工人,靠谁来管理呢?他想起了当兵的日子,便派了一批当年的战友,在南疆服过役、在抗美援越战场上用高射炮打过美国"鬼怪"式飞机的复员军人来做管理。那时全国学习解放军,编制也向部队看齐,车间叫连队,工段为排,生产小组为班,复员军人们都当了连长或指导员。电工车间的连长叫路增,络腮胡,大个子,原来是援越高炮部队高射机枪连的一个班长,立过三等功。那时解放军的对空瞭望设备不精确,路增仗着身高体壮,小时候爬树掏鸟窝是一把好手,就自告奋勇地拿着高倍军事望远镜爬到高高的椰子树上观察敌情。在一个炎热的下午,他爬到树上,忽然发现来了敌机群,随即拿起随身用的自动步枪对空扫射,并大声呼喊指挥下面的四门炮射击,创下了一个班单独打下一架飞机的纪录,因此立功。

别看他人长得凶,但为人很忠厚正直,对小学徒工们从不摆架子,关爱有加。有一年冬天,那天刮七级大风,铸工车间外边的两根高压电杆上的螺丝松了,在风中叮当作响。生产科一个看不上柳枫那不甘心当工人而总爱舞文弄墨样子的家伙,非让他上去拧紧不可。柳枫看

着在风中呜呜响着的电线,心里有些发怵,正好穿一身旧军装的路增从此路过。路增说:"这么大的风,非今天干啊,又不影响送电。"谁知那个家伙说:"真正的革命者是无所畏惧的。"路增看着这个瘦猴样的家伙,把柳枫的工具袋拿过来说:"行,今天咱俩给新学员做个榜样。来,你一根,我一根,谁不上是孬种。"那家伙不敢接茬,一溜烟跑了。

路增在越南战场上从一架美国飞机的残骸旁捡了一只漂亮的口琴,是美国飞行员丢下的。那时部队生活单调,除了隔好长时间能看看越南女民兵跳的使用铜鼓、独弦琴伴奏的竹竿舞和竹笠舞外,其余的时间就是学习毛主席著作和林彪的"三三制""四快一慢"的战术。亚热带的气候傍晚特别闷热,路增没事了就拿着口琴到椰子树下吹。也许具有点儿音乐天赋,后来还真吹出了几个革命曲调。他也爱看节目,每逢厂宣传队演出,总是早早地去,坐第一排,有时还帮着摆摆凳子、拉拉幕布,也就和文艺宣传队的青工成了朋友。有一年,毛主席对解放军发出了一个号召,说"野营拉练好",工厂也列入了学习的内容,复员军人理所当然地变成了野营拉练的指挥官。

春天的原野,充满生机的土地上麦苗青青,英姿飒爽的拉练队伍脚步沙沙、歌声阵阵,成三路纵队行进在机耕路上。尖兵队列由篮球队的三个人打头。两个大个子打着两面红旗,在风中招展,中间的柳枫捧着一尊毛主席去安源的足有半人高的涂了金粉的瓷像。瓷像在阳光下闪闪发光,柳枫感到幸福极了,热血沸腾,神采飞扬。第三天,他们来到一个临湖的小村庄宿营。柳枫揉了揉发酸的胳膊,恭恭敬敬地把伟人像放在炕头上,躺下就睡着了。半夜内急,走了一天路的他困得睁不开眼睛,迷迷瞪瞪下去小解,又怕惊醒旁边的队友,便直接下炕,谁知一脚把伟人像踩到了地上,"咔嚓"成了两半。他被吓傻了,睡意立刻跑到爪哇国去了。他知道,等待他的将是被打成反革命分子的下场,大会小会的批斗,还有可能以反革命罪被判几年徒刑,在高墙、铁丝网和监牢里度过后半生。正当他徒劳地把两个断面往一起对的时候，路增进来查铺，把手指放在嘴上"嘘"了一声。看看炕上熟睡的那几个人，他悄悄地把伟人像拾起来，招呼柳枫拿上一把铁锹来到村外的一片小树林里，把伟人像高高举起摔了个粉碎，挖了一个坑将其掩埋踩实，又从湖边挪来了几块水分大的草皮盖在了上面。老大哥对他说："有人问你，就说送给驻地的一个老贫农了。"这件事最终也没保住密，睡在一个炕上另一侧的家伙假装睡觉其实全看见了，转头就跟厂里的头头告了密。厂革命委员会立刻成立了专案组，把二人关到一个小黑屋里审问了3天。老大哥一口咬定是自己在查铺时踩碎的，与柳枫无关。最后看在路增三代贫农又是抗美援越军人，还在战场上立过三等功的分上，给了他一个撤销职务、留党察看的处分，把他分到铸工车间搬铁块，看着冲天炉化铁水，抡铁锹拿沙冲子打端盖，铸电机壳。

农村实行生产责任制后，他家中孩子小、地多，老婆又有病，他就找关系、托门子调回了家乡嘉谷县机械厂，白天在车间上班，一早一晚在家伺候地。计划经济转向市场经济后，机械厂越来越不景气，先是产品卖不出去，后是停产，再就是欠发工资，最后只发生活费。这几年化肥、农药涨价，农业增产不增收，路增的家境每况愈下，平日粗茶淡饭，常常两三个月吃不上一顿肉。他有个初中毕业辍学在家的傻儿子，还有个正上学的女儿，看见别人吃肉两个孩子常常泪汪汪的。

李一道说，这次抗洪，路增加入了北堤的民工队伍。于茂盛出台了中午一卷大饼熏肉的政策，路增每天都吃家里带来的老咸菜疙瘩和玉米面饼子，把熏肉卷省给儿子闺女吃。那天堤上冒沙抢险，于茂盛当场宣布多扛一个草袋多发一个饼卷，路增为了让常年吃素的老婆也能吃上一个熏肉卷，使尽了全身的力气一次扛两个，终因肚中无食，身体虚弱，筋疲力尽，眼前一黑栽到了坑里，死在了大堤上。

柳枫放开了李一道，喃喃地说："我只知道北堤上死了一个民工，但不

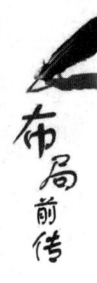

知道是老大哥啊。"他蹲在地上又抽泣起来。

杭维萍看着他说:"你还冤屈,还不平衡,还有脸在这里哭!和老大哥比起来,你这点儿冤枉又算得了什么?拿着手炉烤着上好炭火的林黛玉哪里知道北京街头捡煤核老婆子的辛酸啊。"

她这样一说,柳枫哭得更急了,伴随着哗哗的泪水放出了悲声,像狼一样号叫着,在夜已深的院子里显得特别瘆人。但杭维萍和李一道知道,他这次不是为自己而哭,是为老大哥而悲痛,是一种深深自责的悲哀。二人不再说话,只是静静地看着他。韵致炒完了菜,一直如木雕般悄悄站在门外听着,此刻无声无息地走进来,把一条新毛巾在温水里浸湿后拧干递给柳枫,又无声无息地走了出去。

柳枫擦着泪水,抽泣着说:"老大哥为什么不来找我呢?他不知道我在这里吗?别的权力没有,给他调换一下工作,让他们家衣食无忧,我还是做得到的啊。"

杭维萍说:"其实,你一来他就知道了。在你召开的县直企业改制的动员会上,他一眼就认出了你,并打电话问了我,但没说他的家庭情况。我让他有事找你,他说不,说在会上看你的情绪不对,虽然讲话时情绪激昂,但你的眉眼里有忧愁。他说:'小枫从繁华的省城来到我们这穷乡僻壤,这里边一定有什么事。古时候叫发配,我们这里原来就是充军发配的地方,看来上面是盯着他呢。'他坚决不让我告诉你他在这里,说县里的情况复杂着呢,排外、欺生得厉害,等过两年你在这里站稳了脚跟再说。谁知……"杭维萍说不下去了,也哭起来,李一道也跟着在一旁抹开了眼泪。

韵致的眼里也噙着泪水,又进屋给每人递了一条湿毛巾,然后悄无声息地把饭菜摆在了桌子上,倒满了酒,又跑到里屋忙乎了一阵,腾出正位,摆上一杯酒。杭维萍感激地看了她一眼,四人围桌而立,向着正位深深地鞠了一躬,共同举杯,斜手画了半个圆,把酒慢慢地淋泼在地上。

◎ 二十三　　贫穷是一切悲凉的根源，但最可怕的还不是贫穷，而是对贫穷的满足和麻木

洪水过后的嘉谷县迎来了连绵秋雨的日子。

今天，下了一上午的小雨停了，天空还布满阴霾，一丝风也没有。白杨树肃立，河畔的柳树枝条低垂，已经结了籽粒、有些发黄的草棵像一个黄脸怨妇，不断地往下滴着伤心的雨滴。

一辆丰田越野吉普车载着柳枫、杭维萍、李一道、韵致，越过洪水过后露出的桥面，爬上北大堤，顺着斜坡下道，在满是泥泞的土路上艰难地走了好一会儿，来到了老大哥路增所住的村子沙岗头。

由于刚刚下过雨，村里到大田里出工的人不多。在一个叫"快嘴二婶"中年妇女的引导下，他们找到了路增的家：三间外砖挂面的土房，一圈用丛生刺槐围起来的小院，一个前后进深不足两米的简易门楼，两扇斑驳陆离露出惨白原木色的年代久远的柳木门，院子里有几件农具。一个20多岁的小伙翻着白眼，正拿着一束杨树叶子喂一只浑身沾满了黄泥的半大羊，嘴里还嘟囔着："快吃，到年扒你的皮、吃你的肉。"说着，嘴角流出了口水，露出了白牙。

快嘴二婶说："你们是干什么的？对，是路增的朋友。瞧我这记性。是来扶贫的吧？他家可是俺村第一大困难户啊，当家的没了。你们说上河工得多累啊，哪有不吃饱吃好的。他可好，把堤上发的大饼熏肉卷给傻儿子和上中学的闺女吃，自己吃棒子面窝窝头喝汤，身子不发虚才怪。听说就

是为了多挣几个大饼卷累死了,值当吗?家里光剩下了娘们儿孩子了。你看那个大小伙子,原来好好的,前两年非要去当兵,连着两年都验上了,都让镇里头头的亲戚顶了,他就在那里给人家下跪,后来又撞暖气管子,结果成了脑震荡,学上不了,连活儿也干不成了。还有他家的那个小闺女,一年到头清汤寡水的,长得像个小黄毛。我看着你们都是有钱人,快帮帮他们吧。这个大增也是,在外边当了这么多年兵,还有工作,居然把日子过成了这个奶奶样。有一次喝了点儿酒还吹牛说,他有个好兄弟在县里当书记。俺看是说胡话,胡日鬼哩。这年头,甭说认识个县委书记,就是有个亲戚当个副乡长,家里也能富得流油。俺娘家院里开小饭铺的二兄弟,就是因为他妹夫给县委的领导开车,让他这次给河工们做饭,不几天就赚了8000多。更别说和县委书记好了。"她絮絮叨叨地说完,还撇了撇嘴。

就在快嘴二婶吵吵嚷嚷的时候,北屋的门开了,走出了一个蓬头垢面、头发灰白神情有些呆滞的妇女。快嘴二婶说:"这就是大增媳妇,叫四满,也是个苦命人啊。娘家兄弟姐妹七八个,连小学都没念几天,就砍草拾柴火挣工分。嫁到这个村说是找了个当兵的,表面上挺光荣,其实她也没过几天好日子。"

叫四满的女人没理会她的叨叨,用白多黑少的眼睛看了他们四个半天说:"你们就是大增早先在厂子里的朋友吧。"杭维萍急忙点头,刚要说什么,四满又不理他们了,脚步沉重地回到屋里,拿出了一张发黄的黑白照片。柳枫一眼就认出来了,那是他编剧、李一道谱曲、杭维萍主演的小歌剧《机械工人下乡来》到省直会演得奖后和老大哥一起在小扬河边照的。那是一个小麦伏垄黄的夏天,厂里仅有的一台东风牌卡车把他们送到目的地后,就被厂生产科特讨厌他们蹦蹦跳跳的科长调走了。演出结束后,几个人本想坐公共汽车回去,但凑了半天也凑不够车票钱,只得背着乐器步行往回走。开始大家还唱着"我们走在大路上"的战歌,但在骄阳的灼烤下,一会儿就没了精神。人困马乏,嗓子渴得冒烟,肚子里饿得直叫唤,早晨睡懒觉没来得及吃饭的李一道竟虚脱了,倒在了路边一棵被来往汽车撒满尘土的小槐树下。大家束手无策的时候,一辆黄河大客车停到了他们身旁，老大哥和他在长途客运公司当司机的战友抬下来一大桶凉白开，拎下来一袋子馒头和十几根灌肠。众人一片欢呼，吃饱喝足后上了汽车回到了厂里。那一次，连雇车带吃食花了老大哥半个月的工资。午休后，大家拉着他跑到厂区后面的小河边照了一张照片，这也是他们和老大哥唯一的合影。照片上，还有几个跟着李一道在乐队伴奏、跟着杭维萍在台上跳舞的小伙与姑娘。

　　三人激动起来，三个脑袋急切地凑了上去，三只手同时伸了出去。但四满并没有被他们的情绪感染，她把照片往高处举了举，依然眯缝着白多黑少的眼睛冷漠地指着三个人说："这是你。"柳枫点了点头。"这是你。"杭维萍点头。"这是你。"李一道点头。"没有你。"韵致赶忙点头，躲到了后面。四满回过头来又指着柳枫说："你就是那个秘书书记？""是是，不过，现在不是了。"柳枫有些尴尬地说，心中充满了羞愧。

　　杭维萍看着破落的小院和家徒四壁的堂屋，鼻子有些发酸，上前握住四满的手说："大嫂，这么多年你受苦了，我们对不起你和老大哥。""不，"四满尖声叫了起来，"是俺命苦！是他对不起俺，他有外心！"说完，一屁股蹲在地上呜咽起来，泪水像断了线的珠子，滴到已经看不出颜色的上衣上，一会儿就湿了一大片。"啊？"杭维萍三人惊愕地瞪大了眼睛，韵致则羞红了脸，转向了一边。

　　"是哩，"快嘴二婶在一旁帮腔说，"自己家里穷得屁股用瓦片盖着，还养着陕西窑洞里的一个娘们儿。也不见他去，也不见那个女的来。这么多年了，月月给人家寄钱，连面都见不着，更不用说上炕摸摸两人高兴一阵子了。牛郎织女每年七月七还有喜鹊搭桥见面亲热亲热呢，这个大增真不知道哪里吃错了药，犯的哪门子病。""不可能吧？"李一道茫然不解地看着她们说。"俺有证明哩。"四满不哭了，呼地站起来，从用砖头支着的几块床板底下拿出一个显然是用炮弹皮做的铁匣子，哗啦摔在只有三条腿、裂着大缝的破方桌上说，"你们看看。死鬼活着的时候老是锁着，不让我看，他死了以后我砸开了。原以为是留给俺们娘们儿过日子的营生，闹了半天是他养小婊子的字据。别的字俺不认识，可'钱'字俺知道，俺庄稼人就

是跟钱亲。谁叫俺穷哩,人穷就不要脸了,俺也不怕家里的丑事往外张扬了。你们都是体面人,随便看吧。呜呜……"说完,她坐在地上捶胸顿足,号啕大哭起来。

杭维萍赶紧扶住摇摇晃晃要倒的方桌,拿过铁匣子,见里面有几百张类似明信片的硬纸片,除了抬头第一行的地址不一样外,下面一律是一个长方形的戳子,印着"钱已收到,田素素"。旁边还有一个红塑料皮的笔记本,封面中间是金光闪闪的毛主席头像,旁边有两行竖字,一行是"世界人民的伟大领袖毛主席万岁",一行是"战无不胜的毛泽东思想万岁",最下面一行字是"中国人民解放军×部队抗美援越纪念册",小括号里还印着"绝密"字样。杭维萍翻开看了几页,脸色苍白,肌肉不易察觉地抽动了一下,赶紧合上了。

她拉起四满坐在小板凳上,拿出纸巾帮她擦干了眼泪,指挥着柳枫等人把车上带来的火腿肠、方便面、糕点搬进来。在院子里看羊吃草的痴呆小伙子看到后,连蹦带跳地跑过来,喊着:"肉!肉!"把一箱火腿肠抢到手,两手攥住了四五根,咬牙切齿地撕开,狼吞虎咽地吃起来。

杭维萍强忍着眼泪,拉开手提包,拿出厚厚一沓钱塞到四满手里。征得四满的同意后,她把那个纪念册装了起来,站起来冲四满鞠了一个躬说:"大嫂,我们还会来看你的。"又回头问了问岗头镇中学的位置,让三人上了车,自己坐在司机的位置上,打着火,出村直奔北大堤。一路上,她的脸色苍白严肃得可怕,吓得谁也没敢说话,只听到车轮碾过泥水的声音。

岗头镇中学就是抗洪时于茂盛的指挥所所在地。到了那里,柳枫仍然以县委副书记的身份叫出了校长,把一张卡交给了他,说以后这就是初中一年级学生路菊的学费和生活费用。在校长的引导下,他们见到了像豆芽菜似的怯生生的路增老大哥的女儿。杭维萍把她叫到一旁,爱怜地搂着她小声说了半天话,还用随身带的犀牛角小拢子给她梳了梳头,连同一个进口的折叠小梳妆镜送给了她,高兴得小姑娘满脸通红,不一会儿就喊了好几声姑姑。李一道和韵致分别拿出几百块钱放到了小姑娘兜里。

在回去的路上,杭维萍宣布:"今晚去祭奠老大哥,洗涤我们的灵魂!"

二十四　人生无非是金钱权力、饮食男女、生老病死，区别在于道德水准

　　阴霾消散，天空正在转晴，不时有道道阳光透过云层照射着田野。西北风正在悄悄地吹，预示着一个天空如洗、繁星满天的夜晚的到来。

　　还是在韵致的那个小院，几个人坐在堂屋里默默地忙乎着。杭维萍精心地往花圈上扎着一朵朵白花，柳枫的面前摆满了各种染料。他画了两幅画，一幅是四联高射机枪和苏制高射炮，隐藏在高山上的丛林中，枪管细长，直指蓝天；另一幅是静物写生，有铸工车间的化铁炉、木制电机壳模型，上面是一根细铁管，下面是一个方铁板的沙冲子，还有沙勺、水罐等。高高的天车上吊着铁水包，里面红红的，像是着了火。李一道将几个硬纸盒剪开，染料、糨糊一块儿上，制作口琴模型。韵致准备好上供的粉皮、黄瓜、豆腐、花生米和鸡、鸭、鱼、肉四素四荤八个菜后，又蹲在一大捆冥币前，右手拿着小铁锤，左手拿着用铁皮卷的中间有一个小细铁管的冲子，往一打黄表纸上砸着铜钱似的印痕。

　　干活的间歇，柳枫和李一道好几次不约而同地看着杭维萍的手提包，都被她严厉地制止了。这中间，刘华仑悄悄地进来了一趟，刚附在杭维萍的耳边说了两句，她连头都没抬，几近冷酷地说了一句"出去"，神色几乎是有些恼羞成怒的，刘华仑讪讪地走了。

　　此心同一，柳枫、李一道加快了手里的速度。刚一忙完，几个人就将东西装上车，开车加速而去。

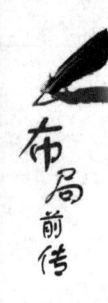

　　渐渐大起来的西北风终于吹走了天空中的浮云，苍穹碧蓝如洗，如血的残阳照着岗头村紧靠北大堤的墓地。多年的松柏树、老杨树、次生的洋槐树下，不规则地排列着一个个野草疯长的坟头，里面安息着形形色色的尸骨与灵魂，大家都平等地躺在那里，日看人间的喧闹，夜听秋虫的唧唧。

　　一个看起来有些木讷的小伙子骑着自行车来到一座新坟前，解下挂在横梁上的铁锹，把坟前周围的杂草清理干净，在坟前向阳的一面挖了一个四四方方的坑，把泥土移到坟的半山腰上，拍成了一个光滑的平台。远处的三菱吉普车驶到面前，小伙子对着韵致叫了一声不知是妗子还是婶子，放下铁锹就悄悄地离开了。杭维萍断定他可能是韵致丈夫的一个什么亲戚，感激地看了韵致一眼。

　　柳枫把扎满54朵白花的花圈端端正正地插在坟头上，又把用宽宽的白布条写有"路增老大哥千古"下面是三个人名字的挽联挂在上面。挽联在晚风的吹动下轻轻飘荡，弥漫出了悲凉的气息。杭维萍和韵致把供品摆上，倒上了一杯茅台酒，插上了三炷沉香。李一道则把冥币、烧纸、口琴和柳枫的画不声不响地放在了旁边。

　　沉香刚刚燃起，还没等四人鞠躬默哀完毕，柳枫实在忍不住了，发出一声悲怆的号叫便长跪在坟前，泪雨滂沱。李一道跪在柳枫后面，眼泪很快模糊了镜片，杭维萍和韵致也蹲在地上小声哭泣起来。

　　柳枫在坟前长跪不起、大放悲声，两手死死地抓住两株野草，把它们连根拔起又揉成了碎屑。他的脑袋顶在老大哥坟头湿乎乎的黄土上，顶出了一个深深的印坑，似乎要进去和老大哥相会，当面忏悔、谢罪。

　　荫荫的树林，森森的群坟，连树上归巢的小鸟也停止了鸣叫，只有哭声、风声和大堤下河水的呜咽声。

　　韵致先替杭维萍擦了擦眼泪，又去拉柳枫，被柳枫粗暴地推开了。他的哭声沙哑，韵致又心疼得掉起了泪花。杭维萍拿出一条崭新的白毛巾，擦干了脸上的泪水，又拉起了李一道，蹲到柳枫跟前，轻轻地拍了拍他的肩膀，展开毛巾，擦了他脸上的鼻涕与泪水，同时向韵致示意，一起把柳枫拉了起来。之后，杭维萍看着他和李一道，用有些嘶哑的声音说："都别哭了，你们不是一直想看老大哥的笔记本吗，想知道里面的内容吗？我也没细看，就让韵致给咱们读读吧。"

几人默默点头，坐定。韵致轻轻地翻开了纸张有些发黄、尘封了将近30年的历史记忆，小声地读着。

今天是我们出征的日子。关于这场战争，这场战争的残酷，同期入伍的战友当时的日记记载得清清楚楚，我把它同步摘录下来，权做时代的记忆吧。

1964年8月5日，美帝国主义悍然制造了"北部湾事件"，紧接着美国飞机从泰国军事基地、舰艇上多批次多架次起飞，连续数日对越南北方实施狂轰滥炸。据上级首长讲，那里除了河内市以外，其余的城镇都变成了一片废墟，满目疮痍。工厂被炸，桥梁被毁，铁路中断，公路弹坑累累，老百姓都躲进山里隐蔽起来了，整个国家处于战争状态。几千万人的粮食、给养、战争物资、武器装备、军用品、日用品等吃穿全部由我国供应。因为我国与胡志明主席领导的越南人民共和国同属社会主义国家，又是一衣带水、唇齿相依的"同志加兄弟"。

为了拒战事于国门之外，为了尽国际主义义务，打击美帝的嚣张战争气焰，伟大领袖毛主席命令：全国防空部队轮战，包括导弹部队、雷达部队、探照灯部队、各式高炮部队、工程兵部队、铁道兵部队、野战医院部队轮换进入越南北方，改穿越南人民军军服参战。

我是1964年2月入伍的，与我一起参军的总共56个人全部被分到了广州军区高炮56独立旅，旅部下辖4个团：607团为85高炮团；608团为国产双管37高炮团，驻守在晋江机场；609团为57式高炮团，驻守在韶关；610团为单管37式高炮团，驻守在惠安机场。各团常有换防，担任防空值班任务。我被分配在610团。为粉碎台湾蒋匪空军对我沿海的侦察、空袭，我们旅来到了东海前线。在这3年里，我们被战备搞得疲惫不堪，每天在阵地6门火炮中间的坪地上晒着太阳上政治课，一个班一个班地蹲在一起吃饭，在距离火炮两米处搭的茅棚里睡觉。每个炮手每天两小时值观察哨位班,就是手拿铁皮筒往规定的天空角度去观察目标。平时我们练就了识别敌我机型的本领,以便发现敌机,随时敲响身旁的炮弹壳作为警报。警报一响,每个炮手必须在10秒之内进入炮位。为了这10秒钟能上阵,大小便都要请示,班长指定人代替。尽管很艰苦,但总比在家里吃不饱强。大伙就一个心愿,就是"海底捞针,不打落蒋匪的高中低空电子摄像侦察机不死心"。结果,第二年我们就击落了一架这样的飞机,还活捉了驾驶员。为了拉得动、打得准,我们每年都连车带炮拖上火车到江西东乡铜矿附近去大比武,打飞机的拖着麻布袋靶子,到海边打气球。

1967年4月的一天晚上,我们以为是拉练演习,没想到部队的车炮都上了火车,过了江西进入了湖南。大伙觉得纳闷,这是去哪儿啊?团长说要去越南打仗。火车进入了贵州,直达云南昆明。每经过一个省,团政治部都把打印好的宣传材料散发到各个车厢(装货的火车厢,大家睡地铺),内容是介绍各省各地的风俗人情、特产、文物古迹、历史人物等,同时介绍美帝在越南北方犯下的滔天罪行,开展声讨美帝的活动。大家义愤填膺、情绪高涨,其实,根本不知道战争是怎么一回事。到了昆明,下了火车,气氛一下子紧张起来了。昆明军区组织的军乐队为欢迎队伍吹起了《义勇军进行曲》。我还是头一回看到这么壮观的场面,长号、短号、铜鼓、黑管,吹奏声、呐喊声、欢迎声响成一片,我们顿时感觉到这是真要上战场了。吃完了猪肉和竹筒米饭,全旅立即出发,改乘汽车拉炮行军。车队在曲曲绵绵的高原盘山公路上像成队蚂蚁似的缓慢爬行,好险啊,从上往下看是三层梯形公路,弯弯曲曲。驾驶员满头大汗,小心翼翼地把着方向盘开车,但还是有一个炮班连炮带车翻下了山,壮烈牺牲了。

部队沿途宿营野炊造饭,不论到哪个县、哪个公社、哪个大队或村寨,能歌善舞的少数民族姑娘都来慰问我们,送茶水,送青菜,给我们唱《阿里姑娘学毛选》的歌曲,跳《我为亲人解放军洗衣裳》的舞蹈,气氛热烈。经过一天一夜的急行军,我们团到了蒙自市郊一个加农炮部队的驻扎地,在这里整修、训练,上政治课,开誓师大会。我们适应高原气候、亚热带气候将近一个多月,同时也熟悉了云南地区的一些风俗民情,知道了什么叫"云南十八怪"等奇闻。

快出征了,我们的津贴全部派上了用场。副班长每月8块钱,给家里寄5块,剩下的上街吃一顿,在温泉里洗一次澡,也就花得差不多了。战士们要相对节俭些。出征前,我们剃光了头,换上了没有军衔的越南军装,头戴盔帽,在衣领上写上了自己的血型。每人发了两个急救包挂在裤腰带上,还发了一个卫生盒,很精致,里面有十几个小瓶装着常用药,什么十滴水、人丹、清凉油、防蚊油、蛇药。每个班还配备了晚上站岗用的防蚊手套、防蚊帽子,发放了第一个月的进入越南到旅团军人生活供应部才能购物的"军用代金券"。每个人都写了决心书,在换下来的军服上写下了自家地址,以便牺牲后部队清理遗物往家里送。

出征的前一天,全旅7000多人在操场上举行誓师大会,情绪激昂庄严,"越南必胜,美帝必败"的口号响彻云霄。各个连队都提出了杀敌目标,写出了竞赛挑战书。

誓师大会后,大家着手伪装战车战炮,在战车两旁写了一幅标语:"辽阔的中国国土是越南人民的可靠后方,7亿中国人民是越南人民的坚强后盾。"战车战炮,每个人的头上、身上,都插上了绿色的树枝。第二天,我们从蒙自出发,行军到边陲小镇——河口县的红河边。傍晚,部队在这里待命,等首长办理出国人员装备签证手续。趁这个空当,大家可以下河把一天的灰尘洗掉,但不能越过河中间,越过了就等于过了国界。不足200米宽的河道架着一座桥,中间各有一名军人站岗,这座桥叫"友谊桥"。

凌晨,终于接到了出国的命令。早已列队等候欢送部队的河口市民敲起了锣鼓,放起了鞭炮,挥动着手中的鲜花,喊响了激动人心的口号。老百姓真是太好了,他们是半夜赶来桥头相送的,这是军民鱼水情,更是一种鼓励。我坐在炮车驾驶室里,亲眼看见几位老大娘把

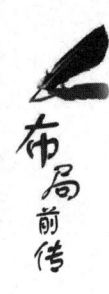
带来的几只老母鸡扔到了我们的战车上,并依依不舍缓慢地在车的两旁跟进。车上的战友眼睛都湿润了,纷纷喊着"谢谢老大娘""谢谢祖国的亲人""请祖国人民放心"。显然,老大娘送母鸡是自发的,是出自内心的。事后我们才知道,在越南牺牲的中国军人必须到河口市购买棺材。触景生情,他们是真情来相送的。

韵致认真地读着,三人静静地听着,朴实的记述把他们带到了那个信仰至上的年代、那个全国统一意志的年代。柳枫感叹地说:"那个时候的人是多么单纯啊,没有一点儿私心杂念。"

过了友谊桥,就进入了越南的桥头镇。老街,真是一桥两岸两世界,只见断壁残垣,没有灯火,不见人影。汽车越往南走,战争笼罩的气氛越浓——弹坑累累,田野荒芜,厂房狼藉,被炸毁的楼房底层长出了一人多高的野草,老百姓都在山林里或地洞里隐居着。所有河面上的桥都被炸断了,汽车只能在不太深的河水里缓慢爬行。

我们团布防在越南安沛市火车站周围的几个山头上,据说这里离河内有150公里。我们连在最高的一个山头上。这里原来是越军的一个高射机枪连阵地,弹壳遍地,美军从飞机上撒下来的未爆炸的钢珠弹处处都有,交通壕里血衣、血水、血布发出了腥臭味。各班找到自己的位置后,开始拉炮上山。没有路,人抬肩扛,不能用手电筒,怕天上的敌机发现,怕地面的特务发现。大家肩上垫着三角木拉着炮摸黑一步一步往山上走。十几个人从傍晚干到天亮,才把1000多发炮弹、帐篷、床板、铁镐、铁锹扛上山顶。来回一公里,每人一箱炮弹100多斤一气扛到底,中途不能换肩,也没人接应。肩膀被压肿了,磨破了皮,累得连吃奶的力气都没有了。天蒙蒙亮的时候,大家又忙着构筑工事,挖弹药掩体,搞好伪装,做好射击前的一切准备。在以后的一年多时间里,大家一面训练一面防空,来了飞机就群炮齐发,有时打跑了,有时也能打下一两架来。因为我们是用30年代的装备打

60年代的喷气式超音速飞机，只能是一个连或一个营集中火力瞄准一架才能奏效，所以也分不清是谁的战绩。

战争是残酷的，在真正的战场上，生与死谁也逃脱不了，只能是"服从，面对，忍耐"。谁都知道生命的可贵，谁都想当战斗英雄，可英雄毕竟是少数，多数是在煎熬中度过来的。从那天晚上以后，我们的阵地成了敌人的眼中钉，成群的飞机不分昼夜地向我们攻击。7月30日的晚上8点多，20多架美国轰炸机从三个不同方向向我们的阵地偷袭，成群的炸弹像黑乌鸦一样往下落。在探照灯的照射下，我们的火炮一齐开火、万炮齐鸣。我们的炮弹在敌机周围爆炸，敌人的炸弹在我们脚下炸开；飞机在空中爆炸开花，我们的战士也在敌人的炸弹落下时倒下。三排的阵地同时遭到了3架飞机的攻击，2000多磅的炸弹连续投在他们的炮位上，气浪冲击波把两门8000斤重的高射炮掀到了山下，26个人全被炸飞了。敌机飞走后，我们去殓战友的尸体，这里一条胳膊，那里一条腿，石头缝里藏着半个脑袋，怎么也凑不齐。还有的被埋到了碎石堆里，怎么也扒不出来了。这边还没完，守弹药库的警卫排又在巡逻时踩响了美军原来埋在土里的磁性炸弹，10多个人的大腿、胳膊上了树。受伤的战士们一声不吭，用幸存的手紧握着自己的枪。这就是我们的战士，为了尽国际主义义务，为了给伟大的祖国、伟大的党、伟大的人民、伟大的军队、伟大的领袖毛主席争光，义无反顾，前仆后继，一不怕苦，二不怕死，勇敢面对！遗憾的是，这场秘而不宣的战争不能公开宣传战士们的英勇事迹，只能在我们旅部的《战地黄花》小报上说，哪个连的战士肠子被炸出来了，用手捂着继续战斗；某个班的战士身负重伤，又顽强地爬行了30米回到了炮位上，鲜血流了一路……

战斗间隙，部队均在阵地上活动，班、排、连交通壕相连相通，炮手基本上在炮位的周围活动，警报一响10秒钟到位。睡是睡不成的，因为白天要把帐篷收起来伪装好，晚上才能支起来。遇上下大雨，帐篷里漏小雨。敌人经常对我们搞疲劳战术，每天晚上出动一两架飞

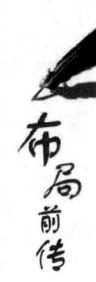

机到防区周围来骚扰，弄得人时刻在炮位上等待。等解除了警报，他们又来了，我们又得上炮位。尤其是在雷雨天气，敌机在云上飞并锁定方向向地面投弹，我们只得循着敌机的噪声拦阻射击赶跑它。就这样，许多战友慢慢地得了神经衰弱的毛病，睡不着觉，人也消瘦了。

闲时，在战壕里，有的同志学习毛主席著作，背诵《毛主席语录》，在交通壕两旁的土墙上刻"北京天安门"，写语录，表白自己身在异国心系祖国，时刻想念毛主席，时刻想念祖国的亲人。我们吃的是大米饭，青菜很少，多半是肉罐头。连队一星期到国内拉一次粮食和副食品。

越南处于亚热带地区，水稻一年三熟，为丘陵地带，盛产水果。椰子、槟榔、柚子、香蕉、甘蔗漫山遍野，我们阵地上就有，随手可摘，但没有人去摘。由于战争，越南北方的男人都上了战场，留下的尽是妇女、儿童，日常老百姓的生活必需品，粮食、火柴、肥皂、手电筒、电池等都由我国供应，援越的物资包装上都写着"中华人民共和国"的字样。

战争的残酷性、持久性使人的心理承受的压力都随着环境发生了变化。开始的时候，在开过动员会、誓师会后，战士们的口头禅是"炸死算了，我不怕死"，但看到了太多的死法后就开始怕死了。大家在掩埋战友的尸体后坐在一起，总结出了十个怕死：一怕炸弹炸死；二怕割伪装草砍树枝时不小心碰撞树被掉下来的钢珠弹或踢到草丛里的菠萝弹炸死（这种钢珠弹和菠萝弹相当于一个手榴弹的杀伤力）；三怕蛇多被咬死；四怕蚊子又大又多被叮死；五怕不服水土病死；六怕太阳火辣被晒死；七怕意外事故横死（如汽车肇事）；八怕受伤缺胳膊少腿疼死；九怕被自己射出去落下来的三四斤重的炮弹碎片掉在身上砸死；十怕吃不好、睡不好被骚扰的敌机拖累死。所以，到了后期，许多战士吃完饭后连碗也不刷了，说不知下顿还能不能用得上。

……

以上，战友日记记述的是大的残酷的战争环境。接下来，我要说一说大环境下的个体，说一说我和战友谢铜锁的故事。

"人到了这个时候,钱真的是没用了。"李一道默默地点着了画有高射机枪、口琴等纸祭品,看着熊熊的火焰幽幽地说。

"官兵都在一个山头上,炸弹铺天盖地,权、官也是空的。"柳枫折了两根树枝,一根递给杭维萍,一根用来拨火。黑灰色的纸钱开始在暮色中的坟地里旋转、飞舞,有的挂在树叶上,有的黏附在身上。

杭维萍把柔韧的树枝握了个对弯又放开,眯缝着秀气的眼睛,静静地看着残阳剩下的那一点儿红晕。

韵致从车上拿下了一个应急灯,挂在老大哥坟边上的一棵小树上,启动开关,照出一片惨白,继续往下读。

我和铜锁最初交往是一起写血书。当时,誓师大会各连队都写竞赛挑战书,和我一个班叫谢铜锁的陕西兵让我展开一块白布,他狠狠地咬破了手指,用鲜红的血珠子写下了"一不怕苦,二不怕死,誓死忠于党,忠于国家,忠于军队,忠于毛主席",全连热烈地拍起了巴掌。连长逐级报了上去,团里的政治干事很快把血书收走了,据说要挂在团队的战绩陈列室里。

和谢铜锁的交往越来越多,他还救过我的命。那是入越后的第3年5月第5天下午的3点多,天气热得难受。我拉着谢铜锁爬上了一棵高高的椰子树,一面用高倍军事望远镜看着天空。因为有情报说,美国的F-105型轰炸机从越南太原省上空投弹后返航回泰国的军用机场,正好从我们这里过。3点45分,一架美国的轰炸机来了。那天非常晴朗,能见度很好。那个美国佬大概不知道我们在这里,在1000米的高空大摇大摆地飞着。我计算着空域,一面用自动步枪射击,一面大声指挥四门炮一齐开火。咚咚咚,轰轰轰,不到两分钟,200多发炮弹全部射出了膛,只见飞机拖着浓烟从我们在的树下向山谷里栽去,大家一片欢呼。我和谢铜锁跟着跑下去,看见了飞机的残骸:被打出了几个大洞的舷窗,脸上冒着污血的美国佬飞行员。忽然,我看到在几米远的草丛里有一个亮晶晶的东西,跑过去捡起来,见是一个精致

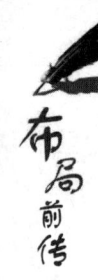

的口琴。从上初中起我就学会了吹口琴,是我们班的一个特别喜欢我的女老师教的。我们学校在农村,老师们都自己生火做饭。那时煤的指标是配给的,根本不够烧,我每天上学的路上都从土龙河边的大树林里给她捡一小捆干树枝。她总是在我们上自习时一个人站在校园的小树林里吹口琴,我做完作业后就躲在一棵小松树后面偷听,她发现后就教会了我。后来她找了一个当兵的丈夫,随军去了,临走时把那个黄黄的铜制口琴给了我。可惜,毕业那年我到河里游泳,把口琴掉进了水里,心疼得掉了好几天眼泪。眼前这只口琴是钢制的,镀铬的水波纹在强光下跳动着柔和的线条。我不由自主地把它装在了兜里,但想到了"一切缴获要归公"的军纪,又拿了出来。谢铜锁向这边走来,我不自觉地把口琴藏到身后,他像小豹子一样敏捷地跑到我身后,不动声色地把口琴从我手里拿走,塞到了我的裤兜里,然后敬礼说:"报告副班长,敌机和飞行员全部炸毁,无缴获。"随后拉着我的手往山上跑。

阵地上已经成了一片欢乐的海洋,帽子、炮弹皮等一切能拿动的东西都飞向了天空。第二天,旅部的《战地黄花》小报为我们出了号外。我和铜锁一同立了三等功,我被提拔为班长,这毕竟是单靠一个班打下的第一架美国飞机啊。比我大一岁的谢铜锁高兴得满脸通红,说今天他是双喜临门,一是立了功,二是收到村里教书先生代他婆姨写的回信,说他们的儿子虎头过了4周岁的生日,长得越来越结实,还在道边上捡了一个小闺女,俊巴得不行,说家里不仅有了一个虎羔子,还添了一个兰花花。最后他神秘地告诉我说,他们那里穷,给小子娶媳妇要一大笔钱,从小要个没有血缘关系的闺女养着,长大后娶了便宜多了。

那天晚上,是来到越南后头回见到这么好的圆月亮,椰子树、剑麻、白茅等热带植物的倒影清晰可见。我们由于立了功,排长破例地放了我俩的假,不用站岗。我和谢铜锁找了山脚下的一块平地。我在一片一人多高的白茅草边上吹着美国口琴,那首我的女老师经常吹的

《茉莉花》优美的曲调在周围飘荡；他则在明亮的月光下贪婪地看他老婆寄来的照片。突然，他拿起一块石头猛然向我投来，石头带着风声擦过我的耳边，我一惊，往旁边一闪，回头一看，一条五六尺长的三角头的毒蛇脑浆迸裂，腥臭的血洒在了我新换的军装上。

他跑过来问我被蛇咬到没有，我说没有。他说，多危险啊。这里有一种当地叫"听响虫"的毒蛇，只要听见好听的声音就出来跳舞，如果跳到半截听到没声音了，就会照着发出声音的地方咬去。这是他听一个来自西双版纳的兵跟他说的，想不到今天还真碰见了。多亏他从小放羊扔石块扔得准，才把蛇砸死了。

铜锁救了我一命，没想到我却间接害了他。终于有一天，上级发布了快要回国的命令，大家的心态很快变了。我们的部队驻守在安沛省火车站的山顶上，是空袭的重点目标。旅部下发了上百件试制的防弹背心，是用塑料薄板一块一块压制的，主要是防钢珠弹和菠萝弹对胸部的杀伤。开始，大家都不愿穿，怕说他们怕死。接到了快回国的命令后，战士们一上炮位就悄悄地穿上背心，心里想的是熬到最后了，死了不值当。再就是准备纪念品，好回国后在亲朋好友面前吹吹牛。我们把打下来的飞机的残骸铝片熔化做成砂模，再浇筑铝水成型，或浇筑成F-104飞机、F-105飞机、美制左轮手枪，或浇筑成梳子、和平鸽等。铜锁在家里不仅放过羊，还学过焊水桶，修理过白铁壶。我们俩合伙捡了不少炮弹皮，做了两个箱子。有一天晚上，我站岗时捡到了一个爆炸后的半个钢珠弹壳。在所有的美国炸弹中，钢珠弹是最漂亮的，又光滑，又细腻。我把里面的泥土倒净，把一块小飞机铝片熔化倒在里面，在一块石头上磨平，发挥了我小时候爱在泥土和课桌上刻字练出来的功夫，用军用匕首刻上了我的名字，做成了一枚炸弹印章，领津贴时用它盖上我的名字，又漂亮，又威风，引起了许多战友的羡慕，没想到也引发了一场悲剧。铜锁看到我的特殊印章后，到处去找钢珠弹，可惜那一段时间美国佬撒得很少，有一天他终于在一丛剑麻底下找到了两颗，上面虽然沾满了泥土，但一擦还是铮亮。他

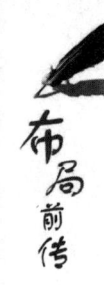

就叫了一个战士找了一个偏僻的地方，用锉刀想把它分解开，不料引爆，两人当场死亡。这一重大事故使团、营、连、排的干部都受到了不同的行政处分，铜锁立的功也被抹掉，还不能算烈士，家属连抚恤金也领不到。那天晚上，我守在他血肉模糊的尸体旁哭了半天，下葬的时候我把我的炮弹印章磨平，改刻了他的名字，埋进了棺材里。

回国了，我们在灯火通明、锣鼓喧天的友谊桥上受到手持鲜花队伍的欢迎，但也看到国境线上的警戒加强了，荷枪实弹的哨兵在界河一侧巡逻。根据别的部队战友说，国内闹"文革"，发生了武斗，许多红卫兵为表示对毛主席的忠诚，也带着武器要到越南打美国佬。

我们乘汽车、坐火车，一路欢畅地回到了老营地。部队开始了战评活动，层层进行总结表彰。不久，我们旅的总结出来了：参战人员共计8000多人，阵亡98人（其中干部19人、战士79人），伤378人，战车、火炮损失31辆；击落敌机192架，击损87架，俘虏美国飞行员41人，缴获飞机上有科研价值的零部件或自动控制仪表、导弹配件等200多件。我们旅战绩卓著，受到了中央军委的表彰，我们的旅长也升任了江西省军区副司令员。在众多受表彰的人员中，在烈士中，都没有我最亲密的战友谢铜锁。谁也不再提他，好像我们的队伍里压根没这个人一样。

铁打的营盘流水的兵。不久，大规模的复员转业开始了，我被安排在一个省城的战备机械厂。我没回老家，也没忙着去报到，而是背着一个炮弹皮箱子来到了陕西北部谢铜锁的老家。走了30里的黄土路，在几个懒洋洋的知识青年的指引下，在一个破旧的窑洞前见到了谢铜锁的婆姨和两个孩子。男孩有七八岁了，女孩也就三岁多，长得真可爱，两只眼睛亮晶晶的，头发卷曲着，像个大洋娃娃。田素素，也就是我的大嫂，谢铜锁的妻子，她大概什么都知道了。岁月的沧桑，封闭的生活，穷苦的磨炼，使她显得很麻木。她什么也没说，默默地接过箱子，用一个缺了口的黑碗给我从缸里舀了半碗水。我一口气喝完什么也说不出来，最后给她行了一个军礼说："大嫂，谢大哥是我的战友,也是我的亲人,更是我的救命恩人。今后,我有一碗饭吃,就分给你和孩子半碗。我上班后,每月把工资的一半给你寄来。"当我知道她不会写字时,就到附近供销社里买了一大摞明信片,写好我的地址,又找了一块黄杨木刻了一个印章,说只要她收到钱后,盖上印章、贴上邮票往外寄就行了。我要是换了工作单位,就给她寄同样的明信片和邮票来。她感激地点了点头,从土炕底下拿出了一个小口袋,挖出了几勺面粉,做了一锅辣香的臊子面,吃得我和两个孩子满头大汗。我把转业费留给她们一半,把几袋上海大白兔奶糖给了孩子就走了。田素素送我的时候说,多亏她捡了一个孩子,虎头的媳妇不用发愁了,也对得起铜锁了。说话的时候,她咧开嘴笑了,那两排黄板牙挺好看的。

日记念完了,文字不多,只占了本子的20多页,但下面的页码里还是鼓囊囊的。韵致轻轻一抖,一大堆汇款单的存根飘落下,是从20世纪70年代到如今的。杭、柳、李三个人传看着,有18元的,大家知道那是他在省城机械厂当二级工时每月36元工资时的一半;有22元的,那是他升了三级工每月工资44元的一半;后来有100元的、200元的、350元的,那是省城机械厂效益最好的时候了;再往后就是从嘉谷机械厂汇出的了,有260元的、150元的、80元的、40元的,还有30元、20元的,这些数字见证了企业的兴衰。最后一次是隔了两个月的15元,这大概不是工资了,是老大哥卖苦力打工从牙缝里挤出来的钱。

三人拿着这些有的发黄、有的还簇新的纸片,呆呆地看着,默默无言,心里充满了辛酸悲伤、自责与忏悔。祭品已烧成了纸灰,有些发冷的夜风阵阵吹来,越来越多的纸在墓地的上空旋转、飞舞,有的落在了四个人的头上和衣服上。李一道长叹一声:"这才是真正的手足情、战友情啊。"杭维萍、柳枫羞愧交加,频频点头。

韵致浑然不觉,还在翻着那个本子,突然说:"看,这里还有一张照片。"这是一张20世纪70年代的黑白照,窑洞前,一个黄板牙的妇女拉着

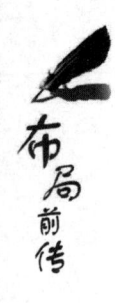

一男一女两个小孩,男孩虎头虎脑,女孩洋气秀丽,特别是右眉上的美人痣非常引人注目。

杭维萍只看了一眼就泪水涟涟了,往日的矜持立刻不见,她扑通一声跪在了老大哥的坟前,一泓酸涩的泪溢出了眼眶。她难以自持地号啕大哭,嘴里含混不清地喊着"姐""妞妞""姑"含混不清的字眼。她天蓝色的西服套裙上沾满了黄泥脏土、枯枝败叶,滂沱的泪水模糊了双眼,幻化出了当年16岁的她跟着在家乡县里搞了一辈子政治工作、每次运动都是积极分子的姑姑长途跋涉,来到了陕北姐姐杭维华插队的地方。墙皮斑驳的破旧窑洞,一盘土炕,上面躺着身体虚弱的姐姐,旁边是3个月大的女婴。姑姑连看都不看,就颐指气使地说道:"你们的父母都进了牛棚,也只有我来管你们了。我已经给你办好了调转手续,回到咱们家乡当知青。我现在是县革命委员会的委员,保证不出两年,让你去上大学或当工人。至于这个孩子,他爹也不知道跑到哪里去了。你说他去越南打美帝去了,我看八成回不来了,你就把她送了人吧。我知道,这里的人有养童养媳的习惯。你算把我们老杭家的脸丢尽了。小萍,把这个孩子放到村口道边去。我们走。"

"老——大——哥!"杭维萍又一声凄厉的号叫,哭得惊天动地。夜风已冷,那声音在墓地边特别瘆人,慢慢又变成了悲痛的呜咽。

韵致要上前劝杭维萍,柳枫制止了她,湖蓝色的眼睛里闪着泪花,若有所思地点燃了一支烟。

李一道细长的眼睛里又射出了雪亮的光,他从车里拿出了一把吉他,斜倚在老大哥的坟上,弹起了《草原之夜》的曲子,唱着自编的歌词:"茫茫的夜色多沉静,河畔上只留下我的琴声。有心跟老大哥说说话啊,可惜阴阳两界难沟通。来来来来——来来来来——可惜阴阳两界难沟通。"

在李一道的歌声中,杭维萍精巧的手机像小鸟似的欢唱起来,她停住了哭声,拿起来听了没两句,就严肃地说:"小三子,我警告你,以后少拿这些事来烦我,小心我告诉咱家老爷子。同时,我也正式声明,我也不当你们那个什么公司的总经理了!刘华仑你们自己去找,但不能打我的旗号。"说完,她狠狠地关了手机。

李一道没理会,继续弹唱:"待到千里冰雪消融,待到人间刮起和谐的春风,私念贪欲的社会改变了模样哎,我再来给你弹这美妙的琴声。来来来来——来来来——来——"

当最后一个悠长的音符结束后,李一道把吉他一扔,四仰八叉地躺在老大哥的坟边上,长叹一声说:"老大哥,我这个记者当得不合格啊。"柳枫咬了咬嘴唇,什么也没说出来,内心万般羞愧。杭维萍擦干了泪水,整理了一下衣服,望着满天星斗平静地说:"来,我们给老大哥唱支歌吧。""好,"韵致首先响应,又从车里拿出了一把高胡和一把小提琴道,"我和柳书记唱《血染的风采》。""不合适,那是打越南,老大哥是帮助越南人民打美国鬼子。"李一道说。"那我就唱《想死个人的兵哥哥》,要不就唱《月亮走我也走》,你们伴奏。""也不合适啊,"柳枫回过头来对杭维萍说,"就唱那次我们会演得奖,老大哥给咱们送水的歌吧。""对,就那两首男女声二重唱。"杭维萍颔首同意,向李一道示意。李一道操起了小提琴,把高胡给了韵致。

二人站在老大哥墓前,深深地鞠了一个躬,亮开嗓子唱了起来。

毛主席(呀)派人来,

雪山点头笑啰,彩云把路开。

一条金色的飘带把北京和拉萨连起来,

我们跨上金鞍宝马哟,哈达身上带,

到北京献给毛主席,

呃 感谢他给我们带了幸福带了幸福——

毛主席(呀)派人来,

神兵下凡界啰,风扫乌云开。

千年的大树被推倒,百万农奴站起来,

我们高举红旗火把哟,哈达身上带,

到北京献给毛主席,

呃 感谢他给我们带了幸福带了幸福——

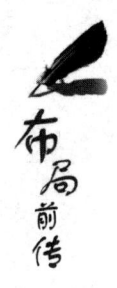

毛主席（呀）派人来，
檀香结了果啰，孔雀把屏开。
人长精神地长宝，金山堆上云天外，
我们捧上青稞美酒哟，哈达身上带，
到北京献给毛主席，
呃 感谢他给我们带了幸福带了幸福——

一曲终了，二人又用激越的声音唱了第二首。

哎！山也笑，水也笑，你看祖国大地满园春形势无限好哇！
哎！天也新，地也新，一代革命新人在成长一片新面貌哇！
新建的厂房一座座，新铺的大路一条条，新竖的井架一排排，新架的银线一道道。
哎！啊哎啊噢哎啊哎——
钢铁又夺新高产（乃），石油又创新指标（外），科学技术开新花（吔），工业又传新哟吼新捷报。
哎！啊哎啊噢哎啊哎——

哎！山也笑，水也笑，你看祖国大地满园春形势无限好哇！
哎！天也新，地也新，一代革命新人在成长一片新面貌哇！
新修的梯田美如画，新开的水渠环山绕，新开的荒山麦浪滚，新治的沙滩稻香飘。
哎！啊哎啊噢哎啊哎——
山山水水换新装（哎），产量又有新飞跃（外），铁牛隆隆马达唱（吔），农业又掀新哟吼新高潮。
哎！啊哎啊噢哎啊哎——

长长的拖腔过后，柳枫总觉得还是不能完全贴题，他想了半天，站到了土龙河的大堤上，迎着将要爬上来的半个月亮，侧身对着老大哥的坟头，用浑厚的男中音唱道：

越南中国，山连山，江连江，共临东海，我们的友谊像朝阳。
共泳一江水，早相见，晚相望，清晨共听雄鸡高唱。
啊！
共理想，心相连，胜利的路上红旗飘扬，啊！
我们欢呼万岁！胡志明，毛泽东！

越南中国，团结紧，队伍强，打击敌人，我们并肩战斗有力量。
兄弟情谊长，前进路上，不分离，为共同胜利高声歌唱。
啊！
共理想，心相连，列宁的路上红旗飘扬，啊！
我们欢呼万岁！胡志明，毛泽东！

"好，"李一道提着吉他赶上来，赞叹着，"这才唱出了老大哥的心声。想当年，他们一定是在心里唱着这首歌曲在异国的土地上舍生忘死战斗的。"

杭维萍衣裙飘飘，在下弦月昏黄的光芒中凝视着缓缓东流的河水，用圆润甜美略带悲凄的嗓音低声唱出了一首越南历史革命歌曲《广平，我的故乡》。没有伴奏，只有她的歌声在夜空中飘荡。

假如有人问 我们的故乡为什么那么多新瓦房
我就说苦尽甘来
假如有人问 我们的故乡为什么稻谷长得那么好
请记住往日黑暗艰难的岁月
广平 多么可爱
十年了 我的故乡变模样了

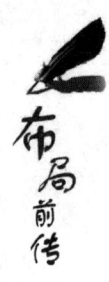

从蓝色的海洋

到翠绿的山林

四季秀丽响亮着宽广歌声

建江河流上丽水乡情浓郁

啊 沿海站岗的女民兵

啊 警戒天空的男战士

我们的故乡天天在成长

革命种子已吐蕊茂盛

广平啊 我的故乡

保护我们故乡的天和地

守护我们所珍惜的一切

广平啊 我们的故乡 赤胆忠心

我们相约胜利之日团聚一家

在杭维萍的歌声中，柳枫大步跨下土龙河雄伟的北大堤，穿过柳林，大声地仰天长啸。

杨新城

2008年8月在嘈杂的装修声中完稿于市委机关办公室

◎ 后记：感谢生活

写下这个题目，自己就有些自嘲，又是老生常谈。

但生活确实是创作的源泉，是写作的动力，特别是随着年龄的增长、阅历的丰富。对于一个大半生以文字为生的人，接触的许多人，经过的许多事，总是念念不忘，挥之不去。常常是在夜深人静的时候，斜倚床上，掩卷闭灯，点燃一支烟，或对着窗前如水的月光，或看着满天的星斗，或遥望城市的万家灯火，往事如潮水般叩击着思绪飘逸的大门，总有一种天地悠悠过客匆匆潮起又潮落的感觉，思索着，生活是什么，人生是什么，官场又是什么。每个人的经历与感觉不同，在不同的年龄段里、在不同的社会地位上、在不同的氛围与境遇中有不同的感受，答案有千千万，说不上谁对谁错、是非曲直。

人生是一场梦，生活是一张网，官场是一条河。我们的祖先寻河逐水而居，是为了获得更多的生产与生活资料，是为了更好地生存、发展与壮大。我想，任何踏上仕途之路、走上官场的人身上也都有着比较深刻的祖先的记忆密码。回首往事，30多年，我一直居住在一个交通还算便利但经济欠发达按国家规定是地厅级的城市里，从学校进工厂，出企业去学习，进小单位到小机关而后到大机关，出去到新闻单位和县里转了一圈后，又回到了这座小城市最大的机关。有一条短信说，"机关就像一棵爬满猴子的大树，从上往下看，全是笑脸，从下往上看，全是屁股，左右一看，全是耳目"，虽然不太严肃也不全面，

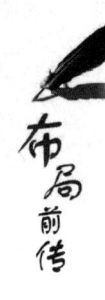

但从某种角度上说明了官场的形态与"凶险"。

其实,官场更像一条河,风平浪静的时候,荡着清波涟漪的水面是那么诱人,有人忍不住要去那里荡起双桨或畅游嬉戏一番;波涛汹涌的时候,更吸引了许多志士仁人到里面去搏击风浪,显一番英雄本色。可当你真的进去就身不由己了,平滑如练的水面下也有漩涡,水流湍急的地方也有安全的台风眼,至于花落哪里,那就要看你的悟性与时运了。悟性人人都有,但时运未必眷顾每一个人,有的时运是你本身固有的,有的时运是你营造出来的,有的时运是你赶上的,而有的时运是你根本不知道怎么来的,特别是那不太顺利的或完全倒霉的时运,往往是在你全神贯注向前走,没有侧身而立的时候,那无色无形无味的霉运已经如影相随,无声无息地从后面、侧面袭来了,或在前面一个隐蔽的地方悄悄地挂着阴险的微笑等着你呢。

在自然的河流里,总是水往低处流,后浪压着前浪,秩序井然地顺流而下,到它们想去或该去的地方。然而在官场的河流里,表面看是等级森严,实际你会发现,由于地缘、血缘、业缘、学缘、经济缘等错综复杂的关系,横流、逆流的水头比比皆是,很多时候让你看不清谁是前浪后浪,谁是大浪小浪,哪是主航道,哪是港汊旁道。谁能主宰谁,有时还真看不清,真不知道。

在官场这条河里摸爬滚打的人都知道,最怕出事,也最盼着出事——无论是人为的事,还是自然的事,都孕育着灾难与机遇,但有一个心理是共同的:事出在别人的头上,机遇落在自己身上。一厢情愿的东西太多了,往往不能实现。因为,历史毕竟是公正的,是人民书写的,尤其是在中华民族走向和谐社会的今天,民主政治毕竟成了中国绝大多数人的诉求,成了执政党的崇高追求和力争尽快实现的目标。

生活太丰富了,也就有了许多感悟,也就有了这部小说,也就有了书中这些虚构的地点、虚构的人物和他们之间发生的故事。而文学是人学,是把许多典型的社会现象提炼出来塑造成典型环境中的典型形象,并非让看到的人对号入座。

感谢生活,感谢当年的工友,这么多年过去了,我们的感情依然那样纯真。感谢少年时代的同学李树奎兄,想不到当年贫困潦倒的穷小子经过几十年的打拼,成了百万富翁,成了当地百威橡胶企业的掌门人,他的创业史令人扼腕击节,他给我讲的当了3年治河民工的故事丰富了我的故事情节。感谢在县里为官时同堂议事的同僚,感谢在机关为吏时的伙伴,感谢他们或讲素材或热心找资料,感谢他们在我写作过程中不断地来凑趣或指点一二。

杨新城

2008年8月于一个静静的星期六下午

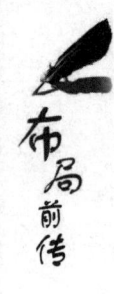

◎ 编后记：在生活中修行

有的书可以读一阵子，有的书可以读一辈子。杨老师的作品无疑属于后者。

此书早前出版，今日再版，很有必要。一则，本书以洪水为线，展示了堵浪窝、培土牛等抗洪救灾的专业、有效作法，对年年防汛战胜洪涝灾害有极强的参考价值。另外，它是被官民一致叫好的《位子》书系前传，但并非仅仅是书系的概念，重要的是，通过这套反腐书，可以看到党的十八大前后的官场变化，以及为官为商哪些可为哪些不能为。客观地讲，社会生态的变化不囿于经济领域，而是全面覆盖了政治、文化、社会各个层面。改革、反腐的必要性以及由此带来的变化，时间既是对比，也是证明。

自然生态要山清水秀，政治生态要风清气正。

回过头来，再从书系的内容看，《位子》系列看似机关学，实则是为人处世大智慧，对初入门尚不得其法的公务员，对久在机关渴求进步的党政干部，对惧于人事想有所作为的职场人，对读政策用政策合理合法赚钱的生意人，对圆融、处理人事关系……实在是职场、人生两相宜。

某年，与杨老师出差某省党校，正值新一期学员开班，应党校老师邀请一起就餐于党校食堂。杨老师告知我，哪个是科级干部，哪个是处级干部，哪个是妇联的，哪个是行政口的；外面的车，哪辆是哪个级别坐的,哪辆是小老板来跑关系请吃饭的。问党校老师,师之熟悉的,皆准。我当时瞠目结舌,带一种深深崇敬,以为非相术所不能也。

其实,世事练达皆文章。杨老师的"相术"是居官场30余年的用心体察、积淀、积累。也许有人说,雕虫小技,这有何难?他懂这些,是因为他置身于内,比如什么官员配备什么车,超标的,自然是官场之外的人。

这样说有理,也无理。有的人在行业之内,固然行业一定之规了然于胸,但有人,终其一生,在一个岗位,也不识得。细心、细节、细微,说起来不过一个"看"字,可有的人用眼,有的人用心;用眼看的,看到的是表面,用心看的,才得实质。心、眼之别,有些是常识,有些是判断,有些是智慧。

杨老师以心融于其职,以心融于人事,看到了别人看不见的世情百态。他把这世情、世景驾轻就熟地"破"与"立",打碎、杂糅,创造了特色鲜明的好人柳枫、张二牛,"奸诈"的于茂盛、方囊,"坏人"钟灵、楼宇,情深义重的杭维萍、李一道,他使这些人对立、冲突,相互博弈。名利场之中,想向上一步的,用"谋",用"术",不同的是有人以政绩说话,有人以他人肩膀为梯,有人伸腿绊倒别人,但权力正如双刃剑,权力本身无对错,对错的是拥权用权的人,用好了有益民生,用不好伤人伤己。杨老师以一生之经验告之于人:如何用权,如何用人,如何处事,如何为人。

杨老师以满腔赤诚为文,为脊骨,构建丰满人事,有趣,有用,有料,有种。写作此书时,他尚在职,却不惧自曝行业规则、家底。他以书为媒,将多年的上下共处、圆融人事、为民服务种种,毫无保留地告诉给同质同路人:谁说打、骂才能做事?谁说上下级难以和谐共生?谁说岗位就是谁上谁下?为人,不在于位子,而在于位置,更高的视野、更高的胸怀才决定你有更开阔的位子,若无前者,后者迟早也会回到原点。

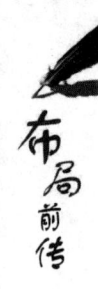

作者作文，其用心也良苦。

此书人物为《位子》系列的人物，《位子》已统一更名为《布局》，所以此书再版时更名《布局前传》。《位子》系列在市场上受欢迎的程度，我这个做责编的就不必王婆自夸了吧。

所谓，政声人去后，民意闲谈中。杨老师退休后口碑也是一流，而在公务员行业30余年，从县委副书记到市委副秘书长，一步步向善、向上，多年来立于不败，自有过人的智慧。我很感谢杨老师能把不传之秘著书立传，让更多真心实意想做事的人避免人生弯路。我亦很贪婪，希望杨老师把更多的智慧一次写尽。比如，杨老师曾讲过一件事，说陪同女领导调研时，手上拎两瓶矿泉水，很容易弄混。我问，那怎么办？他答，很好办，看瓶盖。女人手劲儿小，瓶盖拧得松的是女领导的，拧得紧的是我的。

有心人做有心事。诸如此类，这哪里是术、是道，分明是和谐共处的智慧。和谐则万物生，和谐可用于同僚之间、夫妻之间、官民之间，如此，往小了说，可鱼水交融，往大了说，则国泰民安。

我曾贪心地想让杨老师在一本书里把他的人生经验写尽，但杨老师正如一座金矿，有着无穷无尽的大智慧，需要不断"盘剥"，所以有了市场大火的《布局》前四部，现在又有了更名的《布局前传》。这些书都是开放式结尾，是延续性的故事，但又是各自成书。有心人，应该能在里面看到自己及他人的影子。

感谢杨老师，我们的读者因书而结缘，也必定因书而受益。

责编：郭晓飞
2020年6月